**LE MEILLEUR AMI
DE L'HOMME**
et autres nouvelles

DU MÊME AUTEUR

Aux éditions Calmann-Lévy

L'Inconnu du Nord-Express
Le Talentueux M. Ripley (Plein soleil), repris dans la collection Pérennes, 2004.
Eaux profondes
Le Meurtrier
Jeu pour les vivants
Le Cri du hibou
Ce mal étrange
Ceux qui prennent le large
L'Empreinte du faux
Ripley et les ombres, repris dans la collection Pérennes, 2004.
La Rançon du chien
Ripley s'amuse (L'Ami américain), repris dans la collection Pérennes 2004.
L'Amateur d'escargots (nouvelles)
*Le Rat de Venise et autres histoires de criminalité animale
    à l'intention des amis des bêtes*
Le Journal d'Edith
L'Épouvantail (nouvelles)
Sur les pas de Ripley, repris dans la collection Pérennes, 2004.
La Proie du chat (nouvelles)
Les Deux Visages de janvier
Le Jardin des disparus
L'homme qui racontait des histoires
Ces gens qui frappent à la porte
Les Sirènes du golf (nouvelles)
La Cellule de verre
Les Eaux dérobées (Carol)
Une créature de rêve
L'Art du suspense (essai)
Catastrophes (nouvelles)
Les Cadavres exquis (nouvelles)
Ripley entre deux eaux, repris dans la collection Pérennes, 2004.
Small G
On ne peut compter sur personne (nouvelles)

PATRICIA HIGHSMITH

LE MEILLEUR AMI DE L'HOMME
et autres nouvelles

*Traduit de l'anglais
par Martine Skopan*

CALMANN-LÉVY

Titre original anglais :
NOTHING THAT MEETS THE EYE

© Diogenes Verlag AG, Zürich, 2002

Pour la traduction française :
© Calmann-Lévy, 2004

ISBN 2-7021-3430-0

Sommaire

NOUVELLES DE JEUNESSE : 1938-1949 — 9
    Une si jolie petite ville — 11
    La chasse au trésor — 37
    Cruelle est la nuit — 47
    Une porte toujours grande ouverte — 63
    Le mauvais garçon — 81
    Divin enfant — 105
    Le château de cartes — 117
    La belle Américaine — 135
    L'amour l'après-midi — 153
    Rebecca au piano — 169
    Un bien gentil monsieur — 199
    Des roses pour Miss Trotte — 207

NOUVELLES DE LA MATURITÉ : 1952-1982 — 227
    L'amateur d'oiseaux — 229
    Le meilleur ami de l'homme — 245
    Heureux les humbles — 259
    Le retour des émigrés — 275
    Une femme sans importance — 295
    Deux pigeons s'aimaient d'amour tendre — 313
    Marché conclu — 321
    La tentation de Mme Palmer — 333

NOUVELLES DE JEUNESSE
1938-1949

Une si jolie petite ville

I

Pendant plus d'une heure, le train avait suivi une rivière limpide : au détour d'un bois, alors qu'on était en vue d'une petite ville nichée au pied d'une montagne, il fit retentir son sifflet, exhala sa vapeur et ralentit l'allure.

Dans l'une des voitures, un homme, qui avait scruté avec attention chacune des villes traversées, passa sa tête par la fenêtre, l'air inquiet. Mais son visage se détendit et il cessa de se ronger les ongles. Un frisson de plaisir lui parcourut le corps : cette ville qu'il ne connaissait pas, c'était celle qu'il cherchait.

Le ciel couvert rendait la ville un peu triste, mais il lui trouva l'air amical et obligeant ; elle semblait en effet s'être posée au bord de la voie pour la commodité de ceux qui voudraient débarquer là. Il distingua une église, un tribunal et une rue principale, parallèle à la voie ferrée, où l'on trouvait tous les magasins dont on pouvait avoir besoin. Au-delà de cette apparence franche et accueillante, se trouvaient de proprettes maisons à un étage, posées comme une broderie sur un fond vert qui, au loin, se fondait dans le vert plus clair, plus bleu, des montagnes qui s'étendaient à perte de vue.

Comme s'il plaquait l'accord final d'une symphonie tourmentée, il posa ses dix doigts aux ongles rongés jusqu'au sang, aux extrémités boursouflées, sur le bord de la fenêtre. Il allait se mettre à genoux pour remercier Dieu quand il entendit, sur le quai, le cri rauque : « En voiture ! En voiture ! »

Sa petite malle sous le bras, il se précipita le long du couloir et bouscula le contrôleur qui remontait le marchepied.

— Je descends ici, s'écria-t-il. Il sauta du train qui s'ébranlait et repartit à petite vitesse vers le nord, emportant avec lui l'empreinte de ses dix doigts sur le rebord poussiéreux d'une fenêtre.

À quelques pas de la station, il tomba sur l'extrémité de la rue principale, goudronnée, le Trevelyan Boulevard. L'auvent d'un cinéma se profila, offrant un programme alléchant pour l'amateur qu'il était, l'enseigne du coiffeur tournait sur elle-même, la porte moustiquaire d'un café se referma avec un bruit sec derrière un client qui sortait ; une ménagère et son cabas, deux petites filles suçant des glaces, un fermier en salopette passèrent devant lui, agréables à voir, tenant leur rôle comme au théâtre. Ce n'était pourtant pas une scène de théâtre, mais une petite ville qui existait bel et bien ; ils étaient probablement tous nés là et y resteraient jusqu'à leur mort. Il se sentait déjà presque de la famille.

Il avait peine à croire que, ce matin même, c'était le cri perçant du métro aérien qui l'avait réveillé, qu'il avait passé la matinée au volant de son taxi. Il ne savait même plus s'il avait eu un client. Il se souvenait avoir conduit lentement, sourd aux appels et aux sifflets des gens qui voulaient l'arrêter. Il n'aimait pas ce moment où il fallait se plonger dans le rythme hystérique de la ville ; ce matin-là il en avait été incapable. En repensant, huit heures plus tard, à ce New York matinal, à cette folie collective frustrée, il lui semblait que c'était une maladie. Une dernière fois, il pensa intensément à New York, puis il coupa net, comme on éteint une radio qui commente en hurlant la mêlée d'un match de football.

Il avait l'impression de flotter sur un petit nuage de bonheur, de fraternité, d'optimisme. Une ville nouvelle, vierge, encore virtuelle, où il pourrait repartir de zéro. Il se sentait renaître. Dimanche il irait à l'église, dont le clocher sombre, surmonté d'une boule et d'une croix dorées, se dressait entre les arbres. Il rendrait grâces à Dieu avec toute la congrégation.

La faim lui contracta soudain l'estomac : il aperçut à quelques mètres, sur le même trottoir, un bâtiment blanc, dont l'enseigne verticale annonçait « REPAS À TOUTE HEURE » en grosses lettres noires. Devant et derrière, de petits tubes fluorescents dessinaient les mots *Dandy Diner*.

Il essaya en vain d'ouvrir la porte ; une voix derrière la vitre embuée cria quelque chose qui ressemblait à « glisser ».

Aaron fit coulisser la porte, entra et referma soigneusement derrière lui. Il faisait chaud et il flottait une bonne odeur d'œufs et de hamburgers qu'on venait de faire frire.

— 'soir ! fit la même voix, celle d'un homme costaud en chemise de toile bleue, qui se tenait derrière le comptoir.

— Bonsoir ! répondit Aaron en saluant la clientèle d'un signe de tête.

Il s'assit sur un tabouret. Ses yeux bleus se promenaient avec plaisir sur les tourtes à la pâte claire, faites maison, la rangée de hot dogs grésillant sur la plaque, les coupelles pleines de beurre tendre d'un jaune éclatant, les étagères qui alignaient des plats de viennoiseries diverses et variées. Il avait de nature les yeux assez protubérants ; de profil, ils semblaient translucides comme ceux d'un chat. Là, alors qu'il passait en revue tous les détails de la cafétéria, ils étaient carrément exorbités. Il souleva son chapeau et se passa rapidement la main dans les cheveux. Il suivait tous les mouvements du serveur qui sortit une gaufre du moule en fonte, la beurra généreusement avant de la poser devant un ouvrier du chemin de fer, reconnaissable à son uniforme bleu et blanc.

– Du sirop ?

– Mais je pense bien, répliqua l'homme d'une voix aux inflexions changeantes.

Le serveur posa un pichet de sirop d'érable près de son assiette et se tourna vers Aaron.

– Et pour monsieur, ce sera... ?

Aaron pressa les paumes de ses mains l'une contre l'autre, se rehaussa légèrement sur son siège en prenant appui sur le barreau du tabouret et commanda un hot dog, une gaufre, une part de tourte aux pêches, un petit pain sucré et du café. Durant les préparatifs, il écouta les plaisanteries échangées par le serveur et l'ouvrier du chemin de fer, et la conversation de deux Noirs, un ton plus bas et entrecoupée de rires. Les pulsations du ventilateur électrique donnaient une touche finale à ce petit monde clos et parfait.

Le téléphone sonna. La jeune fille qui rêvassait près de la caisse se précipita pour répondre.

– Ah, c'est toi, dit-elle en souriant, avec un accent traînant. Mac dit que je dois travailler jusqu'à huit heures et demie.

– Mais non, c'est bon, tu peux partir si tu veux, lança Mac avec bonne humeur. De toute façon, pour ce que tu fais...

Quand la gaufre arriva, Aaron se palpa le menton, un peu gêné.

– J'aurais dû me faire raser d'abord, dit-il en souriant au serveur. Celui-ci lui rendit son sourire.

– Ce n'est pas grave. On n'est pas très à cheval ici. Vous n'avez qu'à me regarder ! ajouta-t-il en riant. Vous êtes d'où ?

– New York.

Aaron baissa la tête et entama sa gaufre, qu'il avait arrosée de sirop, modestement. Il avait beau être de New York, il ne ferait pas comme ces gens qu'il voyait se servir aux distributeurs automatiques des restaurants et s'empiffrer de sirop et de crème. Entre chaque bouchée, il tournait la tête pour lire les affiches placardées aux murs.

> VENEZ TOUS, VENEZ NOMBREUX
> CÉLÈBRE ORCHESTRE DE WILLIE WALKER
> (7 INSTRUMENTISTES)
> ENTRÉE UN DOLLAR CINQUANTE PAR COUPLE
> SALLE DES FÊTES DE BRIGHTON
> BRIGHTON, VERMONT

La date était passée d'un mois. Il se demanda si la jeune fille allait à l'un de ces bals ce soir. Les noms de toutes ces petites villes ne lui disaient rien. Puis il aperçut une pancarte qui disait :

> À LOUER
> MRS HOPLEY : CHAMBRES MEUBLÉES TOUT CONFORT
> À LA SEMAINE OU AU MOIS
> 17, PLEASANT STREET, CLEMENT, NEW HAMPSHIRE

Il avait tellement peur que cette ville ne soit pas Clement qu'il n'osa pas poser la question à Mac, se contentant de demander où se trouvait Pleasant Street.

Mac commença par se gratter la nuque, puis indiqua de la main une direction générale et se lança dans des instructions qu'Aaron était bien trop excité pour suivre. Il imaginait déjà la maison, la chambre qu'il occuperait. Il s'émerveillait de sa bonne fortune : avoir trouvé une rue qui s'appelait « Pleasant », alors que le nom même de la ville, « Clement », était si doux à l'oreille et ravivait des souvenirs enfuis de pique-niques dans un paysage baigné de soleil. En lui donnant l'addition, Mac lui demanda :

— Vous comptez rester ici un bout de temps?

Aaron sourit, déposa un dollar sur le comptoir et, se dirigeant vers la porte, répondit :

— J'espère. Merci bien, c'était très bon.

— À bientôt alors !

— Au revoir, dit la jeune fille.

Il se dirigea dans la direction que Mac avait indiquée, vers une rue qui se trouvait après le drugstore du carrefour. À l'intersection, il s'arrêta pour admirer un modeste monument aux morts. C'était un pilier de ciment fiché dans un triangle de verre, avec une plaque en métal portant quelques centaines de noms, ceux des anciens combattants de Clement : Adams, Barber, Barton, Burke,

Child... Il chercha un Hopley et en trouva deux, Zacharie P. et William J. ; il pourrait y faire allusion devant Mme Hopley.

Il hâta le pas, fit un grand sourire à une petite fille qui, pieds nus, les cheveux emmêlés, s'appuyait contre un arbre, souhaita le bonsoir à un vieux monsieur aux chaussures toutes craquelées, mais lustrées au cirage, qui portait un col empesé trop large pour lui.

— Enchanté, répliqua le vieillard.

Empruntant une rue qui montait, il arriva à sa destination. Pleasant Street était bordée de grands ormes qui s'inclinaient vers l'intérieur et se rejoignaient en voûte. Au moment où il entrait dans ce tunnel de verdure, le soleil sortit de derrière les nuages, et une pluie d'or traversa les feuilles.

Scrutant avec inquiétude les numéros des maisons, il arriva enfin devant le numéro 17, une maison à un étage, à la peinture jaune ternie, à moitié recouverte par une vigne vierge luxuriante qui partait de chaque côté du perron. Il reconnut la maison, comme il avait reconnu la ville. Voilà ce qu'il cherchait, un foyer. Il y avait quelque chose d'accueillant dans la peinture marron écaillée, de l'élégance dans la fragile balustrade noire qui bordait la terrasse, dans la rampe qui longeait les marches de bois du perron. Deux chiens noirs en fonte, disposés de profil, la patte levée, montaient la garde sur la pelouse que coupait une allée de ciment. Du perron, quelqu'un s'enquit :

— Vous cherchez quelqu'un ?

Aaron s'engagea dans l'allée.

— Je cherche une chambre.

Une balancelle grinça et un homme râblé, de petite taille, vêtu d'un pantalon et d'une chemise en chanvre lustré, s'avança.

— Je crois bien qu'il y en a une ou deux, dit-il en souriant, tout en passant Aaron en revue des pieds à la tête.

— Qui c'est qui veut une chambre ?

C'était cette fois une voix de femme qui venait de derrière la moustiquaire protégeant la porte.

— Il en reste juste une. Vous pouvez visiter, pour voir si ça vous convient.

À sa suite, Aaron traversa un vestibule, gravit un escalier, pénétra dans un nouveau vestibule ; enfin, elle ouvrit la porte d'une chambre carrée, aux dimensions généreuses, percée de trois immenses fenêtres.

— On peut dire que vous avez de la chance, lui dit-elle. Le type est parti hier. Il a pris un nouveau boulot à Bennington. C'est pas facile de trouver une chambre dans cette ville.

Il hocha la tête, ravi.

– Je la prends.

Il paya sept dollars pour la semaine. Une fois seul, il étudia la perspective qu'offrait chacune des fenêtres. De l'une on voyait les montagnes, des deux autres, on pouvait toucher du doigt les feuilles du gros arbre de la cour. Il commença à sortir ses effets de la malle pour les ranger dans la commode, avec une sensation d'efficacité et d'ordre très agréable.

En ouvrant les profonds tiroirs, recouverts de papier journal, il eut honte de sa modeste garde-robe. Ses quatre chemises flottaient solitaires dans le tiroir du bas et même en dispersant ses chaussettes et ses mouchoirs un peu partout, cela ne changeait pas grand-chose. N'ayant rien à mettre dans le tiroir du haut, il lut quelques lignes du journal. Finalement, après avoir rangé sa malle dans le placard, il referma les tiroirs de la commode et regarda autour de lui avec satisfaction. Pourtant, mis à part l'attirail de rasage qu'il avait laissé sur la table ronde, sa présence n'avait fait aucune différence. Voilà ce qui arrive, se dit-il, quand on laisse derrière soi ses vieux vêtements et tous les objets réunis au fil des années pour décorer une chambre meublée à New York. On frappa à la porte.

– Entrez !

C'était Mme Hopley.

– Je vous ai apporté des serviettes.

Le ton était chaleureux, presque intime, complice même. Aaron la regarda attentivement en clignant des yeux. Elle déposa deux draps de bain, une petite serviette et un gant de toilette séparément sur le lit, puis se redressa et le regarda en souriant.

– Parfait, j'en ai justement besoin tout de suite, dit-il, alors qu'il s'était rasé seulement la veille. Le voyage en train était long.

Mme Hopley hocha la tête et le dévisagea, ses yeux marron grossis par d'épais verres de lunettes. Elle tira sur son corsage, mal ajusté et pas très net. Derrière aussi, le tissu de la robe pendait, informe, sur son postérieur osseux et bovin.

– Vous venez d'où ?

– De New York, dit-il avec un petit sourire nerveux. Comme au café, quand il avait parlé avec Mac, il craignait que, dans cette petite ville, on ne le considérât avec suspicion.

– Ah bon.

Son regard allait sans cesse, lentement, de son locataire au décor alentour, pour revenir sur lui. Un pied chaussé d'une pantoufle noire, usée, au pompon défraîchi, reposait timidement sur le bout de l'autre pantoufle, comme pour tempérer par des grâces féminines l'interrogatoire auquel elle allait le soumettre.

— Vous êtes là pour affaires ?

Après un peu d'hésitation, il sourit. Tout ce qui touchait à cette charmante petite ville de Clement le faisait sourire, c'était plus fort que lui.

— Non, pas vraiment. En fait, j'avais besoin d'un peu de vacances et la ville m'a plu.

— Pas grand-chose à faire pour des vacanciers par ici.

— Mais ce ne sont pas des vacances à proprement parler.

Il se passa la langue sur les lèvres.

— Vous comprenez, j'étais chauffeur de taxi à New York. Ça m'a porté sur les nerfs donc j'ai décidé de tout quitter pour m'installer ailleurs.

— Pour de bon ?

— Peut-être. J'espère. En tout cas, j'aime beaucoup cette ville.

Elle garda le silence une minute.

— Ici il n'y a pas de boulot pour un chauffeur de taxi.

— Oh, mais je ne veux pas faire le taxi. J'en ai assez.

Elle hocha la tête.

— Qu'est-ce que vous allez faire, alors ?

Il vit qu'elle regardait ses mains. Il les desserra en souriant.

— Je ne sais pas encore, vous savez. Il va falloir que je cherche. J'ai quelques économies, ajouta-t-il avec modestie.

— Ah.

Elle se frotta violemment le nez avec l'index.

— Eh bien, je vous souhaite bonne chance.

Malgré son air dubitatif, ces paroles lui mirent du baume au cœur. Il sourit et la remercia.

Mise en confiance, elle se mit alors à lui indiquer les meilleurs endroits pour prendre ses repas, trouver du travail. Elle lui parla d'un manutentionnaire à l'usine de cuir, qui logeait dans la même maison et avait un temps travaillé à New York : ils pourraient lier connaissance. Aaron écoutait en hochant la tête, bien résolu à éviter ledit manutentionnaire coûte que coûte.

— Pour sûr, c'est agréable comme ville.

Mais en disant ces mots, Mme Hopley n'avait pas l'air très convaincu. Elle se retira peu après.

Il fallut à Aaron quelques instants pour retrouver son calme. Il alla à la salle de bains, à l'autre bout du palier, pour se raser ; les robinets du lavabo étaient en laiton. Puis il revêtit une chemise et des chaussettes propres et sortit dans le crépuscule, le cœur léger.

Il passa la soirée à explorer la ville, errant ici et là, d'une rue à l'autre, comme un jeune chien fait le tour d'un nouveau logis. Il mémorisa l'emplacement des principaux bâtiments, en notant les détails d'architecture et de paysage, pour le plaisir. En effet, il jugeait indispensable de se repérer dans Clement aussi bien que les gens du cru. Il devint plus attentif encore quand la nuit tomba et qu'apparurent, telles les étoiles d'une constellation, les lumières éparses et chargées de sens des vieilles et confortables demeures ancestrales.

Il faisait complètement nuit quand il arriva au faîte d'une petite colline, au sud de la ville, entre la rivière et la voie ferrée. Il s'assit là, un sac en papier rempli de menues emplettes entre les pieds. Il avait une vue plongeante sur Clement, semblable à celle qu'il avait découverte du train. Mais comme tout lui semblait familier maintenant ! Comme la promesse était près d'être réalisée ! Il avait visité l'église, exploré la tour qui dépassait les arbres environnants, déchiffré le panneau indicateur qui, au nord, envoyait vers la grand-route. Il avait traversé le long pont couvert enjambant la rivière, qu'il n'avait même pas remarquée depuis le train ; il était resté longtemps planté à l'une des ouvertures, écoutant les conversations des gens qui passaient.

Que ferait-il demain ? Il pouvait attendre quelque temps avant de faire des plans. Les quatre cents dollars (et même plus) cousus dans sa malle lui permettaient de voir venir. Il pouvait tenter sa chance une bonne dizaine de fois, travailler comme ouvrier agricole dans l'une des fermes avoisinantes, acheter sa propre ferme s'il en avait envie, prendre la gérance d'un magasin, ou s'associer à quelqu'un de la ville. Ou bien encore passer quelques semaines à vivre sans rien faire, jusqu'à ce que le hasard lui montre le chemin.

*

Il eut soudain une bouffée d'angoisse devant ces envolées d'imagination qui l'entraînaient si loin. Il sauta sur ses pieds et s'enfonça les poings dans la poitrine. Il pencha son visage exalté vers la ville, espérant de tout son cœur lire son avenir là, dans Clement même.

Il avait l'impression d'être une silhouette dans un tableau historique représentant quelque haut fait, sa pose empreinte de détermination et d'une noble ambition.

Une si jolie petite ville

— Bonjour, fit une petite voix.

Il se retourna, pris de panique, et vit une petite fille maigre, les pieds nus, vêtue d'une robe sombre que le vent claquait contre ses cuisses. Malgré la pénombre, il distingua au niveau de l'ourlet de la jupe un motif imprimé qui tranchait sur celui de la robe. Il se rappela l'avoir déjà vue : c'était la petite fille adossée à un arbre qu'il avait croisée en allant chez Mme Hopley.

— Vous êtes qui ? demanda-t-elle.

Lentement il abaissa ses poings et rétorqua, avec le ton amusé d'un adulte :

— Et toi ?
— Freya.
— Freya comment ?
— Freya Wolstnom.
— Freya quoi ?
— Freya Wolstnom.
— *Quoi ?*

Elle prit une grande inspiration et épela : Wolstnom, W-o-l-s-t-e-n-h-o-l-m-e.

Il retint les toutes premières lettres, mais les autres lui échappèrent. Cela lui était souvent arrivé à New York : ses clients lui donnaient une adresse et son cerveau se refusait à retenir l'information. Le souvenir de ces moments-là, les questions, les répétitions, les ultimes erreurs, les coups de klaxon quand il changeait brusquement de direction, tout cela refit surface et il eut une bouffée d'angoisse. Il se passa le pouce près de la bouche et baissa à nouveau la main.

— Vous êtes qui ? répéta-t-elle.
— Aaron Bentley.

Après un petit moment, l'enfant lui tourna le dos et commença à se promener lentement sur le flanc de la colline qui les séparait de la ville. Elle tenait à deux mains ses longs cheveux raides qui lui tombaient sur les yeux et semblait chercher quelque chose sur le sol.

Aaron se rassit, les genoux serrés entre ses mains, pensant qu'elle retournait vers la ville. Comme elle semblait s'attarder, et pour se donner une contenance, il l'interpella :

— Où est-ce que tu habites ?

Elle ne leva pas les yeux, se contentant de tendre le bras :

— Par là.

Il ne voyait que la forêt sombre. Il la regarda à nouveau.

Elle foulait l'herbe à grandes enjambées, gracieusement, à

gauche puis à droite, comme une danseuse. Sa silhouette avait quelque chose de raide qui était dû moins à la timidité qu'à la concentration. Il avait l'impression qu'elle observait le moindre de ses gestes.

Enfin, après avoir décrit un arc de cercle, elle remonta la pente vers lui. Quand elle s'arrêta, leurs visages étaient presque au même niveau, et il lui rendit son regard en souriant. Pourtant, en plissant les yeux pour percer l'obscurité, il fut surpris de voir qu'elle avait la bouche pincée, ce qui lui donnait un air triste et inquiet, et plus âgé. Derrière les mèches de ses cheveux emmêlés par le vent, ses yeux étaient deux flaques grises, qu'il devinait hostiles. Il fut inondé par un sentiment subit de désespoir, par la certitude de son infériorité, la même sensation qu'il avait eue à New York, mais plus intense encore et suscitée par cette enfant et la ville qui se profilait derrière elle. Il sentait qu'elle le méprisait trop pour lui poser des questions, comme Mme Hopley : pour elle, il était un étranger sur son territoire.

Il fouilla dans le sac en papier par terre.

— Tu ne veux pas partager un morceau de gâteau avec moi ?

— Non, répondit-elle. Il faut que j'y aille.

Elle se mit à redescendre la colline, lentement. Il se leva et l'observa jusqu'à ce que sa silhouette et l'ourlet plus pâle de sa robe se fondissent dans l'obscurité.

— Au revoir, cria-t-il, avec l'espoir qu'elle répondrait.

Mais elle ne répondit pas.

Il remit le gâteau dans le sac et prit le chemin vers sa chambre, son refuge.

II

Il fit sa toilette et s'habilla, brûlant d'impatience, car le matin le plus éblouissant qu'il ait jamais connu frappait au carreau.

Encore une fois, il se précipita à la fenêtre et s'agrippa au rebord : son regard alla de la terre verte au soleil qui se hissait, énorme, dans le ciel, dardant ses rayons ardents, qui faisaient briller la cime des arbres, les faîtages des toits, les ailes des oiseaux qui volaient çà et là en pépiant. Il sortit la main pour toucher les feuilles de l'arbre. Il contempla ce monde qui restait imperméable à la cupidité, à l'amertume ou à l'obscénité du commerce. Le paradis perdu de la fraternité humaine.

Il fit une pirouette sur le tapis gris, frappa les mains au-dessus de sa tête et rit de plaisir. Rafraîchi par une nuit de sommeil dans cet air si pur, il se sentait fort comme un bœuf, souple comme un guerrier, libre comme... Comme le papillon qui voletait d'une fenêtre à l'autre et qu'il regardait bouche bée.

Il se mit en route pour le boulevard Trevelyan : l'arôme évocateur du café frais et du jambon grillé, le bruit des conversations familiales arrivaient jusqu'à lui par les fenêtres ouvertes. Pris d'un transport de bonheur, il s'arrêta pour admirer un bouton de rose étroitement plissé qui dépassait d'une haie. Il était d'un vert si tendre, qu'il osa à peine le relever du doigt.

— Et quand ses pétales seront ouverts, s'exclama-t-il tout haut, qu'est-ce qui me sera arrivé ?

Soudain, alors qu'il respirait largement, il se rendit compte qu'il n'avait pas une seule fois songé à fumer depuis qu'il était descendu du train. Pourtant, à New York, il fumait toute la journée, et même au lit. C'était là une preuve irréfutable de la puissance purificatrice de la ville. À dater de ce jour, se promit-il, il allait se laisser pousser les ongles.

— Œufs au bacon ? lui lança Mac par-dessus la tête des clients qui bavardaient bruyamment. Le bacon est extra ce matin.

Aaron approuva du chef. Il n'avait pas envie de parler. Il était frappé par le contraste entre ce petit déjeuner et ceux de New York, café et beignet avalés à la hâte, debout, l'œil sur le taxi garé au bord du trottoir. Jamais il n'avait réussi à égaler l'indifférence des autres chauffeurs. Sans doute parce qu'il avait toujours tiré le diable par la queue. Depuis qu'il avait quitté l'école, il avait dû subvenir à ses besoins et à ceux de sa mère, il avait travaillé sans répit : barman dans un drugstore, portier, serveur dans une infinité d'endroits et, ces quatre dernières années, chauffeur de taxi. Pour chacun de ces boulots, la qualité du service était essentielle, à cause des pourboires. Mais à force d'être toujours sur la brèche, son système nerveux était épuisé et c'était un miracle qu'il reste debout. Il n'avait jamais eu le loisir de songer au mariage, jamais eu un sou pour emmener une fille au cinéma. Après la mort de sa mère, il avait continué à ce rythme, sans doute entraîné par la routine. Mais ces derniers mois, il avait atteint un tel paroxysme de dépression et de solitude qu'il avait commencé à mettre de l'argent de côté, comme s'il avait un but. « Il faut avoir un but dans la vie », c'était une phrase qu'il se répétait souvent, pour lui tout seul quand, le soir, il claquait enfin la portière de son taxi. Toute la journée, il conduisait des clients à des destinations précises, mais lui personnellement n'en avait aucune, à part une modeste chambre meublée quelque part dans la ville. C'était peut-être cela, son but dans l'existence, une petite ville et la paix de l'esprit. C'était suffisant. À trente-trois ans, il avait encore le temps de faire quelque chose de sa vie.

Un des clients assis le long du comptoir éclata d'un rire communicatif. Aaron sourit. Cela faisait dix-sept ans qu'il ne s'était pas senti aussi détendu. Il passa sa fourchette avec gourmandise sous les œufs brouillés.

Après son petit déjeuner, il se promena le long du Trevelyan Boulevard, examinant les devantures des magasins comme il l'aurait fait d'objets exposés dans un musée. Il regarda toutes les photographies d'équipes sportives dans la vitrine du coiffeur puis entra se faire raser et couper les cheveux.

Pete McNary, le coiffeur, avait les cheveux roux et était très bavard ; quand il en fut à parachever son œuvre en saupoudrant Aaron d'un peu de talc parfumé, ils avaient eu le temps d'épuiser une dizaine de sujets divers et même de passer à des considérations plus personnelles. Pete replia soigneusement, contre sa robuste poitrine, la blouse qui avait servi à Aaron. Il était bâti en armoire à glace, mais ses mains étaient roses et vives et il se mouvait avec beaucoup de grâce.

— Dites, il y a une ou deux fermes dans le coin qui chercheraient du monde, suggéra-t-il. Ils vont sûrement pas venir me voir de sitôt, mais si vous voulez, on peut y aller en voiture un après-midi après la fermeture et discuter avec eux. Vous n'avez qu'à me faire signe.

— D'accord, dit Aaron avec enthousiasme. Merci beaucoup.

Mais il avait encore envie d'explorer un peu et se promettait une longue période d'oisiveté.

Au-dessus du Trevelyan Boulevard, se perdant dans la verdure des prairies et des forêts, serpentaient les routes les plus tentantes qu'Aaron ait jamais vues. Il passa la moitié de l'après-midi à y musarder, caressant les petits veaux attachés dans les cours de ferme, bavardant avec une ménagère qui faisait des conserves de bleuets dans sa cuisine, toutes portes ouvertes, assistant à la traite des sept chèvres, assis dans la paille sur le seuil de la grange. Il leur apporta à chacune des poignées d'herbes fraîches qu'elles dévorèrent avec gourmandise. Il apprit les noms des meilleures laitières, le prix du marché, la teneur en matière grasse et se fit énumérer tous les sous-produits du lait de chèvre.

– Vous avez peut-être envie de goûter, maintenant que vous savez ce que c'est, lui proposa le paysan qui alla à la cuisine chercher un morceau de fromage brun et du pain blanc.

Le pain était chaud et friable dans sa main. Il n'avait jamais mangé quelque chose d'aussi délicieux. Ces moments passés à la ferme des chèvres semblèrent mettre le point final à une transformation profonde. En fait, il se sentait si exalté que toute pensée rationnelle devenait impossible. Il ne comprenait qu'une chose : jamais auparavant il n'avait éprouvé le simple plaisir d'être vivant.

III

Le hurlement prolongé de la sirène de midi retentit à la tannerie. Elle couvrait facilement tous les autres bruits ; Aaron, qui longeait la rivière sur une petite route tranquille, profita du bruit pour clamer son bonheur à pleins poumons. L'écho répercuta le bruit de la sirène dans les montagnes ; puis Aaron ne le distingua plus.

Cinq hommes émergèrent de l'ombre du bâtiment de l'usine Ils portaient chemises de travail bleues, pantalons et casquettes noircies. À longues enjambées, ils grimpèrent la pente herbeuse jusqu'à la route du pont qui menait à Trevelyan Boulevard.

– Bonjour ! cria l'un d'eux à Aaron. Les autres l'imitèrent de la voix et du geste.

Aaron s'adossa au mur de brique qui formait l'arrière du magasin principal et observa, rempli d'un mélange d'envie et de crainte, ces uniques représentants des légions de travailleurs manuels qui peuplent la terre. Ils n'avaient pas de gamelle, n'iraient pas non plus dans un café bondé pour déjeuner. Ils habitaient tout à côté et leurs épouses étaient en ce moment même en train de poser sur la table un plat préparé de leurs mains. Il cligna des yeux : ils se dressèrent tels des géants à la crête de la colline puis se dispersèrent.

IV

– Bonjour.

Aaron, qui s'était arrêté devant l'une des ouvertures du pont couvert, se retourna ; Freya était là, sur le pont de bois.

– Bonjour. Il sourit, sincèrement content de la voir. Tu vas bien ?

– Ça va.

Elle s'avança vers lui, pieds nus, traversant le rayon de soleil. Il voyait le délicat duvet sombre sur ses bras minces, les taches de rousseur sur sa peau, son nez pointu. Elle portait la même robe couleur lavande, avec le large ourlet imprimé de framboises.

– Tu veux que je te soulève ?

– Non, non.

Elle se hissa toute seule jusqu'au rebord en s'appuyant sur les avant-bras.

La sirène retentit, depuis le sommet de la plus haute cheminée d'usine. Ils étaient si près que le bruit leur fracassait les oreilles ; pourtant elle resta immobile, les yeux baissés vers le courant.

Aaron en oublia d'observer les cinq ouvriers. Il avait pris l'habitude de venir près de l'usine pour les sirènes de midi et quatre heures ; la ponctualité avec laquelle s'effectuait le changement d'équipes était un spectacle unique dans une ville où rien d'autre ne semblait être gouverné par la marche des heures. Mais aujourd'hui il ne pouvait détacher les yeux de la petite fille. Il avait oublié leur rencontre, le premier soir, et il lui était reconnaissant de s'être arrêtée pour le saluer.

– Celle-là, c'est la maison que je préfère visiter, lui dit-elle.

Il regarda dans la direction qu'elle indiquait et vit une maison qu'il n'avait pas encore remarquée, un peu en retrait à la lisière de la forêt. Blanche avec un toit violet ; les fenêtres, dans l'ombre, étaient couleur d'ardoise.

– C'est vrai ? Qui habite là ?

– Personne.

– Ah bon.

– Vous voulez aller voir ?

– D'accord.

Elle sauta sur ses pieds. Il la suivit, le long de l'usine et en haut d'une pente herbeuse.

La maison semblait toute neuve, mais les murs blancs portaient ici et là des taches de pluie et l'herbe arrivait à la hauteur des fenêtres du rez-de-chaussée. Aaron foulait l'herbe, tout content, aux côtés de la fillette qui, elle, avait les yeux rivés sur les fenêtres.

Elle s'arrêta devant la porte principale, peinte en rouge.

— On peut entrer par là

Ils pénétrèrent dans une maison vide qui sentait la peinture et le renfermé. Les parquets vernis étaient intacts, à part quelques traces de pieds nus dans la poussière. Freya nomma en baissant la voix les pièces principales. À l'étage, elle indiqua du doigt la chambre, où, assurait-elle, l'assassin avait tué la femme très belle qui venait juste de s'installer, avec son mari.

— L'assassin habite ici maintenant... dans la cave, chuchota Freya.

— Ah bon, répondit Aaron à voix basse. Un instant, il la crut.

— C'est pour ça qu'il ne faut pas faire de bruit, même si on a dessiné trois cercles autour de la maison.

Il la suivit au grenier.

— Vous voyez cette fenêtre ? C'est de là que le mari a appelé à l'aide la nuit où sa femme a été assassinée, seulement il était si terrorisé qu'il ne pouvait pas crier très fort, et personne ne l'a entendu.

Aaron considéra la fenêtre. Il imaginait le mari affolé essayant de hurler mais sans parvenir à sortir un seul son. Le mari portait un pantalon clair, peut-être une culotte de cheval, ses cheveux décoiffés entouraient un visage séduisant. Il se tourna vers Freya.

— Alors le mari s'est endormi et il a fait des cauchemars qui l'ont réveillé : il s'est enfui dans la montagne et on ne l'a jamais revu.

Sa bouche avait un pli sévère, comme ce premier soir sur la colline, et ses yeux semblaient contenir tout le pathétique de la tragédie.

— Maintenant il faut partir.

Il l'aida à refermer la porte d'entrée qui se coinçait. Ils traversèrent l'herbe haute jusqu'à la route qui menait à la ville. Elle ne lui adressa plus la parole et semblait à peine remarquer sa présence. Néanmoins, le fait qu'elle acceptât sa compagnie suffisait à Aaron, qui sentait se développer une espèce de complicité avec elle. Comme pour contrebalancer ce sentiment, il réalisa à quel point il était seul. Mais il profitait de ces sensations contradictoires, parce que cela renforçait sa capacité à ressentir les choses.

Quand ils furent arrivés sur le boulevard Trevelyan, Freya modéra son allure pour regarder les vitrines. Elle s'arrêta devant le bijoutier.

— Tu vois quelque chose qui te plairait ? dit-il d'un ton enjoué.
— Non, non.

Elle se remit en route et il la suivit, en se disant qu'il retournerait peut-être à la boutique pour lui acheter un petit souvenir.

Elle s'arrêta devant l'auvent du cinéma et contempla les photographies de plateau. L'odeur commune à toutes les salles de cinéma, douceâtre, humaine, un peu rance, qui avait tant excité Aaron à New York, s'exhalait des portes ouvertes du Clement-Olympia.

— On entre ! dit-il.

Découvrir avec elle des paysages inconnus, les péripéties de l'intrigue, lui semblait le plaisir le plus intense, maintenant qu'il s'était libéré de la banalité à laquelle il se croyait voué.

— Non, je n'ai pas envie, dit calmement Freya, et elle se remit en route.

Aaron avala sa salive et la suivit, un peu déboussolé. Au drugstore du carrefour, elle s'arrêta et leva les yeux vers lui.

— Bon, ben, je rentre chez moi.

Il resta confondu, maintenant que l'heure de la séparation avait sonné.

— Tu ne veux pas boire un soda ou autre chose avant de rentrer ?

— Non, non. Elle repoussa ses cheveux en arrière. Je connais un autre endroit à visiter, presque aussi bien que la maison.

— Où ?
— En remontant la rivière.

Il regarda dans cette direction, mais ne vit aucun bâtiment au-delà du pont. Elle descendit du trottoir.

— Peut-être on pourrait y aller demain. Au revoir, Aaron.

Il fut si surpris qu'elle utilise son prénom, et qu'elle s'en soit souvenue, qu'il resta planté là à la regarder partir, un sourire niais sur le visage. Quand il voulut retourner sur ses pas, quelqu'un se trouvait sur son passage.

— Bonsoir !

C'était George Shmid, le type qui se balançait sur la terrasse quand Aaron était arrivé chez Mme Hopley.

— Bonsoir, répondit Aaron.

George lui emboîta le pas.
— Vous avez fait une nouvelle connaissance ?
— Comment ?
Aaron plongea son regard dans les yeux bleus et vifs de George qui le regardait en souriant. George répéta ce qu'il avait dit. Il ne cessait de passer sa langue sur sa lèvre inférieure, épaisse, et qui se relevait aux coins, en forme de lyre.
— Vous savez, la fillette avec qui vous étiez.
— Ah, vous voulez dire Freya.
— C'est ça. George sourit de nouveau
Ils tournèrent dans Pleasant Street. Une petite pluie fine commençait à tomber, mais les feuilles faisaient un dais protecteur et aucune goutte ne passait.
— Où vous êtes allé explorer aujourd'hui ?
Aaron lui lança un nouveau coup d'œil et se souvint avoir dit à Mme Hopley, un jour, qu'il était allé « explorer les environs ». Mais il n'arrivait pas à s'intéresser à ce que disait George, et d'ailleurs cela lui était égal. Il était trop heureux tout seul pour désirer de la compagnie. Avec un bref sourire à peine poli, il planta là George, qui continuait à parler à mi-voix, allongea le pas et emprunta l'allée cimentée.

V

À partir de ce jour, c'est en compagnie de Freya qu'il passa ses moments les plus heureux. Ils se voyaient presque tous les jours en ville. Comme ils n'organisaient jamais leurs rendez-vous à l'avance, leurs rencontres avaient quelque chose de fortuit. Ils se disaient bonjour comme s'ils s'étaient trouvés dans la même pièce. Cette pièce, c'était Clement, remplie de mobilier géant, d'un fascinant bric-à-brac et de tapis volants. Clement était leur seul monde.

L'endroit dont Freya avait parlé, en amont de la rivière, était une usine de fabrication de couteaux désaffectée. C'était un long bâtiment bas fait de panneaux autrefois peints en rouge. Les pilotis qui étayaient l'arrière s'étaient effondrés et ceux de devant avaient été déterrés, si bien que tout l'édifice donnait l'impression d'avoir tenté de se suicider en se jetant dans la rivière. Aaron et

Freya s'étaient introduits à l'intérieur par une porte latérale, à l'aide d'une vieille échelle.

— C'est le triomphe de la rouille, s'exclamait souvent Aaron en entrant, ravi de ce bon mot. C'est épatant, cette ruine !

Ils dévalaient des parquets en pente pourris, qui ne craquaient même plus, vers le mur arrière, qui formait barrage pour l'eau de la rivière. Ils s'asseyaient sur une grosse poutre confortable, coincée en diagonale dans un angle, et admiraient le chaos de machines cassées, de pièces entremêlées. Des doigts de soleil passaient à travers les trous du toit et des murs, et semblaient désigner tel ou tel endroit à leur attention. C'était leur endroit à eux. Personne ne s'y était introduit, personne n'y avait même jamais jeté un coup d'œil, personne n'y avait fait allusion.

En général, dans cet endroit, Freya se montrait silencieuse, concentrée. Aaron balançait les jambes et contemplait le spectacle, les yeux exorbités, l'air un peu abasourdi, un sourire aux lèvres. Il imaginait le temps où l'usine tournait à plein régime, les vibrations des machines étincelantes, les allées et venues des hommes criant pour se faire entendre par-dessus le vacarme des moteurs. L'usine était arrivée au pic de sa production, puis avait décliné doucement jusqu'à la mise en vente, ou bien jusqu'à la mort du propriétaire ; le bâtiment avait été abandonné, et le processus de détérioration qui continuait sous ses yeux s'était déclenché. Parfois il se contentait de fixer les courroies craquelées, les rouages rouillés, les pièces détachées jonchant le sol, et son cerveau s'ouvrait à toutes les fantaisies.

Freya lui montrait quelquefois un objet tout rouillé, à moitié submergé dans l'eau stagnante sous leurs pieds. Elle s'exclamait, étonnée :

— Regarde ! Tu as déjà vu quelque chose d'aussi vieux ?

Aaron regardait ce qu'elle désignait, et ses pensées suivaient immédiatement celles de la fillette. Non, rien, nulle part, n'était aussi vieux. Aaron lui demanda un jour, tout excité :

— Tu imagines comment c'était quand il neigeait ? Toutes ces machines, ces couteaux brillants et la neige dehors ?

À d'autres moments, ils trouvaient l'endroit du plus haut comique. Toutes ces preuves de destruction par l'homme ou la nature leur donnaient de ces fous rires que les enfants ont parfois à l'église ou pendant un enterrement. Par exemple, ils arrivèrent un après-midi avec des sacs de bonbons qu'Aaron avait achetés à l'épicerie générale.

Il l'aida à grimper sur la poutre et ils s'assirent côte à côte, mastiquant les petits cœurs avec des messages inscrits dessus, les bâtons de réglisse et les caramels, enveloppés dans des papiers jaune et brun qui flottaient dans l'eau à leurs pieds.

— On danse ? proposa Freya.

Aaron la prit par les mains et la fit virevolter en pivotant sur la grosse poutre.

Soudain il sentit une présence étrangère et vit, près de la porte surélevée, une silhouette. Il arrêta Freya en la ramenant près de lui ; elle était si légère que son poids ne lui fit pas perdre son équilibre. Le type à la porte était Pete McNary.

— Bonjour, dit Pete, assez surpris.

— Bonjour, s'écria Aaron, presque au même instant.

Il lâcha Freya et eut un petit rire ; il se sentait embarrassé, contrarié.

— Qu'est-ce que vous faites là ?

Pete ne bougeait pas et son visage était dans l'ombre.

— Je rentre chez moi. Et vous, qu'est-ce que vous fabriquez ?

Aaron avait du mal à réaliser sa présence, à imaginer que quelqu'un soit capable de venir les dénicher dans cet endroit, lui et Freya.

— On ne fait pas grand-chose, répondit Aaron toujours avec le sourire.

Il jeta un coup d'œil à Freya, qui se tenait sur la poutre, les bras dans le dos, adossée au mur brisé, exactement comme l'après-midi où il l'avait vue pour la première fois, adossée à un arbre.

— J'ai entendu des voix. Je ne savais pas ce qui se passait.

Pete se justifiait, sur un ton un peu pincé.

— Oh, on vient là de temps en temps, répondit Aaron.

Pete regarda Aaron, qui soutint son regard sans broncher. Ni l'un ni l'autre n'avaient rien à ajouter.

— Bon, ben, je vais rentrer.

Aaron écouta les pas prudents sur l'échelle. Il avança la main et Freya la saisit.

VI

Quand Aaron lui avait posé, maintes et maintes fois, des questions sur sa vie, elle lui disait qu'elle avait dix ans et qu'elle n'était jamais allée à l'école parce qu'elle aidait sa mère qui était blanchisseuse à domicile. Pourtant jamais elle ne l'avait quitté pour aller aider sa mère ; hormis pour manger et dormir elle n'était jamais chez elle. Il n'était pas troublé par la vision de la mère de Freya penchée sur la lessive de ses clients, et Freya ne semblait pas non plus s'en soucier. Ils étaient trop occupés avec les inventions de leurs propres cerveaux, qui dépassaient ce qu'Aaron recherchait autrefois au cinéma. Freya ne voulait jamais aller voir un film avec lui et il avait cessé de l'inviter, en ayant moins besoin lui-même.

Souvent ils allaient s'asseoir en haut de la colline où Aaron s'était rendu le premier soir, d'où l'on avait une belle vue sur la ville. Avec quelques phrases, ils recréaient pour eux seuls le monde de Clement tel qu'il avait été pendant la période de la guerre d'Indépendance, ou bien quand les hommes portaient l'habit et que les femmes se corsetaient dans leurs robes, l'époque où l'usine envoyait chez les marchands de la vallée ses couteaux solides et bien faits. Et sans doute, ces rêves éveillés qu'il partageait avec elle, où ils décidaient du sort de leurs héros, satisfaisaient le désir qu'avait Aaron de faire quelque chose de sa vie. Au sommet de la colline ensoleillée, il se sentait enveloppé de bonheur. Il regardait les quelques passants et les rares voitures sur le Trevelyan Boulevard comme il aurait regardé un spectacle de marionnettes, et il se sentait en harmonie avec ce spectacle. Les trains entraient en gare, lâchant de grands jets de vapeur, comme des jouets, amenant avec eux la certitude de la bienveillance, de la perfection de l'univers. Il essayait d'expliquer tout cela à Freya ; celle-ci, assise impassible auprès de lui à contempler la ville, n'avait pas l'air de comprendre ce qu'il voulait dire.

Le lien qui les unissait était plus léger que l'air lui-même. C'était une liberté complète, aussi bien individuelle que mutuelle. Ni l'un ni l'autre n'avaient de tâche ou d'obligation, pas même envers l'autre. Ils savaient pourtant qu'ils étaient les élus de Clement, que tout ce qu'ils voyaient n'existait que pour leur amusement. Ils avaient la joie en tête ; cela ne se trahissait peut-être que dans la façon dont ils regardaient les choses, soit ensemble, soit chacun de leur côté : une sorte d'arrogance innocente.

VII

— Vous la voyez beaucoup en ce moment, la petite Wolstenholme, non ?

Aaron la regarda en clignant des yeux. Il sortait de la salle de bains et avait failli entrer en collision avec elle dans le vestibule. Il sourit :

— Ah, mais oui, répondit-il avec franchise. Il avait quitté Freya à peine une demi-heure auparavant. On fait beaucoup de promenades ensemble.

Mme Hopley hocha la tête, les yeux fixés sur la boucle de ceinture d'Aaron, qui portait la lettre B.

— Bien sûr, vous ne pensez sans doute pas à mal, mais il y en a qui commencent à jaser.

— Penser à mal ?

Le savon lui échappa des mains et s'en alla glisser le long des marches.

— C'est vrai quoi, ça a l'air bizarre. Un homme adulte et une fillette comme ça.

Elle parlait très vite.

Aaron avait descendu quelques marches pour récupérer le savon, couvert de poussière et dégoûtant au toucher. Il souffla dessus, ouvrit le gant de toilette et le posa à l'intérieur. Quand il releva la tête, il vit les yeux de Mme Hopley, énormes et effrayants.

— D'ailleurs, je vois pas pourquoi ils en feraient une histoire, dit-elle avec mépris.

— Faire une histoire ?

Mme Hopley le considéra un moment, puis baissa les yeux vers le sol comme si elle cherchait ses mots. Sur un ton amer, et comme si elle se parlait à elle-même, elle poursuivit :

— Avec des moins que rien comme les Wolstenholme, y a pas de quoi en faire un plat.

— Comment ?

— Des moins que rien, je vous dis. Le père est mort au cours d'une bagarre, dans un bar. Et la mère ne vaut pas mieux. Une sale engeance qui fait tache dans la ville.

— Le père a été tué ? Ici, à Clement ?

— Ici ? Y a pas de bar ici.

Aaron demeura silencieux.

– Vous pensez chercher du boulot en fin de compte, je suppose ?

Le tourbillon de pensées qui brouillait son cerveau s'arrêta net ; il fut contraint de penser à son oisiveté.

– Oui, oui, bien sûr.

Il se demanda s'il devait à nouveau donner des explications, dire qu'il avait mis de l'argent de côté pour justement se payer un peu de vacances.

– Faudrait peut-être vous y mettre.

Son regard se tourna vers l'escalier, semblant l'entraîner. Aaron resta sur place, pétrifié par la honte et un sentiment de culpabilité. Il allait chercher du travail immédiatement.

VIII

– Bonjour, Pete !

Pete était devant la porte de sa boutique, cherchant ses clés. Aaron allait répéter « Bonjour » quand il réalisa soudain que Pete ne lui avait pas répondu. Il l'avait entendu, il l'avait vu, cela ne faisait pas de doute : Pete lui battait froid.

Aaron passa rapidement devant la boutique du coiffeur avant que Pete n'ait le temps de se retourner et de le voir par la vitrine. Il avait pensé se faire raser ce matin-là avant d'aller chercher du travail. C'était sûrement un hasard et Pete ne l'avait pas entendu. Il poursuivit son chemin lentement, troublé pourtant parce qu'il sentait qu'il n'aurait pas le courage d'entrer dans la boutique du coiffeur.

Il aurait voulu passer le reste de la matinée à arpenter les routes qu'il aimait, pour dissiper l'irritation causée par les remarques de Mme Hopley, et chercher à comprendre l'attitude de Pete. Mais il se dirigea, l'air sombre, vers la tannerie. D'une part, c'était là qu'il était le plus susceptible de trouver du travail à Clement. Et puis aussi à cause de la laideur de l'endroit, qu'il n'aimait pas. Les paroles de Mme Hopley touchant à son oisiveté avaient troublé sa conscience à tel point qu'il commençait à craindre que la ville ne le considère comme un bon à rien s'il ne trouvait pas du travail au plus vite. Et si Pete ne l'avait pas salué, c'était peut-être bien qu'il commençait à le prendre pour un vaurien.

Le contremaître sortit de l'atelier, les mains couvertes de graisse, et déclara à Aaron qu'on n'embauchait pas en ce moment.

– De toute façon, il vous faudrait un peu d'expérience avant qu'on vous emploie, même à la manutention.

– Je comprends très bien.

Le contremaître ajouta autre chose et indiqua une direction mais Aaron, qui le fixait avec insistance, ne l'entendait plus, torturé par ce changement effrayant dans leurs relations : alors qu'hier encore ils se saluaient dans la rue, aujourd'hui tout était bouleversé et ils avaient des rapports de patron à ouvrier.

Quand le contremaître se tut, Aaron le remercia et remonta la pente au pas de course.

Il entra sur le pont couvert et se dirigea vers une des ouvertures, du côté opposé à l'usine. Il posa les avant-bras sur le rebord, se recroquevilla sur lui-même, essayant de se faire aussi petit que possible, et commença à se ronger les ongles du pouce.

Ce contremaître, dans cet échange de dix minutes, avait radicalement changé le monde dans lequel il avait vécu depuis un mois. Il avait bouleversé sa position dans la ville, qui devenait ignoble, inconfortable, mercenaire. Il avait démoli ce sentiment d'innocent paradis. Non seulement Aaron avait dû lui demander du travail, mais en plus il lui avait dit non.

Soudain, de son poste dans l'encoignure, il sentit que la ville devenait hostile et froide. Il frissonna comme s'il avait été en présence de quelque manifestation surnaturelle. La berge familière de la rivière lui faisait peur, ainsi que le clocher au milieu des arbres et la grange dont il apercevait juste le toit, où il avait si souvent rendu visite aux chèvres. Il fut pris d'un tremblement en apercevant Mme Coolidge, la femme du directeur de la poste, qui empruntait le pont du côté opposé à lui. Il se demanda si elle lui adresserait la parole. Il se rappelait qu'elle lui avait souri le dimanche précédent, à l'église. Presque tout le monde lui avait souri et on lui avait tendu un livre de cantiques ouvert quand la congrégation s'était levée pour chanter. Mais peut-être leurs sourires avaient-ils été, dès le début, sarcastiques ou apitoyés ?

Aaron se lança en avant, s'inclina légèrement et se força à prononcer : « Bonjour, madame Coolidge !

– Bonjour, répondit-elle, avec de l'étonnement dans sa voix rauque.

Elle s'éclaircit la gorge et s'éloigna, sans ralentir son allure. Il la regarda, saisi d'incertitude. Qu'avait-elle voulu dire ? Que signifiait réellement ce « Bonjour » ? Il s'agrippait au rebord de l'ouverture, luttant contre un désir presque irrésistible de courir derrière elle pour lui demander des explications. Les yeux fixes, les sourcils froncés, il se remit à dévorer ses ongles. Il repensa à Mme Hopley, à Pete devant son magasin, à Mac, qui s'était montré froid la veille au soir. Wally, l'employé du chemin de fer, s'était contenté d'un geste de la main pour le saluer. Il se rappela le sourire de George Shmid quand il lui posait des questions sur Freya. Il discernait un manque de sincérité dans les voix des gens quand ils s'adressaient à lui, croyait se souvenir d'occasions où on avait fait semblant de ne pas le voir. Et si toute la ville le soupçonnait, montrait du doigt ses rapports avec Freya ? Tous les habitants avaient pu les voir ensemble, c'était certain. Avait-on fait allusion devant lui à Freya et aux Wolstenholme ? Étaient-ils si pestiférés que personne n'osait parler d'eux ? Oui ou non, les habitants de la ville l'accusaient-ils de péché ? Et si oui, alors pourquoi ne pas le dire en face ?

Aaron entendit soudain derrière lui une détonation, comme un coup de feu. Il se retourna : ce n'était qu'une planche du pont qui, délogée par une voiture qui s'approchait, se remettait en place avec un bruit sec.

IX

Ce n'était qu'une voiture : il se sentit soulagé, plus détendu. Il y eut comme un déclic dans son cerveau et une idée se mit à prendre corps : pourquoi ne pas aller faire ses paquets et quitter la ville ?

Voulant éviter le Trevelyan Boulevard, il préféra rejoindre Pleasant Street en empruntant la route tranquille qui longeait la voie ferrée et la rivière. Il croisa un vieillard et une jeune femme qu'il ne connaissait pas et qui ne prêtèrent pas attention à lui. À chaque fois, il ressentit un léger choc, mais il balançait les bras, rythmiquement, ce qui lui donnait l'air d'être à l'aise et le réconfortait.

Il n'était plus qu'à un pâté de maisons ; il vit George Shmid déboucher de l'allée et partir dans la direction opposée. Quand il vit ce dos râblé, horriblement familier, il comprit soudain qu'il ne pouvait plus affronter les gens qu'il connaissait, Mme Hopley, le manutentionnaire, les locataires. Et pourtant, il ressentait l'envie de courir après George pour lui expliquer ce qu'il en était, pas pour lui-même ou pour Freya, mais pour la ville elle-même. Mais à supposer qu'il arrive à s'expliquer, cela suffirait-il à revenir en arrière, à ramener la ville à son état antérieur? Et d'ailleurs comment s'y prendrait-il? Qu'y avait-il à expliquer?

Son cerveau était paralysé par un sentiment qu'il mit quelque temps à identifier. Une sorte de culpabilité. Mais de quoi était-il donc coupable? En quoi n'avait-il pas été à la hauteur? De quelle tare était-il affligé pour que la ville n'ait pas voulu de lui? Cette faute mystérieuse semblait remonter très loin dans le temps, avant même l'intermède à New York : il n'arrivait pas à l'appréhender, à s'en défaire. L'instant d'après, cette espèce de lucidité passagère disparut : la culpabilité et sa cause étaient à nouveau enfermées en lui.

Il rebroussa chemin et marcha à pas rapides mais mal assurés vers le chemin de terre désert qui amenait à proximité de la tannerie, avant de longer la rivière vers le nord, loin de Clement.

Le sentiment de désespoir qu'il ressentait en quittant la ville de cette manière, il aurait presque pu l'éviter; c'était cela qui le faisait le plus souffrir. La ville se désagrégeait à chacun de ses pas, les façades du Trevelyan Boulevard, le *Dandy Diner*, tous les beaux arbres autour des maisons, sa chambre chez Mme Hopley, toutes ces belles choses qu'il avait, d'une façon ou d'une autre, contribué à détruire. Et même Freya, sa meilleure amie. L'idée qu'il ne reverrait plus jamais Freya l'agitait tout entier, il dodelinait de la tête comme un homme ivre. La rivière, la voie ferrée, les hommes qui montaient lentement vers la tannerie, la sirène de midi, les bons repas servis par Mac, les matinées passées dans sa grande chambre : avec eux disparaissaient toute la joie de son existence et l'idée d'un avenir possible.

Il marcha tout droit devant lui, jusqu'à ce que disparaisse la rivière, et que le soleil ait changé de position. Tout ce qu'il savait, c'était qu'il laissait la ville derrière lui. Ses pieds foulaient tristement les hautes herbes. Il trébucha soudain, et n'eut pas la force de se retenir. Rester immobile était délicieux. Il vit défiler devant ses yeux la rivière, la voie ferrée, les façades du Trevelyan Boulevard; les vieillards aux cheveux gris, l'église et les livres de cantiques, la voie ferrée, Freya, l'usine de couteaux, le bouton de rose, tous ces matins qui promettaient un avenir et n'apportaient que le néant.

La chasse au trésor

Sur le quai du métro, près d'un pilier où était fixé un distributeur, un sac militaire était apparemment abandonné. Levant les yeux de la page des bandes dessinées du *Daily News*, il l'observa pendant presque une minute, et fut parcouru d'une sorte de tressaillement qui fit ballotter sa grosse tête. Lentement, l'air innocent, il étudia les sept ou huit personnes qui attendaient leur train. Une rame arriva, les voyageurs montèrent, d'autres descendirent. Mais quand il repartit, le sac était toujours là. Il se rapprocha, tenant le journal, maintenant oublié, devant lui, traînant sa jambe gauche difforme et se redressant sur l'autre, comme une machine déréglée.

Un soldat, devant lui, mit un penny dans le distributeur de chewing-gums et s'appuya sur la machine, les chaussures croisées près du sac qui était de la même couleur que le pantalon. Le boiteux s'éloigna lentement en claudiquant. Un nouveau train arriva et le soldat monta dedans sans un regard pour le sac.

Comme le boiteux se rapprochait, il vit un homme avancer vers lui, un type plutôt petit coiffé d'un feutre vert et vêtu d'un manteau en poil de chameau déboutonné, sur un costume bleu roi. Il avait de petits yeux verts qu'il fixa sur le boiteux, qui continua à claudiquer timidement, fasciné. Ils se croisèrent de si près que leurs manches se frôlèrent. Quand ils furent arrivés au niveau du sac, ils s'arrêtèrent, se retournèrent l'un vers l'autre, l'un lentement, l'autre vif comme un renard, et échangèrent un regard.

Le petit homme, mal rasé, aux traits fripés, fixa le boiteux du regard et se mit à le jauger en penchant la tête de haut en bas, à droite et à gauche; il nota le visage simple et laid, le pardessus défraîchi. Regardant droit devant lui, il marcha sans se presser vers le sac jusqu'à le toucher de sa chaussure marron. Il se hissa sur la pointe des pieds et ses semelles de bois claquèrent fièrement sur le ciment. Le boiteux avait reculé de quelques mètres. Le petit homme alla rapidement jusqu'au bord du quai, scruta le noir tunnel puis regarda sa montre.

Quand il se retourna, le sac avait disparu et le boiteux remontait le quai en traînant la jambe vers la sortie qui débouchait sur la Troisième Avenue. Il ne se pressait pas, mais sous l'effort, son visage s'enfonçait dans le revers de son manteau. Un bras battait l'air.

Le type au manteau en poil de chameau hésita, puis se lança à sa poursuite. Le tunnel en pente renvoyait en écho le claquement de ses semelles de bois.

Le boiteux se hissa par la force du poignet jusqu'en haut de l'escalier. Dehors, il pleuvait, une petite pluie fine, comme découragée. Il n'était que six heures moins le quart, mais déjà la nuit tombait. Le boiteux se mit à remonter la Sixième Avenue, dépassa le grillage qui entourait les terrains de handball en ciment, le petit jardin et la rangée de bancs. À ses trousses, les claquements continuaient et il se rendit compte, avec une certaine appréhension, que l'homme aux yeux verts le suivait. Il allongea le pas, clopin-clopant, cala le sac sous son bras.

Après qu'il eut parcouru quelques mètres, l'homme aux yeux verts le héla, en lui faisant signe de venir vers lui :

— Hé là-bas !

Le boiteux continua son chemin.

— Hé là !

Le petit homme se précipita, saisit le bras qui battait l'air de façon désordonnée et obligea le boiteux à pivoter sur lui-même. Il avait l'air mécontent et sûr de lui.

— Ce sac est à moi !

Le boiteux considéra le sac qu'il serrait sous son bras ; son visage ne trahissait aucune émotion. Il entrouvrit ses lèvres larges et fendillées, mais aucun son ne sortit.

Le petit homme considéra les yeux indolents, le nez et la bouche écrasés de manière grotesque entre le front au teint terreux et la mâchoire imberbe. Une oreille était pliée en deux par la casquette à carreaux noirs et bancs. À la place de l'autre oreille se trouvait une tache de chair blanche qui ressemblait à l'ouverture d'un ballon gonflable serré par une ficelle.

Il arracha le sac de sous le bras du boiteux, l'ouvrit à moitié avec brutalité, jeta un bref coup d'œil à l'intérieur et le referma. Il regarda l'autre en face, calmement.

— Voleur ! Espèce de crétin !

Il fit une grimace de mépris.

— Je devrais aller vous dénoncer.

Et il partit, le sac sous le bras, remontant la Sixième Avenue.

Le boiteux, les yeux rivés sur le sac que le type avait mis sous son bras, les regarda s'éloigner tous les deux. Son corps fut pris d'une convulsion et il se jeta soudain à la poursuite du manteau en poil de chameau, le long du bloc qui menait à la Huitième Rue. Ses grandes jambes allaient si vite qu'il n'était qu'à une centaine de mètres de lui quand le type s'engouffra dans un bar et disparut.

Le boiteux ralentit l'allure et s'arrêta devant le bar qui faisait grill. Par-dessous sa casquette, il regardait tranquillement l'intérieur, la main posée sur le tube de métal poisseux d'un panneau de parking. Il haletait et son haleine projetait des volutes de vapeur blanche.

À l'intérieur, au-dessus du rideau gris qui dissimulait à moitié la fenêtre, le boiteux voyait le chapeau vert quand le type baissait la tête pour boire sa bière. Il se rapprocha de la fenêtre et vit que le type avait posé le sac sur le tabouret d'à côté. Au bout d'un moment, celui-ci ouvrit la fermeture Éclair et mit la main à l'intérieur. Le boiteux sentit un poids qui oppressait sa poitrine. Toujours aussi lentement, le type referma le sac, croisa son cache-col sous son pardessus, en penchant la tête pour éviter la fumée de cigarette.

Le boiteux fit quelques pas timides sur le trottoir, se dissimula sur le seuil d'une mercerie, guettant la porte du bar.

Le type sortit avec le sac militaire et traversa la Sixième Avenue, en passant devant la prison pour femmes, du côté gauche de Greenwich Avenue.

Derrière lui, le boiteux se contentait d'accorder son pas sur celui de l'autre, qui avait ralenti l'allure. Il fallait d'abord qu'il trouve quoi dire au type aux yeux verts. Malheureusement, son cerveau semblait incapable de fonctionner normalement, il n'arrivait pas à produire une idée précise, les mots précis, à imaginer autre chose que le moment présent. Il suivait donc, le long de la rue, obstiné, les yeux fixés sur le sac kaki. Arrivé à la Septième Avenue, le type traversa ; le boiteux, lui, fut pris dans un flot de circulation. Les lumières de la ville s'allumèrent soudain sur l'avenue, les unes après les autres, et le ciel en parut plus sombre. Le boiteux se trouvait à un bloc derrière le type quand celui-ci tourna dans Jane Street, vers l'ouest. La rue était mal éclairée, mais le boiteux voyait la tache pâle du manteau ; une ou deux fois, il entendit une semelle racler le sol bruyamment, devant un garage, où le trottoir était en pente.

Le manteau en poil de chameau traversa Hudson Street, se dirigeant toujours vers l'ouest, puis emprunta Greenwich Street vers le nord.

Toujours à ses trousses, le boiteux aperçut à deux blocs un espace éclairé dans lequel le type s'engouffra. Il pressa le pas, passa devant les perrons qui empiétaient sur le trottoir, les poubelles et leurs couvercles que son pied boiteux cognait parfois avec un bruit désagréable.

La lumière venait d'une cafétéria moderne, chromée, qui ressemblait à un wagon de train électrique. Comme la première fois, le boiteux s'approcha précautionneusement. La cafétéria, un peu surélevée, était très éclairée. À travers les fenêtres embuées, il voyait les menus noir et blanc accrochés aux grosses machines à café étincelantes. Entre une casquette noire de gardien et un béret de marin se trouvait le chapeau vert. Le boiteux tourna à l'angle et vint longer le grand côté de la cafétéria. Une porte en verre lui permettait d'observer l'intérieur. Le type avait mis le sac militaire sur ses genoux, coincé entre le rebord du comptoir. Ses chaussures jaunâtres et humides reposaient, en canard, sur le barreau du tabouret.

Le vent qui venait du fleuve projetait en hurlant la pluie contre la paroi métallique de la cafétéria, déchirant la pâle fumée qui sortait du ventilateur. Un fumet de hamburgers, de bacon et d'œufs frits au beurre arrivait jusqu'à lui. Son estomac protesta faiblement. Les lèvres fendillées, sous le nez recourbé, se pincèrent davantage ; il battit des paupières sur ses yeux bleus.

Le serveur derrière le comptoir posa une assiette d'œufs jaunes, d'un geste ample et généreux, devant le manteau en poil de chameau ; les épaules carrées se penchèrent en avant. Le bras droit portait rapidement la fourchette pleine à sa bouche, et enfournait les triangles de toast beurré dans son gosier, derrière le chapeau vert. L'assiette vidée, il tira une serviette en papier du distributeur et se moucha si bruyamment que même dehors, l'infirme put l'entendre. Il laissa tomber la serviette par terre et attaqua la part de tarte.

Le boiteux avait les yeux rivés sur le sac : il nota que quelque chose gonflait une des extrémités et que l'homme n'y prêtait pas attention. C'était peut-être du linge sale, se dit-il avec un pincement au cœur, des boîtes de conserve, des ordures ? Non, il y avait sûrement quelque chose de plus précieux à l'intérieur, pour que le type aux yeux verts y tienne tant. Des oranges peut-être, des sandwiches, des chaussettes, de l'argent même.

Finalement le type repoussa son assiette et la fumée d'une cigarette s'éleva de dessous son chapeau. Une cigarette blanche et nette dans sa main poilue. Il avala le reste de son café, se leva, remit son manteau et fouilla dans sa poche.

Le boiteux fut soudain tenté de s'enfuir. Il recula jusqu'à l'extrémité de la devanture, d'où l'on avait une bonne vue sur l'entrée, le pied gauche reposant légèrement sur le trottoir, prêt à partir dans n'importe quelle direction.

L'homme sortit de la cafétéria en fumant une cigarette, le sac sous le bras, et descendit une marche ; il aperçut la silhouette dissimulée dans un coin sombre. Le boiteux, gêné, se tortilla.

L'homme au sac resta un long moment immobile. Il se mit à marcher, mais ne vit pas la deuxième marche et trébucha ; la cigarette tomba par terre. Inquiet, il s'arrêta à nouveau, détourna les yeux du boiteux et traversa la rue tout droit, se dirigeant une nouvelle fois vers Greenwich Street. Il marchait plus vite encore et en quelques secondes l'autre l'avait perdu de vue.

Il entendait l'infirme qui se traînait derrière lui dans l'obscurité et commença pour la première fois à avoir peur. Il hâta le pas, remontant le sac sous son bras, la bouche tordue de côté, en souriant pour se rassurer : le sac n'avait pas de valeur, pourquoi avoir peur et pourquoi cet individu le suivait-il ? Dans trois minutes au plus il aurait atteint la Quatorzième Rue et aurait rejoint le lieu de rendez-vous.

Le boiteux avançait en gaspillant beaucoup d'énergie, faisant un mouvement de pagaie avec ses deux longs bras : c'était à chaque fois comme s'il manquait tomber et ne se rattrapait qu'à la dernière minute. Voyant qu'il comblait son retard, il se sentait rasséréné. Il s'imagina en train de monter son escalier avec le sac, arriver à sa chambre, s'asseoir sur le lit et l'ouvrir enfin. Mais il fallait d'abord qu'il dise à l'homme : « J'étais sur le quai longtemps avant vous. » Il essaya de répéter cette phrase, hors d'haleine, le menton dans son col relevé : « Je... je... j'étais... j'étais là long... temps... a... vant... vous. » Sa pomme d'Adam, protubérante, montait et descendait. « ...temps... a... vant... vous », répétait-il, essoufflé.

Il fallait qu'il le dise correctement. Pour cela, il lui fallait du courage. Il rappela à sa mémoire l'un des rares moments de bonheur parfait qu'il ait jamais connus, la voix et les paroles qui l'avaient rendu heureux : « *Archie n'est pas idiot. Quand il dit quelque chose, c'est toujours sensé.* » C'était M. Hendricks qui avait dit ça. M. Hendricks lui souriait toujours et il parlait toujours avec lui. Et c'était en parlant de lui, Archie, qu'il avait dit cela, Archie qui poussait les chariots à l'imprimerie du journal. M. Hendricks était un des chefs de rubrique. C'était dans la cage d'ascenseur, il s'en souvenait très bien. M. Hendricks parlait à Ryzek, le contremaître. « *Archie n'est pas idiot. Quand il dit quelque chose, c'est toujours sensé.* » Il s'était senti si heureux à ce moment-là qu'il lui suffisait simplement d'évoquer ces paroles pour ressentir le même bonheur, et il avait toujours dans les oreilles la voix de M. Hendricks : « *Archie n'est pas idiot...* »

Il se sentait fort et courageux. Il allait rattraper le type avec le sac. Il dirait des mots qui auraient un sens.

Il en arrivait à ramener la situation à une sorte de malentendu que quelques mots dissiperaient. Sa semelle buta bruyamment contre le rebord d'un trottoir.

Le type au manteau en poil de chameau lança un regard derrière lui. La peur le tenait maintenant au ventre et il força l'allure, propulsé par une énergie surhumaine. Il traversa en courant le carrefour de la Quatorzième Rue, sur les pavés usés et les rails de tramway. La Quatorzième Rue était déserte et, sur une centaine de mètres, aussi sombre que la rue où il se trouvait. Il revint sur ses pas, vers Greenwich Avenue. Pendant quelque temps, il marcha sur la pointe des pieds, pour faire croire au boiteux qu'il avait tourné dans la Quatorzième Rue. C'est alors qu'il donna un coup de pied dans un obstacle qui glissa sur le trottoir avec un crissement.

« Nom de Dieu ! », dit-il, et ses dents sales se mirent à claquer. Il se retourna et resta immobile, l'oreille tendue. Le raclement des chaussures, irrégulier, caractéristique, parvint jusqu'à lui. Il partit au trot. « Mais quel crétin, je me fais courser par un débile mental, maintenant, murmura-t-il. J'aurais dû prendre la Quatorzième pour le rendez-vous... » Ses pieds semblaient à peine toucher le sol, et pourtant il avait l'impression d'être happé par-derrière. Le boiteux commença à prendre des proportions fantastiques dans son imagination, devint le monstre mécanique inexorable d'un cauchemar. Il avait l'impression que ce n'était plus le sac qu'il pourchassait maintenant, mais lui-même, mû par un désir de vengeance. Il serra le sac encore plus fort contre lui et décida de prendre la prochaine rue, même si elle n'était pas éclairée, pour arriver à un endroit où il y aurait du monde.

Son cœur commençait à palpiter irrégulièrement de façon erratique, s'emballer puis ralentir brusquement. Il diminua la cadence aussitôt. Ce n'était pas indiqué de marcher aussi vite quand on avait le cœur fragile. Et s'il allait avoir une crise cardiaque et tomber là, dans le caniveau ? « Et s'il me suit toute la nuit ? Et s'il se met à me suivre tout le temps ? Qu'est-ce qu'ils diraient les gars au local s'ils me voyaient avec ce sac minable, coursé par un idiot ? »

Il se trouvait être le trésorier d'un club où il faisait de temps en temps des interventions ; la dernière remontait à deux semaines auparavant : il avait mis en cause Putterman, qui était assis à moins de deux mètres de lui. « *Ce n'est pas souvent que je me sens dans l'obligation de prendre la parole pour critiquer un camarade* », avait-il conclu, en s'essuyant les lèvres avec son mouchoir. « *Mais ce qui compte pour moi, c'est l'A-sso-cia-tion !... Moi je dis que Putterman c'est le genre de type qui vous dit en face que tout va bien et puis... et puis...* » Là il avait tendu le doigt – et cela lui rappelait curieusement la façon dont il avait interpellé le boiteux. « *... et après il va raconter des crasses aux supérieurs... Messieurs, j'ai des preuves et je vous les présente !* » Il avait été très applaudi. Putterman avait été éjecté après un vote oral. Que diraient les gars s'ils...

– Hé ! cria le boiteux, tout près de lui. Hé là !

Il essaya d'attraper le manteau jaune avec sa main de pantin. L'autre homme fit un bond en arrière et hurla :

– Vous le voulez ? Eh bien prenez-le !

– Hé là... Je voulais juste...

Mais l'homme au manteau en poil de chameau était déjà loin ; ses semelles qui claquaient étaient en train de courir maintenant, tournaient au carrefour, vers l'est.

Il baissa ses grandes mains osseuses, tâtonna sur le trottoir, agrippa le sac et le mit à l'abri dans ses bras, calé par les grosses manches de son manteau. Archie continua son chemin, tenant le sac si serré contre lui qu'il lui vint de l'affection pour lui ; il se sentait heureux, réchauffé. Le souvenir du type au manteau jaune se dissipa dans son esprit. Il sentait l'odeur du tissu kaki, une bonne odeur de textile. Sa bouche flétrie s'élargit en un sourire serein.

Il marcha jusqu'à la Vingtième Rue et prit vers l'est. Il ne chercha pas à savoir ce qu'il y avait dans le sac. Son visage avait retrouvé son expression de vacuité habituelle. Il regardait droit devant lui, sans remarquer son ombre répercutée par chaque réverbère, cette ombre dont la tête se tordait parfois en un dessin étrange sur le trottoir.

Arrivé devant une maison à la façade de grès brun, il se hissa en haut du perron en s'agrippant à la grosse balustrade, sortit sa clé et entra. Le vestibule était éclairé par une petite ampoule solitaire au plafond. Il monta l'escalier, en s'aidant des frêles barreaux de la rampe. À chaque étage, il donnait un grand coup de tête en avant. Au quatrième, il s'arrêta devant une porte carrée et basse, tellement abîmée par les coups de pied et les empreintes de doigts que la peinture marron était à peine visible. Il ouvrit le cadenas avec une autre clé.

Une fois chez lui, il alla directement allumer la lampe en col de cygne, sur la table couverte d'une toile cirée, près du réchaud à gaz. La lumière jaunâtre éclairait une chambre en forme de cube, meublée d'un lit qui s'incurvait comme un hamac, d'une table à pieds cannelés, d'une chaise, d'une table de nuit faite d'un cageot renversé et d'une vieille commode cabossée. Partout sur les murs se trouvaient de tout petits morceaux de papier, arrangés symétriquement et si près les uns des autres que l'effet était presque décoratif. Il s'agissait des noms et des adresses de tous les gens qu'il connaissait, tous les employés de l'imprimerie du journal, y compris les femmes de ménage, le nom et les horaires de l'épicerie du coin de la rue, de la boutique de cigares, du drugstore, ainsi que de nombreuses adresses recopiées à partir des publicités qu'on lui avait adressées récemment.

Il accrocha son manteau derrière un rideau qui délimitait une sorte de placard, dans un coin. Sa tête longue et plate sur le dessus, vue de profil, évoquait les déformations d'une projection Mercator. Il avait les cheveux blonds et très fins, en mèches désordonnées autour du visage. Dans sa chambre, il se mouvait avec une certaine grâce, comme s'il était complètement à l'aise et connaissait la position exacte de chaque objet.

Il porta le sac sur son lit et s'assit sur le couvre-pieds tout chiffonné. Une sensation de plaisir parcourut ses doigts quand il toucha la fermeture Éclair dorée, dont le crissement évoquait richesse et merveille de la mécanique. Sa bouche fripée s'ouvrit plus largement, il haussa ses sourcils blonds, curieux de ce qu'il allait découvrir. Il écarta les bords du sac : à l'intérieur, on distinguait des colonnes de papier glacé bleu, doré, rouge, jaune, vert, gris, mauve et blanc ; une pile par couleur et le tout formant un bloc. Des centaines de paquets de chewing-gums et de chocolats à un sou, emballés, immaculés.

Son enthousiasme retomba, laissant la place à une vague déception, un malaise. Les sourcils s'abaissèrent et il resta la bouche ouverte. Et puis, attiré par le kaléidoscope des couleurs, il sortit une dizaine de chocolats de leur boîte, les pressa les uns contre les autres entre son pouce et son index et se mit à rire, jusqu'à ce que la pile se brise et se répande sur ses jambes, le lit et le sol. Il replongea la main dans le sac et cette fois-ci ramena un grand nombre de boîtes de chewing-gums vertes, qu'il laissa tomber en cascade de sa paume sur ses cuisses qu'il serrait l'une contre l'autre. Il prit d'autres chocolats et les fit passer entre ses doigts comme des pièces de monnaie, en les faisant tomber sur le dessus-de-lit. En plus, au fond du sac, il y avait aussi dans un petit paquet de toile minable, presque deux dollars en petite monnaie.

Après avoir rapproché la table, retiré le réveil et le bout de crayon, il se mit à disposer les chocolats par rangées, bleu foncé, mauve et vert : il admira sous tous les angles cette symphonie de couleurs, ces centaines de bonbons qu'il n'aurait pu s'offrir qu'à l'unité et cela, bien rarement. Alors, avec volupté, avec abandon, il en choisit un, ôta le papier et posa le chocolat noir et frais sur sa langue. Il recula pour pouvoir s'adosser au mur, tourna sa tête plate pour laisser la lumière tomber sur le petit papier qu'il avait dans la main. En chantonnant à mi-voix, il se mit à lire la liste des ingrédients composant la chose qui, à ce moment même, exhalait dans sa bouche toute sa saveur.

Cruelle est la nuit

I

Hildebrandt savait bien que c'étaient ces portes du rêve qui l'attiraient chaque soir vers le bar désert, mais il ne l'aurait avoué pour rien au monde. Ces portes magiques n'étaient que des portes, fabriquées pour imiter la poupe d'un galion, qui juraient avec le mur tendu de brocart rouge, et qui ouvraient sur le gigantesque salon Pandore. Le style victorien milieu de règne, qui n'était pas du tout son genre, en était transfiguré. Leurs deux vantaux dorés, cerclés de bronze, étaient à moitié entrouverts, négligemment, selon un angle chaque soir différent, et semblaient toujours sur le point de laisser entrer quelque miracle.

Il posa son verre de brandy pour mieux les contempler, récitant machinalement en lui-même le poème de Keats : « La voix... qui a souvent... pa pa pa... ces fenêtres magiques, s'ouvrant sur l'écume des mers périlleuses, perdu dans des pays féeriques et lointains. Perdu ! Le mot même sonne comme le glas !... »

Quand donc sonnerait l'heure où quelqu'un, homme ou femme, traverserait ces portes magiques pour entrer dans sa vie ? Était-il en train de devenir un de ces êtres qui suscitaient parfois sa pitié, parfois son mépris, un pilier de bar anonyme, le cerveau obscurci par les vapeurs du cognac, attendant on ne sait quoi ?

L'air sombre, il observait la salle. Ses yeux marron foncé étaient partiellement cachés par des paupières fripées et tombantes. Bien que le barman fût le seul spectateur, il se redressa sur son tabouret de bar et passa la pièce en revue avec tout le dédain étudié de celui qui possède ce genre de paupières aristocratiques. Tout au fond de ce cimetière peuplé de nappes blanches, un serveur s'occupait d'un dîneur tardif. Semblant sourdre des cantonnières de velours bleu ou gris, une musique imperturbable se déversait dans ce calice désespérément vide, quoique orné de tapisseries, de tapis d'Orient et de moulures dorées. Une musique de fond qui ne servait de fond à rien, se dit-il. La solitude gargantuesque de la pièce semblait diminuer la sienne. Il se demanda si cela expliquait aussi son assiduité. « Salon Pandore, dit-il à voix basse, quelle ironie que ce nom ! »

Il s'avachit encore davantage sur l'élégant tabouret aux pieds fragiles et tourna entre les doigts son verre de cognac qui ressemblait à un dé sur pattes. Sa silhouette mince, en costume noir, était aussi insignifiante qu'une mèche de chandelle. Le bar couleur d'ambre qui n'occupait qu'un coin de l'immense salle rougeoyait autour de lui comme une flamme indistincte.

Il se regarda d'un œil critique dans le miroir qui se trouvait au fond du bar. L'espoir ingénu d'être délivré de l'étau de l'ennui, qui ordinairement menait une existence discrète, dissimulé derrière son habituel air blasé, était là, devant lui, comme un enfant emprisonné mais toujours vif qui s'écrie : « Et qu'est-ce que tu as fait pour moi ? Qu'est-ce que tu vas faire ? » Il avait un visage qu'on ne remarquait pas et qu'on oubliait facilement, mince, insignifiant malgré la large moustache bien taillée. Le peu de distinction qu'il avait était d'ordre génétique, et sa contribution personnelle le desservait. Ses paupières, pour prendre un exemple, avaient toujours été trop vieilles pour lui, et rappelaient le rideau de dentelle usée accroché à l'*œil-de-bœuf*[*1] dans quelque vieux manoir. Il devait avouer qu'il avait d'ores et déjà le genre de visage qui convient parfaitement au type qui joue le pilier de bar, habité d'un vague espoir, dans l'un des plus vieux et des plus traditionnels hôtels de New York.

« Ce n'est pas tellement que je me sente seul, mais le problème, c'est que je *suis* toujours terriblement seul », se dit-il. Sans doute, il avait nombre d'amis, des amis nouveaux et des amis de longue date, mais tous, hommes et femmes, l'ennuyaient profondément et ne servaient qu'à lui rappeler l'ornière dans laquelle il se trouvait, qui n'était pas seulement la routine d'un emploi si confortable qu'on ne peut envisager de le quitter, mais bien sa vie elle-même.

– Monsieur prendra un autre cognac ?
– Oui, merci.

Il aurait préféré que le barman fût moins attentionné, mais le pauvre n'avait rien d'autre à faire. Hildebrandt le regarda découper un zeste de citron en petits morceaux dans un verre à l'an-

---

1. Les mots en italique suivis d'un astérisque sont en français dans le texte original.

cienne. Sur le chêne patiné du bar courbe, il vit d'autres verres semblables. Qui boirait donc tous ces Martinis ?
— Clic !
Hildebrandt sursauta ; il savait pourtant que le barman était simplement passé derrière la porte à serrure de bronze et réapparaîtrait dans un moment avec des glaçons et des citrons verts.
« Une jolie fille... c'est comme une mélodie... »
Les violons continuaient inlassablement de susurrer leur musique douceâtre.
Une jolie fille ? Était-ce cela qu'il voulait ? L'idée le dégoûtait plutôt. Il tira sur ses manches de chemise pour révéler les boutons de manchette en grenat. À nouveau il fixa la poupe du galion.
Une femme assez corpulente portant un grand chapeau noir entra, jeta un coup d'œil circulaire pour repérer ses amis, fit un signe de la main et traversa une mer de tapis d'Orient pour rejoindre une table du fond.
— Clic !
Et le barman réapparut, des citrons verts plein les bras. Hildebrandt détourna le regard.
C'était son dernier cognac. D'ici un quart d'heure il aurait vu arriver deux ou trois clients âgés de l'hôtel venir prendre un dîner tardif. Peut-être aussi, mais c'était moins sûr, deux quinquagénaires bien habillés, et totalement insipides, genre que l'hôtel Hyperion avait le don d'attirer, viendraient s'installer au bar, à une distance discrète, et commanderaient des cocktails, des *Old-Fashioned* au bourbon. Dans un quart d'heure, il aurait payé sa note, et gagnerait la poupe du galion, espérant malgré tout croiser une étrangère auréolée d'un mystère troublant, et se retrouverait sur le trottoir sous l'auvent de l'hôtel. Là, une bouffée de désespoir lui enlèverait toute idée de poésie, toute sérénité et toute volonté : prendre un taxi ou le métro pour rentrer chez lui ? Aller au cinéma le plus proche ? Appeler son ami Bracken qui habitait juste à côté, sur la Sixième Avenue ? Jusqu'ici, il n'avait jamais appelé Bracken, mais cette possibilité le réconfortait un peu et donc il l'envisageait toujours. Mais en fait, il restait seul.
Dans le vestibule au-delà du galion, un homme s'arrêta, jeta un coup d'œil au restaurant et poursuivit son chemin. Les portes et les chandeliers étincelaient comme un éblouissant feu d'artifice. Le galion flottait dans un brouillard de lumière dorée. Il eut honte quand il se rendit compte que cet effet était causé par ses larmes, avala son cognac d'un trait, se brûla le nez et des larmes plus abondantes brouillèrent encore le tableau.

Un trait noir était apparu au milieu de ce nuage doré : c'était une femme qui avait les cheveux de la même couleur beige doré que les portes. Hildebrandt ressentit soudain un frisson de plaisir qu'il n'avait jamais connu dans ce décor, parce qu'il eut l'impression de la reconnaître. C'était la sensation qu'il s'était imaginé ressentir en présence de l'être qui lui était destiné, mais il n'osait pas y croire et sourit nerveusement. La promesse hésitante et indicible qu'il lisait depuis deux semaines dans la poupe du galion semblait s'incarner maintenant dans cette femme qui la matérialisait.

Il se retourna vers le bar. Il n'avait pas le courage de la regarder dans le miroir. Sa simple présence, derrière lui, remplissait la pièce. Avant de se tourner vers elle, il fallait qu'il sache comment l'aborder. Mais d'une certaine façon, tout était déjà dit, tout était accompli.

Il paya sa note, quitta le bar et se dirigea vers la femme, installée au milieu du champ de tables vides, avec la même grâce un peu languide qu'il mettait habituellement pour soigner sa sortie. Elle leva les yeux en le voyant s'approcher. Hildebrandt, comme ébloui par cette proximité, ne vit qu'une chose : elle le regardait sans surprise, comme il l'avait imaginé. Elle aussi l'avait sans doute reconnu !

Il s'inclina légèrement :

— Permettez-moi de vous souhaiter une bonne soirée.

Elle était mince et distinguée, digne des portes magiques de leur poème.

— Je m'appelle Oliver Hildebrandt, ajouta-t-il.

Elle était plus âgée et plus réservée que dans son imagination. Il n'arrivait pas à distinguer les détails, sinon le bandeau de cheveux châtain clair qui dépassait du chapeau à voilette. Le fait qu'elle restât silencieuse le troublait.

— Vous attendez quelqu'un ?
— Seulement le serveur.
— Puis-je m'asseoir un moment à votre table ?

Il crut voir ses sourcils se hausser imperceptiblement. Puis elle désigna une chaise :

— Je vous en prie.

Il écarta la chaise de la table et prit place. Elle avait l'air aimable, mais il avait pensé qu'elle lui montrerait plus d'intérêt. Sous la voilette le visage était étroit et très pâle. Hildebrandt fut choqué de voir une fine cicatrice qui partait sous l'œil droit et disparaissait derrière la tempe.

— C'est la première fois que vous venez, n'est-ce pas ?
— C'est exact.

Sa voix correspondait parfaitement à ce qu'il avait attendu. Soutenu par les cognacs, il poursuivit, malgré l'indifférence qu'elle montrait :

— Comme c'est étrange que vous soyez venue.
— Vraiment. L'endroit n'a pas l'air d'être très connu.

Il rit. Il hésita entre la sophistication et la sincérité et ne put choisir.

— Je ne sais pas pourquoi les gens viennent... Moi, je viens à cause des portes.

À ce moment-là, il n'aurait avoué à personne, même pas à lui-même, à quel point il escomptait de sa part une réponse compréhensive. Il vit ses yeux gris, qui semblaient fatigués et faisaient mentir son sourire, se tourner vers l'entrée et revenir sur lui.

— Elles sont très romantiques, dit-elle de cette voix musicale qui le bouleversait. Cela semblait pourtant être de sa part un simple constat.

— Oui, elles sont ridicules, mais romantiques.

Il approcha une allumette de sa cigarette avant qu'elle n'ait le temps de sortir son briquet, en prit une dans son paquet et laissa tomber les Players sur la table.

— Vous ne voulez pas me dire votre nom ?
— Oh, ce n'est vraiment pas le plus important, répondit-elle en souriant.
— Mais je vous ai donné le mien. Il regarda le briquet recouvert de lézard vert. Je connais déjà vos initiales, H.C. Alors pourquoi pas le nom ?
— Mon nom est sans doute très répandu. Le vôtre aussi d'ailleurs.

Hildebrandt eut un petit rire embarrassé, toucha le verre de cognac qui était par magie apparu devant lui, et la regarda boire une gorgée du sien. C'était le moment où il aurait dû avoir un petit discours tout préparé. Pourtant elle paraissait plus alerte.

— Écoutez, j'espère que vous ne me trouvez pas grossier, dit-il, sûr qu'on ne pouvait lui faire ce reproche.
— Mais pas du tout. Je suis contente que vous soyez venu me parler.

Hildebrandt sentit la confiance monter en lui : il s'avança au bord de son siège et laissa son regard flotter rêveusement dans l'espace, comme il le faisait souvent avant de raconter une histoire bien rodée.

— Voyez-vous c'est étrange, mais il y a beaucoup de choses dont j'aimerais vous parler : les alizés, les mers de lapis-lazuli, les mosquées de la Perse antique, et la façon dont vous êtes entrée ce soir.

– Eh bien, je vous écoute, répondit-elle doucement. Cela me ferait très plaisir.

Elle s'était détendue et semblait avoir maintenant besoin de sa présence. Hildebrandt sentit une bouffée de tendresse monter en lui.

– Quelque chose ne va pas ?

Elle sourit.

– Plus tard. Parlez-moi de tout, ou de rien.

Précisément ce qu'il désirait. Elle était délicieuse. Tout en savourant à l'avance ce qu'il allait lui raconter, il pensa d'abord décrire les longues heures passées au bar, l'impression de pourrir sur place, l'absence de but et l'inanité de sa vie, le rêve indicible de ces portes magiques par où elle était entrée. Et quoi d'autre encore ?

– Voulez-vous que je vous parle de l'Autriche ?

– J'ai dit « tout ce que vous voulez ».

Où était donc cachée l'Autriche ? Il se souvenait de vacances aux sports d'hiver avec des bouteilles Thermos pleines de soupe américaine aux haricots noirs. Une blonde jeune fille qu'il avait cru aimer, mais pas assez pour la suivre jusqu'à Hambourg. Ou bien était-ce Brême ? Une atmosphère d'errance, de gloutonnerie baignait toutes les scènes de voyage dont il se souvenait. Il était incapable de les recréer en mots pour elle.

– Il y a toujours Paris.

– C'est vrai, dit-elle.

Le lent kaléidoscope des quinze dernières années tourna autour de la bulle qui les entourait tous les deux et les isolait du monde extérieur. Tout ce qu'il allait dire maintenant serait inoubliable car tout, à l'intérieur de cette sphère, était parfait. Il se mit à rire :

– Non, non. Voulez-vous connaître la pire aventure qui me soit arrivée ? Eh bien, c'est l'histoire de ma solitude dans cet endroit.

Il leva les yeux vers le plafond à caissons.

Elle sourit, lentement.

– J'ai eu des aventures de ce genre moi aussi.

– Vous savez ce que c'est, dit-il, plutôt content. Bien sûr, ce n'est pas agréable.

– Non. C'est arrivé à quel moment ?

– Jusqu'à ce que vous entriez ce soir.

Elle resta silencieuse. Le kaléidoscope tournait lentement, ses motifs indistincts et oubliés. Tout ce qu'il voyait, c'était ce visage étroit sous la voilette ; il avait l'impression de la voir en pleine nuit, dans quelque jardin clos.

— Quand je suis entrée, vous en êtes certain ?
— Oui.
— Totalement certain ?
— Tout comme je suis certain que vous êtes entrée ce soir, et que vous êtes maintenant assise à mes côtés.
— Et que vous n'êtes plus seul ?
— Oui.

Lasse, elle effleura ses cheveux avec le dos des doigts, comme pour s'assurer qu'ils étaient bien là, puis détourna les yeux.

— C'est agréable à entendre, mais c'est difficile à croire, parce que moi je suis si seule.
— Mais ce n'est plus nécessaire maintenant. On a gagné, vous le voyez bien ?
— Vous croyez ?
— Mais absolument ! répliqua Hildebrandt avec l'accent anglais qu'il adoptait quand il se sentait très sûr de lui.

Elle avait posé sa joue sur sa main et le regardait d'un air un peu inquisiteur.

— Qu'est-ce qui ne va pas ?
— Je ne sais pas. C'est peut-être la fatigue. Peut-être que je dors déjà.
— Je peux vous garantir que non. Un autre cognac ?

Elle secoua la tête, ramassa cigarettes et briquet dans ses longues mains blanches.

— Je ne sais pas. Je crois qu'il faut que je parte.
— Non, je vous en prie, restez !
— Vous êtes gentil, mais je dois partir. Cela m'a fait plaisir de vous parler... si cela vous a fait plaisir aussi.

Hildebrandt se leva en même temps qu'elle.

— Puis-je au moins vous revoir ? Il faut absolument que je vous revoie !
— Je ne sais pas, répondit-elle vaguement, en se dirigeant vers les portes.

Tandis qu'ils traversaient la mer muette de tapis d'Orient, les haut-parleurs invisibles diffusaient *Sur les vagues*, comme pour se moquer de sa figure de pantin ridicule. Il eut un petit rire.

— Ce n'est pas possible ! Il faut absolument que je vous revoie !

L'émotion le faisait bégayer. Elle s'arrêta et se tourna vers lui. Ils étaient absolument seuls dans la pièce. Hildebrandt pouvait

profiter à sa guise de l'inclinaison de sa tête et de la chaleur inattendue de sa voix :
— D'accord, au revoir.
— Demain ?
— D'accord pour demain.
— Où dois-je venir vous prendre ? Puis-je vous raccompagner ?
— Je viendrai ici.
— À la même heure ?
— D'accord.
Il la laissa partir vers les portes battantes.

II

Il aurait préféré que leur second rendez-vous n'ait pas lieu dans le salon Pandore dont le charme s'était dissipé avec son arrivée. Mais puisqu'elle en avait décidé ainsi, il l'attendit au bar, espérant revoir l'apparition de la veille. Et quand finalement, vers dix heures du soir, elle apparut entre les portes magiques, ce fut la fin d'une longue veille qui avait commencé quand il l'avait vue disparaître, avec la simple promesse de la revoir. Il glissa de son tabouret et vint à sa rencontre, sur le tapis moelleux.

Elle tenait la tête plus droite que la veille. Sa robe vert et marron lui donnait plus d'éclat. Elle semblait moins grande et mince, mais ils étaient presque de la même taille.

— J'ai réservé une table par ici, dit-il, oubliant de la saluer tant il était ému.

Il la conduisit à la table qu'il avait choisie en l'attendant ; deux verres de cognac, qu'il avait commandés pour défier le sort, y étaient disposés. Il la fit asseoir avec beaucoup d'attentions : le miracle de ce second rendez-vous agitait l'air d'un frémissement chatoyant, comme si leur table était entourée d'une auréole. Il sentit qu'il devait être sur ses gardes, pour éviter de dire des bêtises. C'était probablement pour ce genre d'événement que le salon Pandore avait été créé.

— J'ai tant de choses à vous raconter, commença-t-il d'emblée.

S'il avait oublié les détails de son apparence, il sentait pourtant que leur intimité avait progressé ; seule la conversation restait un peu limitée. Pour la première fois, il avait éprouvé la sensation d'avoir un but dans la vie, et ce but, c'était elle. Il la regarda, les yeux embués de bonheur, et, bien qu'elle semblât prête à l'écouter, il eut soudain peur de lui dire tout ce qu'il ressentait, peur de se livrer. Sans doute avait-elle déjà rencontré des hommes comme lui ; elle savait les juger et leurs histoires futiles et répétitives l'ennuyaient. Il lui trouva soudain l'air terriblement intelligent. Cette intelligence dont il avait rêvé le rendait muet.

– Vous pourriez commencer. Et si vous me parliez un peu de vous d'abord ? Vous pourriez au moins me dire votre nom. Ou alors à quoi vous pensez en ce moment ?

Il s'était repris et tira sur ses manches, révélant les boutons de manchette en grenat.

– Je ne suis pas d'ici. Je vis à San Francisco.

– San Francisco ! Hildebrandt se saisit de l'information comme pour essayer de la situer dans un milieu précis ; mais il n'avait pas vraiment envie qu'elle lui parle de San Francisco.

– Vous êtes ici pour combien de temps ?

– Juste un petit moment. Le moins longtemps possible.

– C'est une chance alors que vous soyez entrée ici !

– Vous croyez ?

Elle avait les yeux baissés sur la nappe, qu'elle grattait de l'ongle du pouce comme si elle pensait à autre chose. Hildebrandt eut l'impression qu'elle regrettait d'être venue ce soir ; il resta silencieux pendant qu'elle goûtait son cognac.

Elle reposa le verre à moitié vide et le regarda dans les yeux.

– Je suis désolée. Vous préférez le déguster lentement, non ?

– Pas du tout ! dit-il en souriant.

– Mais si, comme tous les piliers de bar...

Les paupières tombantes d'Hildebrandt tremblèrent légèrement. Il n'avait rien besoin d'avouer ; elle devinait tout. Il s'imagina un mois plus tard, ou bien même le lendemain soir, avachi sur un des tabourets. Non, ce serait ailleurs, certainement pas dans cet endroit. Mais il releva la tête et sourit :

– Et si nous dînions ?

D'une voix si douce qui ne semblait pas interrompre, mais plutôt introduire une idée nouvelle, elle demanda en souriant :

– Dites-moi, vous n'êtes pas marié ?

Hildebrandt recula sur sa chaise, en feignant la surprise.

– Pourquoi posez-vous la question ?

– Vous êtes célibataire ? Divorcé ?

Il éteignit sa cigarette et en ralluma lentement une autre.

– J'ai été marié, il y a des années. C'est drôle que vous me demandiez cela à brûle-pourpoint. Cela fait à peu près onze ans que je suis divorcé.

— Mais vous n'avez pas oublié, n'est-ce pas ?

— C'est ce que vous paraissez croire. Mais ce n'est pas le cas.

Le désir de lui raconter sa vie commença à poindre en lui, un désir si fort qu'il en arrivait à surmonter la crainte qu'elle n'ait déjà tout deviné et que cela ne l'ennuie à mourir ; la crainte aussi de tuer dans l'œuf l'intérêt naissant qu'elle commençait peut-être à éprouver pour lui. Mais il fallait qu'elle sache. Il sourit, repris par un souvenir.

— Vous comprenez, mon idée de la vie idéale, c'était de suivre le cours de rivières romantiques en Europe, nous deux et peut-être un ou deux domestiques, jusqu'à ce nous soyons prêts à revenir.

Il faisait bref, commençait par la fin.

— Nous étions tous les deux très jeunes. Je n'avais que vingt-quatre ans et mon père me versait une rente qui m'évitait de chercher du travail. De toute façon, j'ai horreur de travailler. Seulement voilà, elle est tombée amoureuse de quelqu'un d'un peu plus riche que moi avant même que nous n'ayons quitté les États-Unis.

Il eut un petit rire triste, tolérant, comme un homme bien élevé qui rapporte des faits sordides avec réticence, même si tout cela le montrait sous un bon jour.

— Mais vous êtes quand même allé en Europe.

— Oui. J'ai dépensé tout ce que l'on a pu m'avancer sur mes placements et puis ensuite le capital. Je suis rentré, je me suis calmé un peu et j'ai trouvé un point de chute tout à fait agréable dans l'agence de publicité de mon père. Voilà à peu près où j'en suis à l'heure qu'il est. Je traîne ici et là, en essayant de mettre un peu de piment dans une existence très monotone.

Elle avait à nouveau détourné les yeux et regardait la porte. Il se rendit compte alors qu'elle avait très bien compris que ce petit discours, il l'avait fait très souvent déjà, et dans les mêmes termes. Les autres fois, il n'avait pas eu de scrupules, mais c'était tout différent avec une femme comme elle. Il se mordit la langue de dépit.

— Vous n'étiez pas toujours seul.

— Mais si ! Complètement seul ! répondit-il sur un ton contrit. Ce n'est pas tous les jours qu'on rencontre une femme comme vous.

Il tira nerveusement quelques bouffées de cigarette.

— En fait c'est la première fois que cela m'arrive. Vous savez comment les choses se passent souvent, ajouta-t-il en essayant d'attirer à nouveau son attention sur lui. Quand on est seul et qu'on est à la recherche de quelque chose, sans savoir quoi. Ce n'est pas un ami, une maîtresse ou un lieu donné qu'on cherche, mais une idée plus difficile à saisir.

Il fit le geste de refermer la main sur du vide. Il n'avait jamais dit cela à personne et il était satisfait d'avoir été aussi clair et aussi honnête.

– Je sais.

Il hocha la tête ; il n'en doutait pas. Il eut l'impression que ses yeux s'élargissaient comme cela lui arrivait parfois quand il se regardait dans le miroir d'un bar et lisait sur son visage cet innocent espoir. Mais peu lui importait maintenant. Il voulait poursuivre, lui dire pourquoi, pendant ces moments de sa vie où il recherchait cette chose mystérieuse, il hantait les bars pour mieux ressentir la vigueur de son désir et ainsi pouvoir un jour en reconnaître l'objet. Mais il se souvint de la phrase qu'elle avait employée, ces « piliers de bar », et n'osa pas. Il maîtrisa l'expression de son visage, se pencha vers elle et dit doucement :

– Je sais que c'est vous que je cherchais à rencontrer.

Elle répondit sur un ton définitif et catégorique :

– Je suis vraiment désolée pour vous de cette solitude.

– La solitude ! Mais je ne connais pas la solitude !

Elle se contenta de sourire, et il ne savait pas ce qu'il devait en penser. Il répéta en riant :

– Mais non, je ne suis pas seul.

Il savait qu'admettre sa solitude serait une faiblesse, comme si c'était une maladie qui laisse des traces indélébiles, même lorsqu'on est guéri. Elle resta silencieuse. Elle ne souriait plus et seul le coin de sa bouche était relevé, mais Hildebrandt n'arrivait pas à voir son expression, car elle avait penché la tête sur la table.

– Quoi qu'il en soit, avez-vous dîné ?

– Oui, merci.

– J'aurais dû penser à vous inviter à dîner dès hier soir.

– Mais j'étais prise.

– Vous auriez pu vous libérer.

– Non, c'était un rendez-vous d'affaires.

– D'affaires ?

– Des obligations légales.

– Ah ?

– Racontez-moi ce que vous faites le dimanche.

Hildebrandt lui sourit ; il aurait voulu la prendre dans ses bras.

— Mais c'est moi qui veux en savoir plus sur vous.
Elle prit une cigarette.
— Je suis ici pour régler des comptes. Je viens juste de divorcer
— Ah, je comprends, s'écria-t-il vivement.
Il sentit quelque chose se briser en lui ; il l'avait imaginée sans liens avec personne d'autre que lui. Le seul cadre qu'il lui avait inventé, c'était celui des portes magiques du hall de l'hôtel. Non seulement elle était loin de lui maintenant, mais essayer d'en savoir plus ne pouvait que la faire s'éloigner davantage.
— Vous avez des enfants ?
— Non, dit-elle en souriant. Je suis tout à fait libre. En fait, je n'arrive pas à y croire encore.
Hildebrandt se détendit. Au moment crucial, l'enchantement du lieu avait failli le déserter : la femme divorcée d'un autre homme, une maîtresse de maison à San Francisco. Il aurait pu cesser de l'aimer. Au contraire, son amour virtuel s'était métamorphosé en un amour vrai pour une créature réelle. Lui-même avait acquis une certaine substance, il n'était plus un sinistre pilier de bar. Il se redressa, plein de sollicitude.
— Pourrais-je vous demander... si j'en ai le droit... de m'en parler ?
— Non, ne me demandez pas cela ! dit-elle en riant.
Hildebrandt vit son visage reprendre son expression réservée, un peu préoccupée. Malgré son amour pour elle, il jugeait la distance qui les séparait ; il fallait qu'il se rapproche d'une façon ou d'une autre. Pourtant le moment n'était pas bien choisi pour lui avouer son amour. Son mari avait-il été cruel ? Infidèle ? Et si c'était lui qui était cause de cette cicatrice sur la joue ? Il voulait aller trouver ce monstre et le tuer. Il insista :
— Je ne peux vraiment rien faire ? J'aimerais que vous me racontiez quelque chose, même si c'est insignifiant.
— Les choses insignifiantes sont insignifiantes, mon nom par exemple. Et la chose la plus importante, eh bien, vous la connaissez maintenant.
— Non, je ne sais rien.
Elle demeura à nouveau silencieuse et Hildebrandt poursuivit.
— Je ne peux pas supporter de vous voir malheureuse.
— Mais je ne suis pas si malheureuse.
Cette réplique lui sembla une énigme qu'il devait déchiffrer.

III

Elle avait plus d'une heure de retard.

Hildebrandt, qui examinait tous les passants qui allaient et venaient sur le trottoir, arpenta encore une fois la longue marche de ciment. Il était si tard qu'il n'osait pas quitter le Saint-Regis. Si elle arrivait et ne le trouvait pas au rendez-vous, elle penserait qu'il était parti, lassé d'attendre.

« Mais elle va venir, j'en suis sûr ! se disait Hildebrandt. Elle est toujours venue. » En fait, il ne pouvait juger que sur un seul exemple, celui de la veille, où elle était arrivée en retard. Elle arrivait probablement toujours en retard à ses rendez-vous. Il l'entendait encore lui dire : « Vous allez me trouver ridicule mais j'ai eu envie d'aller au Metropolitan Museum, puisque je suis à New York. »

Il lui avait assuré qu'il pouvait prendre son après-midi pour l'accompagner. En fait il l'avait suppliée de la voir aujourd'hui. Tout cela parce que, la veille, alors qu'ils avalaient des œufs sur le plat et du pain grillé à minuit dans une cafétéria, elle avait dit quelque chose... Il ne savait plus exactement quoi. Quelque chose comme « ne croyez pas que je vous aie sauvé de la solitude ; la seule personne qui peut vous guérir, c'est quelqu'un qui ne l'a jamais connue ». Tout en riant de sa théorie, il s'était néanmoins senti blessé : voulait-elle dire par là que lui-même ne pouvait rien pour elle, qu'il ne pouvait lui apporter ce dont elle avait besoin, encore moins que son mari peut-être ?

Mais ses doutes s'étaient dissipés avec la promesse d'un après-midi au Metropolitan, ce qui, la veille, semblait une séduisante escapade. Plus tard, en prenant le thé dans un endroit tranquille, elle lui dirait son nom, quand elle allait revenir de San Francisco et pourquoi il fallait qu'elle y retourne ; c'était ridicule qu'il ne le sache pas déjà. Il lui dirait qu'il l'aimait. Il recommencerait de zéro, ailleurs que dans le salon Pandore, comme s'il n'avait jamais été ni seul ni inepte.

À trois heures, il avait grimpé quatre à quatre les marches du musée, devenu un lieu magique grâce à elle, pour la retrouver dans le hall d'entrée. Maintenant l'endroit était chargé de mélancolie. Il s'aperçut qu'il était en train de dévisager un homme qui descendait les marches avec un garçonnet à chaque main ; une fois qu'ils furent en bas, il se souvint qu'il les avait vus arriver à trois heures. Il revint sur ses pas, refit la longueur de la large marche.

Même dehors, le col de son pardessus retourné négligemment, son visage allongé sous le feutre gris raidi par la fraîcheur du crépuscule, il était encore le pilier de bar, celui qui attend en vain, le froid révélant l'angoisse intérieure sur son visage. Son bras rigide, la main gantée tenant l'autre gant, le cliquetis de ses talons lui donnaient un air compassé. On aurait dit qu'il s'impatientait à l'idée de ne pas être au bar à son heure habituelle.

Finalement il ne put plus supporter l'attente. Il voyait sur sa montre un abîme entre le trois et le cinq. Il dévala les marches et emprunta la Cinquième Avenue vers le sud, guettant toujours les deux côtés de la rue, et se retournant sur chaque taxi qui passait.

Il essayait d'aller plus vite que le crépuscule qui tombait ; s'il arrivait à l'hôtel avant la nuit, ce serait encore l'après-midi et il serait encore concevable qu'elle ait été retardée. Peut-être sortirait-elle de l'ascenseur alors qu'il entrait dans le hall à sa rencontre.

Au coin de la rue, quand il vit l'hôtel, il se mit à courir. À chaque seconde, il s'attendait à la voir. Il jeta un coup d'œil dans le hall, puis se dirigea vers la réception.

— Dites-moi, dit-il à l'employé, pourriez-vous me donner le nom d'une dame dont les initiales sont H.C. Mlle H.C. je crois. En fait je ne suis pas sûr que ce soit un C.

Il commença à se sentir embarrassé.

— Elle vient de San Francisco.

— C'est peut-être Mlle Helvetia Cormack ?

— C'est possible. Quel est le numéro de sa chambre ?

— Mlle Cormack est partie cet après-midi, monsieur.

— Ah bon, donc ce n'est pas elle. Pouvez-vous chercher encore ?

Il eut un geste d'impatience en direction du registre ; mais il avait compris que c'était bien elle et qu'elle était partie.

— Il n'y a personne de San Francisco avec ces initiales, monsieur, déclara l'employé après avoir compulsé le registre. Elle est partie à une heure de l'après-midi.

— Une femme blonde ? Grande et mince ? Hildebrandt insistait.

— Oui, monsieur, je me souviens d'elle. Vous avez quelque chose à elle ? Elle nous écrira peut-être pour pouvoir le récupérer.

— Non. Elle n'a pas laissé d'adresse ?

C'était sa dernière chance, une tentative désespérée.
– Non, monsieur.
Hildebrandt se redressa sur ses talons et fit claquer son gant sur la paume de la main.
– Très bien. Je vous remercie.
Dehors, sous l'auvent de l'hôtel, il resta immobile un moment, comme il le faisait tous les soirs à l'hôtel Hyperion, à décider ce qu'il allait faire, à choisir la direction à prendre. Et soudain, quand il réalisa que ce n'était pas l'hôtel Hyperion et que les circonstances étaient complètement différentes, il sentit la solitude l'entourer comme une immense forêt sombre. Le plus curieux, c'était que maintenant il n'avait plus envie de partir à sa poursuite pour la retrouver coûte que coûte. Qu'avait-il à lui offrir sinon une litanie de faiblesses, de solitude, de sentiment d'infériorité, la déchéance d'une vie d'homme ? C'était lui le centre de cette solitude et ce cœur était son insuffisance. Il était inepte, même en amour.

Ses paupières tremblèrent, mais malgré tout il releva la tête avec un air d'indifférence, enfonça ses mains gantées dans les poches de son pardessus et partit vers l'avenue.

Une porte toujours grande ouverte

Pour la centième fois de la journée, Mildred, assise tout au bord du siège conquis de haute lutte dans le bus de la Troisième Avenue qui la ramenait chez elle, passait en revue avec inquiétude l'organisation de la journée.

Sa sœur Edith allait arriver de Cleveland par le train de six heures dix à Penn Station. Il était déjà cinq heures vingt-deux, et elle était en retard sur son planning, à cause de quelques lettres que M. Sweeney avait absolument voulu lui dicter à la dernière minute. Elle n'aurait que vingt-deux minutes pour ranger ce qui restait en désordre après le ménage en grand de la veille, mettre la table, préparer leur dîner (tout venait du *delicatessen* en bas) et se refaire une beauté avant de repartir pour la gare. Heureusement, elle avait fait ses courses pendant l'heure du déjeuner. Dès le milieu de l'après-midi, elle avait remarqué la tache sombre qui s'élargissait dans le sac en papier : c'étaient les cornichons à l'aneth qui fuyaient. Malheureusement elle avait eu trop de choses à faire au bureau et n'avait pas trouvé le temps de vider le sac pour réorganiser le contenu. Elle se sentait soulagée maintenant qu'elle avait posé sa main, solide et carrée, sur la tache.

En tanguant, le bus s'arrêta à une station ; elle se contorsionna pour voir un panneau. On n'était qu'à la Trente-Sixième Rue.

Les concombres au vinaigre, le pain de seigle, les rollmops (c'étaient peut-être eux qui coulaient), la saucisse au pâté de foie, le salami, le céleri et l'ail pour la salade de pommes de terre, un gâteau au café pour le dessert et les oranges pour le petit déjeuner du lendemain. Elle avait même trouvé des glaïeuls, qui avaient gardé toute leur fraîcheur. Apparemment, elle n'avait rien oublié. De toute façon, si c'était le cas, c'est à coup sûr à la dernière minute qu'elle s'en souviendrait.

Elle était tombée des nues en recevant le télégramme de sa sœur la veille au soir. Néanmoins, elle avait retroussé ses manches et passé la soirée et une partie de la matinée à faire le ménage en grand, à nettoyer les fenêtres et les placards, en plus de passer le balai, la serpillière et le chiffon à poussière comme d'habitude. Sa sœur Edith était elle-même une maîtresse de maison accomplie ; Mildred savait que tout devait être irréprochable pour qu'un compte rendu positif soit fait au reste de la famille, à Cleveland. Du moins une chose était-elle sûre, personne à Cleveland ne pourrait dire qu'elle avait perdu le sens de l'hospitalité depuis qu'elle habitait New York. Vingt fois, Mildred l'avait écrit à ses amis, ses parents qui désiraient venir faire un tour à New York : « Ma porte est toujours grande ouverte. » À ses invités, elle offrait le gîte et le couvert, un repas qu'elle cuisinait elle-même, même si, en vérité, elle se reposait beaucoup sur le *delicatessen*, aussi longtemps qu'ils voulaient rester. Edith repartirait sans doute dans deux ou trois jours ; elle ne faisait que passer en allant voir son fils Arthur et sa femme à Ithaca.

Elle descendit à la Vingt-Sixième Rue. Une horloge, dans une quincaillerie, indiquait cinq heures vingt-sept. Il ne faudrait pas traîner. D'ailleurs elle ne traînait jamais. Edith ne se rendait pas compte, elle qui était une simple mère de famille, que Mildred n'avait pas un instant à elle !

L'immeuble de Mildred était un bâtiment de six étages en brique rouge, sur la Troisième Avenue, au-dessus du *delicatessen*. En voyant la vitrine abondamment garnie, Mildred se demanda s'il ne manquait pas quelque chose. La salade de chou cru ! Et le lait bien sûr. Comment avait-elle bien pu oublier ?

Deux clientes, leurs cabas pleins de bouteilles vides, bavardaient avec M. Weintraub, qui portait les achats sur leurs comptes, dans son petit cahier accroché à la caisse. Intérieurement, Mildred trépignait d'impatience contenue et de frustration : vraiment aujourd'hui, il fallait payer cher les relations de bon voisinage ! Pourtant son sourire, quoique tendu, restait aimable.

— De la salade de chou et du lait, répéta M. Weintraub. Il vous fallait autre chose ?

— Non, c'est tout, je vous remercie.

Mildred voulait faire vite pour ne pas retarder la cliente qui était entrée derrière elle.

Des enfants qui jouaient à chat sur le trottoir jetèrent délibérément une poubelle dans son chemin mais Mildred les ignora et se mit à chercher ses clés. L'expérience lui avait appris qu'il fallait appuyer sur la clé avec le pouce en tournant la poignée avec la même main, méthode qu'elle utilisait même quand elle avait une main libre, ce qui était rare. Elle vit du courrier dans sa boîte, mais décida de venir le chercher plus tard. Non, finalement, il y avait peut-être un mot d'Edith. C'était en fait une réclame pour un salon de beauté et une carte postale publicitaire pour un produit de nettoyage à sec des tapis.

— Le plombier est là-haut, Miss Stratton, lui dit le concierge, qui descendait l'escalier.

— Ah bon ? Que s'est-il passé ?

— Rien de grave. C'est le lavabo de la dame du dessus qui a débordé et le plombier pense que le problème vient peut-être de chez vous.

— Mais je n'ai pas...

Mieux valait subir cette accusation injuste et ne pas perdre de temps. Elle monta l'escalier lourdement.

La porte de l'appartement était entrouverte. Elle entra dans une pièce étroite dont les deux fenêtres, très proches l'une de l'autre, donnaient sur l'avenue. L'ordre impeccable et inhabituel qui régnait dans la pièce lui procura une grande bouffée d'orgueil. Seule fausse note : le programme d'une représentation d'*Hansel et Gretel* donnée à Brooklyn, qu'elle était allée voir à Noël, traînait sur la table basse. Elle l'avait retrouvé en nettoyant la bibliothèque et l'avait sorti pour le montrer à Edith.

Mais dans la salle de bains, elle eut un haut-le-corps. Tout était couvert de traces noires, même le cadre du miroir au-dessus du lavabo. Les plombiers et les concierges avaient le chic pour mettre de la saleté partout, et ils avaient toujours les mains noires.

— Tout est réglé, miss. Voilà la coupable ! Ça vous dit quelque chose ?

Le plombier brandissait un objet qui ressemblait vaguement à une brosse à dents et sourit.

En fait ce n'était pas sa brosse à dents à elle, elle en était sûre, mais inutile de perdre du temps en discussions oiseuses, plus tôt il serait parti, mieux ce serait.

En attendant de pouvoir réintégrer la salle de bains, elle disposa sa plus jolie nappe sur la table pliante dans la cuisine, tira le store de façon à ce que les occupants de la cuisine symétrique à la sienne, de l'autre côté de la conduite d'aération, ne puissent pas voir chez elle. Puis elle mit le marc de café dans la poubelle et la cafetière sale dans l'évier. Le pied sur la pédale de la poubelle, elle pivota dans toutes les directions, réussit même à attraper le sac en papier des courses posé sur la chaise et se mit à le vider.

Elle entendit le plombier fermer la porte. Elle écrasa le dernier sac de papier dans la poubelle, alors qu'en général, elle les gardait pour Sam, le vieux marchand de fruits et légumes, mais c'était trop tard maintenant. Puis elle alla dans la salle de bains et essuya toutes les traces de doigts avec un chiffon et une poudre à récurer ; elle épongea le sol en marchant à reculons vers la porte. Pendant qu'elle laissait à la salle de bains une minute pour sécher, elle flanqua dans le placard ses chaussures lacées Oxford à petits talons, enfila une paire identique, mais plus neuve. Mais les lacets étaient restés noués ; elle avait dû, la dernière fois, se déchausser hâtivement. Elle se pencha et sentit une petite déchirure au genou : elle venait de filer son bas. Surtout ne pas oublier d'en changer avant de partir pour la gare. En avait-elle un autre en bon état ? Elle avait pensé avoir le temps d'en acheter pendant l'heure du déjeuner.

Quand elle rentra dans la salle de bains, elle vit qu'il était six heures moins vingt et une minutes. Dans onze minutes, il lui faudrait partir pour la gare.

Même après un débarbouillage vigoureux avec un gant de toilette, son visage un peu carré resta aussi incolore que sa courte veste de tweed noir et gris. Elle frisait naturellement mais le châtain avait cédé devant le poivre et sel. Ses cheveux gris, plus vigoureux, lui faisaient un halo qui la vieillissait. Malgré tous ses efforts, elle avait toujours l'air mal coiffée et habillée à la va-vite. Mais elle trouvait que ses yeux rachetaient un visage par ailleurs insignifiant. Ses petits yeux ronds et gris avaient une expression d'honnêteté et de gentillesse ; elle était choquée d'y lire aussi parfois un peu de confusion, voire de panique. C'était le cas en ce moment, sans doute à cause de cette cavalcade. Il fallait absolument qu'elle se souvienne d'avoir l'air plus détendu devant Edith qui, elle, ne se départait jamais de son calme.

Elle posa un peu de fard sur ses joues et était en train de l'estomper vers les tempes précautionneusement quand on sonna à la porte.

– Miss, bredouilla une voix frêle, dans la demi-obscurité de l'entrée, vous ne voulez pas tenter votre chance et prendre un billet ? Dix cents pour participer à la loterie de l'école Saint-Antoine le samedi 22 mai ?

– Non, mon petit, je n'ai pas le temps, répondit Mildred en refermant la porte. Elle n'aimait pas être méchante avec ces enfants, mais étant donné que dans dix-sept minutes, il serait six heures...

En fait, le réveil n'était pas à sa place sur la table basse, se dit-elle ; cela semblait indiquer qu'elle dormait sur le divan du salon, ce qui était d'ailleurs le cas. Elle posa le réveil dans un tiroir de la commode.

Pendant un instant, elle resta plantée au centre de la pièce, l'esprit totalement vide. Quoi d'autre maintenant ? Pourquoi son cœur battait-il si vite ? On aurait dit qu'elle avait couru ou bien qu'elle attendait l'événement avec une grande excitation, ce qui était faux.

Une goutte de whisky lui calmerait peut-être les nerfs. Son père avait coutume de dire qu'une petite lampée est souveraine quand on est un peu tendu, et à y réfléchir, elle avait bien besoin de se détendre. Après tout, elle n'avait pas revu Edith depuis deux ans, depuis ses dernières vacances à Cleveland.

C'était M. Sweeney qui lui avait donné le whisky à Noël dernier et elle n'y avait pas touché depuis le jour où elle avait préparé un flip pour Mme Chevlov, la vieille dame du dessus. La bouteille était pratiquement pleine. Prudemment, elle s'en versa deux doigts dans un petit verre qui avait un jour contenu du fromage, en rajouta un demi-doigt et avala d'un trait pour gagner du temps. Elle ressentit comme une grande explosion dans ses entrailles. « Cette chère vieille Edith ! » s'exclama-t-elle.

Elle souriait d'avance à l'idée de la revoir. On sonna à la porte.

Encore ces enfants, se dit-elle, ils essayent toujours deux fois. Machinalement, elle arracha un fil du tapis, le roula entre le pouce et l'index, se demandant si elle devait ou non ouvrir la porte. La sonnette retentit à nouveau, et on frappa à la porte ; elle se précipita. C'était peut-être le plombier qui avait trouvé autre chose...

– Miss, s'il vous plaît...

Mildred frémit d'impatience, mais trouva une piécette dans sa poche et la leur donna.

– Non merci, mes enfants.

Puis elle se précipita dans la cuisine et se mit à dresser une sorte de buffet, assiettes, tasses, soucoupes et serviettes en papier. C'était plus élégant de tout exposer et cela lui ferait gagner énormément de temps plus tard. Elle posa le grand saladier pour les pommes de terre sur la gauche et disposa en rang d'oignons le bol plus petit pour faire la sauce, l'huile, le vinaigre, la moutarde, le paprika, le sel, le poivre, le pot d'olives farcies. Celles-ci étaient un peu moisies, mieux valait les passer sous l'eau. Il ne restait pas beaucoup de sucre en poudre dans le sucrier et il formait des grumeaux. Et il ne lui restait plus que trois minutes ! Elle écrasa les grumeaux avec une petite cuillère, sans arriver à les faire tous disparaître ; elle finit par abandonner et se contenta de rajouter du sucre. Elle en avait renversé un peu et sortit une pelle et une balayette. Elle avait à nouveau des palpitations. Est-ce qu'elle était malade ?

Pensivement, elle attrapa la bouteille de whisky et se resservit un doigt ou deux dans le verre. Une sensation réconfortante se mit à irradier tout son être, de son estomac jusqu'à ses mains et ses pieds. Elle balaya ce qui restait de sucre par terre avec un courage et une patience nouveaux et fit glisser les derniers grains sous l'évier pour qu'ils ne crissent pas sous les pieds.

Les rideaux de la cuisine attirèrent son attention pour la première fois depuis des mois, mais elle se refusa à envisager quoi que ce soit pour faire disparaître les traces de poussière noire. Après tout, il n'était pas obligatoire que tout soit absolument parfait dans la maison.

En mettant son manteau, elle se dit qu'elle n'avait pas fait cuire les œufs pour la salade : c'était pourtant ce qu'elle aurait dû faire d'abord en rentrant. Elle mit trois œufs dans une casserole d'eau et ouvrit le gaz à fond. Elle pouvait au moins les commencer pendant les quelques secondes qui restaient et fermer le gaz en partant.

Bon. Où étaient ses clés ? Son porte-monnaie ? Ah, et son chapeau, un petit chapeau tambourin d'agneau rasé maintenant informe, de la même couleur que ses cheveux. Elle l'enfonça avec le plat de la main. « C'est tellement mieux de porter des chapeaux qu'on peut mettre n'importe comment sans se soucier de savoir s'ils sont de travers », se dit-elle. Elle se regarda pourtant dans le miroir de l'entrée et s'aperçut qu'en se maquillant, elle avait oublié une joue. Elle retourna précipitamment dans la salle de bains, mieux éclairée.

Il était six heures moins six quand elle descendit l'escalier quatre à quatre.

Il valait mieux finalement prendre un taxi. Évidemment, cela ne lui plaisait guère de faire cette dépense. Pourtant elle se sentait gaie et détendue, et cette sensation de libération avait commencé à s'emparer d'elle après le premier doigt de whisky. Peu importaient les quatre-vingt-cinq cents, un dollar avec le pourboire. Un dollar, ce n'était après tout que le centième de son salaire hebdomadaire. Elle hésita : était-ce un peu plus d'un millième ? Non, bien sûr, un centième.

En traversant le grand hall de Penn Station, elle sentit que la déchirure de son bas grimpait vers le haut et n'osa pas regarder.

Elle avait oublié d'en changer ; de toute façon, elle n'aurait pas eu le temps d'en trouver un en bon état, à supposer qu'elle s'en soit souvenue.

Elle pourrait toujours raconter à Edith qu'elle avait filé son bas en courant pour venir la chercher. Elle eut soudain une idée géniale : faire croire à Edith qu'elle n'était pas rentrée chez elle ! Du coup, l'état de la maison, son apparence à elle, après quelques excuses rituelles, tout cela serait à son avantage.

— Pour les trains à l'arrivée, les informations sont à l'étage au-dessous, lui dit l'employé.

Mildred dévala l'escalier et on la dirigea vers un grand panneau qui indiquait que le Cleveland Flyer aurait vingt minutes de retard. Quelque chose se brisa en elle et elle se sentit soudain terriblement fatiguée. Elle se dirigea vers un banc tout proche, tout en sachant qu'elle était trop énervée pour rester en place, puis finalement retourna à l'étage supérieur. Son système nerveux n'était pas conçu pour l'attente. Certes, au bureau, il lui arrivait parfois de devoir attendre que M. Sweeney ait fini une longue conversation téléphonique pour reprendre ce qu'ils étaient en train de faire ensemble ; mais en dehors de son travail, attendre la mettait dans un état d'angoisse très pénible, qu'il s'agisse de l'ascenseur, d'un vendeur pour s'occuper d'elle dans un grand magasin ou d'être servie à la poste. Et si elle buvait encore un petit doigt de whisky, qu'elle siroterait tranquillement, le temps de retrouver son calme ?

Immédiatement, elle aperçut un grand bar, beige et rose, aux lumières tamisées. Elle fut soulagée de voir quelques femmes assises à l'intérieur. Mildred entra par la porte à tambour, se sentant d'une certaine façon une autre femme, une femme moins ordinaire. Toutes les tables étaient occupées ; elle attendit timidement son tour au bar, derrière deux messieurs. Par-dessus leurs épaules, elle arrivait à apercevoir de temps en temps le barman. Quand enfin il sembla lui jeter un regard, elle commanda un whisky.

— Lequel ?

— Oh, cela n'a pas d'importance, dit-elle gaiement.

Tout le monde autour d'elle semblait s'amuser et c'était un plaisir de les observer. Elle ne pensait jamais à ce genre d'endroit et pourtant tous les soirs, à New York, un monde fou s'y pressait. Peut-être était-elle plus sophistiquée qu'elle ne le pensait ?

Elle se demanda si Edith avait changé de coiffure, si elle avait toujours cette indéfrisable rigide. Lors de sa dernière visite, la pauvre Edith ressemblait à ces perruques qu'on voit sur les mannequins dans les vitrines des salons de beauté. Ce n'était pas très gentil de sa part de penser cela, mais c'était la stricte vérité. Soudain, Mildred se rendit compte qu'Edith allait réellement arriver, qu'elle la verrait dans quelques minutes. Elle entendait déjà sa voix, comme si elle était là, près d'elle : « Que veux-tu, Mildred, c'est le destin ! » C'était là une de ses réflexions favorites, qu'elle emploierait sans doute pour parler du mariage de sa fille Phyllis. Le mari de celle-ci n'avait que dix-neuf ans, il n'avait pas de travail et d'après la lettre que le cousin John lui avait envoyée de Toledo, pas d'ambition non plus. Pour faire bonne figure, Edith dirait : « C'est le destin, que veux-tu ! Il arrive un moment où les enfants décident eux-mêmes et les parents ne peuvent plus les commander. » Mildred avait de la peine pour sa sœur.

L'horloge carrée au mur annonçait seulement six heures dix-neuf. À peine une heure auparavant, elle était dans le bus qui la ramenait chez elle, un bus bondé qui lui sembla tout à coup particulièrement déprimant et hideux. Comment croire que celle qui avait voyagé dans ce bus était la même personne qui attendait un train en provenance de Cleveland en sirotant un whisky dans un bar où l'on jouait de la musique de jazz ?

Un des messieurs lui céda un tabouret de bar rouge, mais elle était trop petite et se contenta de s'appuyer dessus. Puis soudain, il fut six heures vingt-huit ; elle paya sa note, saisit sa pochette et fila.

Maintenant, à cette minute précise, le train de sa sœur entrait en gare. Elle riait toute seule d'excitation. Une sonnerie stridente retentit dans ses oreilles. Une grille de métal s'ouvrit. Les gens se précipitaient vers la tête des voitures ou, comme elle, vers les voitures de queue. Et Edith était là, devant elle !

– Edith !
– Mildred !

Elles tombèrent dans les bras l'une de l'autre. C'est ma famille, pensa Mildred, en tapotant le dos d'Edith, au bord des larmes. Il y eut une confusion de quelques minutes, le temps qu'Edith retrouve sa valise, assaillie par Mildred de questions sur la famille, et elles se mirent en quête d'un taxi. Soudain Mildred eut un coup au cœur : elle avait laissé les œufs sur le gaz ! Ils étaient probablement en train de brûler, avec des flammes, le gaz était si vif. À quoi ressemblait l'odeur des œufs brûlés ? Dans le taxi, Mildred cala la valise de sa sœur contre le strapontin avec son pied et ne prêta qu'une oreille distraite à ce qu'Edith lui racontait, incapable de

suivre le fil de l'histoire à cause des œufs en train de brûler. Elle gardait l'œil sur la route pour vérifier que le taxi ne se trompait pas de chemin. Enfin elle posa une question :
— Et comment va Arthur ?
— Pas trop mal. Ils viennent d'avoir un bébé.

Mildred espérait que tous les enfants du voisinage ne choisiraient pas ce moment pour s'agglutiner sur le perron. Parfois, ils jouaient même aux cartes dans l'embrasure de la porte.
— Un nouveau bébé ? C'est pas vrai !
— Oui, la semaine dernière, encore une fille ; je voulais te faire la surprise.
— Donc te voilà deux fois grand-mère ! Il va falloir que je fasse un cadeau à Arthur et Helen.

Edith protesta qu'il n'en était pas question.

Mildred paya le chauffeur, puis sortit la valise, à grand-peine, refusant l'aide d'Edith et sans rien attendre du chauffeur de taxi, car en général ceux-ci laissaient les gens se débrouiller avec leurs bagages. Elle se rendit compte, trop tard, qu'elle aurait dû donner dix cents de plus de pourboire ; elle espéra qu'Edith ne s'en était pas aperçu. En se pinçant les doigts mutuellement dans la poignée de la valise, les deux sœurs grimpèrent les trois étages. Un coin de la valise frotta durement contre la jambe de Mildred, déchirant le bas intact.

— Tu as faim ? demanda-t-elle gaiement en cherchant ses clés, essayant de retrouver son souffle. Elle huma l'air pour détecter l'odeur des œufs brûlés.

— J'ai mangé un petit quelque chose dans le train vers cinq heures, répondit Edith. Je peux tenir le coup, comme on dit.

— Eh bien voilà, c'est mon domaine !

Mildred sourit craintivement en ouvrant la porte toute grande devant sa sœur, prête au pire.

— C'est très joli, dit Edith, avant même que la lumière soit allumée.

Mildred s'était élancée devant elle vers la cuisine. Les œufs reposaient tranquillement dans la casserole d'eau, gaz éteint. Elle les contempla, incrédule, pendant une ou deux secondes.

— Celui-ci, c'est juste une pièce avec une petite cuisine, remarqua Mildred en retournant vers sa sœur, qui semblait attendre qu'elle lui montre le reste de l'appartement. Mais c'est beaucoup plus commode pour le bureau que quand j'habitais dans le Bronx. Tu veux sûrement faire un brin de toilette, Edie, enlève ton manteau et je vais te montrer où c'est.

Mais Edith ne voulait pas faire un brin de toilette. Mildred, un peu surexcitée, parla plus fort pour couvrir le vacarme des camions qui passaient dans la Troisième Avenue :

– Comme papa disait toujours : « Je propose un petit verre pour marquer l'occasion ! »

Elle crut voir qu'Edith la regardait d'un drôle d'air, et ajouta :

– Je ne suis pas devenue ivrogne, tu penses bien ! Mais j'ai pris un verre en t'attendant à la gare, je parie que tu ne t'en étais pas aperçue !

– Non. Tu veux dire que tu es entrée dans un bar et que tu as pris un verre toute seule ?

– Ma foi oui, répondit Mildred, qui regrettait d'avoir abordé le sujet. À New York, c'est courant pour une femme d'aller prendre un verre dans un bar. On n'est pas à Cleveland ici.

Mildred retourna, un peu incertaine sur ses jambes, dans la cuisine. Elle avait bien envie d'une petite rasade, pour garder ce calme intérieur qu'elle ressentait à ce moment, car l'alcool avait sur elle un effet apaisant. Elle but une petite gorgée, puis prépara un plateau avec la bouteille, des verres et de la glace et alla le poser sur la table basse.

– Allez, cul sec !

Edith, qui avait refusé le fauteuil cramoisi que Mildred lui proposait, avait pris place sur le divan et buvait son whisky à petites gorgées, l'air tendu, comme si c'était un poison. Elle jetait des coups d'œil à droite et à gauche vers les fenêtres. Mildred devait reconnaître que les rideaux n'étaient pas aussi propres qu'à Cleveland, mais au moins, elle les avait brossés la veille. Elle regardait aussi la commode en bois sombre qui était sans doute le meuble le plus laid. Pourquoi Edith n'allait-elle pas regarder la table de la cuisine où tout était disposé aussi harmonieusement que sur une photo de magazine ?

– Les glaïeuls sont magnifiques, Mildred. J'en ai dans mon jardin.

Mildred, qui avait mis les fleurs dans un vase bleu sur la commode, s'illumina en entendant le compliment de sa sœur.

– Dis-moi, ma sœur, combien de temps est-ce que je vais avoir le plaisir de ta compagnie ?

– Oh juste...

Edith s'interrompit et regarda les fenêtres avec irritation. Dans un vacarme infernal, un camion ou une bétonnière remontait l'avenue. Mildred, depuis longtemps accoutumée aux bruits de la ville, comprit soudain l'effet que cela devait produire sur Edith et devint rouge de honte. Elle avait complètement oublié le pire aspect de l'appartement : le bruit de la rue. Il y aurait pire encore : les camions d'ordures, qui commençaient leur tournée à trois heures du matin.

— C'est un gros inconvénient, dit-elle, sans avoir l'air d'y attacher beaucoup d'importance, mais on s'habitue. Avec la situation du logement...

Un autre véhicule passait, avec une pétarade de ratés et Mildred se rendit compte qu'elle n'entendait même plus sa propre voix. Elle attendit un moment, puis reprit :

— Avec la crise du logement...

Mais Edith lui fit signe qu'elle ne l'entendait pas en secouant la tête, l'air désespéré. Un concert de klaxons éclata alors ; il y avait sans doute un bouchon au carrefour. Mildred fit une mimique qui voulait dire : « C'est toujours comme ça, soit il n'y a rien, soit tout arrive en même temps. » Une cacophonie de klaxons et de voix humaines excédées les assourdissait, même Mildred.

— Vraiment, Millie, je ne vois pas comment tu peux supporter ce bruit jour après jour.

Mildred haussa les épaules machinalement, voulut dire quelque chose, puis se ravisa. Tout à coup, elle se sentait ridicule. Edith la relança :

— Qu'est-ce que tu disais ?

— Je disais que la crise du logement étant ce qu'elle est, les habitants de New York ne peuvent pas faire les difficiles. J'ai un budget limité. Quand j'ai voulu quitter le Bronx, il n'y avait pas le choix : c'était ça ou bien un logement sur la Dixième Avenue. Il m'a fallu trois mois pour trouver cet appartement.

Elle avait prononcé ces mots avec une certaine fierté, mais le regard atterré que sa sœur jetait aux rideaux la doucha. Bon, bon, il n'y avait plus de camions dans la rue, se dit Mildred avec un peu d'amertume et le bouchon s'était apparemment dissipé. Que regardait-elle donc ? Avec une certaine gêne, Mildred se leva pour baisser la fenêtre, tout en sachant que cela ne changerait pas grand-chose au volume sonore. Sur le bord de la fenêtre, son regard fut attiré par le géranium : celui-ci, posé tout à gauche, là où le soleil brillait le plus longtemps, n'était plus qu'une tige tordue et desséchée. Elle ne l'avait pas arrosé depuis trois semaines et fut prise d'un violent remords. Pourquoi passait-elle sa vie à courir, au point d'en oublier tous ces petits détails qui lui apportaient un réel plaisir ? Elle eut soudain besoin de s'apitoyer sur elle-même et les larmes lui vinrent aux yeux. Comme si sa sœur pouvait deviner toutes les difficultés auxquelles elle devait faire face, les milliers de choses qu'elle devait gérer seule, à la maison et au bureau! Rien qu'en regardant Edith, on voyait bien qu'elle n'avait jamais à se faire du souci, à se presser, même pour retirer un œuf dur de l'eau.

Mildred se tourna vers Edith avec un sourire, lança un « Tu as faim? » en guise d'excuse et se glissa dans la cuisine pour vérifier les œufs durs. Elle les mit en équilibre sur le bloc de glace de la glacière, pour qu'ils refroidissent le plus vite possible.

— Edie, tu te souviens du jour où on s'était trompées et où on avait emporté trois œufs pas cuits à un pique-nique? demanda Mildred en revenant dans la salle de séjour. Cette vieille plaisanterie familiale était immanquablement mentionnée par l'une ou l'autre quand elle faisait durcir des œufs.

— Je ne risque pas de l'oublier! s'écria Edith d'une voix aiguë. Je suis sûr que c'est Billy Reed qui nous les avait changés. Il est toujours aussi farceur.

— C'était le bon temps, non? répondit Mildred l'esprit ailleurs.

Et si elle faisait cuire les œufs plus longtemps? Au moment de repartir vers la cuisine, elle se ravisa.

— Millie, crois-tu vraiment que cela vaut le coup de vivre à New York? demanda Edith soudain.

— Si cela vaut le coup? Qu'est-ce que tu veux dire? D'abord, j'ai un bon salaire. En plus, j'ai quelques économies.

Elle ne voulait pas avoir l'air de se montrer supérieure à sa sœur, mais elle était fière d'être indépendante financièrement.

— Ce que je veux dire, c'est que la vie que tu mènes est si dure, loin de ta famille en plus. New York n'est pas vraiment un endroit très accueillant, il n'y a pas d'arbres, rien de vert. Je trouve que tu es plus nerveuse qu'il y a deux ans.

Mildred la regarda en écarquillant les yeux. C'était peut-être New York qui la rendait nerveuse, surexcitée, mais elle était aussi heureuse et équilibrée que sa sœur.

— Ils ont commencé à planter des arbres ici sur la Troisième Avenue. Ils sont encore petits, tu les verras demain. Et puis, tu sais, New York est vraiment une ville accueillante. Cet après-midi encore, j'entendais le charcutier discuter avec une dame de... Et même le plombier d'ailleurs...

Elle s'interrompit, sachant qu'elle n'arriverait pas à exprimer ce qu'elle voulait dire. Edith se frottait mollement les mains l'une contre l'autre, pas très sûre d'elle.

— Je ne sais pas moi... Mais la dernière fois que je suis venue, j'ai demandé à un agent de m'indiquer le chemin de Radio City Music Hall et on aurait dit que je lui demandais comment aller au pôle Nord, tellement il avait l'air éberlué. Les gens n'ont pas le temps de se parler, tu ne trouves pas ?

Elle s'arrêta, attendant que Mildred réagisse. Celle-ci se passa la langue sur les lèvres. Un vague sentiment essayait péniblement de se faire jour en elle.

— J'ai toujours trouvé les agents parfaitement aimables. Peut-être celui à qui tu as parlé était-il chargé de la circulation ou quelque chose comme ça. Ils ont beaucoup de travail, naturellement. Mais les agents de New York sont réputés pour leur amabilité, surtout envers les étrangers. On les appelle « l'élite de New York » !

Elle fut prise d'un frémissement de patriotisme civique. Elle se souvenait de cette matinée passée sous la pluie, à l'intersection de la Quarante-Deuxième Rue et de la Cinquième Avenue, pour voir défiler les brigades d'agents de police, *l'élite de New York,* le long de l'avenue. Et la police montée ! Comme ils étaient beaux, bien alignés, les sabots des chevaux crépitant sur le macadam ! Elle était restée plantée comme un piquet, toute seule, indifférente à la pluie qui la trempait jusqu'aux os, complètement transportée, tellement fière de sa grande ville ! Un monsieur avec un petit garçon juché sur les épaules s'était retourné pour lui sourire.

— Si, si, les gens sont très gentils à New York, je t'assure, dit-elle sur un ton très convaincu.

— Peut-être, mais moi je vois les choses autrement.

Edith avait ôté une chaussure et se frottait le pied contre l'autre chaussure. Sur un ton moins vif, elle ajouta :

— J'espère que tu ne fais pas trop d'excès, ma sœur.

Mildred écarquilla les yeux.

— Boire, tu veux dire ? Grands dieux, bien sûr que non ! Du moins je ne crois pas. J'ai sorti les verres en ton honneur, Edie. Mon Dieu, tu ne crois pas que je fais ça tous les soirs, quand même ?

— Non, non, bien sûr, ce n'est pas ce que je veux dire, répliqua Edith avec un sourire forcé.

Mildred se mordit la lèvre, ne sachant si elle devait continuer à se justifier ou bien changer de sujet.

— Tu sais, Millie, je voulais te demander si tu ne pensais pas à revenir vivre chez nous, à Cleveland. Tout le monde dit qu'il y a plein d'emplois très intéressants qui se créent. Ce boulot que tu as, tu pourrais peut-être le quitter, après tout, tu n'y es pas si attachée que ça, si ?

— Bien sûr, si je voulais, je pourrais changer de place. Mais M. Sweeney compte beaucoup sur moi. Du moins c'est ce qu'il dit.

Elle avala sa salive, cherchant désespérément comment exprimer tout ce qu'elle avait sur le cœur.

— Évidemment, ce n'est pas un emploi très prestigieux, mais c'est une bonne place. Et cela fait sept ans que nous travaillons ensemble, tu comprends?

Tout en disant cela, elle savait très bien que ce n'était pas suffisant pour convaincre Edith qu'à eux quatre... Dans ses lettres à Edith, elle avait souvent parlé de Louise qui faisait le classement et la comptabilité, de Carl, le vendeur, et de M. Sweeney bien sûr. Eh bien, à eux quatre, ils formaient une sorte de famille, bien plus unie que d'autres plus orthodoxes.

— Tu sais que maintenant je me sens chez moi à New York, Edie.

— Millie, tu sais que chez nous, tu es toujours chez toi.

Mildred était sur le point de lui dire que c'était gentil de sa part mais un camion choisit ce moment pour freiner avec un crescendo strident. Elle baissa les yeux devant l'air déçu de sa sœur.

— Il y a des choses qu'il faudrait que je mette sur un cintre pour la nuit. Est-ce que je pourrais laver mes gants blancs? Ils seront à peu près secs demain matin. Il faut que je parte de bonne heure.

— À quelle heure? demanda Mildred.

Elle voulait se montrer aimable; consciente que son expression soucieuse pouvait donner l'impression qu'elle avait hâte de voir sa sœur repartir, elle sourit, ce qui était presque pire.

— Le train est à huit heures quarante-huit, répondit Edith en allant chercher sa valise.

— Quel dommage! Je suis désolée que tu ne restes pas plus longtemps.

Et vraiment, elle se sentait déçue. Elles n'auraient pas le temps de beaucoup discuter. Et Edith n'aurait pas le temps de remarquer tout ce qu'elle avait fait chez elle, les placards rangés, la moitié du premier tiroir de la commode libéré pour elle, le carton de bouteilles de soda, celui qu'Edith préférait, que Mildred avait pensé à acheter dès la veille au soir.

Mildred se passa la main sur les yeux et alla dans la cuisine. Elle sortit la casserole de pommes de terre bouillies et la mit dans le saladier. Elle sépara chaque côte de céleri sous l'eau du robinet, les serra dans une main et les hacha au-dessus des pommes de terre. Elle se sentait reprise par cette vieille habitude de toujours courir, d'essayer de gagner quelques secondes par-ci par-là, comme une machine déréglée qui s'emballe, et elle s'abandonnait avec une sorte de plaisir masochiste. Elle prenait à peine le temps de respirer, revenait à la surface de temps en temps pour prendre une grande goulée d'air et s'activait de plus en plus vite. Le pot d'olives alla d'un seul jet dans le saladier, bientôt suivi d'une pluie d'oignons émincés et d'un nuage de paprika qui la fit tousser. Enfin elle saisit le couteau et la fourchette et se mit à découper le contenu du saladier dans tous les sens. Ses muscles étaient si tendus qu'elle eut mal en allant jusqu'à la glacière prendre les œufs durs qui étaient tombés tout au fond et qu'elle ne put attraper avec les doigts. Elle fixa les formes sombres agrandies par la glace et se mit à rire.

— Edie ! Edie ! Viens voir !

Mais la seule réponse fut le bruit de la chasse d'eau. Mildred était pliée en deux, prise d'une hilarité silencieuse et irrésistible. Si sa sœur savait ce qui était arrivé dans les toilettes ! La brosse à dents que le plombier avait retirée qui ne ressemblait plus du tout à une brosse à dents !

Mildred se redressa ; l'air sombre, elle sortit le cube de glace, le coinça entre les bras et les avant-bras et fit tomber les œufs dans l'évier. Les jaunes étaient brillants et mous, mais ils étaient encore très froids. Elle les tailla en morceaux dans la salade, tendant l'oreille pour savoir quand Edith serait sortie de la salle de bains. Elle essayait que tout soit prêt avant qu'Edith ne réapparaisse, et pourtant quelle importance cela avait-il ? Pourquoi était-elle si pressée ? Elle se moqua d'elle-même, et puis, le sourire aux lèvres, serra les dents et prépara la sauce si rapidement qu'elle montait haut sur les bords du bol.

— Je peux t'aider, Millie ?
— Il n'y a rien à faire, merci Edie.

Mildred sortit la salade de chou cru si rapidement de la glacière qu'elle tomba par terre du mauvais côté, mais Edith avait déjà tourné les talons et ne vit rien.

En quelques instants, tout fut préparé, la table mise, le café prêt à lancer, le pain de seigle... mais pas de beurre. La veille, elle avait oublié de prendre du beurre pour elle et elle avait encore oublié aujourd'hui. À sa sœur qui se mettait à table, elle annonça la catastrophe en s'excusant. Elle pensa un moment redescendre en chercher, mais cela aurait été mal élevé de faire attendre Edith.

— Mais à part ça, c'est la même salade de pommes de terre que maman faisait.

— Cela a l'air délicieux. Tu ne te fais jamais de plats chauds ?

— Mais si, la plupart du temps. J'essaie d'avoir un régime équilibré.

Elle savait exactement ce que sa sœur était en train de penser, à savoir qu'elle vivait de charcuterie et de sandwiches. Elle lui passa la salade de chou cru :

— Ça, c'est très bon pour la santé, si tu en veux.

Elle avait la gorge serrée ; pour un peu, elle se serait mise à pleurer.

— Je suis désolée, Edie. Tu aurais sûrement préféré un repas chaud.

— Pas du tout, la salade est très bonne. Ne te fais pas de souci, protesta Edith qui chipotait dans son assiette.

À la fin du dîner, Mildred s'aperçut qu'elle avait oublié de sortir les cornichons et les rollmops.

— Tu veux sortir ce soir ? Voir les lumières de la grande ville ? demanda Mildred en sortant de la cuisine où elle venait de faire la vaisselle.

Edith s'était allongée sur le sofa.

— Pourquoi pas ? Je ne crois pas que je vais pouvoir dormir, avec le bruit de la circulation. Enfin, je suppose que la nuit, c'est plus calme.

— Il y a un très bon film à quelques blocs d'ici : on peut y aller à pied.

Mildred fut envahie par un profond découragement. Comment faire comprendre à Edith que, sur la Troisième Avenue, le bruit de la circulation ne s'arrêtait jamais ?

Elles allèrent dans une salle minable dans la Trente-Quatrième Rue dont Edith avait vu les lumières brillantes.

— C'est ton cinéma de quartier ?

— Non, non. Il y a beaucoup d'autres salles plus confortables, répondit Mildred un peu sèchement, car c'était Edith qui avait choisi la salle.

Tout compte fait, elle aurait presque préféré qu'Edith désire aller à Broadway. Cela lui aurait coûté plus cher, mais au moins la salle aurait été plus luxueuse et Edith aurait été moins critique. Mildred était si fatiguée qu'elle somnola pendant une partie du film.

Au cours de la nuit, Mildred entendit sa sœur se lever plusieurs fois, pour boire un verre d'eau ou bien pour regarder par la fenêtre. Mildred lui avait suggéré de se mettre un peu de coton dans les oreilles, de se servir dans l'armoire à pharmacie. Mais elle avait le sommeil si profond, même sur le divan trop court, qu'elle ne se souvenait plus très bien de ce qui s'était passé.

— Mais ils sont en train de faire du béton à cette heure-ci ? demanda Edith.

— Non, ce sont les camions à ordures, malheureusement, répondit-elle avec un petit sourire contraint.

De toute façon, dans le noir, Edith ne la voyait pas. C'était ce qu'elle avait redouté : le vacarme des poubelles, le gémissement incessant de la machine qui broyait les boîtes de conserve, les bouteilles, les cartons et tout ce qu'on flanquait dans la benne à l'arrière. Mildred fit une grimace, essayant de se mettre à la place de sa sœur : le tintement des bouteilles, le choc métallique d'une poubelle qu'on laisse tomber sans faire attention sur le trottoir, et en bruit de fond, le sempiternel ronronnement. C'était vraiment insupportable, se dit-elle, quand on n'était pas habitué.

— Il faut bien qu'ils fassent leur boulot. Je ne sais pas ce qu'on ferait sans eux dans une grande ville comme New York.

— Peut-être, mais il me semble qu'ils pourraient faire ça dans la journée, quand les gens ne sont pas en train d'essayer de dormir.

— Pardon ?

Edith répéta ce qu'elle avait dit, plus fort.

— Je ne comprends pas comment tu peux supporter ça, même avec du coton dans les oreilles.

— Je n'utilise plus de coton maintenant.

Mildred n'était pas bien réveillée le lendemain matin. Edith, quant à elle, affirma qu'elle n'avait pas fermé l'œil de la nuit et qu'elle était morte de fatigue ; elles furent peu loquaces. Le silence de Mildred avait une double cause : son sentiment d'échec ignominieux comme maîtresse de maison et son désir de ne pas perdre une minute. En effet, alors qu'elles s'étaient levées de bonne heure, elles eurent du mal à partir suffisamment tôt. À huit heures pile, les mitraillettes assourdissantes des marteaux piqueurs ouvrirent le bal ; un grand immeuble d'habitation sortait de terre juste en face. Edith se contenta de jeter un coup d'œil à Mildred et de hocher la tête de façon significative. Vers huit heures quinze, il y eut une explosion en face qui fit sursauter Edith, qui laissa tomber ce qu'elle avait dans les mains. Mildred eut un sourire.

— Il faut bien qu'ils dynamitent un peu. New York est bâtie sur du rocher, tu sais. Mais si tu voyais à quelle vitesse ils montent les bâtiments, tu n'en croirais pas tes yeux.

Enfin, il était déjà huit heures vingt-sept quand la valise d'Edith fut définitivement fermée. Elles arrivèrent à la gare juste à temps.

– J'espère que tu resteras plus longtemps à ton retour, Edith.

– Écoute, je ne sais pas. Arthur avait suggéré que peut-être il reviendrait avec moi pour rester quelque temps à Cleveland, alors... Mais je te tiendrai au courant. Merci mille fois pour ton accueil, Millie.

Une main qu'on presse, deux joues qui s'effleurent, et c'était tout. Mildred attendit que les portes du train soient fermées, mais elle ne pouvait pas traîner. Quelle heure était-il? Huit heures quarante-neuf précises à sa montre. En se pressant, elle arriverait au bureau à neuf heures comme d'habitude. Certes, M. Sweeney ne ferait aucun commentaire si elle était en retard un jour comme celui-ci, mais justement pour cette raison, ce serait bien de sa part d'essayer d'être à l'heure.

Elle se précipita à l'intersection de la Septième Avenue et de la Trente-Quatrième Rue et attrapa le bus qui traversait Manhattan. Une fois à la Troisième Avenue, elle pourrait prendre un bus qui allait vers le nord, et elle serait au bureau en un rien de temps. À l'arrêt de la Troisième Avenue, elle fronça un moment les sourcils en estimant la vitesse et la distance du camion qui approchait, puis se mit à courir. Il ne fallait pas qu'elle oublie d'acheter des bas à la pause de midi. Et ce soir, elle écrirait un mot à Edith, qu'elle enverrait à Ithaca, pour lui dire combien sa visite lui avait fait plaisir et l'inviter à revenir dès qu'elle le pourrait. Elle ajouterait aussi un mot pour Arthur, un compliment pour le bébé. Peut-être qu'Edith et Arthur pourraient habiter chez elle un petit moment, s'ils repartaient à Cleveland ensemble. Elle se débrouillerait d'une façon ou d'une autre pour que leur séjour soit agréable.

Le mauvais garçon

Il était né dans une cabane faite de branchages et de boue, accotée à une colline couleur de paille. La route qui menait au village passait devant sa porte et à un an, il savait déjà que les gens qui disaient « Hello ! » plutôt qu'« *Adiós !* » étaient des *americanos* et qu'ils étaient riches. D'après son père, ils distribuaient l'argent sans compter. Cet argent apportait des gâteaux et des bonbons. Alors il n'avait pas le temps de jouer sur le sol en terre battue avec son frère aîné. Il n'avait pas le temps de passer des heures, comme son père et son grand-père, assis sur la marche de seuil en bois, à se demander si les contreforts représentaient le dos d'un âne géant, comme le racontait la légende. Ou bien encore si les hautes montagnes ocre qui ondulaient à l'horizon retenaient des bulles d'air que l'on pouvait faire éclater avec une épingle, et ce serait la fin du monde. Son temps, il le consacrait à observer les *americanos*. Il les reconnaissait à la pâleur de leur visage, à leurs vêtements propres et neufs. Quand il en voyait un approcher, il se précipitait sur la route, nu comme un ver, faisait un large sourire et disait « Ai-lo » en tendant la main. Immanquablement, les pièces tombaient.

À quatre ans, il traînait sur la plus petite place du village, là où les bus s'arrêtaient. Il apprit à dire : « Je peux vous aider, madame ? » et : « Je peux vous aider, monsieur ? » Il récoltait ainsi des centavos, car ces mots voulaient dire en fait : est-ce que je peux porter cette valise aussi grosse que moi et beaucoup plus lourde ? En parlant vite, il arrivait à soutirer de l'argent à tous les *turistas* avant que les enfants plus âgés, parmi eux son frère Antonio, n'emportent les valises. Il apprit à dire : « Le meilleur hôtel, c'est celui-là » en désignant une grande bâtisse blanche au bout de la rue. Si effectivement les touristes s'y rendaient, il trottinait derrière eux et le patron de l'hôtel lui donnait un peso. Le prix d'une chambre à l'hôtel était de cent vingt-cinq pesos par jour ; pour les *americanos,* cette petite fortune n'était qu'une goutte d'eau dans la mer.

Quand un Américain apparaissait, ce n'était pas une personne qu'il voyait, mais des centavos et des billets rouges et verts. Ce qui le fascinait, c'était de les observer quand ils entraient dans les boutiques d'artisanat pour acheter des objets en argent. Ils choisissaient les objets très rapidement, comme s'ils voulaient dépenser le plus possible, et ne marchandaient jamais. Quant aux femmes, elles étaient encore plus riches que les hommes. On aurait dit que chaque Américain était un sac d'argent qu'il lui suffisait de percer avec un sourire et il n'avait plus qu'à tendre les mains. La seule réelle concurrence qu'il rencontrait, c'était l'armée anarchique des autres petits garçons qui vadrouillaient dans le village. Mais ce n'était pas là une concurrence bien dangereuse ; car, lui, contrairement aux autres, était « mignon ». Ce mot « mignon », presque tous les Américains l'utilisaient quand ils lui donnaient de l'argent. L'avantage, c'était que lui n'avait pas à porter les valises. Tout ce qu'il avait à faire, c'était de sourire et de tendre la main. Il se trouvait que son nom de famille était Palma, mais c'est plus tard qu'il apprit que « *palm* » voulait dire « paume ».

Le soir, il impressionnait beaucoup ses parents en répétant à tue-tête les mots d'*ingles* qu'il avait appris : « Attention à l'appareil photo ! » ou bien : « Mettez ça avec le reste des bagages. »

« *Por Dios, Alejandro* », s'exclamait sa mère, qui était très pieuse. Elle commençait à se faire du souci ; il ne rentrait à la maison que pour dormir. Il avait d'ores et déjà refusé d'aller à la messe à la cathédrale parce que, disait-il, les Américains n'y allaient pas, et ils étaient beaucoup plus riches que les Mexicains. Tous les soirs, son frère Antonio et lui étaient censés poser sur la table tout l'argent qu'ils avaient gagné. Mais Alejandro arrivait toujours à en dissimuler la plus grosse partie dans ses poches ; son père n'était pas très futé. Il pouvait donc s'acheter glaces et chocolats quand il en avait envie, des chemises de confection au marché. Contrairement à Antonio, il n'achetait jamais rien pour ses parents. Ce que son père lui prenait leur permettait d'acheter du café et de la viande fraîche, et c'était largement suffisant. Sans l'argent qu'il rapportait, la famille aurait dû se contenter des *tortillas* et de *frijoles* que son père recevait en échange des selles en bois qu'il fabriquait et des ponchos cousus par sa mère... Les Mexicains les plus intelligents, disait-il à ses parents, n'étaient pas ceux qui faisaient pousser du maïs ou ceux qui fabriquaient des selles en bois : c'étaient les guides, les propriétaires de boutiques où l'on trouvait des objets en argent et les patrons d'hôtel. Autrement dit, ceux qui répondaient aux besoins des Américains. Ses parents étaient donc stupides. Et son frère Antonio l'était aussi, qui travaillait comme un *burro*[1] à porter des valises mais ne gagnait pas la moitié de l'argent qu'il récoltait, lui, rien qu'avec un sourire. Il se moquait d'Antonio et le traitait d'idiot, en anglais. L'aîné ne comprenait pas l'anglais et chez lui grandissait une jalousie qui peu à peu se transformait en haine.

Indubitablement, le bourg vivait de l'argent des touristes; le village se prostituait pour de l'argent. Certains des résidents en avaient beaucoup, d'autres très peu. Comme les touristes dépensaient sans compter, tous payaient le prix fort pour satisfaire les besoins de base. Ils prenaient les plus belles maisons, s'offraient la meilleure nourriture parce qu'ils en avaient les moyens. Les résidents, eux, dont les arrière-arrière-grands-parents étaient nés là, devaient vivre des restes. L'ironie, c'était que leur village subissait cet état de choses simplement parce qu'il était pittoresque. Derrière une amabilité de façade, la haine contre les touristes était comme un torrent souterrain qui surgissait parfois dans les yeux des vieillards courbés ou dans les yeux des enfants trop jeunes pour dissimuler. De toute façon, la plupart des touristes américains passaient trop vite pour s'en apercevoir, mais ceux qui s'étaient installés à demeure s'en rendaient compte et au bout d'un moment, ils voyaient cette haine partout, même dans les yeux des chiens errant sur la place, et même dans le sourire du patron de l'hôtel qui parlait l'anglais à la perfection. Seul l'alcool leur permettait d'oublier cette haine.

Alejandro avait appris l'anglais en même temps que l'espagnol, et bientôt il s'exprima indifféremment dans l'une ou l'autre langue. Il cherchait toujours à découvrir des mots nouveaux, sûr de gagner des centavos supplémentaires quand il demandait à un Américain ce que voulait dire tel ou tel mot. Il apprit l'intérêt qu'il y avait à simuler l'amitié et à se souvenir du nom des gens. Quand il faisait un signe de la main en souriant à un touriste qui lui avait déjà donné de l'argent, eh bien! il était sûr d'en recevoir encore. En s'attachant à un groupe de touristes et en babillant en anglais, il arrivait qu'il fût invité, sorte de fou du roi, à partager un repas, dans une salle à manger d'hôtel, expérience que ses parents, même quand il leur racontait, étaient incapables d'imaginer.

Un jour, autour de ses sept ans, une dame accepta sa proposition de l'accompagner et il dut porter un petit sac jusqu'à l'hôtel, au sommet de la colline la plus haute. Il reçut deux pesos de pourboire, l'air renfrogné. Une fois redescendu, sa décision était prise : il serait *guia*, guide. Tout ce que les guides avaient à faire,

---

1. *Burro* : âne.

c'était de se promener et de parler. Donc il laissa derrière lui la place où s'arrêtaient les bus et se rendit sur la place principale, là où, sous les grands platanes de la cathédrale, les guides fixaient le point de départ des excursions.

« Est-ce que je peux vous montrer le bourg, mesdames, messieurs ? » demandait-il avec le même sourire enjôleur qu'à l'arrêt d'autobus.

Là il entrait en concurrence avec des garçons beaucoup plus âgés que lui, plus habiles pour prêter un bras secourable aux dames mûres un peu corpulentes qui se tordaient les chevilles sur les pavés des ruelles en pente. En général, les femmes disaient quelque chose à leur compagnon, le mot « mignon » figurait souvent, et on lui faisait signe. Sur la place travaillait aussi son frère Antonio qui, à quatorze ans, avec son anglais approximatif, son visage carré et sérieux, était passé dans la classe supérieure : de porteur, il était devenu guide. Celui-ci avait mémorisé tout le livre, mais ne savait pas comment les mots se prononçaient. D'ailleurs, quel Américain en vacances se souciait de ce genre de catéchisme ennuyeux ? Antonio et lui étaient maintenant rivaux et s'adressaient à peine la parole. Antonio, posé et sérieux, le petit Alcjandro aux yeux pétillants : difficile de croire qu'ils étaient frères.

Alejandro avait si souvent suivi les autres guides qu'il connaissait par cœur leur boniment pour chaque lieu de visite, comme par exemple : « La cathédrale, elle a coûté dix milliards de pesos. » Mais il apportait des variantes à la visite classique. Le petit guide, avec les gestes d'un cicérone expérimenté, menait des groupes de dix à douze personnes de la « boutique de bijoux en argent » à une « rue pittoresque », encore une « boutique » (les guides touchaient une commission sur les achats), à la « cathédrale », puis au « merveilleux panorama ». Une visite ni trop courte, ni trop longue qui, en général, se terminait agréablement dans l'un des deux bars chics de la place, où l'on servait une boisson à base de deux mesures de tequila, et que chaque guide touristique mentionnait.

Alejandro devint le guide le plus populaire du village. Son jeune âge, sa taille étaient une nouveauté ; les clients le recommandaient à leurs amis. Certains touristes qui revenaient chaque année le connaissaient depuis qu'il avait quatre ans et aimaient le présenter à des amis qui visitaient le village pour la première fois.

Il gagnait de soixante à soixante-dix pesos par jour ; la liasse de billets de banque suscitait un plaisir tellement vif qu'il avait pris l'habitude de marcher avec la main dans la poche, pour palper son argent ; cela lui donnait un air encore plus décontracté et sûr de lui. Il achetait de la brillantine pour donner des reflets bleutés à ses doux cheveux frisés. Pour quarante pesos, il fit l'acquisition au marché de pantalons américains, toujours fraîchement lavés et repassés ; contrairement à beaucoup de jeunes Mexicains, il n'oubliait jamais de fermer sa braguette. Il avait remarqué que cette omission faisait mauvais effet sur les Américaines. Il s'efforçait de lire des magazines, allait voir tous les films américains qui passaient dans les deux cinémas du bourg et apprenait des mots nouveaux en suivant les sous-titres espagnols. Il se fit couper les cheveux, adopta une raie sur le côté comme les acteurs américains et essayait autant que possible de s'habiller comme eux.

Le mot « mignon » commençait à disparaître au profit de « beau garçon » : il avait alors douze ans. Son visage mince était déjà viril ; il avait un air d'intelligence qui le faisait paraître plus âgé qu'il n'était. Il était svelte, cent quinze livres pour cinq pieds cinq pouces, en mesures américaines. De tous les jeunes gens du village, c'était le plus beau ; il ne manquait pas de remarquer l'effet qu'il avait sur les femmes. Ces caresses furtives des Américaines qui s'accrochaient à lui pour descendre les sentiers escarpés, ces baisers hâtifs, timides, sur la joue, sur la bouche, quand elles en étaient à leur deuxième verre de tequila, commencèrent à éveiller son propre désir. Tous les guides avaient eu l'occasion de se familiariser avec les avances anxieuses des Américaines et ils en faisaient des plaisanteries. Souvent d'ailleurs, ils se vantaient auprès de leurs camarades d'avoir passé la nuit avec telle ou telle jeune et jolie Américaine. Bien sûr, c'était pour plaisanter, mais ils auraient bien aimé qu'on les croie.

Alejandro lui aussi se vantait, pourtant il n'avait réussi à séduire qu'une fille, une Mexicaine, Concha, la plus jolie *muchacha* du village. Il avait alors onze ans et elle treize. Mais cela ne comptait pas. Par contre, quand une Américaine lui donnait un petit baiser sur la joue, même si elle était vieille et laide, c'était important, parce que c'était une Américaine. Et en réalité, les Mexicaines ne l'avaient jamais attiré. Il aimait les blondes, comme les actrices de cinéma ou celles qui descendaient des bus ou traversaient le village en voiture. Son plus cher désir était d'en séduire une. Ce désir commença à devenir plus fort même que sa passion pour l'argent.

Sa première Américaine avait quinze ans ; une blonde aux yeux bleus, avec des formes bien développées. Ses cheveux frisaient aux extrémités et descendaient jusqu'au milieu du dos. C'était la chevelure blonde qui le fascinait et aussi le regard fixe de ses yeux bleus, où il lisait une certaine invite. Elle s'appelait Mary Jane Howell et elle était là avec sa mère. Il leur fit visiter le village avec un groupe de touristes, et Mme Howell, à qui il avait montré beaucoup de déférence, l'invita à déjeuner à l'hôtel. Après quoi, Mme Howell voulut aller faire des courses, mais Mary Jane déclara qu'elle préférait rester à l'hôtel. Quand il eut guidé Mme Howell vers la boutique où l'on vendait des bijoux en argent, Alejandro retourna à l'hôtel. Dans l'entrée, il rencontra Mary Jane qui était là, derrière un palmier en pot, les yeux encore plus grands, le regard encore plus fixe.

Il lui fit son sourire le plus charmeur, imité d'un acteur américain : un sourire en coin, les yeux mi-clos, ce qui mettait en valeur ses longs cils noirs.

— Je vous montre la carte là-haut, d'accord. Il y a beaucoup de vent ici, non ?

— Oui, montons.

Il aurait pu parler un anglais plus correct, mais il savait qu'un accent était parfois plus productif. Il la suivit dans sa chambre et avant même qu'il ait le temps de fermer la porte, Mary Jane lui avait passé les bras autour du cou et lui plantait sur les lèvres un baiser moite et chaud.

À peine une demi-heure plus tard, il était redescendu et repartait machinalement, mais d'une démarche allègre, vers la place. Il lui tardait de parler de sa conquête et dans le quart d'heure qui suivit, il raconta l'histoire quatre fois, en ajoutant des détails nouveaux, aux guides et à tous ceux qui voulaient bien l'écouter. Tout le monde le croyait, parce que lui-même y croyait. Son exploit lui semblait plus éclatant encore que dans la chambre même de Mary Jane. Une jeune Américaine blonde ! Après cet épisode, quand Mary Jane et sa mère se promenaient dans le village, toute la population mâle les suivait des yeux.

Il y eut ensuite une succession de jeunes Américaines. Il lui arrivait d'essuyer quelques refus, mais Alejandro accueillait succès et échecs de la même façon : il s'inclinait en souriant et souvent, cela arrangeait ses affaires. Dans le village, il commença à acquérir une réputation de « mauvais garçon », réputation qu'il ne méritait pas vraiment. Une démarche un peu arrogante, une grâce nerveuse qui suggérait le matou bien soigné : il passait son temps à marcher, parcourait le bourg en tous sens, portant haut sa tête fine. Un seul regard de ses yeux noirs et la femme qu'il désirait était déjà à moitié conquise.

À quinze ans, il recevait deux ou trois lettres par semaine de jeunes filles, de maîtresses d'école, de femmes mariées, qui commençaient par « Cher garçon », « Chéri », « Mon Ange espagnol », se terminaient par des lamentations sur l'ennui de leur existence aux États-Unis et exprimaient le désir de pouvoir un jour revivre les plaisirs qu'ils avaient connus ensemble. Il lisait ces lettres avec ostentation, assis sur un banc sur la place, où les platanes offraient une ombre profonde, tachetée de points lumineux éblouissants, là où le soleil pénétrait. Il les mettait dans la poche arrière de son pantalon, le timbre bien en évidence, et repartait pour de nouvelles conquêtes. Il répondait à certaines de ces lettres en un anglais appliqué ; la plupart ne méritaient pas de réponse. Il s'était découvert une nouvelle ambition : épouser une riche Américaine et vivre comme le prince qu'il était, pour le restant de sa vie. Dans le village, les mariages entre des jeunes Mexicains et des Américaines étaient fréquents. Un de ces ménages habitait la maison la plus luxueuse qu'il ait jamais vue. Mais il était encore trop jeune. C'était difficile d'épouser une Américaine avant d'avoir dix-sept ans. Il faudrait qu'il essaie de paraître plus vieux que son âge, qu'il concentre ses efforts sur les plus riches et les plus libres pour les charmer.

Pendant six mois, il charma une vingtaine d'Américaines, mais aucune ne semblait vouloir se marier. Pour elles, ce genre de liaisons passagères faisait partie des aménités du village. Ce qui leur plaisait, c'était d'exciter la jalousie de leur compagnon, leur rage, leur inquiétude, de les voir simuler un ennui profond lorsqu'elles organisaient un rendez-vous galant avec un jeune Mexicain. On aurait dit que le but du jeu était de se réconcilier avec leur compagnon à la fin du séjour. Alejandro accepta ces déceptions avec un sourire et un haussement d'épaules. Toutes les Américaines n'étaient pas aussi fuyantes. Il savait qu'il trouverait bientôt la femme qu'il cherchait.

Un jour, une femme apparut sur la place au bras d'un monsieur roux, très bien habillé : Alejandro n'avait jamais vu personne qui lui ressemblât. Était-elle américaine ? Alejandro l'examina des pieds à la tête. Elle avait le port aussi altier que lui, avec son long fume-cigarette. Elle portait des escarpins à hauts talons en lézard vert, et elle semblait glisser plutôt que marcher sur ces pavés où les autres femmes se tordaient les pieds même quand elles ne portaient que des sandales de paille. Elle avait l'air de s'ennuyer : apparemment, c'était son compagnon qui était à l'initiative de la visite. Pourtant ce fut elle qui le choisit pour guide. Elle ne prêtait pas attention à ce qu'il montrait, mais posait le regard de ses yeux gris-vert sur lui, d'un air songeur, un peu somnolent, ce qui déconcerta Alejandro ; elle n'était pas belle à proprement parler et pourtant elle avait beaucoup de charme. Du moins, et cette pensée le rasséréna, il ne faisait aucun doute qu'elle était riche. Sous les cheveux noirs laqués coiffés en arrière, des anneaux d'or ciselé pendaient à ses oreilles. La jupe de tweed vert pâle était faite sur mesure, ainsi que le chemiser de soie grise, peut-être aussi la ceinture, du même lézard vert que les chaussures. À la fin de la visite, elle ne voulut pas entrer dans la *cantina* avec les autres, et s'arrêta à la porte, le regard fixé sur Alejandro qui, lui aussi, restait dehors, comme oublieux du reste du groupe.

— Comment vous appelez-vous ? lui demanda-t-elle d'une voix caverneuse, avec un sourire qui révéla des dents intéressantes, dont une en or.

— Alejandro Palma, à votre service, dit-il en s'inclinant.

En se redressant, il s'aperçut qu'il était incapable de soutenir son regard. Il ressentait une impression inconnue, timidité, attirance ou répulsion.

— Alejandro.

Elle avait répété son nom en roulant le *r* aussi facilement que lui. Elle cligna des yeux avec bienveillance, les yeux gris-vert à moitié voilés par les paupières fripées.

— Eh bien, peut-être à demain, Alejandro. Aujourd'hui, j'étais fatiguée, je n'ai pas vraiment apprécié votre village comme il le mérite.

— À votre service. Alejandro s'inclina à nouveau.

Son compagnon lui offrit son bras, avec une résignation distraite. Alejandro la regarda s'éloigner, de sa démarche sinueuse, un pied devant l'autre suivant une ligne imaginaire. Il donna cinquante centavos à un petit garçon pour savoir dans quel hôtel elle était descendue, son nom et celui de l'homme. Le petit garçon rapporta qu'elle était comtesse.

Le lendemain matin, elle était sur la place avant neuf heures, Alejandro n'avait même pas commencé à organiser la première excursion. Elle portait des sandales plates en peau d'iguane qui faisaient paraître ses pieds encore plus longs et étroits. Elle déclara qu'elle voulait boire un verre. Comme les *cantinas* plus présentables n'étaient pas encore ouvertes, il l'emmena à la *cantina* Chez César, qui se trouvait être un trou dans le mur, imbibé de tequila, dans l'une des petites ruelles donnant sur la place. Là, il y avait tellement de puces qu'on les voyait sauter sur le carrelage rouge à la recherche d'une jambe humaine. Deux Mexicains sales étaient avachis sur le bar.

Alejandro avait mis une chemise blanche au col ouvert et un pantalon de lin blanc. Il s'était assis à une petite table avec la comtesse. Droit comme un i, il parlait anglais très fort et très distinctement, très fier que César et les deux Mexicains soient les témoins de sa conversation avec cette femme élégante, qui elle aussi parlait anglais et fumait des cigarettes russes avec un fume-cigarette ; manifestement, la loi d'airain qui interdisait aux femmes d'entrer dans ce genre de *cantina* ne pouvait s'appliquer à une personne de son calibre. Elle lui posa des questions. Alejandro raconta qu'il avait dix-huit ans, alors qu'il en avait seize, et qu'il avait étudié à l'Academia Inglesa à Mexico.

Elle porta à ses lèvres le petit verre de tequila, dans sa main osseuse, le but d'une traite, sans sel ni citron vert. Sans se départir de son calme, elle lui dit :

– Vous êtes très beau. Vous avez un air un peu espagnol. Je ne me trompe pas ?

– Mon père et ma mère sont de purs Castillans, répondit-il en baissant les yeux avec une sensibilité bien jouée.

Un coq de combat qui appartenait à César, sans crête, et qui boitait comme un vieillard, entra dans la *cantina* en picorant des miettes sur le sol. La comtesse battit des cils et lui adressa un sourire très tendre, mais il comprit qu'elle avait percé à jour ses mensonges.

– Moi, je ne suis rien. En fait, je suis tout. Vous me comprenez ?

Elle sourit à nouveau.

– Comme vous.

Il comprenait plus ou moins.

– Et votre ami ?

– Robert ?

Elle éclata de rire et fit un geste de la main qui vint se reposer sur le porte-cigarettes en argent sur lequel étaient gravés un chiffre et une couronne.

– Hier, Robert m'a dit adieu pour toujours.

Encore une fois, Alejandro n'eut pas le courage de la regarder en face et se trouva incapable de lui dire tout ce qu'il avait préparé. Elle se leva, avec l'air d'une femme qui s'ennuie.

– Non, non, ne me raccompagnez pas, Alejandro. Venez me voir ce soir vers dix heures si cela vous fait envie. Vous connaissez mon nom, n'est-ce pas ? Comtesse Lomolkov. Paula.

À dix heures, Alejandro était au rendez-vous ; il était si angoissé qu'il avait été incapable de travailler pendant toute la journée. Dans la pièce en désordre dont le décor mexicain disparaissait sous ses possessions éparpillées, la comtesse le couvrit de baisers lourds et tendres, prit des initiatives amoureuses qui le laissèrent décontenancé, et opéra une séduction en règle; elle se moqua de sa technique, ce qui l'insulta profondément, même s'il ne pouvait s'empêcher d'en rire. Elle lui déclara que son langage amoureux était plus rudimentaire encore que son anglais. Il aurait fait n'importe quoi pour lui plaire; tout ce qu'il voulait, c'était qu'elle lui accorde un deuxième rendez-vous.

— Mais naturellement, répondit-elle, allongée sur le dos et soufflant la fumée de sa cigarette russe vers le plafond. Demain, nous irons à Acapulco. J'ai déjà réservé l'hôtel.

Le lendemain matin il remplit sa valise toute neuve de ses chemises et de ses pantalons les plus élégants.

— Mais où vas-tu? demanda sa mère, qui faisait cuire un ragoût de haricots dans la cuisine extérieure.

— *Quien sabe?* répondit-il sur un ton rogue. Mais, en descendant la colline, il avait un sourire aux lèvres. Sa mère penserait qu'il était simplement retourné à Mexico. C'était peut-être la dernière fois qu'il voyait sa maison, mais il ne se retourna pas. Le monde s'étendait devant lui, de plus en plus vaste, et la comtesse était tout son horizon.

C'est lui qui était au volant de la Jaguar de la comtesse quand ils sortirent du village : noire, étincelante, ornée d'un bouchon de radiateur chromé. La comtesse, songeuse, gardait le silence; elle fixait les yeux sur la route tout en avalant des lampées de tequila *añeja* au goulot de la longue et mince bouteille qu'elle avait apportée pour fêter l'événement.

Jamais Alejandro ne s'était senti aussi heureux ni aussi insouciant. Certes, il avait toujours disposé de son temps à sa guise, passé ses journées dehors, mais c'était exclusivement pour gagner de l'argent. Maintenant, il ne pensait plus à l'argent, pas même à celui de la comtesse. Il ne souhaitait pas l'épouser, sauf si elle le désirait. Pour lui, un mariage ne pouvait être qu'un faux-semblant ; avec elle, il ne voulait pas tricher. Il était incapable d'exprimer ce qu'il ressentait. Ne connaissant pas le sens des mots respect, affection, amour, il aurait été bien en peine de les utiliser.

Arrivés à Acapulco, ils descendirent dans l'hôtel à la mode ; leur suite et les repas coûtaient trois cent cinquante pesos par jour. La comtesse lui acheta un maillot de bain fait d'une bande de tissu couleur chartreuse, imprimé de fleurs vermillon. Le maillot serrant ses hanches minces, il se baignait à la plage de Hornos le matin, à Coleta l'après-midi. Avec la comtesse, il lézardait sur le sable ; elle posait ses lunettes de soleil pour marquer la page du livre qu'elle ne lisait pas car elle passait son temps à le contempler, repoussant les boucles qui tombaient sur son front ou faisant couler du sable blanc le long de son torse brun et imberbe. Souvent, après un dernier verre au Tamarin, ils allaient en voiture à Pie de la Cuesta, à quinze kilomètres de là. Allongés dans des hamacs, à quelques mètres des vagues, ils sirotaient du lait de coco avec une paille, contemplant le soleil qui tombait dans la mer en embrasant tout l'horizon. Ils dînaient dans des hôtels toujours différents, par goût de la variété, et se faisaient envoyer des repas somptueux dans la chambre. En général, ils se couchaient de bonne heure car la comtesse avait besoin de beaucoup de sommeil.

Elle lui raconta son enfance en Pologne, dans le grand domaine de son père, où trois cents serfs cultivaient d'immenses champs de blé, sa fuite *in extremis* au moment où Hitler était arrivé au pouvoir et sa vie ensuite à Paris et à New York. Alejandro ne croyait pas le dixième de ce qu'elle racontait, mais il écoutait avec le respect que lui-même aurait exigé d'un auditoire auquel il aurait raconté sa vie au Mexique. C'était bien cela qui les rapprochait, cette habitude du mensonge, cette solidarité de la fiction, ce goût qu'ils avaient de vouloir fasciner les timorés par des histoires scandaleuses. D'où venait son argent ? Elle n'en avait pas, disait-elle. Elle vivait à crédit.

— Quand on ne me fera plus crédit, je cesserai d'exister.

Alejandro prenait alors un air inquiet.

— Pour moi, la seule façon de vivre, c'est de prendre des risques. Et tu es comme moi. Même quand tu seras marié. Alejandro, surtout, fais un mariage de raison, crois-moi, pas de sottises. Épouse une femme laide si tu peux ou bien si elle est jolie, alors qu'elle soit stupide. Mais cela va souvent ensemble. Un jour tu comprendras que j'avais raison.

Elle faisait son éducation dans tous les domaines : maintien, morale, hypocrisie et opportunisme. Il était à la fois son protégé, son fils, son amant et même son mari, parce qu'il fallait bien qu'il apprenne son métier de mari, un art bien différent de celui d'amant. Elle décidait de sa coiffure, accentuait ses ondulations derrière et sur les côtés, et les ramassait en une grosse mèche bien disciplinée qui s'harmonisait avec l'ovale de son visage et cachait une partie du front. Elle l'obligeait à une certaine réserve anglo-saxonne dans sa façon de s'habiller et lui apprenait mille petits trucs pour tous les lieux, toutes les occasions. Et tout cela sans le tourner en ridicule, parfois même en flattant sa vanité. Et Alejandro apprenait avec la facilité et le plaisir de quelqu'un dont la vie est vouée à la facilité et au plaisir, ainsi qu'au plaisir des autres. Il s'épanouissait. La comtesse et le soleil tropical lui prodiguaient leurs caresses et lui à son tour caressait le monde entier. C'était un bonheur parfait. Mille fois par jour elle le critiquait, le surprenait en flagrant délit de mensonge ou bien l'obligeait à retenir telle ou telle règle triviale, comme une maîtresse d'école, et pourtant elle le rendait si heureux ! Ce bonheur éclatait dans chaque mouvement de son corps, suivant les lignes d'un dessin invisible. C'était bien pour cela qu'il attirait tous les regards sur la plage. Même les hommes qui, en général, le détestaient d'emblée prenaient un secret plaisir à le voir se pavaner. Il restait figé un moment au bord de l'eau bleue étincelante, cherchant la comtesse des yeux, puis traversait la plage en courant vers cette femme plus âgée, qui manifestement n'était pas sa mère, et à qui il semblait si attaché ; il savait pertinemment que cela suscitait maints commentaires.

Deux Américaines blondes, à l'hôtel, tentèrent de lui faire des avances, mais à aucun moment Alejandro ne fut tenté de tromper la comtesse. Il passait toutes ses soirées à ses côtés, en pantalon de lin blanc le plus souvent, car c'était ce que préférait la comtesse, avec une chemise sport vert foncé ou bleue ; elle lui nouait autour du cou un de ses mouchoirs de soie. Il lui parlait et l'écoutait comme si elle était la seule femme au monde. Tous les clients de l'hôtel étaient médusés par cette situation, mais ils ne pouvaient détacher leurs regards du couple.

Alejandro ne se posait pas la question de savoir s'il était amoureux de la comtesse, et d'ailleurs il n'aurait pas su y répondre franchement, sans doute parce que depuis ses seize ans, toutes ses émotions avaient été simulées. Il envoyait des cartes postales à ses amis, au village, racontant sa vie insouciante et fastueuse, vantant les charmes de la *contesa*, se vantant de nouvelles conquêtes. Il écrivit aussi à Concha, son premier *amor*, et lui envoya un bracelet de petits coquillages gris, qu'il acheta à un marchand ambulant pour deux pesos.

Au bout de six semaines, la comtesse ne trouvait plus à corriger que quelques petits travers insignifiants. Elle avait fait le gros œuvre, disait-elle. Il fallait maintenant passer aux finitions. En conséquence, il acquit au moins une opinion péremptoire sur l'art abstrait, les Noirs en Amérique, le communisme en Amérique latine et les opéras de Wagner.

— Je ne veux pas que tu continues à faire le guide, lui dit un jour la comtesse de ce ton monocorde et absent qui voulait dire qu'elle était en train d'échafauder des projets lointains. Il faut que tu deviennes directeur d'hôtel dans ton village.

Alejandro fit une réponse évasive, trop heureux pour s'encombrer l'esprit avec des idées comme travail et avenir. La comtesse, qui était à la fenêtre, se retourna, furieuse.

— Tu es paresseux ! Tu as en toi la paresse stupide de ce pays stupide. Si tu n'arrives pas à t'en débarrasser, alors on se sépare tout de suite, pour toujours. Oui, ton pays est rempli de gens stupides et paresseux. Tes parents par exemple, je sais très bien ce qu'ils sont, tes parents, idiots ! Voilà ce qui t'arriverait si je n'étais pas là ! *Ne dis pas le contraire.*

Elle le secoua durement par les épaules.

— Je ne veux pas que tu deviennes une espèce de parasite, paresseux et gras, je veux que tu deviennes *quelqu'un*, tu comprends ce que je te dis ? s'écria-t-elle avec une pointe d'accent.

Alejandro se leva, s'inclina comme elle le lui avait appris et murmura :

— La femme que j'aime peut faire l'impossible.

La comtesse sourit.

— Et tu es assez malin pour savoir que cela, ce n'est justement pas impossible, n'est-ce pas ?

Le lendemain matin, elle ne le rejoignit pas sur la plage comme elle le faisait d'habitude, après avoir pris son petit déjeuner et fait son courrier. Alejandro retourna à l'hôtel et on lui annonça qu'elle était partie. Tremblant de tous ses membres, il ouvrit l'enveloppe qu'on lui tendait, conscient du spectacle qu'il offrait à l'employé et aux deux Américaines blondes qui étaient tout près, avec son air tragique, et les billets de banque bleus tout neufs qui s'éparpillaient à ses pieds. Un mot très bref, ponctué de mots tendres, lui apprit qu'elle avait discuté avec le patron de l'hôtel dans lequel elle était descendue et qu'une place de réceptionniste lui était pratiquement assurée, numéro deux après le patron lui-même. Elle avait payé la note ; il pouvait encore rester cinq nuits à Acapulco. Elle l'enjoignait de s'amuser et de ne plus penser à elle, de l'oublier dans les bras d'une autre s'il en avait envie. « C'est tellement étrange que ce soit au Mexique que j'aie rencontré un être si semblable à moi ! Je te remercie et je te bénis, mon chéri ! N'essaie pas de me remercier : simplement, essaie de te souvenir de ce que je t'ai appris. Surtout ne cherche pas à me retrouver, et ne crois jamais que je t'ai oublié. Ta Paula, comtesse Lomolkov. » Les deux derniers mots étaient soulignés.

Alejandro se sentait trop seul pour rester à Acapulco. Il se rendait compte, indistinctement, qu'il l'avait aimée plus qu'il ne le soupçonnait. L'idée était insoutenable et il prit un autobus pour rentrer au village. Une fois encore, le monde s'ouvrit devant lui, sur la route de montagne. Le monde, ce n'était rien, après la perte de la comtesse. Il fallait qu'il garde les yeux ouverts et qu'il vive dangereusement, comme elle le lui avait appris. Avant la tombée de la nuit, il eut une entrevue avec *señor* Martinez, le patron de l'hôtel. Grâce à sa prestance et à sa maîtrise de l'anglais, que *señor* Martinez maîtrisait mal, Alejandro décrocha le poste. *Señor* Martinez était un homme sérieux et timide, tout à fait persuadé de la nécessité d'américaniser l'hôtel. La comtesse l'avait persuadé qu'un réceptionniste parlant l'anglais serait un atout. Alejandro était donc le candidat potentiel qu'elle avait promis de lui envoyer. La mauvaise réputation d'Alejandro aurait dû, en principe, lui barrer la route, mais le patron vivait en ermite et les rumeurs du bourg n'étaient pas parvenues jusqu'à lui.

À l'hôtel, Alejandro portait des costumes de flanelle grise ou blanche, et toujours une fleur rouge à la boutonnière. Son travail consistait à recevoir les clients, à vérifier l'ordre des chambres, à contrôler en cuisine que les plateaux du petit déjeuner correspondaient à la commande, à inviter les femmes seules à prendre un cocktail dans un bar de temps en temps, aux frais de la maison. Il parcourait inlassablement le bâtiment de deux étages avec son patio, disposait un vase de bougainvillées dans une chambre choisie, apportait ailleurs de la viande crue pour le chien, remplaçait les ampoules trop faibles par des ampoules plus puissantes, donnant à chaque client l'impression qu'il faisait l'objet d'un traitement de faveur. Aucune réclamation, mais beaucoup de pourboires, de compliments auprès de *señor* Martinez. Quand certains des amis de celui-ci faisaient remarquer qu'Alejandro s'était bien amendé, il ne comprenait pas ce qu'ils voulaient dire.

Alejandro ne gagnait pas autant que lorsqu'il était guide, mais dans sa nouvelle position, il avait plus de dignité ; la comtesse lui avait affirmé que c'était important pour une Américaine envisageant le mariage avec un Mexicain. Depuis qu'il était devenu réceptionniste, son ambition d'épouser une riche Américaine était revenue avec encore plus de vigueur. Il était tellement mieux armé maintenant. Il avait tellement envie de réussir.

Les cocktails dans les bars étaient réservés aux femmes les plus riches. Il lui arrivait aussi d'avoir des rendez-vous avec des femmes riches qui descendaient dans d'autres hôtels. Toutes les factures étaient dûment envoyées à *señor* Martinez, accompagnées d'un petit mot indiquant qu'il s'agissait des frais de telle ou telle *señora* ou *señorita*, cliente de l'hôtel. Il invitait souvent les jeunes filles à passer la soirée dans une chambre vacante. Ce stratagème aurait pu durer longtemps s'il n'avait pas commis un impair qui lui aurait à coup sûr valu une des semonces les plus sévères de la comtesse.

Concha avait épousé Antonio, qui avait maintenant vingt-quatre ans et qui était toujours guide. Alejandro et Concha se voyaient tous les samedis soir, quand Antonio emmenait les touristes faire la tournée des bars, jusqu'à la fermeture, à minuit. Antonio apprenait à leur cousin Pancho, âgé de quatorze ans, le métier de guide, et il était fort occupé. Pancho le suivait partout, même le samedi soir. Comme il était aussi sérieux et peu futé qu'Antonio, Alejandro savait qu'il suivrait les traces de son frère et ferait un guide adéquat peut-être, mais sans réel avenir.

Alejandro et Concha s'aimaient bien, mais ils n'étaient pas amoureux l'un de l'autre. Simplement, cela les amusait de faire revivre leur amourette de jeunesse, six ans auparavant. Concha aimait rire et Alejandro était beaucoup plus drôle qu'Antonio. De plus, Alejandro trouvait amusant de faire son frère cocu.

Tout arriva le jour de l'anniversaire de Concha. *Señor* Martinez était parti à Mexico pour affaires et ne devait revenir que le lendemain. Il se trouva que la suite réservée aux jeunes mariés était libre ; pour s'amuser, Alejandro suggéra à Concha de l'essayer, ce que Concha accepta, ravie. Ils se rendirent à l'hôtel, prétendant qu'ils étaient jeunes mariés, et se firent monter du rhum et des *tostadas* avec de la crème aigre. Seulement, quand ils redescendirent à onze heures et demie, c'était *señor* Martinez qui était à la réception. Alejandro le salua : « *Buenas noches, señor* », en homme qui sait vivre, et ramena Concha chez elle. Mais il savait que c'était la fin. *Señor* Martinez savait que Concha était mariée et habitait le village. Alejandro aurait pu soudoyer le personnel mais pas *señor* Martinez, qui ne lui aurait jamais pardonné. Le soir même, il était renvoyé.

Alejandro avait une nature trop foncièrement optimiste pour craindre que *señor* Martinez ne mette son frère au courant, mais il dépensa plus de mille pesos pour acheter le silence du personnel. Pendant quelques jours, Alejandro se sentit inquiet et amer. Il avait un peu peur de son frère ; quand il lui arrivait de le rencontrer sur la place pourtant, il ne le trouvait pas changé. L'idée qu'Antonio pourrait chercher à se venger lui traversa l'esprit mais il la balaya, comme il balayait tout ce qui touchait à sa famille ; depuis son retour d'Acapulco, il avait habité à l'hôtel. Antonio n'était pas plus intelligent ou dangereux que ses parents. Entretemps, Alejandro s'était installé chez une Américaine qui vivait à l'année au village, qui avait besoin de réconfort car son jeune mari mexicain venait de la quitter. Il était souvent allé lui rendre visite ; elle lui offrit un toit pour le temps qu'il voudrait.

Peu de temps après son renvoi, alors qu'il traînait un après-midi dans le village, trop fier pour travailler et de toute façon encore assez riche pour ne pas avoir de soucis matériels, il entra dans une librairie, dans une petite rue qui donnait sur la place et tomba sur Mme Kootz. Mme Chester Kootz venait tous les ans passer l'été au village ; elle restait trois ou quatre mois. Elle était veuve et millionnaire. Alejandro n'avait jamais pensé à elle car elle était trop laide. Elle portait ses cheveux ramassés en un chignon gris sur la nuque, qu'on voyait à peine sous les mèches qui s'en échappaient et pendaient comme des chiffons. Elle portait toujours des robes grises si informes qu'on aurait dit qu'elle avait dormi dedans. Année après année, elle était citée comme l'une des dix femmes les plus riches d'Amérique, mais cela ne se voyait vraiment pas. Pour les humoristes du village, c'était parce qu'elle ne dépensait jamais rien pour s'arranger un peu qu'elle était aussi riche.

D'une humeur massacrante, Alejandro se mit à flirter outrageusement avec Mme Kootz dans la librairie. Mme Kootz le regarda en tirant une bouffée de cigarette et choisit un livre. Elle connaissait Alejandro de vue depuis que, petit mendiant, il récoltait des centavos à l'arrêt d'autobus. Alejandro arbora un sourire arrogant et resta aux trousses de Mme Kootz, et de ses chaussures Oxford usées, quand elle sortit de la librairie. Elle remonta le sentier qui menait à la grande maison blanche qu'elle louait chaque année. Mais la pente était trop forte et Alejandro préféra s'en retourner, paresseusement, pour faire une petite sieste sur un des bancs de la place, les mains croisées sur son ventre plat, bercé par le bourdonnement des voix espagnoles et les cris des enfants qui jouaient.

L'idée prit forme pendant un rêve très bref : une sensation délicieuse le parcourait parce qu'il était le mari de Mme Kootz, et qu'il était riche. Le rêve se dissipa, mais l'idée, elle, lui resta. Il ferait la cour à Mme Kootz, pour essayer de l'épouser. Cette perspective le faisait ricaner méchamment; mais la comtesse, elle, aurait certainement approuvé. Quand Alejandro quitta l'ombre des platanes, comme le Bouddha avait quitté l'arbre de connaissance, il avait une mission.

Vers six heures le même soir, Alejandro, en levant la tête, vit que Mme Kootz était installée au premier étage d'un bar, sur le balcon; seule à sa table, elle buvait, comme d'habitude, du cognac. Alejandro monta l'escalier, sans même se passer un peigne dans les cheveux ou d'ajuster les pointes de son col de chemise, ce qu'il faisait en général avant d'entrer en action. Il alla immédiatement à sa table et lui demanda la permission de s'asseoir.

Elle tira sur sa cigarette, les yeux mi-clos, le visage levé vers lui; d'un geste, elle indiqua la chaise en face.

Alejandro n'utilisa pas la même tactique que l'après-midi; il était maintenant un homme bien élevé, comme la comtesse l'aurait voulu. Il se comportait d'ailleurs comme s'il avait en face de lui l'élégante comtesse, et non pas une femme mal fagotée comme Mme Kootz. Il lui demanda si elle appréciait son séjour; pas particulièrement, répondit-elle. Si elle venait tous les ans, c'était pour soigner son asthme. Elle parla brièvement de sa maladie, avec une franchise toute masculine. Elle aurait voulu acheter une maison dans le village, mais c'était impossible car elle n'était ni citoyenne, ni résidente. C'était l'occasion rêvée pour Alejandro de souligner que si elle épousait un Mexicain, elle pourrait acheter une maison en son nom. Il trouva cependant que c'était une approche trop brutale, même pour lui.

– Vous connaissez la comtesse Lomolkov?

Mme Kootz secoua la tête.

– Qui est-ce?

– Une dame de New York qui a séjourné quelque temps ici au printemps. Nous avons passé un mois à Acapulco ensemble.

Mme Kootz resta silencieuse. Alejandro fit la conversation pendant presque une heure, sans que son charme semble opérer. Elle buvait cognac après cognac, avec une petite gorgée de Carta Blanca pour le faire descendre. Puis elle fit une remarque sur les puces qui la dévoraient vivante dans sa chaise en cuir. Il la raccompagna, lui prêtant son bras dans les passages délicats. Il resta un moment à sa porte, en espérant qu'elle l'inviterait à dîner.

– Bonne nuit, dit-elle, sans même se retourner.

Alejandro rebroussa chemin, plutôt optimiste quand il revoyait le billet de cent pesos qu'elle avait sorti pour payer sa note, et la liasse qui gonflait son portefeuille de crocodile usé. Il avait insisté pour payer, naturellement. Il regarda en connaisseur la décapotable vert foncé garée dans l'allée. Même sous les taches de boue mexicaine, la carrosserie atteignait bien les trente-cinq mille pesos.

Sur la place, il vit Antonio et Pancho. Antonio marcha vers lui, une main tendue.

— C'est de la mère, marmonna-t-il en espagnol en lui tendant quelque chose à bout de bras, comme s'il ne voulait pas se souiller en le touchant. Même Pancho avait à peine répondu à son salut.

Alejandro regarda ce qui était tombé dans sa main. C'était un chapelet avec une petite croix d'argent, qui lui était familier. Il n'était pas allé chez lui depuis deux mois, et sa mère se faisait du souci pour le salut de son âme.

Avec dans les bras un grand bouquet de fleurs de frangipanier, Alejandro rendit visite à Mme Kootz le lendemain matin à onze heures. Une jeune Mexicaine ouvrit la grille et alla voir si Mme Kootz pouvait le recevoir. Finalement, elle arriva le long de l'allée dallée de pierre, les yeux froncés à cause du soleil et de la fumée de sa cigarette, portant la même robe que la veille. Elle avait glissé un doigt dans son livre, pour marquer sa page : c'était *L'Histoire de France* de Guizot.

— Qu'est-ce qui se passe ? demanda-t-elle d'une voix rauque.
— Bonjour ! (Il sourit en faisant tourner le bouquet.) Pourriez-vous me recevoir un moment ? À l'intérieur ?

Elle le regarda.
— Entrez.

Il la suivit. Ils gravirent quelques marches, traversèrent le vestibule et entrèrent dans une vaste pièce ensoleillée, au sol carrelé jonché de tapis. Dans les angles, des bibliothèques et des fauteuils mexicains formaient des coins intimes. C'est vers un de ces coins que se dirigea Mme Kootz. Le cendrier plein et la bouteille de cognac entamée montraient que c'était là qu'elle se tenait.

— Vous voulez boire quelque chose ? demanda-t-elle en remplissant son propre verre.

Alejandro fit non de la tête.
— Ces fleurs sont pour vous.

Il s'avança, s'inclina et lui présenta le bouquet. Elle prit les fleurs comme si elle ne les avait pas vues auparavant.

— Merci, dit-elle avec une note de surprise dans la voix. Juana !

Quand la jeune bonne apparut, elle lui donna le bouquet et montra un vase.

— *Aq-wah*. La jeune bonne se mit à enlever les graines de tamarin du vase qu'elle avait indiqué.

— Mais non, pas celui-là. Un autre, dit Mme Kootz avec impatience.

Alejandro dit quelques mots en espagnol et la bonne quitta la pièce promptement. Mme Kootz la regarda partir, proféra « Bon sang » et vida son verre d'une traite. Elle mit une cigarette entre ses lèvres ; avant même qu'Alejandro n'ait le temps de lui offrir du feu, elle avait fait claquer sur son ongle une de ces allumettes américaines en bois, qu'elle avait toujours sur elle.

— Vous aimez Wagner ? demanda Alejandro en feuilletant une biographie de Wagner qui se trouvait sur la table basse.

— Certains morceaux. Ses *Lieder*..., répondit-elle en se laissant tomber lourdement dans son fauteuil.

— Pour moi, il fait trop de bruit, déclara Alejandro d'un air docte.

Mme Kootz le regarda, sans expression, comme elle avait regardé le bouquet.

— Dites-moi, comment vous appelez-vous ?

— Alejandro. Alejandro Palma, à votre service.

À nouveau, il s'inclina, puis s'installa tout doucement sur l'un des bras du divan.

— Est-ce que vous savez pourquoi je suis venu vous voir, madame Kootz ?

— Non, pourquoi ?

Il se leva, baissa la tête ; un sourire amusé flottait sur ses lèvres. Il avait décidé que l'approche directe serait plus efficace.

— Parce que je suis amoureux de vous. J'admire votre intelligence, votre...

Mais que dire d'autre de cette vieille peau ? Mme Kootz se leva elle aussi, commença à se verser un autre cognac, puis se dirigea vers la terrasse latérale. C'était bien la première fois de sa vie qu'elle se sentait intimidée.

Alejandro fut immédiatement à ses côtés, et glissa son corps mince entre ses bras. Avant qu'elle n'ait le temps de le repousser, il l'embrassa. Puis il y eut un second baiser.

À quelques mètres en dessous d'eux, devant la maison, la jeune Hermalinda Herrera, qui se trouvait sur sa terrasse découverte, en train de mâcher du chewing-gum et de lire le dernier numéro de *Hoy*, leva les yeux un moment et vit un spectacle qui la laissa sans voix : Alejandro, le « mauvais garçon », en train d'embrasser *señora* Kootz *muy caliente* et la *señora* semblait trouver cela à son goût. L'après-midi même, tout le village était au courant.

Personne n'y aurait cru, si par la suite on ne les avait pas si souvent vus ensemble. Est-ce que vraiment ils envisageaient de se marier ? Quand les petites amies mexicaines d'Alejandro se gaussaient de lui, il leur répondait franchement qu'il allait épouser la *señora* pour l'amour de ses millions de pesos. Il en parla aux guides de la place, à ses amis de Chez César. Peu lui importait que Mme Kootz apprenne ses vantardises avant que le mariage ne soit vraiment réalisé. De toute façon, ce n'étaient que les ragots habituels, et cela pourrait même lui faire une forme de publicité. Car il avait beaucoup de mal à convaincre Mme Kootz que le mariage était vraiment une bonne idée, que quelqu'un l'aimait suffisamment pour faire d'elle sa femme. Mme Kootz avait oublié ce qu'étaient les émotions humaines, mais il lui apprenait à s'en souvenir. Néanmoins, le gouffre entre les deux communautés semblait infranchissable. Seuls les Mexicains colportaient ces ragots, mais elle n'avait pas d'amis mexicains, seulement quelques vagues connaissances américaines.

Ils se marièrent dans la petite chapelle du village, selon la cérémonie traditionnelle, deux bagues et douze pièces d'argent, symbole de l'union de leurs biens respectifs. Quand il leur arrivait de se rencontrer, Antonio faisait semblant de ne pas voir son frère. Concha, elle, lui glissait des regards furtifs. Il inspirait une crainte mêlée d'admiration à tous ses amis mexicains ; le seul moment où ils étaient à l'aise avec lui, c'était quand il leur payait à boire.

Immédiatement, *señora* Palma acheta la maison qu'elle avait louée pendant tant d'années à Ysidro Barrera, propriétaire d'un magasin de souvenirs dans le village. Des décorateurs, venus de New York et de Mexico, se disputèrent le privilège de disposer l'énorme quantité de meubles et de draperies que *señora* Palma avait commandés ; quand ils se mirent enfin au travail, chacun sembla avoir à cœur de faire quelque chose d'aussi hideux que possible pour en faire porter la responsabilité aux autres. La maison devint un édifice monstrueux qui défigurait le village. *Señora* Palma autorisait les visites deux fois par jour à des groupes de touristes médusés, sous la houlette de guides qui les traînaient de pièce en pièce, déclarant, à juste titre, que c'était un bon exemple du genre d'embellissements luxueux réalisés par les Américains qui habitaient là à demeure. Ils ajoutaient, et certains le croyaient, que tout était d'un goût exquis. *Señora* Palma était flattée, comme elle avait été flattée par les attentions d'Alejandro. Elle était devenue moins introvertie. Gibbon, Toynbee, Guizot et Prescott furent relégués aux oubliettes dans la fièvre de l'aménagement et de la préparation du voyage de noces, prévu pour l'automne. Quand la maison serait enfin prête et la gestion matérielle confiée à trois bonnes payées deux cents pesos par mois, ils partiraient dans la décapotable verte pour Mexico, La Nouvelle-Orléans, Charleston, New York, l'Ouest américain et San Francisco avant de revenir au Mexique, s'arrêtant selon leur fantaisie et dépensant l'argent sans compter. Elle n'aurait jamais su le plaisir qu'on pouvait prendre à dépenser l'argent si Alejandro ne le lui avait pas montré. Elle n'avait jamais connu le bonheur d'avoir un compagnon, d'être aimée. En outre, elle était fière de lui, de sa beauté, de son raffinement qui lui inspiraient un respect mêlé de crainte. Ayant une nature introspective, elle se rendait très bien compte que ce qui l'attirait par-dessus tout, c'était l'attrait de la nouveauté. Contre toute attente, ce Mexicain si jeune, avec son ambition ridicule d'être un gentleman et son vernis de culture, avait fait bien du chemin. Et que dire de ses commentaires sur le problème noir, la musique de Wagner et l'histoire russe ! Dans un autre environnement, une telle détermination aurait fait de lui un Napoléon ou un Henry Ford. En tant qu'historienne, elle respectait la force de son désir.

Pendant les préparatifs du voyage de noces, Alejandro se répandit en libéralités dans le village, payant à boire à tous les clients des *cantinas*, achetant des brassées de bijoux en argent pour ses petites amies mexicaines, pour de nouvelles maîtresses américaines aussi. Comme c'était facile de faire la conquête d'une Américaine maintenant que ses vêtements taillés sur mesure proclamaient de loin qu'il était riche ! Il pouvait dépenser tout l'argent qu'il voulait, sans limite aucune. Il contemplait avec un sourire rêveur les gros chiffres inscrits sur le livre de comptes de la *señora*, les portefeuilles boursiers, et le compte en banque qui était à leurs deux noms. Et il était aussi propriétaire de la maison, une des plus grandes du village. À dix-sept ans !

La veille de leur départ, Alejandro décida de faire une dernière visite chez César pour boire une dernière tequila nocturne avec ses vieux copains. Dès qu'il tourna dans la ruelle, il entendit le juke-box de la *cantina* jouer une joyeuse chanson de ranchero qu'il affectionnait et il se mit à chanter :

Quien dijo miedo, muchachos ?
Si, para morir naciùmo-o-os !
Traigo mi cuaranta y cinco
Con sus cuatro cargadores[1] *!*

Il resta un moment sur le seuil de la *cantina*, souriant à l'assemblée. Des cris d'ivrogne l'accueillirent ; beaucoup se levèrent et lui ouvrirent les bras ; il n'avait pas d'amis proches, mais il avait de l'argent et il payait des tournées. Le juke-box s'arrêta et dans un coin un *mariachi* se mit à jouer une chanson au tempo endiablé sur sa guitare.

C'est alors qu'Alejandro vit son frère Antonio, installé à l'une des petites tables. Il était saoul et son visage était le seul qui soit hostile. Pancho était à côté de lui, les sourcils froncés : l'inquiétude se lisait sur son visage habituellement grave. Alejandro hésita à entrer : la présence d'Antonio n'était pas normale et le fait qu'il soit ivre lui fit peur, tout à coup.

Alors Pancho se leva et s'approcha lentement, les mains dans les poches, les sourcils toujours froncés. Changeant de direction, il alla vers le juke-box, juste à droite d'Alejandro. Il lui fit signe, furtivement, de ressortir dans la ruelle. Alejandro s'exécuta.

– Rentre chez toi ! chuchota Pancho. Dans la maison de tes parents ! Passe par le *barranca* !

Alejandro sourit, mais déjà Pancho s'était détourné et retournait lentement vers Antonio.

– Alejandro ! Tu viens ? cria quelqu'un à l'intérieur.

Sans cesser de sourire, Alejandro fit un signe d'adieu à l'assistance et rebroussa chemin. Rentrer chez ses parents ? Et par le chemin de derrière ? Pas la veille du grand voyage. Il n'était pas entré dans la *cantina* parce qu'il n'avait pas envie de se battre avec Antonio, mais retourner à cette cabane de torchis où vivaient ses parents, il n'en était pas question !

Ce fut au pied de la ruelle qui grimpait à sa grande maison que tout arriva. Deux silhouettes sortirent de l'ombre, à quelques centimètres de lui, et lui portèrent simultanément deux coups dans le dos. L'impact le fit presque tomber à plat ventre, et quand il retrouva son équilibre, il sentit qu'il allait s'évanouir. Il cria « *Ey !* », mais en vain. Ils avaient déjà disparu à toutes jambes.

Alors les pavés vinrent le frapper au visage. Il rampa en essayant de se relever, appelant à l'aide à voix basse, appelant quelqu'un,

---

1. « Qui a parlé de peur, *muchachos* ? / Nous sommes nés pour mourir ! / J'ai mon 45 mm / Et ses quatre chargeurs ! »

n'importe qui. Enfin, après un long moment, deux hommes arrivèrent ; en parlant très fort, ils le soulevèrent et lui posèrent des questions.

– Chez mes parents, souffla Alejandro en espagnol, indiquant une vague direction. Il savait qu'il était en train de mourir.

Il n'y aurait pas de voyage de noces, plus de pesos à dépenser, plus de jeunes Américaines. Quand ils l'emmenèrent, sa dernière vision fut celle d'Antonio, assis à la même table où lui et la *contesa...*

Ce fut sa mère, en le déshabillant dans la cabane, qui trouva les blessures dans le dos. Elle appela son mari, qui était resté dehors pendant qu'elle procédait à la toilette du mort. Quand son mari ouvrit la porte, on entendit plus fort encore les accords d'une musique de danse américaine qui venaient de l'hôtel sur la colline. Elle lui montra les deux petites taches de sang de part de d'autre de l'épine dorsale. Il avait été tué par des poignards aux lames carrées et crantées qui referment les chairs quand on les retire de la blessure, si bien qu'il y a peu de saignement. Les sons de la musique de danse ponctuaient ses sanglots. Finalement, l'homme alla à la fenêtre pour fermer le volet, mais on l'entendait toujours.

Quelques minutes plus tard, on frappait à la porte, des coups hésitants. La mère d'Alejandro ouvrit prudemment, une bougie à la main. Elle vit une Américaine, une femme très laide qui avait à peu près cinquante ans.

– Que voulez-vous ? demanda-t-elle poliment.
– Est-ce qu'Alejandro est ici ? demanda la femme en espagnol, avec un fort accent.

La mère hésita.

– Il est ici. Qui êtes-vous, si je peux me permettre ?

Cela, elle savait le dire ; elle se souvenait du jour du mariage.
– Je suis sa femme.

Alors la mère d'Alejandro leva lentement les mains, la bougie tomba par terre et elle fit entendre un hurlement fou qu'on entendit du village, et qui se répercuta dans la nuit de colline en colline.

Divin enfant

La masse noire de la maison surgit ; il trébucha sur le seuil en bois. Il frappa à la porte moustiquaire, saisit la poignée et la tourna dans tous les sens comme s'il devait entrer à tout prix pour échapper à des poursuivants. Il portait l'énorme marteau tête en bas, comme un assassin, en le serrant si fort que la douleur le soudait aux muscles de son bras. Il secoua la porte ; dans le silence, le bruit avait quelque chose d'affolant et il s'arrêta net. L'élan retomba... ce désir de tuer, prélude au passage à l'acte qui, prenant forme vingt minutes auparavant, l'avait poussé à couvrir les trois kilomètres jusqu'à la maison. Dans le silence, il entendait sa respiration haletante, et sentit un regard, derrière lui, dans le noir. Il se colla au mur, sans faire de bruit.

La porte résista, le repoussa. Il recula, son bras levé maladroitement, comme une fille qui jette une pierre. Mais il lui fallut plusieurs secondes avant de distinguer la silhouette féminine sur le seuil, et la tête de celle-ci était beaucoup plus haute que sa main. Son bras retomba lentement, indécis.

Alors une voix de femme dit :

– Arthur ? C'est toi, Arthur ! Mais entre !

Sa voix résonnait comme si la maison était vide ; on ne savait pas d'où elle venait.

Il hésita, faillit rebrousser chemin et fuir, mais maintenant il craignait cette nuit qu'il venait de traverser, encore plus que la maison. Il entra rapidement, perdant de vue la silhouette dans la véranda. L'odeur de moisi, de fleurs fanées qui régnait dans la maison l'envahit, insipide, insidieuse, faisant remonter de force dans sa mémoire un millier de visites passées. Il se recroquevilla sur lui-même, le souffle court, cherchant des yeux la femme qui, elle, le voyait facilement dans l'obscurité.

– Cela fait au moins trois semaines que tu n'es pas venu me voir, Arthur.

Il ne répondit rien. Cela faisait en fait quatre mois. Presque exactement quatre mois. Il se maudit intérieurement : pourquoi ce souvenir alors que tout aurait déjà dû être consommé ? Mais comment la voir sans lumière ? Ce serait terrible s'il la ratait avec le marteau, et pourtant il préférait ne pas la voir.

— Viens dans la cuisine, je vais te faire du thé.

Elle s'éloigna doucement, à pas légers, sa longue jupe de coton frôlant le sol nu.

Il la suivit ; une longue expérience lui faisait éviter les meubles de la véranda. « Avant que la lampe soit allumée, avait-il juré, pour que je ne la voie pas ! »

Et pourtant, balançant son marteau comme le dieu Thor lui-même, il avait fait le serment à la nuit environnante, une nuit calme, sans un souffle de vent, qu'il la frapperait avant qu'elle ne puisse le reconnaître, et il avait échoué. Comme un plongeur qui regarde trop longtemps l'eau avant de sauter.

La cuisine était grande ; il fallut qu'elle allume la lampe, baignant la pièce d'une lumière dorée, pour qu'enfin il la voie.

Alors, il vit cette chose. Il fixa un long moment sa silhouette déformée, de ses yeux myopes écarquillés au fond de leurs orbites sombres, ses lèvres minces entrouvertes en une grimace qui n'allait pas avec le reste de son visage inquiet. Il la regarda jusqu'à prendre conscience de cet état d'auto-hypnose, qui allait jusqu'au vertige et à l'épuisement. Il dissimula le marteau derrière la jambe de son pantalon et recula contre le buffet.

Emma ne lui avait pas jeté un regard. Elle remplit la bouilloire, craqua une allumette sous le gaz. Elle bougeait avec grâce, sans pesanteur, malgré sa corpulence. Autour de sa tête assez petite, quelques cheveux gris, échappés du peigne brun tacheté, attrapaient la lumière et formaient une sorte de halo. Ses mains actives avaient pourtant quelque chose de doux et d'hésitant. Mais il y avait aussi, dans la façon dont elle replaçait le couvercle sur la bouilloire, l'expression d'un amour généreux et plein de mansuétude.

L'homme qui l'observait commença à avoir peur. Ce n'était pas d'Emma qu'il avait peur, c'était de l'enfant. Cet enfant l'avait investie d'une réalité qui le remplissait de confusion et d'étonnement. Il crut que c'était Emma qui délibérément causait cette inertie, Emma et l'arôme subtil de la maison. Pour se donner du courage, il murmura : « C'est inéluctable, inéluctable ! »

Comme si ces mots lui avaient rappelé sa présence, elle se tourna vers lui.

— Tu dois en avoir des choses à me raconter, Arthur, après trois semaines.

La banalité, la gentillesse des propos l'embarrassaient. Elle n'était pas elle-même. Mais qui était-elle vraiment ? Celle qui écoutait, transportée, quand ils lisaient ensemble ? Celle qui était fascinée par ses discours sur les créations de son cerveau ou l'interprétation des tableaux qu'il ne peindrait jamais ? Il s'éclaircit la gorge.

– Non, je...

– Ce que tu as peint, ce que tu as pensé, ce que tu as lu, tes promenades en forêt, tes longues marches nocturnes, poursuivit Emma.

Elle se trouvait maintenant en face de la pièce, pâle et calme. Ses yeux, clairs comme ceux d'une jeune fille, étaient comme deux nuées bleues qui voletaient autour du visage de l'homme.

– Je n'ai rien peint, dit-il.

Il crut remarquer chez elle une certaine satisfaction, un orgueil un peu enfantin. Attendait-elle qu'il fasse allusion à l'enfant ? Cette pensée lui répugnait.

– Quand l'enfant lui-même est en train de se créer, ce ne serait pas convenable de créer autre chose, dit-elle

Un frisson d'écœurement le traversa.

Elle vint droit vers lui et il s'effaça pour la laisser passer. Elle sortit des tasses et des soucoupes de porcelaine blanche du placard au-dessus du buffet.

– L'atmosphère est remplie de création, dit-elle.

Il reconnut avec une honte soudaine que ces mots étaient en fait les siens, qu'il les avait prononcés une nuit, près du puits dans le jardin. Quelle exultation avait-il exprimé ce soir-là ?

– J'ai dit et répété à tout le monde que mon enfant est l'enfant de Dieu, mais ceux qui croient sont peu nombreux, poursuivit-elle, calmement, avec cette conviction qui courait en elle comme un torrent souterrain. Il en est ainsi depuis le temps de Sarah.

Il saisit le marteau, mais c'était la honte qui lui donnait cette énergie et elle se dispersa dans ses doigts tremblants. Il n'avait plus aucune intention de la frapper, il ne se demandait plus pourquoi il avait perdu tant de temps. Sa voix était comme le vent, vide, changeante, montant, descendant, répétant comme un perroquet ces mots qui l'enchantaient : *Sarah... La création du monde... et le temps de Sarah...*

Elle restait là, les tasses et les soucoupes dans les paumes de ses longues mains.

— Toi, Arthur, tu as toujours compris cela. Tu comprends que c'est mon devoir de répandre la parole de Dieu dans la ville.

Il ne dit rien. Il pinça sa lèvre supérieure entre ses dents, cherchant parmi ses souvenirs de tant de conversations quelles bribes elle avait choisies pour échafauder cette croyance si fragile.

— Toi-même, tu m'as dit que ceux qui reçoivent l'inspiration divine doivent s'autoproclamer. Je le dirai à chacun jusqu'à mon dernier souffle et ils finiront par me croire.

— Oh, tais-toi ! Tais-toi !

Il fit un pas en avant, mais il aurait été incapable de la toucher. Il regarda derrière lui par la fenêtre, mais les carreaux ne renvoyaient que l'image d'un homme et d'une femme autour d'une lampe dorée. Il regarda ce reflet quelques secondes, pris de la sensation étrange qu'il était étranger à la scène de la cuisine.

— Ils croient en moi, continua Emma calmement. Certains sont venus vers moi et se sont courbés et m'ont dit qu'ils croyaient en moi... Et les autres... Ils croient aussi. C'est pour cela qu'ils veulent me faire partir... Ils prétendent que mon enfant a été engendré par un humain. Leurs cœurs sont fermés à l'esprit divin et leurs yeux tournés vers la terre !

Et voilà que ses mots à lui, tous ses mots, revenaient le remplir de honte. Il avança son visage maigre, fuyant derrière son nez busqué, cherchant à écarter les voiles mystiques qui l'enveloppaient.

— Ils sont venus aujourd'hui... Qu'ont-ils dit ? demanda-t-il, pensant au même moment que cela n'avait pas d'importance. Peu importe qu'ils soient au courant, puisqu'il était venu la tuer !

Elle leva le visage vers le plafond, ferma les yeux.

— Ils ont dit : « Nous sommes mortels, nous savons que nous sommes aveugles, mais nous cherchons le salut éternel. »

— Je veux parler de Roy, Emma, des hommes de Roy. Les hommes du tribunal. Qu'ont-ils dit ?

— Les douze hommes sont venus devant moi et se sont prosternés et ils ont dit : « Ôtons d'abord la poutre de notre œil. »

Il lui saisit le bras ; une tasse tomba et se brisa comme une coquille d'œuf. Emma sursauta.

— Non ! Je veux savoir ce qu'ils ont dit, Emma. Ce qu'ils ont vraiment dit ! murmura-t-il avec violence, comme si la réponse avait le pouvoir de le libérer.

Elle fronça les sourcils, regarda les débris de porcelaine à ses pieds, perturbée par le désordre.

— Si je ne dis pas qui est le père, ils me forceront à quitter la ville.

Il lui lâcha le bras. Ses paroles étaient si claires qu'il eut soudain l'impression que tout le reste n'était que simulation.

— Mais tu sais bien qu'il n'y a pas de père, dit-il. La phrase sortait d'une partie de son cerveau qui voulait vivre, qui voulait être sauvée.

— Je leur ai dit : « Cherchez aussi longtemps que vous voudrez, vous ne trouverez pas, car il n'y a pas de père. »

Ses épaules se détendirent. Comme ce serait doux de pouvoir y croire ! Être là assis à parler, à boire du thé et puis rentrer chez lui avec cette assurance, et, en chemin, pouvoir penser avec bonheur à la multitude de choses de ce monde qu'il aimait et qui lui donnaient du plaisir.

— Ils t'ont posé la question, murmura-t-il. Et tu as raison, il n'y a pas de père.

— Non, bien sûr. Emma sourit. Ce sera un enfant divin.

Elle se tourna vers lui, attendant, confiante, que des paroles sublimes tombent de ses lèvres, chaque syllabe suscitant l'allégresse. Mais il était incapable d'ouvrir la bouche. Aucune parole sublime ne lui venait à l'esprit.

— Ils ont dû dire autre chose, Emma ! Essaie de te souvenir !

Elle le regarda, l'air un peu déçu, fronçant légèrement les sourcils, pâles et fins sous le front harmonieux.

— D'après eux, on raconte que c'est le nègre Jim Crawford et qu'il faudra le lyncher.

Le poids de sa culpabilité s'allégea soudain. Il eut un léger vertige. Les eaux se retirèrent, dans ce nouveau canal où elles tourbillonnaient, prenant au piège une autre créature humaine. Il était étranger à l'action. Le maelström l'avait épargné.

— Le lyncher ! Ils vont le lyncher ! Quand vont-ils le lyncher ?

Emma alla dans la salle à manger disposer tasses et soucoupes sur la table.

— Je ne sais pas.

Il revint à la réalité, à cause du ton monocorde qu'elle avait employé. Sans doute avaient-ils raconté à Emma qu'ils allaient lyncher le nègre pour susciter sa pitié et lui faire dire la vérité. Ils savaient que le nègre n'était pas coupable. Pourquoi soupçonner cet homme de cinquante ans, qui avait une petite ferme et allait à l'église tous les dimanches ? Emma ne se rendait pas compte ! Elle ne faisait que répéter les mots qu'elle avait entendus !

Emma revint, coupa le gaz, versa l'eau dans la théière ; elle avait du mal à soulever la bouilloire.

— Oui, ils devraient le lyncher dit-il, un peu déboussolé. Ils seraient débarrassés.

— Ce serait un péché de plus qu'il faudrait racheter, répondit-elle. Soudain elle se rendit compte du sens de ses paroles et secoua vivement la tête.

— Oh ! Non, Arthur... Non, je ne te comprends pas ce soir. Vraiment je ne te comprends pas.

— Ce que je veux dire, c'est qu'ils ne comprendront jamais quelque chose d'aussi extraordinaire. Il leur faut leur victime expiatoire, et après, ils cesseront de te persécuter.

Il avait l'impression de se dédoubler, un personnage parlant de l'autre ; car, à coup sûr, la victime expiatoire, c'était lui.

— Ce ne sont que des enfants, qui réclament une réponse.

Elle décrocha la manique pendue à son clou près du fourneau, posa la théière blanc et or dessus, et porta le tout dans la salle à manger.

— Mais ils peuvent très bien le lyncher quand même, malgré tout ce que je pourrais dire pour le sauver.

— Comment le sais-tu ?

— Est-ce que Dieu épargne la douleur aux innocents ? Il faut que les coupables accumulent les péchés...

— Roy Patterson a vraiment dit qu'ils allaient le lyncher ?

— Oh, non, dit Emma en revenant dans la cuisine et en raccrochant la manique. Mais Jim Crawford dit que le père, c'est toi. Il dit qu'il t'a vu souvent ici le soir.

Le sang sembla quitter son corps, le laissant vide et à la dérive.

— Il a dit ça ? Quand est-ce qu'il a dit ça ?

— Aujourd'hui. Il était ici avec les autres.

Emma sortit des petits pains du garde-manger et les disposa sur une assiette.

— Mais s'il dit ça, c'est pour sauver sa peau ! C'est évident !

— Bien sûr. C'est pourquoi je pense qu'ils vont le tuer.

Il se dirigea lourdement vers le côté de la table où elle préparait tranquillement une tasse de thé, la tête grise penchée gracieusement, les mains actives.

— Qui pense que c'est moi le père ? Qui ?

— Viens boire ton thé pendant qu'il est chaud, Arthur.

— Mais qui croit cela ? Qui donc ?

— Arthur, je ne te comprends pas ce soir, dit-elle sans même le regarder.

— Comment se fait-il que le nègre m'ait vu entrer ici ? dit-il, hors de lui. Il nous a épiés ! Il nous épie encore !

Il tenta de rire, mais sa voix s'étranglait de peur.

— Tout le monde sait que je viens te voir, murmura-t-il. Ce n'est pas un secret, n'est-ce pas ? Et c'est seulement Jim Crawford qui dit que c'est moi ? C'est ça ?

Emma resta d'abord sans répondre, puis répéta :

— Oh, Arthur, je ne te comprends pas.

Il la saisit par les épaules et la fit pivoter vers lui.

— Mais si, tu me comprends très bien. Dis-moi que tu comprends ! Tu sais très bien que ce n'était pas moi ! Dis-le, Emma !

— Qu'est-ce qui n'était pas toi ?

Il se détendit. Il avait à nouveau envie de rire, puis de verser des larmes pathétiques, de l'étrangler, de l'enlacer. Il restait debout, rigide, tendu.

— Ce n'était pas moi ! Ce n'était pas moi ! hurla-t-il. Le marteau lui échappa des mains et tomba par terre.

Emma le regardait sans comprendre.

La chute du marteau lui fit immédiatement recouvrer son calme. Aucun des deux ne regardait l'objet gisant à ses pieds, mais Emma l'avait vu. Ses yeux étaient doux. L'équilibre de sa foi était si précaire ! Il fit un effort pour reprendre son sang-froid. Il ne fallait pas qu'il touche à ce fragile équilibre qu'il lisait derrière ses yeux... Si le nègre était lynché, les habitants de la ville cesseraient de poser des questions... On continuerait à distribuer des aumônes, les soupçons qui pesaient sur lui disparaîtraient... Emma aurait cet enfant... Mais si cet enfant était vivant ? Comment Emma pourrait-elle donner naissance à un être vivant ? Et si par hasard, un jour, les processus étranges de son cerveau reconstituaient les faits et qu'elle annonçait à l'église qu'elle avait été visitée par un ange de Dieu ?

À nouveau le tourment le dévorait ; il se demanda s'il avait vraiment vécu ces quelques secondes de liberté.

— La seule solution, c'est que l'enfant nègre meure, dit il. Et cela, je m'en occupe. J'en fais mon affaire.

Mais Emma n'écoutait pas. Elle brisa un petit pain à la cannelle et le mangea lentement, en le trempant dans sa tasse, détournant légèrement son visage lisse et pâle pour mordre dedans.

Ce qui était étrange, c'est qu'elle devenait de plus en plus réelle. Elle ne semblait plus une création artificielle, sans passé ni avenir. L'enfant était pour elle la promesse d'un lendemain. Elle était l'une de ses toiles vides, sur lesquelles il pouvait peindre ce qu'il voulait. Elle était réelle. Un jour, elle se souviendrait et proclamerait la vérité. Elle se leva.

— Allons dans le jardin. Je voudrais qu'on parle un peu.

Elle alla dans la cuisine et se retourna pour l'attendre. La lumière de la lampe lui formait une auréole. Elle ressemblait à un ange, transparente, incapable de comprendre ou de tromper.

— La seule solution, c'est qu'il meure, répéta-t-il.

— Je ne te comprends pas. Je ne comprends pas ce qui t'inquiète autant, dit Emma, qui l'attendait.

— Ce n'était pas moi, s'exclama-t-il, comme si elle l'avait accusé. Personne ne peut dire que c'était moi : ils savent tous comme je m'occupe bien d'elle. Tout le monde sait que je m'en occupe comme d'un enfant ! Je la traite mieux qu'aucun autre homme ne le ferait... Tout le monde sait ce qu'elle représente pour moi... tout seul dans cette maison !

Il s'approcha d'elle, plaidant sa cause auprès de cette Pythie imaginaire.

— Ils savent bien que je la nourris et que je lui parle comme si elle pouvait m'entendre ; n'importe qui d'autre l'aurait déjà mise dans une institution. Est-ce qu'ils n'ont pas tous dit qu'il fallait que je la mette dans une institution, et que sinon, je deviendrais fou ? Tout le monde reconnaît que ma conduite est irréprochable. Ce n'est pas vrai, Emma ?

— Mais si, mais si.

Il eut un petit rire amer, en voix de fausset.

— Jim Crawford ne peut pas deviner... Aucun d'eux ne pourrait deviner que nous lisons Blake et Shelley, que nous prenons le thé en regardant des tableaux et que nous parlons de choses que nous sommes les seuls à comprendre ! Ils seraient bien surpris d'apprendre que c'est tout ce que nous faisons ensemble, n'est-ce pas Emma, n'est-ce pas, ma chérie ?

— Oh sûrement, sûrement.

— C'est bien pour cela qu'ils m'appellent « Le Professeur », non ?

— C'est vrai.

Emma, que ses changements d'humeur ennuyaient, lui tourna le dos et se dirigea vers la porte de derrière.

Il suivit le frôlement de sa longue robe, le cliquetis du cadenas. Quand elle sortit, il resta sur le seuil, pour être sûr que personne n'attendait dehors.

Au bout d'un moment, il descendit lui aussi, se dépêcha de la rattraper et chuchota, craintif :

— Je dois partir maintenant, Emma, il faut que je parte !

Comme il était faible et insignifiant dans l'immensité de la nuit ! Pourtant, une voix en lui protestait : « *Où ? Où ?* »

Ils traversèrent la tonnelle dont le lattis blanc apparaissait par endroits sous la vigne qui la recouvrait. Emma était quelque part tout près, une forme amorphe, qui lui échappait. Il regretta le sentiment de sécurité que le marteau lui avait donné. Un instant, il voulut revenir sur ses pas pour le rechercher, mais il eut peur d'entrer seul dans la maison.

— C'est ici que j'ai entendu la voix, dit Emma, en s'adossant au pilier qui soutenait le toit du puits. La voix disait, si bas que je l'entendais à peine, « ici, dans ce petit village, mon enfant enverra des rayons si beaux et si forts qu'ils encercleront la terre ».

Lui avait dit, en fait, « *là*, dans ce petit village ». Et qu'est-ce qui devait encercler le monde ? Il ne se souvenait plus.

« Là où les cœurs des hommes sont fermés les uns aux autres, ils s'ouvriront pour reconnaître les beautés de la terre et de la créature humaine comme le reflet de la gloire de Dieu... toute la musique, la poésie, la peinture, toutes les créations du cerveau humain seront des délices qui chanteront les louanges de Dieu. Le pouvoir du cerveau et de l'esprit viennent de Dieu. »

— Mais c'est William Blake ! dit-il à voix basse, c'est William Blake que tu es en train de citer. Il y a des mois que nous avons lu cela.

Emma resta silencieuse. Dans le noir, il ne voyait que la vague blancheur de son visage, mais il entendit qu'elle poussait un petit gémissement et sentit que tout son être se tournait vers lui avec confiance, reposait sa faiblesse entre ses mains.

À l'idée qu'elle pourrait maintenant, complètement hypnotisée par ses paroles, venir vers lui et toucher son visage, il eut un frisson de dégoût. Il n'aurait pu le supporter...

— Mais c'est la voix que j'ai entendue, déclara-t-elle.

Dans l'obscurité, l'angoisse l'avait paralysé quelques secondes. Il commençait à reprendre confiance. Il reprit le ton pondéré du prédicateur, qu'elle aimait tant.

— Puisque la conception de l'enfant résulte d'un miracle, il convient que sa naissance soit un autre miracle.

Elle se pencha en avant, comme pour boire à une source. Son cerveau fonctionnait avec une grande clarté, avec un détachement qui lui faisait honte. Il se souvint d'un soir où il avait parlé du tableau fou, plein de volutes, qu'il avait dans la tête et qu'il voulait peindre. Cela s'appellerait *La Création du Monde*. Emma le suivait pas à pas dans la pièce, savourant la description abstraite, et il continuait à parler d'abondance, jusqu'à ce qu'il se trouve acculé. Là, il lui avait dit de retourner à sa place et elle avait obéi. Il lui avait ensuite commandé de venir, et elle était venue. Inlassablement, il avait recommencé ce petit jeu; finalement il avait pris peur et la honte l'avait envahi

Il lui tendit la main.

— Allons, lui dit-il. Parle-moi du miracle.

Elle vint vers lui en faisant le tour du puits.

— Oh, il viendra au monde avec la douleur bénie de la révélation, répandant un bonheur incommensurable.

— Et si, le moment venu, il devait surgir du puits, comme un esprit venu tout droit du centre même de la création divine, cette naissance ne serait-elle pas aussi un miracle? Il pourrait régner sur tous ceux qui s'émerveilleraient de l'avoir vu naître. C'est ce que tu penses, Emma?

— Oui! dit-elle en lui tendant les mains. Ce serait un vrai miracle.

Il se rendit compte, en touchant les mains chaudes d'Emma, à quel point les siennes étaient glacées.

— Oui. Il faut que tu te détruises, car ta présence ne créera que de la confusion.

Il l'attira plus près du bord, plus près de lui.

— Sinon, les esprits des pêcheurs resteront divisés, puisque tu es mortelle. N'est-ce pas plus approprié que cet enfant apparaisse tout seul?

Il y eut sur la route un fort craquement, comme une branche qui se brise. Il se recula, de l'autre côté du puits.

— Qu'est-ce que c'était? chuchota-t-il.

Emma ne l'avait pas quitté des yeux. Elle se pencha, en se tenant aux pierres du puits, et fit un pas vers lui.

— Emma, ce n'est pas moi qu'il faut regarder! Qu'est-ce que c'était que ce bruit sur la route?

Elle tourna la tête dans la direction qu'il indiquait, sans rien voir; elle n'avait d'yeux et d'oreilles que pour les paroles magiques.

La grille s'ouvrit, râclant la terre. Des pas s'approchèrent, faisant crisser le sol.

Arthur pouvait à peine respirer. Le miracle, l'équilibre et ce théâtre fantastique dans lequel il avait joué se dissipaient. Il ne se retrouvait plus. Il était dans les limbes, l'esprit vide frappé de paralysie. Le mal qui l'habitait avait emprisonné son cerveau. Souillure! Ruine! Jamais le bien! Il appuya l'extrémité des doigts sur la margelle, jusqu'à les faire saigner. Les pas se rapprochèrent encore ; la lueur d'un regard apparut fugitivement dans l'obscurité.

Emma entendit la tête se fracasser contre la paroi du puits, l'impact du corps entrant dans l'eau. Dans le puits, l'air miroita comme l'eau, puis tout devint silencieux.

Emma restait là, muette, immobile, sourde à la voix du nègre, qui lui disait quelque chose de très loin. Le fil qui l'avait guidée dans le labyrinthe de son monde s'était rompu. Elle se détendit soudain, poussa un hurlement fou qui mourut comme le cri d'un animal perdu dans les bois.

Elle alla en trébuchant vers la maison.

– Ô mon Dieu ! Penche-toi sur nous ! Ô Dieu, sauve-nous !

Le château de cartes

Lucien Montlehuc sursauta en découvrant la notice. Il la lut deux fois, lentement ; quand il fut certain que ses yeux ne l'avaient pas trompé, il reposa le journal et ôta son monocle. Il reprit son expression amusée habituelle. Ses paupières battirent sur ses yeux bleus et perçants. « C'est incroyable que Gaston Potin se soit laissé berner, se dit-il. Lui, tomber dans le panneau ! »

Cette pensée augmenta encore sa satisfaction. Il avait déjà eu l'occasion de prouver que Gaston Potin pouvait se tromper. Le Giotto en question était un faux, et Gaston le mettait en vente, persuadé que c'était l'original. Lucien avait bien l'intention de se le procurer et la vente avait lieu l'après-midi même. Heureusement, il avait vu la notice à temps. Ce faux splendide aurait pu à nouveau lui glisser entre les doigts. Lucien remit son monocle, bien calé sous son front saillant, appela François et lui ordonna de préparer une valise pour aller passer la nuit à Aix-en-Provence. En attendant, il ouvrit son livre de reproductions de Giotto, et se mit à étudier attentivement *L'Annonce faite aux bergers*. Encore une fois, il s'étonna que ce pauvre Gaston Potin n'ait pas soupçonné que c'était un faux. Étaient-ce les visages trop rigides des bergers agenouillés, qui indiquaient que le tableau n'était pas de la main de Giotto ? Il n'y avait pas là de réel sentiment religieux. La robe de l'ange annonciateur était d'un rose trop éclatant. Même la composition n'était pas convaincante, ce n'était pas un vrai Giotto. Par contre, pour un faux, c'était une œuvre magnifique. Lucien n'avait nul besoin d'une loupe pour détecter une copie. Une sorte d'instinct, un appareil sensoriel interne développé, lui permettait instantanément, immanquablement, de déceler le factice. Cet instinct ne l'avait jamais trompé.

D'ailleurs, un Anglais, sir Ronald Dunsenny, n'avait-il pas mis en cause l'authenticité de cette *Annonce* au moment de la vente Fruehlingen ? Mieux encore, il avait émis l'hypothèse selon laquelle l'original avait été détruit dans un incendie au milieu du dix-huitième siècle. Apparemment Gaston Potin n'était pas au courant.

La passion de Lucien, c'était de collectionner les imitations les plus parfaites, et seulement des plus grands peintres. Les tableaux authentiques ne l'intéressaient pas. De plus, et il s'en flattait, les copies de chefs-d'œuvre qu'il avait dans sa collection étaient si bien faites qu'elles auraient pu tromper les marchands et les critiques d'art les plus chevronnés.

Lucien avait souvent joué à ce petit jeu au cours des quinze années qu'il avait passées à collectionner des faux. Par exemple, il lui arrivait d'exposer une de ses copies comme étant un prêt du propriétaire de l'œuvre ; puis, le jour où il venait visiter l'exposition, il émettait publiquement des doutes sur l'authenticité du tableau, et bien sûr il fallait bien finir par lui donner raison. Par deux fois, il avait ainsi ridiculisé Gaston Potin, marchand réputé. À une autre occasion, il avait poussé Gaston à douter de l'original en présentant une copie qui était si réussie, qu'il avait fallu trois jours à six experts pour décider lequel était bien l'original. En conclusion, Gaston Potin avait été poussé à faire des commentaires acides sur la célèbre collection de Lucien et sur le goût douteux de celui-ci pour les faux. Douteux pour qui, se demandait Lucien, et pourquoi ? Certes, ces mystifications lui avaient fait perdre quelques amis, mais il avait aussi peu d'attirance pour l'amitié que pour les vrais Léonard de Vinci, les vrais Reni, les vrais tableaux en général. L'amitié, les chefs-d'œuvre authentifiés étaient trop naturels, trop faciles, en un mot ennuyeux. Il n'était pas misanthrope et en général, on l'aimait bien. Cependant, si une amitié réelle le menaçait, alors il prenait ses distances.

Sa Delahaye à six millions de francs filait à cent kilomètres à l'heure le long de la route Napoléon, de Paris à Aix. Les platanes déployaient tout leur feuillage, leur écorce lisse piquetée de taches écarlates, roses ou beiges. Un paysage orange foncé, vert et ocre, ponctué de temps à autre par le bleu d'une charrette de paysan, un paysage aussi délicatement composé qu'une tapisserie des Gobelins, se déroulait à l'infini de chaque côté de la route, mais Lucien ne le remarquait pas. Les créations de la Nature l'intéressaient beaucoup moins que celles de l'homme, et sa corpulente personne restait enfoncée dans son siège. Aujourd'hui c'était au Giotto de Fruehlingen qu'il fallait penser ; il attendait cette vente avec l'impatience et la concentration du chasseur ou de l'amant. Il suffisait que Lucien Montlehuc fasse une offre pour prouver que le tableau était, presque à coup sûr, un faux ; immédiatement les soupçons se tourneraient vers Gaston, qui organisait la vente. Parmi l'assistance, à Aix, certains imagineraient sans doute qu'en enchérissant, il essayait de jouer un nouveau tour à Gaston. Le plaisir serait complet, si les experts confirmaient que c'était un faux une fois qu'il en serait devenu propriétaire.

— Excellents, les escargots, remarqua Lucien avec satisfaction, quand François et lui retournèrent rapidement vers la voiture. Après le bon déjeuner, ses joues roses étaient devenues rouges.

— Excellents, en effet, monsieur, répliqua François aimablement.

Sa bonne humeur reflétait celle de son maître. Il était grand et maigre, congénitalement paresseux, mais obéissait sans coup férir à tous les ordres de Lucien. Il n'oubliait jamais qu'il avait failli être exécuté par le gouvernement espagnol pour possession de faux passeport. Parce que François avait gardé son sang-froid et même son humour, il avait forcé l'admiration de Lucien, qui était arrivé à acheter sa liberté. En fait, François était russe ; il s'était enfui en Tchécoslovaquie quand la police avait mis sa tête à prix. Depuis il vivait en France, en sécurité, heureux d'être en vie et de travailler pour Lucien.

Lucien lui-même avait vécu quelque temps en Tchécoslovaquie. En 1924, la plupart des journaux européens avaient raconté l'histoire d'un très jeune capitaine, Lucas Minchovik, un aventurier, grièvement blessé au cours d'une escarmouche à la frontière yougoslave. Des années auparavant, en Tchécoslovaquie, on lui avait parlé de cet article de 1926, car on se souvenait de l'héroïsme du jeune capitaine. Lucien avait toujours nié tout lien avec cet incident. Il s'agissait d'un autre soldat du même nom, disait-il. Finalement il avait changé de nom et s'était établi en France.

À Aix, Lucien et François s'arrêtèrent d'abord à l'hôtel des Étrangers pour retenir une suite de trois pièces, puis ils allèrent au musée de la Tapisserie, près de la cathédrale Saint-Sauveur. La vente aux enchères devait avoir lieu en plein air, dans la cour intérieure du musée. Elle devait commencer dans trente minutes, mais à Aix, les gens prenaient leur temps. Des voitures de toutes tailles et de toutes marques encombraient les rues étroites autour de la cathédrale. Une grande confusion régnait dans la cour : agents, marchands et amateurs n'avaient pas encore pris place et bavardaient entre eux parmi les ouvriers qui s'affairaient.

— Est-ce que vous voyez M. Potin ? demanda Lucien à François, qui le dépassait d'une tête.

— Non, monsieur.

Un marchand de Strasbourg, que connaissait Lucien, lui raconta que M. Potin donnait un déjeuner dans sa villa en dehors de la ville et qu'il n'était pas encore arrivé.

Lucien décida de rendre une petite visite à Gaston. Il avait hâte de faire savoir à celui-ci qu'il était intéressé par le Giotto. En arrivant devant la villa Madeleine, le son argentin d'un piano lui parvint, distant, mais très distinct. Une sonate de Scarlatti. Un domestique le fit entrer dans le vestibule. Par la porte ouverte du salon, Lucien vit qu'une femme mince était au piano ; une vingtaine de personnes, dont quelques femmes, l'écoutaient, debout ou assises, sans bouger. Lucien s'arrêta sur le seuil, ajusta son monocle et distingua Gaston, juste derrière le piano, concentré sur la musique, avec sur le visage une expression de ravissement et de plaisir un peu sentimentale. Lucien jeta un coup d'œil rapide au reste de l'auditoire. Ils étaient tous là : Font-Martigue de la galerie Dauberville à Paris, Fritz Weber de Vienne, Martin Palmer de Londres. Le gratin, à n'en pas douter.

Et tous écoutaient la sonate avec la même extrême attention que Gaston. Personne n'avait remarqué l'apparition de Lucien sur le seuil. Le mouvement rapide que jouait maintenant la femme était vraiment magnifique. Les notes jaillissaient sous ses doigts comme des gouttes d'une source pure. Pourtant, pour Lucien, dont l'oreille était aussi infaillible que le regard, quelque chose manquait, et ce quelque chose, c'était le plaisir de jouer. Manifestement, elle détestait Scarlatti, voire même la musique en général. Il sourit. Était-ce possible qu'elle les ait tous hypnotisés ainsi ? Mais oui, c'était possible. Les gens étaient incroyablement obtus, même ceux qui se piquaient de connaître les arts. Quand elle termina le morceau, il y eut une rafale d'applaudissements.

Lucien vit Gaston s'approcher avec la pianiste au bras. Gaston lui sourit comme si la musique lui avait fait oublier les quelques différends qu'ils avaient eus.

— Très heureux de te voir, Lucien, et très surpris ! Je me permets de te présenter le professeur de piano de mon enfance, Mlle Claire Duhamel, d'Aix-en-Provence.

— *Enchanté, mademoiselle**, dit Lucien. Il observa avec satisfaction le mouvement de curiosité causé par son arrivée.

— Elle joue merveilleusement, *n'est-ce pas** ? poursuivit Gaston. Elle vient d'être invitée à donner une série de concerts à Paris, mais elle a refusé, n'est-ce pas, mademoiselle Claire ? Aix ne peut se priver de votre talent pendant si longtemps !

Lucien sourit poliment et s'adressa à Gaston :

— J'ai appris ce matin seulement que cette vente allait avoir lieu. Pourquoi ne pas m'avoir envoyé une invitation ?

— Mais je suis sûr que rien n'est susceptible de t'intéresser. Ce sont des tableaux authentiques, que j'ai choisis moi-même.

— Au contraire, je m'intéresse énormément à *L'Annonce faite aux bergers* ! répondit Lucien en souriant. Tu ne me laisserais pas jeter un coup d'œil, s'il est ici ?

Sous l'air franchement surpris de Gaston perçait une pointe d'inquiétude.

— Mais avec plaisir, Lucien, suis-moi.

Mlle Duhamel, qui avait regardé Lucien pendant toute la conversation, lui posa une question à brûle-pourpoint :

— Vous êtes un admirateur de Giotto, vous aussi, monsieur Montlehuc ?

Lucien la regarda. C'était la *vieille fille** typique d'une ville provençale, mal habillée, timide ; sa vie étroite et limitée semblait pourtant être marquée par une détermination tenace, une force nerveuse qui suggérait une plante qui pousse au bord d'une falaise balayée par les vents. Les doux yeux gris, dans son petit visage, contenaient un tel désespoir que l'on voulait immédiatement détourner le regard, car il était impossible de l'aider. Difficile d'imaginer quelqu'un de moins séduisant, pensa Lucien.

— En effet, mademoiselle, dit-il avant de courir après Gaston.

Au premier regard sur le tableau, Lucien eut un coup au cœur et ce sentiment d'excitation et de certitude que seules les meilleures copies lui procuraient. Il jugea, d'après la patine, que la toile était vieille de plus de deux siècles. Et aujourd'hui elle serait à lui.

— Tu vois, dit Gaston, fièrement.

Lucien soupira, feignant de s'incliner.

— Je vois ; c'est une très belle pièce. Je te félicite Gaston.

Lucien attendit la vente avec la discrétion de celui qui regarde les choses de l'extérieur, du passant. Il rongea son frein pendant la mise aux enchères d'un Messina sans intérêt et d'un « peintre vénitien inconnu » ignoble provenant de la collection Fruehlingen. Mis à part le faux Giotto, les barons von Fruehlingen avaient vraiment mauvais goût !

Il s'aperçut que Mlle Duhamel, assise sur un banc le long d'un mur, continuait de l'observer. Les pensées qui se cachaient sous ses yeux gris restaient mystérieuses. Il sentit dans cet œil scrutateur quelque chose d'inquiétant, une omniscience arrogante, dont il conçut de la colère, sans raison. Il ôta son monocle et se passa le bout des doigts sur les paupières. Quand à nouveau il leva les yeux, *L'Annonce* était sur l'estrade.

Un homme que Lucien ne voyait pas en proposa un million de nouveaux francs.

– Un million et demi, dit Lucien calmement et distinctement, du dernier rang.

Certains tournèrent la tête pour le regarder. Un murmure parcourut la salle quand on eut reconnu Lucien Montlehuc.

– Deux millions ! s'écria l'enchérisseur invisible.

– Deux millions et dix mille francs, répliqua Lucien, qui voulait faire rire avec cette petite enchère et y réussit. Il entendit les consonnes sifflantes de son prénom chuchotées dans la foule. Quelqu'un rit, un rire sardonique qui fit sourire Lucien à son tour. Il savait que ces murmures indiquaient que l'on commençait à se demander si le Giotto était authentique.

L'enchérisseur invisible se leva. C'était Font-Martigue, de Paris. Il tourna sa tête chauve au profil d'aigle pour regarder Lucien froidement.

– Trois millions.

Lucien se leva, lui aussi.

– Trois millions et cinq cents francs.

– Trois millions sept, répliqua Font-Martigue, plus en direction de Lucien que pour le commissaire-priseur.

Lucien enchérit à trois millions huit cent et Martigue monta à quatre millions.

– Et cent mille, ajouta Lucien.

À cette allure, on allait vite dépasser le prix d'un vrai Giotto mais peu importait à Lucien. Cela valait le coup de faire cette blague à Gaston. Et le public commençait à douter. Seul Font-Martigue enchérissait. Tous savaient que Gaston s'était trompé plusieurs fois, et Lucien jamais.

– Quatre millions deux cent mille, dit Font-Martigue.

– Quatre millions trois, dit Lucien.

Il y eut des rires dans le public. Lucien aurait bien aimé voir la tête que faisait Gaston en ce moment, mais c'était impossible. Sans doute était-il au premier rang, tournant le dos à Lucien. Dommage. Ce n'était plus une enchère ordinaire. C'était devenu le combat de la foi contre l'absence de foi, de croyants contre mécréants. À quinze mètres de là, sur l'estrade, *L'Annonce* était comme un reliquaire dans son cadre à la feuille d'or, un reliquaire pour le feu sacré de l'art tel que chacun d'eux l'entendait.

— Quatre millions quatre, dit Font-Martigue sur un ton définitif.

— Quatre millions cinq, dit Lucien très vite.

Font-Martigue croisa les bras et se rassit.

Le commissaire-priseur abattit son marteau.

— Quatre millions cinq cent mille nouveaux francs ?

Lucien sourit. Qui pouvait maintenant enchérir sur lui ?

— Quatre millions six, dit une voix sur sa gauche.

Un homme qui ressemblait à Charles de Gaulle jeune se pencha en avant, s'appuya sur ses genoux, les yeux rivés sur le commissaire-priseur. Lucien connaissait bien ce type d'homme, le type de Gaulle effectivement, encore un croyant, un idéaliste.

Cinq minutes plus tard, le commissaire-priseur adjugeait *L'Annonce faite aux bergers* à Lucien Montlehuc pour une enchère de cinq millions deux cent cinquante mille francs. Lucien alla immédiatement signer son chèque et prendre possession du tableau.

— Félicitations, Lucien, dit Gaston Potin, le front trempé de sueur, avec un sourire forcé. Enfin une vraie œuvre d'art, la seule de ta collection sans doute.

— Vraie ? Qu'est-ce que cela veut dire ? demanda Lucien. Est-ce que l'art est vrai ? Il n'y a rien de plus sincère qu'une imitation, après tout, Gaston.

— Tu veux dire que ce tableau est une copie ?

— Si ce n'est pas le cas, je te le rendrai. Si c'est authentique, cela ne m'intéresse pas. Mais tu n'aurais jamais dû le présenter comme authentique. Cela m'a coûté cher.

Gaston était de plus en plus rouge.

— Il y a une dizaine d'experts ici qui sont près à l'authentifier, Lucien.

— Mais je ne demande pas mieux, dit Lucien avec courtoisie. Sérieusement, Gaston, tu peux les inviter dans ma suite à l'hôtel des Étrangers pour prendre l'apéritif en fin d'après-midi. Qu'ils apportent leurs loupes et leurs livres d'histoire ! Disons six heures ? C'est entendu ?

— C'est entendu.

Lucien sortit de la cour et se dirigea vers sa voiture où François avait déjà sanglé soigneusement *L'Annonce* entre le siège arrière et la roue de secours. Le hasard voulut que Lucien se retournât à ce moment-là. Il vit Mlle Duhamel sortir lentement de la cour et venir vers lui. Il eut un coup au cœur, une sorte de prémonition.

Le soleil, passant à travers les feuilles des arbres, pailletait sa silhouette de petites taches lumineuses, aussi rapides et fugaces que les notes de la sonate qu'elle avait jouée dans le salon de Gaston. Il se souvint de l'impression qu'il avait eue en écoutant la sonate de Scarlatti, la certitude qu'elle n'aimait pas la jouer. Elle jouait pourtant si brillamment ! Il fallait pour cela une sorte de génie ; il ressentit soudain un grand respect pour elle et aussi autre chose, qu'il ne pouvait identifier, de la compassion peut-être. Qu'une artiste comme elle trouve si peu de plaisir à exercer son talent, qu'elle ait l'air si abattue, que sa modestie soit si excessive, cela le peinait. Quand elle fut près de lui, Lucien lui adressa la parole avec un embarras qui ne lui était pas coutumier :

— Vous savez que j'invite quelques amis à six heures ce soir, mademoiselle Duhamel ? Je serais très honoré que vous vouliez bien vous joindre à nous.

Elle accepta avec plaisir.

— Venez un peu plus tôt, si vous voulez.

*

— Cinq millions deux cent cinquante mille francs pour un faux...

Mlle Duhamel avait murmuré ces mots lentement, impressionnée. Elle était assise tout au bord de sa chaise dans le salon de la suite, et contemplait le tableau que Lucien avait dressé contre le divan.

Lucien se pavanait devant elle en souriant, une cigarette turque à la bouche. François était sorti quelque temps auparavant pour acheter du Cinzano, du pâté et des biscuits ; ils étaient seuls. Mlle Duhamel avait été surprise, sans excès, d'apprendre que le Giotto était une copie. Sa réaction avait été parfaite. Et maintenant elle regardait le tableau avec le respect qui lui était dû. Après son triomphe, Lucien se montrait expansif.

— En général, mademoiselle, on paie plus cher la copie que l'original. Par exemple, ces cheveux que je touche, dit-il en tapotant ses cheveux châtain clair et légèrement ondulés. Eh bien, c'est un postiche, ce que Paris a de mieux à offrir. Si la nature l'avait produit, il n'aurait rien coûté. À proprement parler, cela n'aurait aucune valeur. Pour un homme qui n'est pas chauve, cela n'a aucune valeur. Mais si je l'achète pour dissimuler une déficience de la nature, je dois payer cent cinquante francs. Et quand on pense au travail et au savoir-faire qu'il a fallu pour le produire, c'est le juste prix.

Lucien ôta son postiche et l'exhiba. La peau de son crâne chauve était, comme celle de son visage, tout à fait saine, d'un rose un peu coloré par le soleil ; et cela n'enlevait rien à la jeunesse de son apparence, extraordinaire pour un homme de cet âge. On était surpris par la calvitie, c'était tout.

— Je ne savais pas que vous portiez un postiche, monsieur Montlehuc.

Lucien la regarda d'un air scrutateur. Il croyait déceler de l'amusement dans la pose de sa tête penchée. Elle avait, il devait le reconnaître, un des attributs du charme, à savoir de l'humour.

— Et si l'on appliquait le même principe au Giotto, poursuivit-il, inspiré par l'attention qu'elle lui portait, on pourrait dire que le génie de Giotto est aussi un produit de la Nature, un don du ciel peut-être, en tout cas une faculté qui ne lui a rien coûté, et ne lui a même pas demandé d'effort, puisqu'il créait, comme tous les vrais artistes, par nécessité. Mais si l'on considère le pauvre mortel qui a créé cette imitation presque parfaite, si l'on pense au travail nécessaire pour reproduire chaque coup de pinceau à l'identique, alors que d'efforts il a fournis !

Mlle Duhamel buvait ses paroles.

— C'est vrai, dit-elle.

— Vous comprenez donc pourquoi je place si haut le travail des imitateurs ou plutôt pourquoi je les cote à leur vraie valeur ?

— Je comprends.

Lucien était prêt à la croire.

— Et vous, mademoiselle Duhamel, puis-je me permettre de vous dire pourquoi je vous apprécie ? C'est que vous avez un grand talent pour tromper votre auditoire. Votre sonate de Scarlatti cet après-midi, par exemple, était comparable aux meilleures, techniquement parlant. Une seule chose n'était pas à la hauteur.

Il hésita un peu à aller plus loin.

— Vraiment ? le pressa Mlle Duhamel, l'air un peu inquiet.

— Cette musique vous faisait horreur, n'est-ce pas ?

Elle regarda ses longues mains nerveuses, jointes sur ses genoux, des mains de jeune fille, lisses et flexibles.

— Oui, elle me faisait horreur. Je hais la musique. C'est...

Elle s'arrêta. Ses yeux brillaient de larmes, mais elle gardait la tête haute et les larmes ne coulaient pas.

Lucien sourit nerveusement. Il n'était pas très habile dans l'art de réconforter les gens, et pourtant il voulait consoler Mlle Duhamel, sans savoir comment s'y prendre.

– Il ne faut pas pleurer pour ça, s'écria-t-il, vous avez un tel talent! Vous jouez de façon exquise! Et si vous pouviez supporter l'ennui, et croyez-moi, je vous admire de ne pas le tolérer, mais vous pourriez donner des concerts partout dans le monde! Je parie que pas un critique sur mille ne décèlerait vos sentiments réels. Et même si c'était le cas, cela ne dépasserait pas un commentaire sans importance. Alors que votre musique aurait enchanté des millions et des millions de personnes.

Il se mit à rire; avant même de se rendre compte de ce qu'il faisait, il avança la main et lui pressa l'épaule affectueusement.

Elle frissonna sous ses doigts et se détendit sur sa chaise. Elle sembla devenir encore plus petite, jusqu'à n'être plus que ce noyau dur de désespoir.

– Vous êtes le seul à avoir deviné. C'est mon père qui m'a fait apprendre le piano quand j'étais enfant, et puis jeune fille, il m'a obligée à travailler le piano tellement dur que je n'avais pas le temps de faire quoi que ce soit d'autre, me faire des amis par exemple. Mon père était l'organiste de l'église, ici à Aix. Il voulait que je devienne concertiste, mais je savais que j'en étais incapable, parce que je détestais tant la musique. Finalement, j'avais trente-huit ans quand mon père est mort, trop tard pour penser au mariage. Je suis donc restée dans mon village, gagnant ma vie comme je pouvais en donnant des leçons de piano. J'avais tellement honte de prétendre aimer ce que je détestais. Apprendre aux autres à aimer ce que je déteste, le piano.

La voix mourut sur le mot « piano » comme dans un sanglot.

– Vous avez bien donné le change à Gaston, rappela Lucien en souriant.

Une sorte d'excitation, de joie de vivre montait en lui. Il ne pouvait pas rester en place. Il voulait... Il ne savait pas exactement ce qu'il voulait, sinon convaincre Mlle Duhamel qu'elle avait tort d'avoir honte, tort de se torturer ainsi.

– Mais vous voyez bien que ce n'est pas logique de prendre au sérieux quelque chose que vous n'avez jamais aimé dès le début. Regardez, mademoiselle!

Et avec un mouvement gracieux, Lucien détacha sa main droite. Dans sa main gauche, il posa sa main droite, coupée, parfaitement imitée. Son bras droit s'arrêtait net à la manchette blanche, vide.

Mlle Duhamel en eut le souffle coupé.

– Vous ne vous en seriez pas doutée, n'est-ce pas ? demanda Lucien, tout heureux du succès de sa farce de collégien.

Non, à l'évidence, Mlle Duhamel ne s'en était pas doutée.

– Regardez, c'est l'exacte réplique de celle de gauche ; avec certains mouvements, qui maintenant sont devenus automatiques, j'arrive à donner l'impression que ma main artificielle coopère avec l'autre.

Lucien replaça rapidement sa main.

– C'est un vrai miracle, s'exclama Mlle Duhamel.

– Un miracle du plastique moderne, c'est tout. Et je pourrais aussi ajouter mon pied droit.

Lucien retroussa le bas de son pantalon de quelques centimètres : on ne voyait qu'une chaussure noire et une chaussette, tout à fait normales.

– J'ai été blessé il y a longtemps, littéralement pulvérisé en morceaux. Fallait-il que je me traîne comme un crabe, pour susciter la révulsion, l'horreur ou la pitié ? La vie est faite pour être vécue, n'est-ce pas ? La vie est là pour donner du plaisir et en recevoir, n'est-ce pas ? Vous, mademoiselle Duhamel, vous donnez du plaisir. La seule chose qui vous manque, c'est de savoir en recevoir !

Lucien éclata d'un rire franc qui résonnait avec tant de conviction dans sa large poitrine, que Mlle Duhamel sourit.

Puis elle aussi se mit à rire. D'abord, ce fut un rire discret, un léger craquement, comme une porte restée fermée depuis une éternité. Puis le rire s'amplifia, sonnant dans toutes les directions à la fois, un esprit prenant forme et courage.

– Et il y a aussi mon oreille, poursuivit Lucien, transporté. Fallait-il vraiment deux oreilles pour entendre ce que j'ai entendu dans votre musique, mademoiselle ? Regardez comme elle est identique à mon oreille gauche. Mais pas parfaitement cependant, parce que les oreilles ne sont jamais complètement identiques.

Il ne pouvait pas retirer son oreille, qui était greffée, mais il la pinça en lui faisant un clin d'œil.

– Et mon œil droit. Je vous épargne les détails, mais enfin c'est un œil de verre. Les gens parlent toujours de mon « monocle magique » quand ils évoquent mes jugements, qu'ils jugent d'une sûreté étrange. Je porte ce monocle par goût de la plaisanterie, pour porter la provocation à son comble. Est-ce que vous arrivez à distinguer un œil de l'autre, mademoiselle Duhamel ?

Lucien se pencha vers elle, et la regarda bien en face ; ses yeux gris semblaient briller, sous le voile des larmes.

— J'en suis bien incapable.

Lucien était au comble de la joie.

— Et quand je dis le pied, c'est toute la *jambe* qui est en plastique creux.

Il se frappa la cuisse avec un crayon qu'il avait pris sur la table ; effectivement, elle sonnait creux.

— Mais cela ne m'empêche pas de danser! Et personne n'a jamais remarqué que je boite. Je ne boite pas. Voulez-vous que je continue?

Un éclat de rire lui répondit par l'affirmative. Elle le regardait avec fascination.

— Je n'ai jamais...

— Bien sûr, ne parlons pas de mes dents! fit-il en l'interrompant. Après ma blessure, il me restait à peine trois dents saines. J'étais jeune à l'époque. Mais cela ne compte pas, j'ai sauvé la vie de mon patron et il m'a récompensé avec une rente qui me procure une vie luxueuse. D'ailleurs, mes dents sont l'œuvre d'un Japonais qui est un maître de l'imitation, dont l'imagination et les talents picturaux en font certainement l'égal de Léonard de Vinci. Il s'appelle Tao Mishugawa, mais rares sont ceux qui connaissent son nom. Mes dents sont pleines d'imperfections, bien sûr, comme des vraies. De temps en temps, pour m'amuser, je vais chez Tao pour me faire refaire quelques plombages ou mettre une couronne. Vous ne vous en doutiez pas, mademoiselle?

— Certainement pas, répondit-elle sincèrement.

— Si je pouvais enlever tout ce qui, en moi, est artificiel, y compris le tibia d'argent de l'autre jambe et mes côtes en plastique, que resterait-il de moi? Pas grand-chose. Sauf l'esprit. Il y aurait bien sûr *l'esprit*, encore plus que maintenant je crois! Cela vous semble étrange que je parle de l'esprit?

— Pas du tout. Bien sûr que non.

— Je savais que vous comprendriez. Inutile de vous poser la question. Vous aussi faites partie de cette élite de l'esprit, qui sait relever les défis et prouver que la nature est mesquine. Vos heures de torture au piano ne seront pas du temps perdu, mademoiselle. Non pas à cause de ce que je suis en train de vous dire, mais parce que vous avez donné du plaisir à ces vingt personnes. Parce que vous êtes capable de donner du plaisir!

À nouveau, Mlle Duhamel baissa les yeux sur ses mains, mais ses joues rougissaient de plaisir.

— Les critiques et les marchands d'art me traitent de dilettante, ces idiots! Évidemment, ils n'ont pas compris que je suis un artiste, et tant pis pour eux. Les vrais dilettantes, les vrais inutiles, ce sont eux. Vous me comprenez parce que vous êtes comme moi, mademoiselle Duhamel, mais tous ceux qui se moquent et qui me regardent comme une bête curieuse, rient de moi, mais en même temps ils ne peuvent s'empêcher de m'admirer et de m'envier aussi parce que je n'ai pas honte d'avouer mes goûts. Et je crois que les voilà maintenant !

On avait frappé à la porte.

Lucien regarda sa montre. François avait peut-être eu du mal à trouver le pâté qu'il voulait. Lucien n'aimait pas ouvrir la porte lui-même. Mlle Duhamel se leva.

— Voulez-vous que je fasse entrer vos invités ?

Lucien la regarda, médusé. Elle semblait plus grande et presque heureuse ; il avait du mal à le croire. L'éclat qu'il avait vu dans ses yeux s'était étendu à tout son corps. Lucien, lui aussi, ressentait un bonheur qu'il n'avait jamais connu auparavant. C'était peut-être la sensation qu'ont les artistes après avoir créé quelque chose, un de ces artistes qui ont reçu un don de la nature.

— Ce serait un honneur pour moi.

Gaston était là, et quatre autres marchands, dont l'un portait un tableau que Lucien reconnut : *Les Rois Mages à Bethléem* de Giotto, qui venait d'une collection privée.

Lucien les accueillit aimablement. Puis d'autres personnes arrivèrent et finalement François rapporta les rafraîchissements. L'homme qui avait apporté le tableau l'avait posé à côté de celui de Lucien contre le divan. Ils se mirent tous à sortir leurs loupes.

— Je t'assure que c'est un original que tu as acheté, dit Gaston gaiement. D'ailleurs tu y as mis le prix, on ne peut pas dire le contraire. Gaston semblait avoir retrouvé toute son assurance.

De sa main artificielle, Lucien fit un geste vers le groupe qui se trouvait près du divan.

— Les experts ne se sont pas encore prononcés, n'est-ce pas ? Leurs loupes vont les aider à prouver ce que j'ai découvert moi-même à l'œil nu.

Il s'éloigna tranquillement pour rejoindre Mlle Duhamel et M. Palissy qui bavardaient dans un coin de la pièce. Elle est vraiment charmante, se dit-il. Ses belles mains voltigeantes illustraient ses propos, ce qu'elle n'aurait pas fait seulement une demi-heure auparavant, par timidité.

Avant de pouvoir la rejoindre, Lucien fut intercepté par Gaston.

— Lucien, tu es bien d'accord que ce tableau est un original ? Il désignait la toile apportée par le marchand.

— Absolument, répondit Lucien. J'ai toujours pensé que ces *Rois Mages* montrent une certaine maladresse, mais il n'y a aucun doute que la pièce est authentique.

— Regarde les coups de pinceaux, Lucien. Compare-les avec ceux de ton tableau. Même un enfant le verrait. Le pinceau qu'il a utilisé pour peindre le fond de chacun des deux tableaux était défectueux, il y a deux poils qui ont laissé des traces ici et là. À l'évidence, ces deux toiles ont été peintes à la même époque. En tout cas, c'est l'opinion générale.

Gaston s'accroupit près des tableaux.

— On n'a même pas besoin d'une loupe pour s'en apercevoir. Mais j'ai fait faire des photographies agrandies des détails, juste pour confirmation. Les voilà, si tu veux les voir.

Lucien ne jeta pas un regard aux photographies qui étaient posées sur le divan. Il voyait bien, avec son œil valide, une mince égratignure ici ou là, de l'épaisseur d'un cheveu, avec une autre égratignure encore plus mince tout à côté, laissées par un seul coup de pinceau. Le phénomène était le même dans les deux tableaux, comme voulu, et assez visible en regardant bien, et pourtant pas assez visible pour mériter d'être copié par un faussaire. Lucien eut un vertige, puis se sentit soudain pris d'un intense malaise. Penché sur les deux tableaux, il savait que tous les yeux étaient rivés sur lui. Le plus douloureux, c'était qu'il se soit montré faillible devant Mlle Duhamel, qu'il n'ait pas été à la hauteur.

— Tu es bien obligé de le reconnaître maintenant, dit Gaston calmement, sans méchanceté, simplement comme s'il soulignait quelque chose que Lucien aurait dû voir dès le début.

Lucien eut l'impression qu'un château de cartes s'écroulait, et que ce château de cartes, c'était lui-même. Il voyait bien finalement, en regardant le tableau qu'il avait cru être un faux, qu'une erreur de jugement dès le premier regard était possible. Il lui aurait été tout aussi facile d'évaluer correctement le tableau et de se rendre compte que c'était un original. Mais il s'était trompé.

Lucien se retourna vers les invités.

— Je reconnais mon erreur, dit-il, la bouche sèche, un goût de cendres dans la bouche.

Il s'était attendu à des rires, mais il n'y eut qu'un vague murmure, une sorte de soupir collectif. Il aurait préféré qu'ils se moquent de lui. Il y eut quand même un échange de sourires, et Font-Martigue hocha la tête avec satisfaction, content d'avoir pu prendre Lucien Montlehuc en défaut. Lucien en fut un peu rasséréné. Néanmoins, personne ne semblait réaliser le bouleversement qui s'opérait en lui. Le château de cartes n'en finissait pas de s'écrouler. Pour la première fois de sa vie, il se sentit au bord des larmes. Il eut une vision de lui-même, dépouillé de tous ses artifices, dépouillé de la conviction arrogante de son infaillibilité : à peine un homme, incapable de tenir debout, un malheureux résidu d'humanité. Pendant quelques instants, il fut pleinement conscient de la réalité de sa situation, et le poids faillit le briser. Gaston lui parla, gentiment, mais de loin, s'adressant à la mauvaise oreille.

— Naturellement, si tu veux le revendre, Lucien, je te paierai le prix que tu as...

— Non, non, je te remercie Gaston.

Et voilà qu'en plus il devenait déraisonnable. Que ferait-il de cet original ? Tremblant sur ses jambes, Lucien alla vers Mlle Duhamel. Il trébucha sur sa jambe artificielle.

Mlle Duhamel avait l'air aussi calme que si rien ne s'était passé.

— Vous n'avez qu'à leur dire que tout cela était une plaisanterie, lui dit-elle, en le prenant à l'écart pour ne pas être entendue. Pourquoi ne pas faire comme s'il s'agissait d'une énorme plaisanterie ?

Son visage avait un air triomphant ; il le contempla un long moment, essayant d'y puiser du courage, mais en vain.

— Mais ce n'était pas une plaisanterie.

Enfin les invités partirent. Il ne restait plus qu'elle. Et aussi, bien sûr, le vrai Giotto. François, dans un coin de la pièce, avait assisté à l'humiliation de son maître, muet, comme un personnage de chœur antique pendant une tragédie, puis avait demandé la permission de se retirer. Lucien s'assit lourdement sur le divan.

— Je vais garder ce tableau, dit-il lentement, avec une amertume profonde, même si elle restait discrète. Tout en sachant que c'était sa vraie voix, il ne la reconnaissait plus. C'était la voix d'un sous-homme. Ce sera le seul original qui viendra ternir la pureté de mes copies. De toute façon, dans la vie, rien n'est vraiment pur. Rien n'est sans mélange. L'absolu, cela n'existe pas. Quand j'étais jeune, je croyais qu'aucune balle ne pourrait jamais m'atteindre. Et puis un jour j'ai reçu une grenade. Je croyais ne pas pouvoir me tromper en matière de peinture. Et aujourd'hui, j'ai montré en public que j'étais faillible !

— Mais vous saviez bien que l'absolu n'existe pas ; même mon petit chat l'a déjà appris !

Lucien la regarda, complètement exaspéré. Pendant quelques minutes, il avait pratiquement oublié sa présence; maintenant, il ressentait la même intolérance que lorsqu'elle lui avait adressé la parole pour la première fois, dans le salon de Gaston.

Elle se tenait près d'une console à trois pieds où se trouvaient des gants de fil vert et sa grande pochette carrée, aussi plate que sa silhouette. Elle le regardait d'un air inquiet, comme incertaine de la conduite à tenir.

Enfin elle s'approcha, s'assit près de lui sur le divan et lui prit la main entre les siennes. C'était sa main artificielle, mais elle ne sembla pas le remarquer. Elle tenait sa main affectueusement, comme si c'était la vraie.

Lucien, qui avait d'abord voulu retirer sa main, poussa un soupir. Quelle importance après tout? C'est alors que ce contact, qu'il ne pouvait pas sentir, lui fit prendre conscience d'une autre erreur de jugement, beaucoup plus ancienne. Il avait cru que jamais il se sentirait proche de personne, qu'il ne se laisserait jamais aller. Pourtant, il se sentait proche de Mlle Duhamel, plus proche que de François, le seul être au monde, à part elle, qui sût que Lucien Montlehuc n'était au fond qu'un château de cartes branlant. Mais François, ce jeune écervelé, n'avait pas connu la souffrance, contrairement à elle. Il ressentait pour Mlle Duhamel de la tendresse et de l'admiration. Son existence était aussi un château de cartes. Mais si l'absolu n'existait pas, alors il n'y avait plus de château de cartes. Il pourrait la reconstruire, mais elle ne serait jamais parfaite, et d'ailleurs elle ne l'avait jamais été. Quel imbécile il avait été! Lui qui s'était toujours flatté de reconnaître la moindre imperfection, même dans le domaine de l'art! Lucien regarda avec stupéfaction leurs mains jointes. Cela faisait si longtemps qu'il n'avait pas eu d'amis.

Son cœur se mit à battre comme celui d'un amant. Comme ce serait agréable, se dit-il tout à coup, que Mlle Duhamel vive chez lui, qu'elle joue du piano pour lui et ses amis, qu'il lui fasse connaître un luxe qu'elle n'avait jamais pu s'offrir! Cette pensée avait traversé son esprit aussi fugitivement que l'ombre d'un oiseau passant sur l'herbe. Se marier, quelle idée! Ne venait-il pas de conclure que rien n'était jamais parfait? Pourquoi essayer d'améliorer ce qui était déjà parfait, le bonheur qu'il ressentait en ce moment même avec Mlle Duhamel à ses côtés?

– Mademoiselle Duhamel, voudriez-vous être mon amie? demanda Lucien, avec plus de solennité, il s'en rendait compte, que beaucoup d'hommes demandant la main d'une femme. Est-ce que vous accepteriez d'être l'amie d'un homme dont la sincérité est celle d'un cœur ambigu par nature, et sincère aussi dans son désir d'être votre ami ? Un homme dont même la main droite est artificielle ?

Mlle Duhamel murmura, avec de l'adoration dans la voix :

– Je me disais que c'était la main d'un héros.

Lucien se redressa, très surpris.

– Une main de héros, dit-il, sarcastique, mais, au fond de lui, content.

La belle Américaine

— Aujourd'hui, j'ai vu Carlos et je lui ai fait laver la voiture, dit Nicky en s'asseyant à table.
— J'ai vu, elle est magnifique ! C'est gentil d'y avoir pensé.
Subrepticement, elle fit disparaître une fourmi qui errait, désorientée, sur la nappe.
— Tu verras, j'ai une excellente mémoire.
Ils se sourirent, un peu timidement, avec cet air absorbé et intense, caractéristique des jeunes époux. En fait cela faisait un an qu'ils étaient mariés, mais ces deux dernières semaines avaient été leur vraie lune de miel. Depuis un an, leur mariage s'était en fait réduit à quelques rares week-ends, quand il prenait l'avion pour la voir, à San Francisco, et aux vacances d'été où c'était elle qui allait au Mexique le rejoindre. Maintenant, Florence avait quitté son poste de professeur et elle était venue vivre avec lui à San Vicente.
— J'aime bien voir la voiture de la terrasse, dit Florence, comme presque chaque soir.
Elle avait les yeux fixés sur le parking situé à l'arrière de l'hôtel Estrella del Sud, le meilleur hôtel de la ville, où elle était descendue quand elle avait rencontré Nicky un an et demi auparavant, pendant ses vacances d'été. Sa grosse Pontiac bleu marine se trouvait tout au bout du parking, à côté de deux autres véhicules ; c'était sa première voiture et elle l'avait achetée avec son propre argent, économisé pendant des années. La voiture avait plus d'un an, mais paraissait encore flambant neuve : elle ne manquait jamais de la laver une fois par semaine et sa carrosserie n'avait aucune éraflure.
— J'aimerais que tu puisses la conduire aussi, Nicky.
— Oh, ça n'a pas d'importance. J'en profite suffisamment.
À cause de sa mauvaise vue, il ne conduisait pas.
— Veux-tu encore un peu de soupe, Nicky ?
— Non merci, vraiment. Elle est délicieuse.
Elle alla chercher dans la cuisine un plat sur lequel trônaient un

rôti doré à point, des pommes de terre au four, des carottes et des petits pois. Elle le disposa modestement au centre de la table.

— Mince ! s'exclama Nicky, qui en général s'intéressait peu à la nourriture. Tu me gâtes, Florence.

— J'ai acheté le rôti hier à Mexico, je voulais te faire une surprise.

— Pour une surprise, c'est une surprise.

Il se mit à découper.

— Tu sais, Nicky, c'est impossible d'acheter la viande qu'ils vendent ici. Je ne peux même pas entrer tellement cela sent mauvais. J'ai décidé qu'une fois par semaine, j'irai à Mexico pour acheter du beurre frais et de la viande.

Il se rassit et lui adressa un sourire.

— La viande n'est pas si mauvaise que ça, tu sais. Les gens d'ici ont l'air en bonne santé, non ?

Florence hocha la tête par politesse. C'était toujours l'argument qu'il utilisait quand elle critiquait les conditions d'hygiène du Mexique, où que ce soit. Elle sursauta, ramena un pied vers elle sous la table et se pinça la cheville. Il y avait une puce dans sa chaussette, mais cela ne servait à rien d'essayer de la tuer en la pinçant, il fallait les ongles des deux pouces, elle le savait d'expérience. Elle avait appris à reconnaître une fourmi d'une puce ; les puces se déplaçaient par petits bonds sournois, alors que les fourmis se déplaçaient dans une seule direction, même si ce n'était pas la bonne. Comparées aux puces, les fourmis étaient l'innocence même, de charmants petits insectes.

Elle remplit plusieurs fois l'assiette de Nicky, malgré les protestations de celui-ci, mais ils se parlèrent peu. La musique aigrelette des juke-boxes des *cantinas* commençait à se faire entendre ici et là, au fur et à mesure que la nuit tombait. Des hauteurs où ils vivaient, on avait une vue splendide. Les toits roses des maisons dégringolaient les uns sur les autres, à flanc de colline. Ils surplombaient une petite vallée de taillis où cochons et poules vagabondaient. Le sommet des grands arbres se détachait en vert sombre contre les clochers jaunes de la cathédrale. Enfin, tout un horizon de montagnes se dressait un peu partout, sans former une chaîne à proprement parler. Elle était très heureuse de vivre ici avec Nicky.

— Tu reprendras du thé ? demanda-t-elle quand ils s'attaquèrent au gâteau au chocolat marbré qu'elle avait fait elle-même.

Nicky ne buvait de café que le matin et elle s'était pliée à ses habitudes.

— Oui, je veux bien, si cela ne te dérange pas trop.

Pendant qu'elle était dans la cuisine, Nicky se leva et se dirigea vers la balustrade de la terrasse. C'était un quadragénaire assez mince, à peine plus grand que Florence, qui avait des origines belge, suisse et allemande. Il affichait en général une expression aimable et impersonnelle, que l'on trouve chez ceux dont c'est le métier d'être aimable avec tout le monde. Il dirigeait un des meilleurs hôtels de la ville.

Il posa ses mains maigres sur la balustrade pour vérifier sa résistance. Il avait construit la terrasse lui-même, une semaine avant l'arrivée de Florence. Cette maison de deux pièces qu'il avait louée aurait été invivable sans terrasse. Ils mettaient de côté le maximum pour pouvoir acheter une maison de l'autre côté de la cathédrale. Il fallait un apport personnel de douze mille pesos, mais ils avaient maintenant économisé quarante-cinq mille pesos en comptant les quatre mille dollars que Florence allait retirer de sa banque aux États-Unis. Nicky désirait plus que tout avoir une maison à lui, car c'était la seule façon d'être reconnu à San Vicente. Tout ce qu'il désirait, c'était de passer le reste de sa vie dans une maison confortable, avec une femme tout aussi confortable. Florence l'appela de la cuisine.

— Nicky, viens voir ce qui se passe ! Il n'y a plus d'eau au robinet !

Nicky entra dans la petite cuisine rectangulaire. Un maigre filet d'eau gouttait dans la cuvette que Florence tenait à la main.

— Cela fait un moment que je l'ai ouvert en grand.

— Ce n'est quand même pas déjà la sécheresse, dit Nicky, comme s'il se parlait à lui-même. Mais si, ce doit être ça, le début de la sécheresse. C'est tôt, mais nous sommes les plus hauts sur la colline.

*

Quelques jours plus tard, il n'y avait plus d'eau dans la journée ; de façon assez mystérieuse, elle revenait pendant quelques minutes vers dix heures du soir. Quand ils l'entendaient crépiter dans les tuyaux, Nicky et Florence se précipitaient vers les robinets qu'ils laissaient ouverts, pour remplir tous les seaux et les casseroles de la maison. Une semaine plus tard, il n'y eut plus d'eau du tout ; il leur fallait la hisser, paire de seaux après paire de seaux, depuis la fontaine la plus proche, au pied de la colline. La fontaine n'était qu'à quatre cents mètres de là, mais la côte pour remonter rendait cette corvée épuisante et surtout dangereuse. Le sentier pavé était raide et il était courant que des gens glissent et fassent une mauvaise chute.

Nicky n'avait pas beaucoup de temps pour faire la queue à la fontaine ; quant à Florence, elle était affaiblie par la diarrhée. Ils engagèrent donc une femme de ménage pour quelques journées par semaine. C'était une dépense supplémentaire, mais indispensable vu les circonstances ; Nicky savait que l'eau courante ne reviendrait qu'au mois de juin, avec les pluies, et on était à la mi-mars.

*

Florence passa, un peu gênée, en jupe de tweed et chemisier, chaussures lacées et chaussettes, devant le bar *Chez Pepe*, et gagna l'ombre des platanes. Elle regarda le balcon du premier où se pressait autour des petites tables la foule habituelle de six heures du soir. Elle vit des convives en vêtements de sport clairs ; malgré le vacarme des quatre musiciens de l'orchestre mexicain, elle entendit qu'ils parlaient anglais.

— Oh Freddie, ce n'est pas vrai, tu n'as pas fait ça !

— Mais si ! Je ne sais pas ce qu'il y avait dedans, mais je l'ai mangé.

Il y eut un hurlement de rire qui était bien américain.

Elle eut envie d'être là-haut avec eux, tout en se demandant si même cela suffirait à la rendre heureuse. Un soir, Nicky l'avait emmenée sur ce balcon, mais il ne connaissait personne. Nicky avait expliqué qu'il s'agissait surtout de touristes fraîchement débarqués. En plus, ils étaient tous mieux habillés qu'eux ; Florence s'était sentie intimidée, mal à l'aise. Et puis elle n'aimait pas boire, même de la bière.

Elle acheta des cacahuètes dans un cornet en papier journal, pour quelques centavos, et alla s'asseoir sur un banc. Elle cassait les coquilles lentement et mangeait les cacahuètes une à une, les yeux rivés sur le balcon comme un enfant envieux, invisible, mais bien présent, guettant le bruit de la voiture qui monterait la rue étroite et arriverait au coin de la plaza. La veille, Nicky avait pris la voiture avec M. Sigismundo pour aller à Mexico, tous les deux ayant des affaires à régler pour l'hôtel. C'était la première nuit qu'elle passait seule au Mexique et elle était impatiente que Nicky revienne. Elle avait pratiquement vidé le cornet de cacahuètes quand elle entendit le ronronnement familier, et le passage en première pour la côte.

— Nicky !

Elle alla sur la chaussée et se mit à faire des signes quand la voiture approcha lentement. Au moins c'était une chose dont elle n'avait pas à avoir honte devant les clients du balcon. Rares sans doute étaient ceux qui avaient une voiture aussi belle que la sienne.

— Bonsoir, Florence !

Au moment où Florence allait ouvrir la portière de Nicky, elle vit que la banquette arrière était occupée par quatre ou cinq Mexicains. Pas des Mexicains comme M. Sigismundo, mais des hommes en sombreros et chemises sales.

— Tout va bien. Monte ! dit Nicky en lui faisant de la place.

Alors un des Mexicains ouvrit une portière arrière ; on entendit un glapissement de poulet. Un par un, ils sortirent ; deux avaient un poulet dans chaque main, la tête en bas, et un autre une petite chèvre blanche dans les bras. Avec force courbettes et saluts de chapeaux, ils firent leurs adieux à Nicky et Alfredo.

— *Adios, señor ! Muchas gracias !*

— Qui sont ces gens ? demanda Florence.

— Oh, des gens qu'on a pris sur la route après Puebla, répondit Nicky. Tout s'est bien passé ?

— Oui, oui.

Florence se retourna pour inspecter le siège arrière. Il y avait une trace de boue sur un siège, des marques de pieds poussiéreux sur le sol et un excrément de poulet.

— Nicky, tu les as laissés monter avec une *chèvre* dans la voiture ?

Nicky jeta un coup d'œil au siège arrière.

— Oh, je nettoierai tout ça, Florence. Ne te fais pas de souci.

— Ils ont fait des dégâts ? demanda Alfredo Sigismundo, qui entra dans le parking et gara la voiture.

— Pas grand-chose, dit Nicky. *Buena noche*, Carlos, cria-t-il au gardien.

Florence préféra attendre qu'Alfredo soit parti pour parler à Nicky ; elle ne se sentait pas assez maîtresse d'elle-même

— Nicky, tu vas me promettre que jamais plus tu ne prendras des gens comme ça dans ma voiture.

Il sourit.

— Écoute, Florence, ils étaient là, au bord de la route avec un essieu cassé à leur charrette. Il fallait bien leur donner un coup de main.

*

Florence était assise dans le fauteuil en cuir, son livre d'espagnol sur les genoux, en train d'observer Maria, la femme de ménage, affairée sur la terrasse. Dans une minute, se dit Florence, Maria allait venir à la porte et baragouiner qu'il était l'heure de rentrer chez elle et elle savait qu'à ce moment-là, quelque chose en elle se briserait en morceaux.

La femme bougeait de plus en plus lentement, déplaçant paresseusement une assiette, retirant une fourmi de la nappe, parce que cela faisait une demi-heure que le ménage était fini. Mais Nicky n'était pas encore arrivé. Florence savait qu'il était dans une des *cantinas* à boire de la bière, à bavarder pendant des heures avec M. Sigismundo et un tas d'autres Mexicains. C'était la cinquième fois qu'il était très en retard. La troisième fois, elle se souvenait qu'elle était descendue le chercher, mais son initiative avait été plutôt embarrassante. Les femmes n'étaient pas censées entrer dans les *cantinas* communes, si bien qu'elle était restée dans la rue, devant la porte ouverte, jusqu'à ce que M. Sigismundo l'aperçoive et prévienne Nicky. Alors elle s'était mise à l'ombre près du mur, attendant que Nicky sorte. Nicky n'était jamais vraiment saoul, mais il arrivait souvent qu'il boive trop pour se rendre compte qu'elle l'attendait, ou du moins il s'en fichait. Ce qui la contrariait le plus, quand il rentrait dans cet état, c'est qu'il invitait Maria et sa fillette crasseuse à rester dîner. La femme de ménage mexicaine, dégustant de la nourriture choisie à la table des patrons ? C'était ridicule !

Elle vit Maria s'asseoir sur la rampe de la terrasse et passer ses doigts dans ses longs cheveux qu'elle n'attachait pas. Florence l'aurait volontiers congédiée pour la journée, mais elle n'était pas sûre de se faire comprendre en espagnol ; en outre, la présence de cette femme dans sa maison la paralysait. Florence la détestait. Elle avait marchandé et obtenu quarante-cinq pesos de Nicky pour un mi-temps, alors que le tarif était de cinquante pesos à plein temps. Elle était paresseuse et volait leur nourriture. Pire encore, elle négligeait délibérément ce pour quoi on l'avait engagée : faire en sorte qu'il y ait toujours trois ou quatre seaux pleins d'eau dans la maison. Quand Florence arrivait à convaincre Nicky de lui parler, la femme de ménage prétendait toujours qu'elle n'avait pas compris ce que la *señora* lui avait demandé. Aux États-

Unis, ce genre de comportement de la part d'une domestique n'aurait jamais été toléré.

Elle regardait Maria avec le dépit d'un enfant contrarié. Florence avait un visage rond et un air de naïve gentillesse. Contente, un petit sourire d'ange relevait les coins de sa bouche. Surprise ou blessée, ces émotions se faisaient jour, très lentement, mais très fidèlement, sur son visage et aussi dans son corps. À ce moment de la journée, il n'y avait déjà plus trace de rouge sur ses lèvres minces et douces, ni de la poudre qu'elle avait appliquée une heure auparavant. Son nez brillait, comme d'habitude, mais d'une pâleur un peu cadavérique entre les joues marbrées de rose et de blanc. Elle avait pris du poids depuis son départ de Californie, où elle jouait beaucoup au tennis ; elle donnait l'impression de ne plus attacher d'importance à son apparence physique, comme si elle était déjà vaincue par les privations et un mode de vie primitif, ce qui n'était pas étonnant. Elle faisait plus que ses trente et un ans. Et même pour un endroit reculé comme San Vicente, elle était mal fagotée.

Elle se retourna pour voir la pendule, mais il faisait déjà trop sombre. Le fauteuil craqua bruyamment sous son poids. C'était un énorme fauteuil, très inconfortable, que Nicky avait récupéré dans l'hôtel où il travaillait. Florence soupçonnait qu'ils s'en étaient débarrassés parce qu'il était infesté de puces. Le dos et le siège étaient faits d'une seule pièce de cuir mais, malgré les apparences, il était dur comme de la pierre. Un mois auparavant, elle avait déchiré sur le cuir rugueux la dernière paire de bas de soie apportée des États-Unis. Ce jour-là, elle avait encore attendu Nicky pour dîner, un dîner particulièrement soigné. Il n'était rentré que juste avant minuit. Elle avala sa salive pour refouler le souvenir de cette affreuse soirée, sinon elle risquait d'éclater en sanglots devant cette femme, qui d'ailleurs arrivait avec son flot de doléances criardes, que Florence interrompit.

— Très bien, très bien.

Et puis, pour corriger la rudesse du ton, Florence sourit, fit un geste vers la porte et reprit, très poliment :

— *Sta beeyen, señora, sta mooey beeyen.*

La femme haussa les épaules encore une fois, avec un petit sourire qui, Florence le savait, se moquait de son accent, puis s'éloigna lentement.

Immédiatement, elle se sentit mieux. La maison était à nouveau toute à elle. Elle n'avait plus envie de se jeter sur son lit pour pleurer et était presque décidée à ne pas faire de reproches à Nicky.

Elle avait horreur des scènes et plusieurs fois, elle s'était mordu la langue ; elle ne voulait pas que Nicky ait l'impression d'avoir épousé une mégère. Elle inclina son livre d'espagnol vers la lumière et fixa les yeux sur une table de conjugaison de verbes irréguliers ;

– Concha ! *Concha !*

C'était Maria qui appelait sa fille dans la rue. Demain elle dirait à Nicky qu'elle avait fait beaucoup d'heures supplémentaires et il lui donnerait de l'argent. Devant Florence, il nierait farouchement. Elle s'était imaginé autrefois que Nicky était très économe, voire un peu radin. Mais c'était tout le contraire : il dépensait au moins soixante-dix pesos par semaine pour la bière et elle savait qu'il se laissait rouler par tous les commerçants de la ville.

Les cloches de la cathédrale sonnèrent l'heure ; elle se leva, incapable de rester en place. Debout sur un pied, en train de gratter les morsures de puce sur son mollet avec les lacets de sa chaussure, elle se demanda si elle devait allumer la lumière. Elle guettait le pas de Nicky dans la ruelle, mais elle n'entendait que les bruits de la rue, qui parvenaient avec une incroyable clarté à travers le mur, le cliquetis des petits sabots de l'âne, les voix d'hommes qui passaient deux par deux, le claquement de leurs semelles sur les pavés, le choc et le glissement des planches en bois que les gamins utilisaient comme luges pour descendre la colline, rendant les pavés aussi lisses que du verre.

La ruelle, près de la maison, était une autre source de contrariétés ! Non seulement c'était la plus bruyante et la plus passante de la ville, mais c'était aussi la plus en pente. Elle faisait au moins deux chutes par semaine, plongeant en avant ou bien tombant sur le derrière, saluée par les ricanements des enfants. Dans le noir, on risquait toujours l'accident, à moins de se déplacer à quatre pattes. Une fois la nuit tombée, elle se sentait prisonnière dans la maison. Elle ne comprenait pas pourquoi ils n'installaient pas des marches. San Vicente était déjà assez pittoresque, sans en plus préserver des ruelles où l'on se cassait le cou.

Quelle que soit la direction que prenaient ses pensées, elle arrivait toujours à la même impasse, à ce mal-être. Nicky ne semblait pas se rendre compte à quel point la vie était difficile pour elle, seule, loin de ses amis, dans ce pays latin où une femme avait beaucoup moins de liberté qu'un homme. Elle avait espéré rencontrer quelques Américains, mais il semblait que tous les amis de Nicky étaient mexicains. La soirée passée chez les Barreras avait été un désastre. Quoique très accueillants, ni le mari ni la femme ne parlaient un mot d'anglais ; elle était restée muette toute la soirée, le visage crispé par l'effort d'avoir l'air aimable, sans comprendre un mot de la conversation, avec l'impression d'être une parfaite idiote.

Elle traversa lentement l'entrée, arriva à la terrasse. Derrière l'hôtel Estrella del Sud, la lumière de la salle à manger éclairait le parking et faisait scintiller le pare-chocs arrière de la voiture. À contempler sa voiture, elle se sentit mieux ; pourtant, les larmes lui montaient aux yeux et transformaient les points lumineux en longues comètes. Souvent, quand elle se sentait seule ou déprimée, c'était ce qu'elle faisait : elle restait des heures à regarder sa voiture. Toutes sortes de choses lui revenaient en mémoire, sa maison, certaines conversations avec sa mère, son frère ou ses sœurs, qu'elle croyait avoir oubliées. Elle repensait aux endroits qu'elle avait visités avec sa sœur Clara l'été dernier : le parc de Yellowstone et les geysers, les collines noires du Dakota du Sud, les cafétérias au bord de la route où elles achetaient des hamburgers et du Coca-Cola. De bons hamburgers américains, servis dans une serviette de papier propre attachée par un cure-dents...

On frappa à la porte, une fois, puis il y eut trois coups brefs et facétieux. Elle s'essuya les yeux et se recoiffa machinalement avant d'aller ouvrir. Nicky entra, un grand sourire aux lèvres. Ses petits yeux bleus clignaient avec gentillesse, mais il avait les paupières roses et gonflées, comme à chaque fois qu'il avait bu.

— Bonsoir. J'ai oublié mes clés. Excuse-moi d'être en retard.

— Cela n'a pas d'importance, répondit Florence d'une voix sans expression ; à la dernière minute, elle n'avait pas su choisir entre la colère, la froideur ou l'indifférence. Nicky, maintenant rassuré sur l'humeur de sa femme, rouvrit la porte.

— Mais entrez donc !

La silhouette aristocratique d'Alfredo Sigismundo descendit les deux marches qui menaient à l'entrée. Florence flaira l'odeur ténue et médicinale de la tequila quand il se pencha sur sa main pour y déposer un baiser humide. Nicky éclata de rire, comme si Alfredo et lui-même considéraient cette courtoisie latine ridicule.

— Florence, cela ne t'ennuie pas qu'Alfredo reste pour dîner ?
— Mais non, bien sûr.

Alfredo flatta du doigt sa petite moustache noire.

— Il faut d'abord que je me lave les mains, dit-il de sa voix bien timbrée.

Il fit deux pas prudemment, sur la pointe des pieds, avant de se rattraper au chambranle de la porte. Une manchette amidonnée brilla dans la semi-obscurité. Florence retrouva subitement l'usage de la parole.

— Oh, il n'y a pas d'eau, monsieur Sigismundo.

Elle tâtonna pour trouver la ficelle de l'ampoule de la cuisine, et se rappela soudain avec un coup au cœur que la cuvette n'avait pas été vidée depuis le matin.

— Nicky! appela-t-elle. Elle finit par trouver la ficelle. Seul un seau sur les six contenait de l'eau. La femme de ménage n'était pas allée en chercher *du tout* ce jour-là. Florence faillit éclater en sanglots.

— Nicky, tiens, dit-elle à mi-voix en lui mettant le seau plein dans les mains. Va vider la cuvette!

— Oh, tu sais, il sait bien ce que c'est avec la sécheresse, répondit Nicky essayant de la rassurer.

— Va la vider. Dépêche-toi!

— D'accord, murmura-t-il. Il partit vers la salle de bains.

Florence, qui suffoquait de honte, sortit sur la terrasse. La vision de la table la ramena à ses devoirs et elle sortit à la hâte un autre couvert, apporta une chaise de la cuisine. Elle alluma le gaz sous les casseroles, et commençait à faire chauffer de l'eau pour le thé quand subitement elle se rappela que l'eau était dans la salle de bains.

— On n'a pas de bière? demanda Nicky qui avait ouvert la glacière. Ah si, en voilà.

— Nicky, dit-elle en lui agrippant le bras. Ne le laisse pas utiliser toute l'eau. C'est tout ce qui reste pour le thé.

— Oh! dit Nicky, qui se dirigea vers la salle de bains, où Alfredo chantait pour lui tout seul, d'une douce voix de baryton.

Florence saisit une casserole et, par habitude invétérée, tourna le robinet. Rien, pas même un soupir.

— Voilà, dit Nicky.

Il restait à peine cinq centimètres d'eau dans le seau. Florence, qui avait peur de se mettre à pleurer, ne répondit rien.

Quand Alfredo revint de la salle de bains, Nicky lui dit, négligemment :

— Je pensais prendre la voiture demain, Florence? Alfredo veut aller à Mexico et il faut que j'y aille de toute façon pour faire réparer une machine à écrire.

— À qui est la machine à écrire? demanda Florence sur un ton vague.

— À un client de l'hôtel. Il est écrivain et il en a besoin d'urgence.

— Mais asseyez-vous, monsieur Sigismundo, dit Florence en montrant la table, avant de s'enfuir dans la cuisine.

Elle apporta la grosse soupière sur la table. Alfredo se leva à grand-peine. Il s'inclina très bas, la cigarette américaine, pas encore allumée, entre les lèvres.

— Oh, je vous en prie, ne vous levez pas, dit-elle, flattée. Malgré elle, elle eut un petit rire.

— Tu es d'accord, Florence ? demanda Nicky.

— Comment ?

— Pour que nous prenions la voiture demain ?

— Demain ?

Elle regarda M. Sigismundo, qui exhala une longue bouffée de cigarette, les yeux fixés dans le vide devant lui, l'air fatigué.

— Oui, c'est d'accord, Nicky, bien sûr.

Nicky se pencha et posa la main sur l'épaule d'Alfredo.

— Tu vois ? lui dit-il.

Florence sourit et fit un signe de tête assez gauche en direction de M. Sigismundo en s'asseyant, car, une fois encore, il s'était levé pour la saluer, mais en gardant les yeux baissés. Elle le vit concentrer son regard sur la soupe qu'elle versait dans les bols. Elle savait qu'il ne lui adresserait pas la parole au cours du repas. Elle savait aussi que plus tard, lui et Nicky s'installeraient sur la terrasse en parlant espagnol, tant qu'il y aurait de la bière. Ensuite, ils descendraient à la *cantina*.

*

— Je ne sais pas ce qui s'est passé avec la voiture, dit Nicky sans se départir de son calme. Probablement il ne s'est rien passé du tout. Alfredo conduit très bien, tu sais.

— Mais cela fait deux jours, tu m'as dit. Où est-il allé ?

— Je ne sais pas, répondit Nicky en ôtant lentement sa veste de cuir. On était tous les deux en train de faire la sieste dans notre chambre d'hôtel vers trois heures. Alfredo m'a réveillé en me disant qu'il allait rendre visite à un ami, près de Chapultepec.

— Où est-ce ?

— C'est dans Mexico même. Tu te souviens du château de Chapultepec ? Là où vivaient Maximilien et Charlotte.

— Mais tu n'as pas cherché à retrouver la voiture ?

— Cela ne sert pas à grand-chose de chercher une voiture dans une grande ville, répondit Nicky en faisant un geste d'impuissance. Mais ne te fais pas de souci. Il va sans doute revenir aujourd'hui.

Il sortit son attirail de rasage de la valise.

– Oh! soupira Florence, au bord des larmes. Je ne te comprends pas, Nicky. Je ne comprends pas comment tu peux t'abaisser à fréquenter un type comme lui, cela me dépasse!

– Ce sont des choses qui arrivent au Mexique, dit-il en clignant des yeux. N'oublie pas que les gens sont très différents des Américains.

– Mais je ne l'oublie pas. Et je ne risque pas de l'oublier, puisque tu deviens aussi apathique qu'eux!

Nicky la suivit sur la terrasse. Elle regardait le parking, l'endroit où sa voiture était garée d'habitude.

– Tu n'as pas le droit de dire ça, Florence. Je voulais juste dire que...

– Ne me parle pas de droit, s'il te plaît. C'est toi qui n'avais pas le droit de me demander la voiture pour la prêter à cette crapule.

– Tu ne peux pas dire qu'Alfredo est une crapule.

– Mais si justement! Il a des maîtresses. J'ai entendu parler de ses liaisons dans l'hôtel même, et je sais qu'il entretient aussi des femmes à Mexico. Et maintenant il a sûrement donné *ma* voiture à l'une d'elles!

Elle se pencha, se couvrit le visage de ses mains et courut dans la chambre. Elle pleura quelques minutes sur le lit. Quand Nicky sortit de la salle de bains avec une chemise propre, bien rasé, ses fins cheveux bruns encore humides du peigne mouillé, elle se redressa et essuya ses larmes.

– Qu'est-ce que tu veux pour le petit déjeuner?

– C'est plutôt de déjeuner qu'il faut parler, à cette heure-ci, dit Nicky en regardant sa montre.

– Des œufs brouillés, cela te convient? Maria fait les courses à l'épicerie et elle ne sera pas là avant longtemps.

– C'est parfait, Florence.

Nicky passa le pouce sous l'enveloppe du dernier numéro de *Time*, s'allongea sur le lit et se mit à lire.

*

– Je suis retourné voir la maison, dit Nicky en rentrant le soir. À l'hôtel, on a un client qui vient de Mexico. Il s'y connaît en plomberie et il est venu avec moi. Il a dit que cela ne coûterait pas plus de cinq cents pesos de faire les réparations dans la salle de bains. C'est à peu près la moitié de ce que nous avions estimé, tu te souviens.

Florence, le visage vernissé et gonflé par les larmes, le regardait d'un air vague.

Nicky continuait à monologuer, sans voir son expression. Il n'était pas très doué pour deviner l'humeur des autres. Dans son métier, il avait l'habitude de trier les gens dans la catégorie « pas difficile », la catégorie « irascible » et une troisième qui était un mélange des deux. Il avait depuis longtemps classé Florence dans la première catégorie. S'il avait remarqué le désespoir qui se lisait sur son visage, il devait se dire : « Oh, elle se fait du souci pour la voiture, mais je lui ai déjà dit qu'on la retrouverait. » Donc il continuait à parler. Finalement, elle renifla si fort qu'il s'arrêta.

— Il est hors de question que j'achète cette maison avec mes dollars, dit-elle si brusquement qu'il sursauta.

Il se leva, très inquiet.

— Je ne veux pas vivre ici ! Je ne veux pas acheter de terrain ici ! Ce qui t'intéresse, c'est de dépenser cet argent durement gagné dans une maison, comme ça je serai coincée ici, c'est tout. Et tu voudrais bien que la voiture ait été volée aussi, comme ça je ne pourrai pas partir. Mais c'est ce qu'on va voir !

Elle lui assénait chaque phrase avec défi, mais aussi avec crainte, comme un enfant s'adresse à un tuteur injuste.

Nicky se détourna, indécis. C'était comme si un ouragan avait bouleversé sa sérénité intérieure. Il ne prenait pas ses menaces au sérieux un seul instant. Mais cette violence le choqua. C'était la première fois qu'il se sentait aussi furieux. Il attrapa sa veste accrochée à la patère, l'endossa et sortit.

Florence passa le reste de la soirée à pleurer et à écrire à sa mère.

24 avril

Ma chère maman,
Il est arrivé quelque chose de terrible. Nicky a emprunté ma voiture pour aller à Mexico avec M. Sigismundo et M. Sigismundo l'a gardée. C'était il y a trois jours. Nicky pense qu'il va la ramener mais je suis sûre que non. Je crois qu'il l'a volée. Je n'ai aucune confiance en ces Mexicains et même s'il a de bonnes manières et de l'éducation, M. Sigismundo est quand même un Mexicain.
En plus, la vie n'est pas très agréable ici. Il y a toujours la sécheresse et ça va durer encore six semaines. Ils sont en train de construire un barrage dans les montagnes pour assurer un approvisionnement en eau toute l'année,

mais il ne sera fini que dans deux ans. Tu ne peux pas savoir ce que c'est de ne pas avoir d'eau dans la maison, il faut l'avoir vécu pour le savoir. Tout semble sale et finalement on est bien obligé d'accepter de vivre dans une porcherie.

Maman, je suis fatiguée ce soir et je n'arrive pas à dire tout ce que je voudrais dire, mais je dois te dire que je ne crois pas que je vais pouvoir supporter longtemps cette situation. Nicky, lui, s'est habitué, mais moi je ne peux pas. Si je reviens, cela veut dire que j'abandonne Nicky, parce qu'il ne veut pas vivre aux États-Unis. Il pense qu'il ne réussira pas à trouver du travail dans un hôtel américain et je n'arrive pas à le convaincre d'essayer quand même. Surtout ne crois pas que Nicky et moi ne nous entendons plus. Il est très facile à vivre et c'est un bon mari. Mais c'est ce pays que je ne peux pas supporter. Je n'en ai même pas encore parlé à Nicky ; je voulais essayer de t'expliquer la situation. Je t'écrirai à nouveau dès que j'aurai pris une décision.

Ta fille qui t'aime,

Florence.

P.-S. Embrasse Clara et Ben et les enfants pour moi. Je t'embrasse toi tout particulièrement.

Elle rangea la lettre dans le premier tiroir de la commode, sous une pile de mouchoirs, et se coucha. Quand elle se réveilla, il faisait grand jour. Le soleil passant par l'unique fenêtre tombait sur le lit, sur la pile de bas, de chaussettes et de sous-vêtements sales qui s'amoncelaient devant la porte de la salle de bains, sur ses mains sèches aux ongles noirs qu'elle étendit sur le couvre-lit et regarda, désespérée. Elle avait la migraine et la bouche pâteuse. Elle n'avait pas fait sa toilette la veille, parce qu'il n'y avait pas d'eau et bien sûr il n'y en avait pas davantage aujourd'hui. Le souvenir de la soirée lui revint en mémoire, sa lettre, la décision qu'elle avait prise. Nicky n'était pas rentré. Il avait sans doute dormi à l'hôtel. Ce soir, elle réglerait la situation avec lui, de la manière la plus civilisée possible, et elle partirait dès qu'elle le pourrait.

Elle passa un peignoir. Elle se sentait étrangement détendue et déjà libre. Elle marcha pieds nus sur le carrelage jusqu'à ce que ses cuisses touchent la balustrade. Par habitude, ses yeux se dirigèrent vers le parking.

Et là elle vit, avec une stupéfaction qui la remua au plus profond d'elle-même, que sa voiture était à sa place habituelle. Elle se pencha sur la balustrade, ne pouvant en croire ses yeux. Mais ils ne la trompaient pas. Un miracle s'était produit dans la nuit !

Elle s'habilla aussi vite que possible, descendit rapidement sans peur ni anicroche la rue en pente et courut jusqu'au parking. Elle toucha un des pare-chocs brillants. Elle avait envie de rire et de pleurer en même temps. Puis elle monta le plan incliné et entra dans le hall de l'Estrella del Sud, avant de se souvenir qu'après la querelle de la veille, il valait mieux ne pas aller voir Nicky. Mais elle était si heureuse qu'elle ne se contrôlait plus ; il fallait qu'elle le dise à quelqu'un et ce quelqu'un ne pouvait être que Nicky. Elle entra dans une cabine téléphonique et fit le numéro de l'hôtel de Nicky.

— *Esta il señor Spangli ?* demanda-t-elle, prenant même plaisir à parler espagnol. Une volée d'espagnol lui répondit et elle supposa qu'on l'appelait.

Enfin elle entendit la voix de Nicky :

— *Bueno ?*

— Nicky, la voiture est là ! Elle est dans le parking !

— Je sais, dit Nicky en riant. Alfredo est rentré ce matin.

— Je suis si heureuse de la récupérer.

— Oui. Moi aussi. Il m'a dit qu'il avait été retardé car un de ses parents était mort et il a fallu qu'il aille à l'enterrement.

— Ah bon ? Comment te sens-tu, Nicky ?

— Ça va. J'ai un peu mal à la tête. Il faut que j'y aille, on m'appelle, dit-il avec un petit rire gêné.

Elle rentra la joie au cœur. Même en grimpant la côte, les cuisses douloureuses, le souffle court, elle se dit qu'elle pourrait supporter la sécheresse et faire face. Comment avait-elle pu penser à quitter Nicky ! Il n'y avait jamais eu de divorce dans la famille et sa mère aurait été très triste qu'elle soit la première à divorcer. La voiture était là. Jamais plus elle ne laisserait M. Sigismundo l'emprunter à nouveau.

Arrivée en haut, elle se rappela qu'il n'y avait plus d'eau. Elle prit deux seaux et redescendit.

*

Le lendemain même, Florence fit une mauvaise chute sur le sentier et se blessa gravement au genou. La douleur était insupportable et le médecin appelé par Nicky déclara qu'elle devait passer deux semaines ou plus immobilisée, au lit. Le genou enfla de façon incroyable, devint noir, violet, marron et finalement jaune marbré. Nicky essaya de la réconforter en lui disant que dans les pays tropicaux les blessures gonflaient toujours davantage et que c'était moins grave qu'il n'y paraissait. Et pendant la deuxième semaine qu'elle passa au lit, elle fut piquée au-dessus de l'œil gauche. Elle savait que c'était le scorpion qui vivait dans une fissure du mur juste au-dessus du lit. Le docteur confirma son diagnostic : c'était une piqûre de scorpion. L'œil aussi gonfla démesurément et finit par se fermer complètement, ne laissant qu'une fente qu'elle pouvait entrouvrir dans la soirée. Il passa par toutes les couleurs de l'arc-en-ciel, mais le violet restait prédominant.

Entre la douleur, l'impression d'être défigurée et l'impossibilité de faire sa toilette, tout son courage la déserta. Elle souffrait de fièvre et de panique une partie de la journée et affichait une apathie désolante le reste du temps. La nuit, elle avait trop mal pour dormir ou bien elle en avait assez d'être au lit et ne pouvait trouver le sommeil. Nicky lui apporta des bougainvillées venant du jardin de l'hôtel et des bonbons qu'il achetait dans la boutique près de la cathédrale, mais il passait la plupart de ses soirées dans les *cantinas*. Florence ne lui en voulait plus. Gisant dans son lit, elle avait réfléchi et avait compris qu'il n'y avait pas grand-chose d'autre à faire à San Vicente que boire, ce que presque tout le monde faisait. Elle essayait de se réconforter en se disant qu'au moins Nicky buvait de la bière et non de la tequila. Elle avait vu assez de scènes dans San Vicente pour savoir que les maris ivrognes étaient une des croix que beaucoup d'épouses mexicaines et américaines devaient porter.

Elle n'avait pas assez d'énergie à ce moment-là pour penser à partir. Elle était la plupart du temps dans une sorte de demi-sommeil, peuplé de songes fantastiques, qui finit par transformer la réalité en rêve. Jamais elle ne s'était sentie aussi près de la mort. Quand elle imaginait qu'elle allait mourir, elle pressentait que sa voiture, son seul bien en ce monde, passerait à Nicky et qu'elle serait cabossée et détruite sous la garde de Nicky. Puis elle réalisait qu'elle n'était pas encore morte, que la voiture l'attendait, qu'un jour elle monterait dedans et partirait pour le Nord. Mais la plupart du temps, elle n'avait aucun désir et ne voulait rien faire, ni aller nulle part. Elle n'avait même pas la force de tenir un miroir et de se coiffer. Surtout, elle ne voulait pas voir son visage.

Une nuit, pendant la seconde semaine de sa maladie, Nicky revint vers minuit, les yeux roses, signe qu'il avait bu. Il annonça que lui et Alfredo et quelques amis avaient décidé d'aller à Mexico voir une corrida le lendemain et qu'ils auraient besoin de la voiture.

Florence était sortie de son demi-sommeil comateux, et se soutenait sur un avant-bras, le regardant vaguement avec son œil valide pendant qu'il faisait sa valise.

— Je sais que tu n'aimes pas la corrida, dit-il. On sera de retour après-demain sans faute. Alfredo, le roi des chauffeurs, va nous conduire.

— Non, dit-elle, d'une voix chevrotante, stupide.

Nicky se redressa et la regarda.

— Florence, il ne faut pas te mettre dans cet état.

Florence vit en imagination la *cantina* que Nicky venait de quitter, le geste de Nicky payant une tournée de bières et de tequilas et invitant généreusement tous ses amis à aller à Mexico dans la voiture dont il disposait. Elle vit les Mexicains ivres, mal rasés, accueillir sa proposition avec de grands cris d'ivrognes.

— Ne prends pas la voiture.

— Je te jure que je serai prudent, dit Nicky patiemment. Il s'assit sur le bord du lit et tendit la main vers son épaule, mais elle lui échappa et se leva de l'autre côté.

Elle enfila ses chaussures et alla en boitant vers la commode où se trouvaient les clés ; puis elle alla dans le placard, dégagea un manteau de tweed de son cintre.

Nicky se leva lentement.

— Florence, tu sais que tu ne devrais pas te lever.

Elle ne gaspilla pas d'énergie à lui répondre. Elle se sentait nauséeuse et faible, mais craignait de s'évanouir si elle ralentissait. Elle monta les marches jusqu'à la porte, la claqua derrière elle et plongea, intrépide, dans la ruelle en pente. Elle retint son souffle et se laissa aller, fléchissant le genou torturé, faisant de tout petits pas qui lui permettaient tout juste de rester en équilibre. Elle ressentait la même frayeur que lorsqu'un jour on l'avait poussée du haut du plongeoir. C'était une nuit noire, sans lune. Son œil valide, exorbité, fixait ses pieds et ne voyait rien. Elle glissa, se rattrapa d'une main et se remit debout, poussant son corps en avant, parce qu'elle craignait que Nicky ne se lance à sa poursuite d'une seconde à l'autre. Soudain, le sol se déroba sous ses pas, comme si elle était au bord d'un trou ; elle tomba sur le côté et roula deux fois sur elle-même avant que ses bras étendus ne parviennent à l'arrêter. Elle se mit debout, toute tremblante. Le sol était maintenant plat ; à la lumière de la station d'autobus, elle vit qu'elle se trouvait tout en bas de la colline, près de la fontaine, qui devenait plus visible.

Elle courut vers le parking. Il n'y avait personne et elle eut l'impression de jouer dans un de ses cauchemars. Elle monta devant, son manteau en boule sous elle, fit marche arrière d'une traite et sortit à toute allure du parking. Dans la voiture, elle se sentait forte. Sa puissance était illimitée, plus qu'il ne lui en fallait. Elle entendit Nicky l'appeler dans l'obscurité de la colline. En passant par la plaza, elle aperçut la haute silhouette de M. Sigismundo sur un banc ; il se leva et elle vit qu'une femme était assise à côté de lui.

Elle était maintenant hors de la ville. Elle sentait le vent, vif et pur, à travers la fenêtre ouverte et la route bitumée crissait sous les pneus. Ses yeux, l'un grand ouvert, l'autre une fente dans une grosse bosse violet et jaune, observaient la route au plus loin que les phares puissent éclairer. C'était une route à deux voies qui courait, sinueuse, au flanc des montagnes, allant globalement vers l'ouest, dans la direction de Mexico. Après Mexico, elle continuerait au nord sur la route de Juarez. Ella appuya au maximum sur l'accélérateur et la voiture bondit comme un poisson hors de l'eau, grimpa une côte sans peine, de plus en plus vite, prit un tournant serré et commença une nouvelle ascension.

Et puis, dans un tournant sur la gauche, la voiture se pencha dans la direction opposée, allant trop vite pour le virage à prendre. Les pneus hurlèrent quand Florence braqua brusquement, les roues du côté droit sortirent de la route, puis tournèrent dans le vide et la voiture bascula dans le ravin. Elle fit tonneau sur tonneau, Florence emprisonnée à l'intérieur, heurta la montagne et prit feu avant même de s'arrêter totalement, dans la vallée.

L'amour l'après-midi

Bien caché au fin fond du West Side, vers la Vingtième Rue, se trouve un petit parc, à peine plus grand qu'un square, et presque toujours vide. Une grille basse en fer le sépare d'un marchand de voitures d'occasion, d'une espèce de dispensaire public en pierre rouge, et de l'arrière uniformément gris d'immeubles bon marché, qui partagent le même bloc. Deux ou trois bancs ont été disposés aux endroits les plus agréables, le long des deux allées cimentées qui y donnent accès et se rejoignent au centre, là où trône une fontaine d'eau potable en ciment, qui égrène inlassablement son petit filet d'eau fraîche.

Le petit square brille comme une oasis couleur émeraude, une tache de couleur irrésistible dans un océan de grisaille monotone. On le voit de très loin sur l'avenue, dans les deux sens. Mme Robertson habitait à trois blocs de là, dans un immeuble appelé Castle Terrace, situé à un carrefour, et de chez elle, elle l'avait remarqué. Elle y avait emmené Philip, son petit garçon, l'après-midi même. C'était un endroit idéal pour jouer, car la grille l'empêchait d'aller trop loin, même quand elle ne le surveillait pas ; c'était calme et ensoleillé, sans papiers gras, sans traces de pas. Le jardin était très décoratif, fait exceptionnel pour un square, comme si les jardiniers avaient tenu à montrer ce qu'ils savaient faire. Le gazon bien tondu allait jusqu'au bord des quatre pelouses vaguement triangulaires. Peut-être était-il interdit de marcher sur l'herbe, mais il n'y avait personne pour l'en empêcher. Bien sûr le quartier, sordide, formait un contraste frappant avec celui, voisin, de Castle Terrace, îlot de prospérité parmi la pauvreté. Le bloc d'immeubles formait comme un château médiéval au centre de terres vassales où même l'enseigne des magasins et des restaurants les plus minables glorifiaient *Le Roi George, La Taverne de la Couronne, Le Bar Grill du Belvédère*, comme pour mieux s'attirer les bonnes grâces du châtelain. Les seules personnes que Mme Robertson voyait près du parc, pourtant, étaient des routiers pressés qui entraient et sortaient d'une cafétéria à un bloc de là ; de temps en temps, un vieillard en pardessus rapiécé passait à petits pas, trop saoul ou trop fatigué pour jeter un regard au jardin. Mme Robertson lut son livre ; puis, lassée, elle prit son tricot, avant de l'abandonner pour se plonger dans une rêverie éveillée, que favorisait la tranquillité qui régnait. Elle pensa au menu du dîner ; elle choisissait toujours en dernier quels légumes surgelés elle achèterait en rentrant à la maison.

Elle venait de se décider pour un mélange de carottes et petits pois quand une jeune femme accompagnée d'un enfant de l'âge de Philip arriva dans le jardin et s'installa sur l'un des bancs. Le petit garçon avait les cheveux bruns et jouait avec un ballon de plage bleu et blanc qui intéressa beaucoup Philip.

Le petit garçon brun enjamba le grillage en festons qui entourait la pelouse où jouait Philip.

– Bonjour, dit-il.

– Bonjour, répondit Philip.

Une minute plus tard, ils jouaient ensemble : Philip avec la balle de plage du petit garçon brun qui, lui, était monté sur le tricycle de Philip. Mme Robertson n'aimait pas que Philip joue avec d'autres enfants, mais cela s'était fait si vite qu'elle n'avait rien pu empêcher. De toute façon, elle comptait partir dans quinze minutes environ. Machinalement, elle observa l'autre femme, en déduisit tout de suite qu'elle devait avoir de petits moyens et qu'elle habitait un des immeubles attenants. Elle était plutôt jolie et ses cheveux blonds très pâles n'avaient pourtant pas l'air teints. Elle avait plongé les mains dans les poches de son manteau en poil de chameau noir, et elle serrait les genoux, comme si elle avait froid. Mme Robertson remarqua qu'elle ne prêtait guère attention à son fils, si c'était le sien. Elle regardait droit devant elle avec un vague sourire sur les lèvres, perdue dans ses pensées, comme si elle était à des lieues de là.

Bientôt Mme Robertson se leva et alla chercher Philip. Les deux enfants étaient devenus si bons amis que Philip pleura un peu quand elle lui enleva la balle des mains et le conduisit, avec son tricycle, vers l'allée. Elle échangea un regard complice avec la femme blonde, mais elles ne s'adressèrent pas la parole. Mme Robertson n'avait pas l'habitude de parler à des étrangers, et l'autre semblait toujours perdue dans un monde à elle.

L'après-midi suivant, la jeune femme était déjà dans le square quand Mme Robertson arriva, assise sur le même banc, dans la même attitude, avec le même manteau.

— Dickie ! hurla Philip en voyant le petit garçon, sa voix de bébé toute cassée de joie.

Mme Robertson eut un petit pincement de surprise, et même de malaise, en voyant que Philip s'était souvenu du prénom de l'autre petit garçon. Il courut en trébuchant le long de l'allée pour retrouver Dickie, qui l'attendait avec un grand sourire, la balle entre les bras, déjà tendue vers Philip. Philip se précipita si vite qu'il renversa le petit garçon et tous les deux durent courir après la balle qui s'échappait. Mme Robertson comprit soudain, en les voyant ainsi se retrouver, mêlés jusqu'à ne faire qu'un, ce qui la turlupinait : elle n'était pas sûre que le petit garçon soit très propre, peut-être même avait-il des poux. Mme Robertson avait vécu jusque très récemment dans une banlieue de Philadelphie, mais elle avait entendu parler des conditions sanitaires dans les immeubles bon marché de New York. Dans sa salopette rayée rose et blanc, le petit garçon brun n'avait pas l'air sale, mais un enfant vivant dans ces conditions pouvait fort bien avoir toutes sortes de maladies, il fallait se méfier, d'autant plus que Philip n'avait pas la résistance aux infections d'un enfant né dans ce genre d'environnement. Il faudrait qu'elle fasse attention à ce qu'il ne mette rien dans sa bouche.

Mme Robertson fit un signe de tête et un sourire en direction de la femme blonde et s'assit sur le même banc que la veille. L'autre femme répondit par un hochement de tête presque imperceptible et ses yeux, fixés bien au-dessus des petits garçons qui jouaient sur la pelouse, reprirent un air absent. Elle avait l'air tellement ailleurs que cela suscita la curiosité de Mme Robertson. Son sourire suggérait qu'elle trouvait un plaisir profond à la contemplation d'un point fixe dans l'espace. Elle avait l'air très jeune, sans doute vingt et un ou vingt-deux ans. À quoi pensait-elle donc, se demanda Mme Robertson ; comment son petit garçon s'y prendrait-il pour attirer enfin son attention ?

Sur le banc, de l'autre côté de l'allée, plus près de la fontaine que Mme Robertson, la jeune femme blonde attendait son amant. Elle pensait que c'était une belle journée ensoleillée, tranquille ; elle souhaitait presque que ces rencontres dans le square, pendant ces après-midi d'avril, soient leur seul horizon, le seul horizon qu'ils puissent ou veuillent connaître. Elle pensait à cet état dans lequel elle se trouvait plongée, tous les après-midi, quand elle sortait de la vieille maison à façade de grès brun avec Dickie, sentant sur sa peau la chaleur du soleil printanier et dans son cœur cette clarté calme, pendant qu'elle aidait Dickie à descendre les marches, avant même d'avoir levé les yeux et regardé autour d'elle. Il y avait peu de circulation dans la rue où elle vivait ; à deux ou trois heures de l'après-midi, c'était presque aussi calme que dans le square. La rue alignait deux rangées parallèles de maisons de grès brun et même le gris-bleu de la chaussée qui les reliait était vif et éclatant. Çà et là, quelques rebords de fenêtres arboraient une bouteille de lait ou bien quelqu'un s'accoudait, protégeant ses bras par un coussin. Le visage au-dessus des bras croisés, les yeux qui regardaient la rue étaient résignés, un peu curieux, avides de mouvement, et il y en avait si peu : une femme en robe d'intérieur qui promenait un affreux petit chien blanc, un enfant solitaire qui faisait rebondir sa balle contre le pilier d'un perron, le jeune garçon qui poussait la charrette bruyante de la laverie, un chat qui passait. À part les vieux et quelques ménagères, tout le monde était au travail. Comme d'ailleurs son mari, Charles, qui conduisait le bus le long de Broadway, partant le matin à huit heures et ne rentrant généralement pas avant cinq heures. Pour elle, la rue semblait vide car elle savait que la femme au petit chien blanc, les spectateurs aux fenêtres ne vivaient pas, pas au sens où elle l'entendait. Ils ne pouvaient pas percevoir aussi finement qu'elle la sérénité de la rue, une forme de sérénité étrange qu'on ne pouvait pas ne pas remarquer, ni cet aspect astiqué, éclatant à cette heure de cette journée de ce mois d'avril. La dame au chien, qui elle aussi descendait sur le trottoir, ne ressentait pas, comme elle, que l'après-midi appartenait aux femmes, aux épouses abandonnées aux tâches qui étaient leur domaine, dont elles pouvaient changer l'organisation avec cette flexibilité qui est caractéristique de l'emploi du temps d'une femme, une heure plus tôt, une heure plus tard, à leur bon plaisir, ou bien peut-être demain. Cette rue ornée de quelques arbres rachitiques enfermés dans leur cage, dont le maigre houppier reverdissait, cette rue et son indicible paix, c'était le monde des femmes. Mais elle ne se considérait pas pour autant comme une ménagère ordinaire. Elle ne ressentait pas la tranquillité de la rue ou du square les après-midi où il venait la retrouver ; pourtant, la façon dont elle percevait cette tranquillité dépendait de lui. Les après-midi où ils se rencontraient, elle voyait au-delà de la rue et du square. Elle regardait vers l'est, là où la rue disparaissait dans un chaos de bâtiments aux arêtes vives, entassés les uns sur les autres, et imaginait le vacarme et la foule pullulante. Alors elle regardait vers l'ouest, et quelque chose s'éveillait en elle en voyant la jetée et le mât court d'un bateau s'élevant comme une croix au-dessus de la façade noircie des entrepôts des quais, promesse mystique irrésistible, a[...] cube où s'inscrivait le numéro de la jetée. De cette [...] tout près de l'endroit où elle dormait chaque soir, [...] sans doute partir pour les quatre coins du monde. El[...] dait si Lance et elle feraient jamais des voyages vers des pays étrangers. Si elle lui posait la question, il répondrait, très convaincu : « Mais bien sûr. Pourquoi pas ? » Elle le croirait et cesserait de se poser la question. Est-ce que la dame au petit chien levait jamais les yeux vers la jetée ? Et cette femme qui était revenue au square aujourd'hui, la mère du petit garçon blond, si propre et si bien peignée, qui habitait sans doute Castle Terrace, la vue et l'odeur et le bruit du fleuve la faisaient-elle frissonner ? Mais elle avait probablement déjà fait le tour du monde et si souvent voyagé en Europe qu'elle savait comment cela se passait et l'effet que cela faisait : regarder la jetée ne l'intéresserait pas.

La jeune femme blonde la regardait maintenant lire son livre et lever les yeux de temps en temps pour s'assurer que son fils était en sécurité. Que pouvait-on craindre dans ce square ? Elle portait par-dessus sa robe un pull-over que le soleil faisait resplendir, de la couleur d'une glace au raisin que l'on tient à contre-jour, pour faire passer la lumière. Du cachemire. Elle aussi était jeune, mais elle avait des façons si guindées qu'elle paraissait plus âgée. La raison pour laquelle elle ne lui avait pas parlé, c'était sans doute qu'elle la considérait comme inférieure socialement, mais cela, elle s'en fichait. Elle n'avait pas envie de parler de toute façon, ni de lire. Elle serait volontiers restée assise sur ce banc toute la journée à rêver, à fixer l'espace avec la verdure du square reflétée dans ses yeux. Elle attendait Lance. Il lui arrivait de rester assise dans ce square, comme en transe, même les jours où il ne venait pas, d'ailleurs. Après les heures passées ici, elle souriait, doucement, comme amusée, quand Charles rentrait tard dans la soirée, euphorique et complètement ivre, ayant bu toute sa paie. Curieusement, quand elle avait passé l'après-midi au square, elle ne pensait pas à le blâmer. Son travail l'avait rendu malade nerveusement : la bousculade continuelle, la monnaie à rendre, les arrêts et les démarrages, les horaires à respecter, les piétons qui se jetaient presque littéralement sous les roues du bus et qui lui donnaient des cauchemars la nuit. Alors il buvait pour se calmer les nerfs. Il buvait pour arriver à la paix intérieure qu'elle trouvait dans le square. Quelques mois auparavant, avant sa rencontre avec Lance, elle avait amené Charles dans ce square, mais cela ne lui avait pas plu, parce qu'il était devenu incapable de rester en place où que ce soit. Maintenant le square leur appartenait, à elle et à Lance. Après ces heures passées là, elle ne pouvait pas s'en prendre à Charles, ni à elle-même, pour ce qui était arrivé. Ils avaient cessé de s'aimer, d'abord Charles, puis elle. C'était peut-être le manque de calme qui les avait épuisés, dès le début, quand ils vivaient dans ce rez-de-chaussée dans l'East Side ; Charles n'avait plus la force de l'aimer. Si seulement il pouvait rester immobile, boire, écouter, voir et respirer ce calme, y dormir pendant des heures, elle pensait que son front se ériderait, que ses yeux s'ouvriraient à nouveau pour la regarder comme s'il l'aimait. Mais c'était trop tard maintenant, elle n'avait plus besoin qu'il l'aime. Elle avait rencontré Lance ; c'était lui qu'elle aimait. Lance, lui, l'aimerait n'importe où, qu'ils soient ensemble ou séparés, dans le silence ou le bruit, le mouvement ou la tranquillité. Lance possédait cette qualité intérieure que Charles n'avait pas et n'aurait jamais, elle le savait. Elle avait épousé Charles à dix-huit ans, mais elle avait eu le temps de mûrir depuis.

– Philip !

Philip se leva et regarda sa mère d'un air coupable : elle attendait qu'il réponde « Oui, maman ? » comme d'habitude, et c'est ce qu'il fit, en accentuant la dernière syllabe.

– Ne mets pas de boue sur ta salopette, mon chéri. Fais attention, s'il te plaît.

– Oui, maman.

Il se détourna, s'accroupit près de son petit ami et finit de verser l'eau du gobelet en fer-blanc qu'il avait rempli à la fontaine dans le petit trou qu'ils avaient creusé dans l'herbe. Dickie avait trouvé ce gobelet par terre au bout de l'allée et Philip avait automatiquement cherché à le dissimuler aux yeux de sa mère quand il lui avait répondu. Ils ne savaient pas ce qu'ils allaient faire de ce petit trou qui avalait toute l'eau qu'ils versaient dedans, mais ils étaient heureux et avaient trouvé des tas de choses à se dire, si bien que tous les deux parlaient presque sans interruption. C'était la première fois que l'un comme l'autre se trouvait un compagnon de jeux aussi intéressant.

L'endroit était si peu fréquenté que Mme Robertson leva les yeux immédiatement quand l'homme pénétra dans le square. Il était tête nue, portait un costume sombre et il s'arrêta un moment dans l'allée, regardant la femme sur le banc. La première réaction de Mme Robertson fut un sentiment d'inquiétude : il y avait quelque chose de sinistre dans l'intensité de son regard, dans le demi-sourire qui flottait sur ses lèvres en observant la femme blonde, dans ses mains enfoncées dans les poches de sa veste comme s'il avait froid. Ce trait qu'ils partageaient lui fit comprendre qu'ils se connaissaient ; pourtant ils ne s'étaient fait aucun signe. Il s'approcha de la femme lentement, d'un pas un peu raide et précautionneux, et s'assit à côté d'elle, très à l'aise, sans ôter les mains de ses poches ni la quitter du regard. L'expression de félicité un peu étonnée que Mme Robertson avait vue sur le visage de la femme, ce jour-là et le jour précédent, ne changea pas non plus. L'homme bougea les lèvres, la femme le regarda en souriant et Mme Robertson, encore une fois, ressentit un malaise indéfinissable. Il était étrange de voir cet homme pénétrer dans le square et s'installer sur un banc. L'idée que c'était un étranger qui lui faisait des avances lui traversa l'esprit, mais il y avait un tel air d'intimité entre eux qu'elle élimina cette possibilité. Tous les deux regardaient droit devant eux, légèrement penchés l'un vers l'autre. Ils étaient séparés par un de ces accoudoirs de fer qui délimitaient les quatre ou cinq places du banc. Alors le jeune homme commença doucement à retirer la main de la jeune femme du fond de sa poche, tira son poignet sous l'accoudoir, prit sa main dans la sienne, et la posa sur sa jambe croisée. Mme Robertson comprit soudain qu'ils étaient amants. C'était évident : pourquoi ne l'avait-elle pas deviné tout de suite ? Fascinée, elle se mit alors à les observer subrepticement. Pendant quelques instants, elle s'absorba dans la contemplation de leur bonheur, éclatant et irrésistible, de leur pose altière, alors que lui aussi maintenant regardait droit devant lui bien au-delà de la grille du square, sans rien voir, avec un petit sourire, comme la jeune femme lorsqu'elle l'avait vue pour la première fois. Ils n'étaient certainement pas mari et femme, pensa-t-elle, avec une soudaine et étrange excitation, et pourtant ils n'avaient pas la nervosité qu'elle aurait imaginée chez deux amants. Elle devait néanmoins reconnaître qu'elle n'avait jamais observé de couple clandestin, et que ses connaissances étaient purement livresques. Mais il était certain qu'ils formaient un couple illicite. Elle imaginait très bien la situation : un mari aux cheveux bruns, qui travaillait toute la journée et rentrait à six heures, loin de se douter que sa femme avait passé l'après-midi avec un autre homme. Mme Robertson éprouva une pitié fugitive pour le mari trompé. C'est vrai, la femme blonde était un peu vulgaire : les escarpins à talons hauts, les cheveux probablement teints. Allait-elle emmener son amant chez elle ? Mme Robertson espérait ne pas être le témoin de cette scène. Pourtant, l'instant d'après, elle dut bien reconnaître que c'était cela qu'elle voulait, les voir partir ensemble. Elle tourna une page sans la lire, consciente du cliquetis de son mince jonc en or contre sa montre. À nouveau, elle leva les yeux au-dessus des lunettes qu'elle mettait pour lire. L'homme était en train de parler, mais elle n'entendait pas même un murmure. Il avait la tête en arrière, appuyée contre le dossier du banc, et la femme contemplait son visage, plus vivante que Mme Robertson ne l'avait jamais vue, sans se départir cependant de son petit sourire habituel, comme involontaire. L'homme écarta les doigts et serra plus fort sa main dans la sienne ; Mme Robertson sentit un petit frisson de plaisir l'envahir. De quoi lui parlait-il ? Est-ce qu'elle se trompait du tout au tout ? Peut-être la jeune femme n'était-elle pas la mère du petit garçon, mais seulement une gardienne ou une nounou ? Pourtant ni la femme ni l'enfant ne semblaient assez bien habillés pour que cette possibilité soit envisageable. Comme pour confirmer cette intuition, l'enfant traversa soudain l'allée en courant et elle vit la femme le prendre dans ses bras, sortir un mouchoir de son sac et lui moucher le nez. Quelque chose dans cette scène indiquait qu'il s'agissait indubitablement de la mère et de son enfant. L'homme sortit l'autre main de sa poche, tenant un mouchoir ; après l'avoir retiré, il montrait maintenant sur sa paume, comme s'il venait de la découvrir, une petite voiture bleue. La femme ne dit rien et le petit garçon passa les bras autour du cou de l'homme, lui embrassa la joue et repartit jouer, si rapidement que Mme Robertson crut avoir rêvé toute la scène. Mais ce n'était pas un rêve bien sûr ; et puis on voyait bien que la scène s'était déjà produite. Elle les fixa du regard ; eux, sans honte, se penchaient l'un vers l'autre, regardant les enfants en souriant.

Philip ! Voilà que lui aussi jouait avec la petite voiture. Le petit garçon la partageait avec lui. Involontairement, Mme Robertson se leva, pour se rasseoir immédiatement. Elle n'aimait pas l'idée qu'il joue avec ce jouet, pensant quelque part que ce n'était pas bien, que la petite voiture était d'une propreté douteuse, comme le petit garçon lui-même. Encore une fois, elle regarda le couple sur le banc ; elle pouvait les observer à son aise, ils ne semblaient pas se soucier de sa présence. Penchés l'un vers l'autre, confortablement, sur ce banc si dur, leurs bras entremêlés, leurs mains serrées encore plus fort sous l'accoudoir de fer. L'homme parlait et la femme, de temps à autre, répondait quelque chose. C'était curieux qu'il ait l'air si attaché à l'enfant. Ou bien faisait-il simplement semblant ? De quoi parlaient-ils donc ? Comme ils devaient haïr ce morceau de fer qui les séparait ! Elle ressentait une sorte de satisfaction sévère, vertueuse, à l'idée qu'il y avait cet *obstacle* entre eux. Que serait ce square sans les accoudoirs en fer ? Des clochards dorment sur les bancs. Des couples même...

— Il est à moitié toi, après tout, disait Lance.

— Un jour, nous en aurons un qui sera tout à nous.

Puis ils se turent un bon moment. Un oiseau chanta quelques notes annonciatrices dans un arbre proche, puis vola si bas que tous les deux le virent passer. Non loin de là, sur le fleuve, un bateau à vapeur fit retentir sa sirène : le son n'était pas assez ample pour signaler un paquebot, ni assez aigu pour un remorqueur. C'était un vaisseau de taille moyenne annonçant pourtant fièrement qu'il était capable d'aller dans n'importe quel point du monde, et que, d'ailleurs, c'était déjà chose faite.

— Nous voyagerons, dit-il.

— Je veux aller en Écosse, dit la jeune femme, plus doucement encore, mais on aurait dit qu'elle était en train de commander son billet.

— L'Écosse, ce doit être merveilleux. D'accord pour l'Écosse, et les Hébrides.

— Les Hébrides ?

— Comme dans la chanson de marin : « En rêve, nous voyons les Hébrides. »

— Qu'est-ce que c'est ? Une montagne ?

— Ce sont des montagnes et des îles. Des montagnes.

Il prononçait les mots lentement, les retournant dans sa bouche, comme s'il construisait les îles et les montagnes devant elle. Elle protesta.

— Ne parle pas de rêve. C'est encore un poème ?

— C'est un poème. Mais les poèmes disent toujours la vérité.

— Oui, parfois.

Il ne la contredit pas. Un silence s'installa.

— Ensuite tu me construiras une maison, quand on aura fini de voyager ?

— Je ne construirai pas une maison mais trois ou quatre, dit-il très nettement. Une pour chaque saison. Une maison blanche pour le printemps, rouge pour l'hiver, marron pour l'automne...

— Je n'aime pas le marron.

— Alors, pour l'automne, une maison *ocre*.

— Lance, tu surveilles l'heure ? chuchota-t-elle très bas.

— Oui, je surveille l'heure. L'horloge de l'église marque quatre heures moins cinq.

L'horloge du clocher de la petite église n'était pas très loin sur l'avenue, mais elle lui avait dit qu'elle ne regarderait jamais l'heure quand il était avec elle dans le parc. L'horloge de l'église retardait de six minutes. À quatre heures neuf exactement, il faudrait donc qu'il parte pour retourner à son travail dans Nassau Street, loin au sud. Il ne pourrait pas venir le lendemain, ni le surlendemain. Il ne faisait des livraisons que le mardi et le jeudi. C'était une tâche que personne n'aimait et pour laquelle il s'était porté volontaire afin de pouvoir passer une demi-heure ou quarante-cinq minutes parfois avec elle. C'était le seul moment où il pouvait la voir. Tant qu'elle était la femme de Charles, elle refusait de le voir dans la soirée. Il posa son autre main sur la sienne et lui sourit avec une tendresse soudaine. Il savait que, dans son esprit, ces rencontres au square avaient quelque chose de fortuit. La seule fois où il l'avait vue le soir, c'était quand il l'avait rencontrée pour la première fois, dans Gramercy Park, où ils ne pouvaient pas entrer parce qu'il était verrouillé. Il l'avait vue dans l'ombre, devant les hautes lances de la grille ; avec une intuition qu'aiguisait son propre sentiment de solitude, il avait vu que cette inconnue, rencontrée par hasard dans ce lieu, lui ressemblait et il l'avait saluée. Ils sortaient tous les deux du même cinéma de la Vingt-Troisième Rue, où ils étaient allés chacun de son côté C'était le seul soir où ils s'étaient vus, et pourtant il aimait penser qu'il était son amant. Et elle, comment l'appelait-elle ? Pas son amant, il le savait. Il releva encore la tête et la laissa retomber sur le dossier, au bord du banc. On aurait dit qu'il était l'homme le plus heureux du monde, qu'il avait tout l'après-midi devant lui pour se reposer sur ce banc.

– Ce square est le point fixe dans un univers qui bouge, dit-il à voix basse, sur un ton ferme et solennel.

– C'est ce que je ressens aussi, oui. Et la rue où je vis. Et ces journées.

– Ces journées.

Soudain, il se sentit coupable de rester ainsi oisif, même pour ces demi-heures volées qu'il passait avec elle, parce qu'il avait tant à faire. Ce n'était pas qu'il se sentît coupable de passer du temps avec elle, mais qu'il la laisse, se laisse lui-même échafauder tant de projets insensés. Leurs rêves étaient-ils vraiment insensés ? C'était difficile à dire. Il se sentait coupable parce que ce petit square ressemblait trop à un Éden imaginaire : si propice au rêve éveillé, trop parfait, trop calme. Il examina avec amour, comme chaque fois, les courbes délicates des petites pelouses, les grillages bas qui formaient des festons si bien dessinés sur le fond d'un vert éclatant. Ses yeux se posèrent négligemment sur Dickie et l'autre petit garçon qui jouaient avec la voiture neuve. Dickie était l'un des petits angelots qui habitaient ce paradis terrestre. Ce jour-là, il avait l'air plus heureux parce qu'il pouvait jouer avec l'autre petit garçon. Il regarda la femme sur le banc, qui regardait à nouveau de leur côté. Il lui sourit mais elle baissa immédiatement les yeux sur son tricot. Celui-ci s'était emmêlé et Mme Robertson tirait dessus nerveusement. Elle ressentait une impression de désordre et de chaos, comme l'écho d'une lointaine bataille, sans doute à cause de ce tricot. Elle se rendait compte confusément qu'elle était partagée entre l'instinct de prendre Philip et de quitter le square immédiatement et la tentation de rester parce que Philip s'amusait tellement. Et le plaisir qu'elle éprouvait à se trouver là confinait à l'enchantement, sans doute, il fallait bien l'avouer, grâce à la présence de ce couple sur le banc. Même si ces deux forces étaient indistinctes dans son esprit, ce sentiment de lutte intérieure était vif : elle s'évertuait sur son tricot, alors même que son moi se défaisait. Elle était parfaitement immobile ; seuls ses doigts travaillaient habilement à réparer la mitaine jusque-là parfaite qu'elle faisait pour Philip. Quand le nœud fut défait, qu'elle eut repris son tricot, quand ce mystérieux conflit interne se fut apaisé, l'issue de la lutte n'était pas très claire ; il lui en restait une certaine irritation, de l'impatience et même de la déception. *Je ne reviendrai pas ici*, se dit-elle soudain. Une fois cette décision prise, qui semblait tomber du ciel, elle retrouva un certain sens du réel. Mais elle allait rester encore quelques minutes. Elle n'avait nul besoin de fuir.

La lumière du soleil se mit à bouger, comme une chose vivante ; elle escalada les festons des grillages et tomba légèrement, sans bruit, sur l'allée, la couvrant à moitié. Elle tombait aussi sur les pieds de Lance et de la jeune femme près de lui. Une longue pointe traçait une diagonale vers le banc où elle était assise. Il la vit regarder cette ligne en même temps que lui, mais elle ne releva pas les yeux.

— Le point fixe du monde, murmura la jeune femme.
— Du monde qui tourne.

Il fut soudain envahi par un sentiment de culpabilité : le monde tournait tout autour d'eux, sur cette petite île déserte, ce refuge de verdure, les machines tournaient, les horloges aussi. Mais lui et elle restaient immobiles alors qu'il y avait tant à faire et tant de batailles à mener.

— Oui, « qui tourne » est plus beau, c'est vrai. Mais je n'arrive pas à le dire comme toi tu le dis. Je l'ai senti cet après-midi, en quittant la maison... et maintenant aussi.

Mais elle savait qu'elle n'arriverait pas à décrire ce qu'elle ressentait.

— Mais ce n'est pas moi qui l'ai inventé. C'est Eliot[1]. Il y a un autre extrait : « ... au centre fixe, là où se trouve le calme ».

Il s'interrompit, car il venait de comprendre que près de sa bien-aimée, il n'y a pas de point fixe, même si le calme dépasse toutes les autres formes de calmes, toutes les autres formes de paix. Il venait de lui apparaître comme une vérité éternelle, découverte par hasard, que près de sa bien-aimée la beauté d'un rêve éveillé gagne de la substance, n'est plus ce tableau plat et statique que représente la solitude; parce que près d'elle, il y a un mouvement qui le pousse en avant, il y a une énergie électrique dans l'air et une espèce de complétude dans toutes choses, réelles ou imaginaires. Il se tourna vers elle et la vit jeter un regard prudent à la femme sur le banc. Pourtant, il n'avait pas eu l'intention de l'embrasser.

On entendit un bruit de clochettes. Les sonnailles des moutons sur les collines montueuses des Hébrides, noyées dans la brume : les Hébrides.

— C'est le marchand de glaces, dit-elle.

La voiture à bras du marchand de glaces entra dans le square par l'extrémité sud, poussée par un jeune homme mince tout en blanc, pantalon, chemise et casquette.

— Maman, réclama Dickie, enjambant le grillage de l'allée, je peux avoir une glace ?

Lance se mit à fouiller dans sa poche.

Mme Robertson vit l'homme donner une pièce au petit garçon, qui courut en sautillant vers le vendeur de glaces. Philip, lui, était resté en place, observant la scène, sachant qu'on ne lui permettrait pas de manger de la glace juste avant son dîner.

— Je peux lui en offrir une aussi ? demanda l'homme qui s'était levé et lui souriait, en fouillant à nouveau dans sa poche.

— Oh, non, merci beaucoup, répondit Mme Robertson. Il va bientôt dîner.

Elle remarqua que son cœur battait plus vite : cet échange de paroles, ni agréable, ni désagréable en fait, l'avait stimulée. Ses manières, son visage même étaient plus respectables qu'elle ne l'avait pensé, malgré le costume mal repassé. Le petit garçon esca-

---

1. T. S. Eliot: « the still point of the turning world » est extrait des *Four Quartets*, 1940.

lada le grillage en entamant sa glace, puis courut droit vers Philip. Elle se leva, pour empêcher Philip de porter la glace à sa bouche.

— Philip, je crois que...

Trop tard. L'autre petit garçon lui tendait le cornet et Philip avait mordu tout le sommet de la glace. Elle ne voulait pas éloigner Philip de force, mais elle était si tendue que son geste fut brutal. La glace, que personne ne tenait plus, tomba par terre sur l'herbe entre les deux enfants.

— Oh, s'exclama Mme Robertson, sincèrement navrée. Je suis vraiment désolée.

Après le premier moment de stupeur, le petit garçon brun se baissa pour ramasser la glace, qui tomba hors du cornet, brisée, irrécupérable maintenant, trop abîmée même pour un enfant de trois ans. Sa croûte de chocolat craqua encore une fois, comme pour mieux se perdre dans l'herbe. Il se leva et la regarda, s'essuyant les mains timidement sur l'arrière de sa culotte.

— Où est passé le marchand de glaces ?

Mme Robertson le chercha des yeux mais il avait disparu. Elle entendit sa cloche plus bas dans l'avenue.

— Tu as perdu ta glace, mon pauvre Dickie, s'écria l'homme pour le consoler.

— Oh, c'est pas grave, répondit le petit garçon, à la fois à l'homme et à Mme Robertson. Sans colère, mais sans sourire.

— C'est ma faute, je suis désolée, dit Mme Robertson. Puis, se sentant soudain ridicule, elle attrapa le bras de Philip d'une main et le guidon de son tricycle de l'autre et les poussa vivement vers le grillage festonné.

— Tu dois partir maintenant, Philip ? demanda le petit garçon brun.

— Oui, soupira Philip, sur un ton résigné.

Une fois arrivé à la grille, il se retourna tristement et regarda derrière son bras, que sa mère tenait très haut, comme s'il venait seulement de comprendre qu'il partait vraiment.

— On se voit demain, Philip, dit Dickie, des mots d'adulte qui surprirent Mme Robertson.

Il ne le verrait pas demain. Elle ne voulait plus que Philip joue avec lui. Elle n'aurait pas pu expliquer exactement pourquoi, mais elle ne voulait pas. Elle avait été idiote de ne pas l'emmener dès qu'elle avait compris qui était sa mère. Il y avait quelque chose d'impur, d'une façon ou d'une autre, chez ce petit garçon, même s'il était bien astiqué ; parce que sa mère était impure. Pourtant elle sortit du square en faisant un détour pour passer devant eux.

À son grand dépit, elle leur lança involontairement un dernier coup d'œil de côté, furtif, ce qui lui ressemblait bien peu. Mais l'homme et la femme semblaient à nouveau absorbés l'un par l'autre, se tenant par la main. Elle fut soulagée qu'ils ne l'aient pas remarquée. Quand elle arriva au bout de l'allée, elle savait qu'elle ne reverrait jamais ni le couple, ni le petit garçon, ni le square.

La jeune femme blonde avait pourtant vu ce coup d'œil et avait reconnu, malgré la brièveté de l'échange, cette façon caractéristique, éternelle et indestructible avec laquelle une femme en regarde une autre quand celle-ci est aimée par un homme, un regard fait de désir, d'admiration, de nostalgie, d'envie et même de plaisir par personne interposée, qui se dévoilent un instant pour se cacher ensuite. En voyant ce regard caractéristique, elle avait serré davantage la main de Lance, par un rapide réflexe d'orgueil. Lance l'avait-il vu lui aussi ? Seule une femme pouvait remarquer ce genre de regard sans doute. Elle aurait aimé lui en parler, mais c'était difficile de trouver les mots pour le dire, encore plus difficile que pour décrire cette paix intérieure qui l'emplissait, quand elle descendait les marches de son immeuble tous les après-midi. Elle se contenta donc de dire :

– Je crois qu'elle ne m'aime pas. Elle était ici hier aussi.

Lance sourit sans répondre et lui serra le bras plus étroitement sous le sien. Il lui restait six minutes. Il rapprocha son bras pour le sentir tout contre son flanc, ne sentant plus l'armature de fer entrant dans ses chairs à travers la manche de sa veste.

– Maintenant, il n'y a personne, dit-il.

Il n'y avait personne. Le point le plus éloigné du rayon de soleil était arrivé jusqu'au banc où la femme était assise, avait capturé un des piétements de fer. L'oiseau fit à nouveau un vol plané, affichant une liberté et une sécurité totales dans ce petit jardin. Il n'y avait plus d'être humain le long de l'avenue, même pas un camion aveugle et impersonnel passant rapidement le long de la grille. Si, pourtant, une religieuse descendait les marches de l'église, à un demi-bloc de là, une silhouette raide et archaïque, toute de noir vêtue, sa coiffe, ses jupes qui battaient les jambes actives, comme la robe sculptée de la proue d'un navire. Ils se tournèrent l'un vers l'autre et leurs lèvres se touchèrent au-dessus de leurs mains jointes et de leurs bras mêlés ; le baiser devint le centre du calme Le baiser devint le centre minuscule du point fixe du monde qui tourne, et le jardin lui-même tournait, était en mouvement. comparé à la paix immobile de leurs lèvres.

Et puis, parce qu'il ne lui restait plus que trois minutes, il se mit à parler rapidement, avec légèreté, mais aussi avec sérieux, de leurs projets, de son travail, des problèmes financiers, comme pour se fortifier avant de se quitter pour deux jours et deux nuits. D'ici trois mois, ils auraient assez d'argent pour entamer la prochaine bataille dans leur campagne, son divorce à elle. C'était impossible de parler divorce à son mari tant qu'elle était obligée de vivre avec lui. Plus que trois mois. Pour la première fois, il fit le décompte, encore vingt-quatre rencontres comme celle-ci cet après-midi, et il sut qu'il ne pourrait plus s'empêcher de les compter, jour après jour, à partir de cet instant. Vingt-quatre...

Mme Robertson ne revint pas au petit square de l'avenue le lendemain. Elle emmena Philip dans un petit terrain de jeux, dans l'enceinte même de Castle Terrace ; il y avait un grand bac à sable et beaucoup de petits enfants avec lesquels Philip pourrait jouer.

Philip resta planté là où sa mère lui avait lâché la main et regardait le bâtiment qui s'élevait comme une grande montagne ocre et creuse autour de lui. Il demanda :

— On ne va pas au square plus tard, maman ?

Quand sa mère se fut confortablement installée dans un fauteuil métallique, il revint à la charge.

— Mais on ne va pas au square aujourd'hui, maman ? Je voudrais voir Dickie.

— Non, mon chéri, aujourd'hui nous n'allons pas au square.

Elle avait essayé de prendre une voix douce et d'avoir l'air de ne pas y attacher d'importance. Mais c'était difficile, et elle avait sans doute échoué, se dit-elle en voyant Philip s'éloigner très lentement sur son tricycle, l'air totalement étranger à ce qui se passait autour de lui.

Il y avait beaucoup d'autres jeunes mères dans le terrain de jeux et Mme Robertson se trouva bientôt prise par les conversations. Elle se sentait à sa place, là, dans l'enceinte de son immeuble. Pourquoi avait-elle voulu être différente et choisir un endroit plus agréable ? Certes, le square était joli et Philip le regretterait pendant quelques jours, mais elle ne regrettait pas sa décision de ne pas y retourner. Ici aussi, il y avait du soleil, des activités pour Philip et de nombreux enfants avec qui jouer, des enfants visiblement propres et bien élevés. Et d'autres femmes comme elle, avec lesquelles elle pouvait échanger des idées.

— Je veux voir Dickie, déclara Philip, en revenant lentement sur son tricycle. Il avait fait le tour du terrain de jeux et ne l'avait pas trouvé intéressant.

— Mon chéri, il y a des petits garçons qui jouent au bac à sable. Tu ne veux pas aller jouer avec eux?

Et elle se retourna vers les dames avec qui elle était en train de parler, essayant de ne pas laisser voir son anxiété au sujet de Philip.

— Je veux Dickie! répéta Philip deux minutes plus tard. Il était maintenant descendu de son tricycle et l'avait laissé en plan, comme s'il n'avait plus l'intention de s'en servir que pour aller voir son ami. Il avait de grosses larmes dans les yeux. Il regardait sa mère avec de la rancune, et un air terriblement accusateur, mêlé d'incompréhension.

C'était le moment où il fallait se montrer ferme, Mme Robertson le savait. Il fallait faire semblant de ne pas entendre ou dire quelque chose qui lui donnerait satisfaction ou bien le ferait taire. Elle hésita, indécise.

— Qui est Dickie? demanda l'une des mamans.

— C'est un petit garçon qu'il a rencontré dans la rue, répondit Mme Robertson.

Comme s'il avait été piqué au vif par cette allusion à son ami, Philip lui tourna le dos et partit, la tête haute. Sa mère n'eut pas à chercher une réponse qu'elle ne pouvait pas trouver.

L'après-midi suivant, Philip demanda à aller voir Dickie, et le jour d'après, et encore le surlendemain. Mais dès le cinquième après-midi, il ne demanda plus.

Rebecca au piano

La Pierce Arrow massive, d'un noir luisant, monstre préhistorique docile mais un peu effaré, recula lentement dans l'allée, faisant crisser le gravier sous ses pneus minces. Sous le soleil, elle étincelait de toutes parts. Les doigts languides des saules pleureurs, dont la couleur chartreuse commençait à roussir avec l'arrivée de l'automne, caressaient le toit et les vitres fermées avec une sorte d'affection délicate. La Pierce Arrow et les saules avaient vieilli ensemble mais gardaient toute leur beauté. Dans la maison voisine, les enfants des Carstairs et leurs amis s'arrêtèrent de jouer sur le trottoir et restèrent bouche bée, saisis d'une admiration discrète et intime qui ne méritait pas de commentaire. C'était rare qu'il se passe quelque chose dans l'allée des Steinach, en tout cas plus d'une fois par mois. Et puis, ils n'avaient pas très souvent l'occasion de voir ce genre de voiture.

Une petite fille tressaillit quand les énormes phares sautèrent le trottoir, et que la voiture se retrouva dans l'axe de Verona Street. Le groupe d'enfants se mit à rire et tout redevint normal.

— Klett! Tu ne trouves pas que c'est vraiment un beau nom, mère? demanda Agnès Steinach. Elle descendit sa vitre au maximum, avec ardeur, mais maladroitement, comme quelqu'un qui a du mal à manipuler les objets. Ses mains, des « mains de poète », étaient longues et douces, et semblaient totalement oisives.

— Calme-toi, je t'en prie, Agnès, répliqua Mme Steinach.

— Oh, mère! Agnès, consciente qu'elle n'avait pas ressenti une telle exubérance depuis des mois, eut un petit rire nerveux. Tu crois que Margaret a beaucoup changé?

— Cela ne serait pas étonnant, après toutes ces années.

Mme Steinach, une toute petite femme aux yeux gris, fit un signe de tête au livreur de l'épicerie Reed qui passait à bicyclette et l'avait saluée en soulevant sa casquette. Elle était assise très droite, aussi rigide que le siège de la voiture, pour voir à travers le pare-brise. Elle regardait droit devant elle avec l'expression absorbée et inquiète qui lui était habituelle.

– Je ne pense pas que Margaret me trouvera changée, moi, qu'en penses-tu ?

Agnès ouvrait de grands yeux, comme une enfant, en parlant à sa mère ; ces mêmes yeux qui néanmoins trahissaient ses trente-cinq ans. Ils étaient sertis dans un fin réseau de petites rides, presque transparents, d'un bleu tirant sur le violet, comme deux poissons attrapés dans les mailles d'un filet. Ses longs cheveux noirs rehaussaient encore la pâleur de son teint. La blancheur unie de son visage laissait deviner les ravages d'une forte fièvre.

– Sûrement pas, mon petit, dit Mme Steinach avec indulgence.

– Tu n'as pas l'air très pressée de les voir, mère.

– C'est ici qu'on tourne, non ?

La Pierce Arrow prit le tournant qui donnait dans Washington Avenue et menait à la gare. La voiture roulait à une vitesse modérée et constante, comme si elle faisait partie d'un cortège funèbre. Elles allaient accueillir Margaret, la sœur d'Agnès, professeur de piano, qui accompagnait un élève du conservatoire de San Francisco jusqu'à New York. Dans sa lettre, deux jours auparavant, elle disait qu'elle pourrait se libérer pour passer tout le week-end avec elles à Evanston.

Mais le train en provenance de San Francisco avait deux heures de retard. Le sourire d'Agnès disparut ; sa bouche, qu'elle fardait outrageusement, n'était plus qu'une série de courbes qui n'exprimaient plus que tristesse et irritation. Elle regardait l'employé des chemins de fer, de ses grands yeux violets démesurément ouverts, comme s'il avait délibérément choisi de lui nuire, par pure méchanceté.

Quant à elle, Mme Steinach accepta le contretemps avec un simple « Oh ! », et fit remarquer qu'il serait plus sage de retourner à la maison et de revenir à cinq heures. Cela permettrait à Agnès de se reposer. Ces deux trajets en voiture et toute cette compagnie ne sauraient manquer de la fatiguer.

– Mais mère, je ne me suis jamais sentie aussi bien !

Même dehors, sa voix semblait creuse, pleine d'échos, comme à l'intérieur de la vieille et tranquille maison. Elle restait toujours dans le registre aigu, avec une voix de fausset affectée, semblable au bruit du marteau en caoutchouc sur une scie musicale.

Elles rentrèrent donc et les saules les accueillirent avec autant de tendresse que si leur mission avait réussi.

Mowgli, le gros angora blanc, quitta précipitamment le coin du sofa quand Agnès et sa mère entrèrent dans le salon. Mowgli était devenu sourd avant l'âge adulte, et cela accentuait sans doute sa panique dès qu'on s'activait un peu autour de lui. À mi-hauteur de l'escalier, il s'arrêta pour attendre qu'Agnès ou sa mère viennent le caresser, ce qui lui permettrait de retourner à sa place tout en conservant sa dignité. Ce jour-là, aucune des deux ne fit attention à lui.

– Tu es bien sûre qu'elle a dit trois heures, mère ?

Agnès choisit de ne pas remarquer que sa mère, qui retournait dans la cuisine, n'avait pas voulu lui répondre. Elle courut à l'étage pour vérifier encore une fois que la bouteille Thermos en argent dans la chambre d'amis, qui serait celle de Klett, était bien pleine d'eau glacée, que le petit bouquet de fleurs placé dans le bol à raser de son père était toujours frais et que les thermostats, parfois capricieux, indiquaient bien qu'il aurait de l'eau chaude s'il voulait se raser. Les hommes exigeaient toujours de l'eau très chaude, surtout le matin. Ce serait amusant que Klett soit après tout trop jeune pour avoir besoin de se raser. Dans sa lettre, Margaret disait qu'il avait dix-huit ans.

La chambre d'amis était parfaitement en ordre, l'abattant du secrétaire était ouvert, l'encrier de verre plein, la courtepointe fraîchement repassée afin que les volants de dentelle gardent leur apprêt. Les stores une fois relevés, le papier peint, petites fleurs bleu roi sur fond crème, paraissait très pimpant. Dans la cheminée, on avait préparé des bûches et des brindilles, même s'il faisait un peu chaud pour faire du feu.

« Miaou ? » Mowgli l'avait suivie jusqu'au seuil, attiré par la porte ouverte. Il avait un museau doux et triste, et un œil qui louchait. Il regardait sa maîtresse avec un mélange d'étonnement et de folie maussade.

Agnès flotta jusqu'à la fenêtre en imitant les pas d'une danseuse, levant les bras comme si elle traînait quelque voile diaphane. Elle souleva un rideau de brocart léger et contempla la rangée de saules, l'allée de gravier bien ratissée, irréprochable, le coin de la pelouse de devant parsemé de violettes que la brise faisait flotter comme des lambeaux de drapeau. Les saules, eux, formaient une forêt de petits mâts jaune et vert, qui se mêlaient et se démêlaient au gré du vent. Ou bien une gerbe de fontaines de champagne ? Margaret serait si contente de retrouver tout cela ! Elle imagina Klett découvrant la maison pour la première fois et frissonna par anticipation. La maison était de taille modeste par rapport à celles du quartier, mais tout y était d'un goût parfait. Le confort moelleux du salon, où prédominait le velours bleu pâle, invitait les occupants à se détendre et à oublier les difficultés de la vie. Pour elle, quand on avait du goût, on ne pouvait manquer de déceler la personnalité unique de son foyer, comme un connaisseur sait reconnaître un grand cru. Il ne faisait pas de doute que Klett avait du goût, c'était même peut-être un génie. Il serait ravi par les *deux* pianos, même si ceux-ci étaient un peu désaccordés. Ils joueraient peut-être ensemble ? Il y avait des années qu'elle n'avait pas joué de pièces pour quatre mains avec Margaret, sans parler de son père. Est-ce que Klett allait se révéler être beau et d'un tempérament impétueux, comme Chopin ? Ou bien serait-il sombre et tourmenté comme le jeune Beethoven ?

Son regard passa du sommet des saules à une tache mouvante sur l'allée des Carstairs. C'était un homme en costume gris qui tenait un petit enfant par la main. Elle sentit comme un poids silencieux sur sa poitrine ; dans ses yeux, l'air vaguement triste céda la place à la peur. Elle se souvenait du jour où elle avait invité Billy Carstairs, qui jouait sur la pelouse devant chez lui, à entrer boire un verre de limonade. Elle lui avait alors raconté une histoire sur son père, qui était mort, que l'enfant avait écouté avec des yeux écarquillés, le visage tout pâle. Elle se souvenait encore du frisson de plaisir qu'elle avait ressenti quand il s'était mis à pleurer. Elle lui avait fait promettre de ne rien dire à personne, ce qui lui donnait l'impression d'exercer une sorte de pouvoir sur lui. Mais, depuis ce jour, Billy l'avait évitée dans la rue. Quand il s'était marié, que son enfant était né, Agnès avait ressenti au plus profond d'elle-même un sentiment d'échec. Maintenant, le voir en compagnie de sa jeune femme blonde à l'air stupide ou bien de son enfant lui faisait horreur.

– Agnès ?
– Oui, mère ?
– Tu ne veux pas une tasse de thé ?

Agnès crut d'abord que sa mère allait lui monter son thé, mais bien sûr elle n'était plus alitée maintenant ! Et elle ne se sentait pas malade du tout, parfois un peu de faiblesse seulement. Elle croisa les bras derrière elle et s'adossa au montant de la fenêtre.

– Je descends tout de suite, mère.

La voix grêle, très aiguë, qui portait aussi loin que celle d'une chanteuse, traversa le palier verni, descendit le court escalier et pénétra dans le salon où sa mère était en train de verser du thé dans deux tasses blanches évasées. Agnès fut en bas des marches, comme si elle volait, avant même que l'écho de sa voix ne se fût éteint.

On entendit alors une portière claquer et Agnès se tourna, surprise, vers la porte d'entrée.

— Ils sont là. Mère, va ouvrir, toi !

La porte s'ouvrit et Margaret faillit renverser sa mère en la serrant dans ses bras.

— Maman ! Agnès ma chérie, tu as l'air en pleine forme ! s'écria-t-elle par-dessus l'épaule de sa mère.

— Margaret, mon ange !

Agnès ouvrit tout grands ses bras, les longs doigts légèrement recourbés vers le haut. Elle avait presque envie de pleurer. Margaret sourit à un jeune homme qui était entré doucement dans la maison en portant deux valises.

— Je vous présente Klett, Klett Buchanan. Klett, je vous présente ma mère et ma sœur Agnès.

Agnès ressentit quelque chose comme une prémonition. Il était exactement comme elle l'avait imaginé, beau, l'air un peu ténébreux, avec déjà un air de distinction, même si son visage restait rond comme celui d'un enfant. Il s'inclina brièvement et sourit, montrant des dents très régulières, des dents de jeune fille.

— Enchanté de faire votre connaissance.

Il était mince, pas très grand et portait un cache-nez écossais bien serré autour de son cou par une veste tyrolienne gris et vert, boutonnée haut. Il les regarda l'une après l'autre, une manifeste envie de plaire sur son visage.

Agnès fut la dernière à murmurer « Enchantée ».

— Nous arrivons juste pour le thé, quelle chance, dit Margaret en laissant tomber son manteau sur un fauteuil. Je sais que Klett est encore plus affamé que moi. Ils n'ont pas mis de wagon-restaurant, et le train est arrivé presque à l'heure.

Ils parlèrent des trains, de leur premier voyage, infructueux, vers la gare, tandis que Margaret beurrait des triangles de pain grillé, les recouvrait de marmelade d'orange et servait tout le monde. Klett était assis près d'elle, dans le coin du sofa bleu réservé à Mowgli, et serrait fort l'anse de sa tasse de thé.

— Parlons de toi, Margaret, dit Mme Steinach, qui avait l'air beaucoup plus heureuse depuis l'arrivée de Margaret. Nous avons si peu de nouvelles.

— Oh, il n'y a pas beaucoup de changement, tu sais. Maintenant, je m'occupe plus d'organisation que d'enseignement. Je choisis les meilleurs pour la classe de Moore et je les classe.

Je t'ai parlé de Moore, je crois. Et quand je découvre quelqu'un comme Klett, je le mets dans une catégorie à part, celle des élèves exceptionnels. Mais cette fois-ci, je veux faire un peu de recherches de mon côté à New York.

Elle tourna soudain les yeux vers Agnès, qui ne l'écoutait pas, puis revint à sa mère. Son visage au nez assez fort n'avait pas les traits réguliers d'Agnès, mais il était plaisant par son air franc et ouvert, comme un accord en majeur. À trente-huit ans, elle était toujours belle, même quand elle oubliait de se maquiller, ce qui lui arrivait souvent.

– Mais tout cela est ennuyeux. Tu n'as pas vieilli du tout, maman. Et la maison n'a absolument pas changé.

– Mais comment as-tu découvert Klett ?

C'était Agnès qui l'interrompait sur le ton de la plaisanterie, persuadée que Klett, avec son oreille musicale, saurait discerner que sa voix à elle avait une tessiture plus étendue et était plus féminine que celle de Margaret.

– J'aimerais tant que vous nous jouiez quelque chose. Mais...

Elle retint son souffle.

– Mais c'est trop tôt, sans doute ?

– Beaucoup trop tôt, répondit Margaret qui regardait Klett affectueusement.

Le jeune homme était allé admirer les deux pianos demi-queue qui se faisaient face dans un coin de la pièce.

– Je ne vous ai pas parlé de ces pianos, Klett, car je crois bien qu'ils sont complètement désaccordés.

– Oh !

Agnès avait poussé une exclamation, choquée que Margaret dise les choses si franchement. Mais personne ne parut faire attention à sa réaction.

– Vous jouez ? lui demanda Klett.

Agnès lui sourit.

– Plus ou moins bien. Oh, la musique est la seule joie de ma vie !

Elle avait tellement envie qu'il lui demande de jouer quelque chose tout de suite. Elle avait travaillé un nocturne de Chopin jusqu'à la perfection.

– Comme ce doit être extraordinaire de maîtriser un instrument à dix-huit ans !

– Oui, c'est vrai, renchérit Mme Steinach.

Klett baissa modestement son visage imberbe.

— Klett n'est pas encore un maître, mais il y arrivera peut-être en travaillant. Tenez, Klett.

Margaret lui tendit un triangle de pain grillé. Agnès eut un petit rire nerveux.

— Tu lui parles comme à un petit chien, Margaret !

— Tu trouves ! Il a l'air de le supporter pourtant, répondit Margaret en souriant. Maman, tu es sûre que ce n'est pas gênant de nous loger jusqu'à lundi matin ?

— Mais bien sûr que non, s'exclama Agnès, quelle idée !

*

Il y avait eu seulement deux accords, mais chacun l'avait fait frissonner de plaisir. C'était un sentiment curieux, comme une violation de son intimité, d'entendre des doigts étrangers jouer sur son piano.

« Vous avez un toucher extraordinaire ! » murmura-t-elle devant la glace. Elle passa encore une fois la brosse au manche d'ivoire à travers ses boucles noires, les laissant retomber sur ses épaules.

Elle traversa le palier et descendit l'escalier sur la pointe des pieds, en se courbant un peu pour apercevoir le coin éclairé du salon où se trouvaient les pianos. Elle entendit une note tenue, un do. « Oh », soupira-t-elle.

— Mais descends donc, Agnie, cria Margaret, qui se trouvait devant le piano d'Agnès. Klett est dans sa chambre en train de faire un peu de toilette avant le dîner.

— Ah bon ?

Elle eut tout à coup l'impression qu'elle haïssait Margaret.

— Tu as l'air d'aller bien mieux que je ne l'espérais, Agnès. Je suis vraiment contente. Dans sa dernière lettre, maman disait que tu avais des douleurs dans le dos et que tu avais gardé le lit une semaine.

— Je n'ai passé que cinq jours au lit, expliqua Agnès.

— As-tu écrit à ce spécialiste de la colonne vertébrale de Chicago dont je t'ai parlé ?

— Mais oui, dit Agnès avec lassitude. Je ne sais pas ce que c'est. J'ai vu tant de spécialistes. Je crois vraiment que la seule chose qu'ils savent faire, c'est faire payer leurs consultations. Et qui sait ? Qui sait ? La douleur, c'est la croix que je dois porter, ma pauvre chérie !

— Tu dors mieux ?

— Je dors quand je peux, dit-elle en riant gaiement.

Assise sur un côté du tabouret de piano, Margaret égrena quelques notes, les plaqua en accord, mais Agnès n'y prit pas de plaisir cette fois-ci.

— Le problème, c'est que si on passe la journée au lit, le soir on n'a pas sommeil. Mais tu as un peu grossi, non ?

— Peut-être. Toi aussi.

Agnès se força à sourire. Margaret avait énormément grossi, c'était répugnant.

— Hélas, oui. C'est comme l'année où je me suis mariée. Mais je dois dire que je me sens mieux comme ça.

Agnès se souvint qu'elle avait effectivement grossi au moment de son mariage, parce qu'elle était si heureuse, heureuse comme une truie avec son musicologue autrichien, le Dr Hermann von Haffner. Agnès pressa ses paumes l'une contre l'autre jusqu'à les tordre.

— Margaret, tu ne veux pas demander à Klett de descendre et de jouer quelque chose avant le dîner ? Je trouve qu'il est absolument charmant !

— D'accord. Mais je voulais te prévenir, Agnie, ne lui fais pas trop de compliments. Il est très imbu de lui-même et cela lui monte à la tête.

— J'ai fait trop de compliments ? s'écria Agnès, qui éprouva un plaisir malicieux à cette pensée.

— Pas vraiment, répondit Margaret, le front soucieux et sans gaieté dans le regard, une expression qu'Agnès lui avait souvent vue. Il vient d'une petite école où on l'a déjà trop porté aux nues. Il peut devenir un bon musicien ou un musicien médiocre, mais pour le moment, c'est dangereux d'avoir trop de vanité.

— Ah bon, répondit Agnès avec un petit rire. Je vais le chercher.

Elle monta au premier et se dirigea vers la porte tout au bout du palier. Elle entendit le bruit d'une valise que l'on referme. Comme c'était agréable d'avoir un invité ! Elle frappa.

— Entrez !

Elle ouvrit la porte lentement, en souriant. Il portait la même veste tyrolienne, mais avait troqué le cache-nez contre une écharpe de soie bleu marine et rouge, nouée autour du cou. Ses cheveux châtain clair étaient encore humides ; l'ondulation au-dessus du front était plus haute et portait des traces de peigne. « Quel bel homme dans cette pièce qui est restée silencieuse si longtemps », se dit-elle. Elle adorait la façon dont il était habillé, car cela lui rappelait l'idée qu'elle se faisait de Frédéric Chopin. Elle aimait aussi cet air un peu distant, et l'impatience nerveuse qui alternait si rapidement avec un air de doute très juvénile. La seule certitude qu'il avait sans doute, à ce moment donné, c'était celle d'avoir du génie. Pourtant il retournait son regard sans se troubler, le visage doux et passionné à la fois. Sur ses lèvres un peu entrouvertes flottait une ombre de sourire involontaire. Il savait sûrement qu'elle le comprenait, se dit-elle, et elle ressentit un léger choc.

— Est-ce que vous voudriez bien descendre nous jouer quelque chose ? finit-elle par lui demander.

Il s'inclina légèrement.

— Avec grand plaisir, Miss Steinach. Il se dirigea vers le miroir, se passa brièvement la main dans les cheveux et la suivit.

Agnès fut contrariée de voir que Margaret était encore au piano, mais celle-ci se leva quand ils entrèrent.

— Celui-ci est le mieux. L'autre est complètement désaccordé, dit Margaret à Klett qui s'était dirigé vers le piano de leur père, d'un bois plus foncé. Eh bien, je vais vous laisser tous les deux. J'ai besoin de faire un petit somme.

— Ce piano est le *meilleur* des deux, corrigea Agnès intérieurement, mais en fait c'était le contenu même des propos de Margaret qui l'avait choquée davantage. Comment pouvait-elle parler avec autant de légèreté du piano que leur père avait tant chéri ?

— Ce sont de très beaux instruments, dit Klett, en passant le dos de ses doigts sur le bois.

Agnès n'était pas vraiment musicienne et on n'avait pas fait accorder régulièrement le Baldwin d'Agnès et le Steinway de leur père, qui sonnaient faux. Pourtant, comme la Pierce Arrow qu'Otto Steinach avait achetée en 1927, les deux pianos étaient merveilleusement entretenus, bien cirés, brillants de propreté, sans une égratignure : celui de leur père, presque noir, celui d'Agnès en acajou brun strié de bandes plus foncées, comme un chat-tigre. Même de loin, dans cette pièce fermée, ils exhalaient ce parfum que les pianos, plus que n'importe quel instrument, semblent avoir à profusion, la cire parfumée, le feutre, l'acier et une odeur douceâtre qui semblait émaner de la versatilité du piano lui-même. Une lampe juponnée de soie était posée sur chacun des pianos, sur un tapis savamment drapé. Celui d'Agnès avait un motif oriental assez sombre ; sur le piano de son père, un reps beige, lourd et très ancien, bordé d'un galon doré presque militaire. Les pianos étaient ainsi disposés qu'on aurait dit deux roues de la fortune en pleine action, les claviers blanc et noir représentant les chiffres sur le pourtour : du moins c'était une fantaisie qui venait souvent à l'esprit d'Agnès quand elle et son père se mettaient en place pour leurs duos, les doubles concertos de Bach et Haydn, les Chopin arrangés pour quatre mains. Elle se souvenait de l'impression d'être prise dans la force centrifuge de leur répertoire même avant de poser le doigt sur une touche. Mais ce jour-là, alors que Klett s'installait à son piano, elle ne ressentait que la joie simple d'écouter ce jeune génie s'exprimer sur le piano qu'elle connaissait si bien.

Elle baissa les yeux et regarda ses mains, artistiquement disposées sur ses genoux, l'une la paume en l'air, et l'autre reposant très légèrement dessus, ses doigts lisses, aux articulations invisibles, ornés d'ongles ovales couleur lavande pâle. Klett passait rapidement les doigts au-dessus des touches, comme un musicien avant un concert. Une excitation qu'elle ne put réprimer poussa Agnès à l'interrompre.

— J'ai la chance d'avoir des doigts très longs. Avec cet avantage, je devrais vraiment pouvoir jouer mieux.

— La longueur des doigts n'est pas vraiment ce qui compte le plus, vous savez, répondit Klett en regardant les mains d'Agnès. Les vôtres sont peut-être trop flexibles.

— Je peux jouer deux notes au-delà de l'octave, dit Agnès, dont le visage s'était assombri.

— Moi, je n'arrive qu'à une octave, dit-il en haussant les épaules. Il leva la main droite, la fit tourner en l'observant d'un air objectif. Il paraît que c'est le meilleur type de main.

Agnès le regarda poser les mains sur le clavier, les doigts frappant les touches avec précision, comme des marteaux recourbés. Ses mains n'étaient pas très belles, se dit-elle, pas du tout ce qu'elle considérait comme de vraies mains de pianiste. Elles étaient courtes et plutôt carrées. Le dos était bombé de muscles. Et puis, consciente tout à coup qu'il était en train de jouer quelque chose, elle se força à écouter.

— Bach ! dit-elle.

— Premier prélude du *Clavier bien tempéré*.

— Oui, je sais.

Croyait-il vraiment qu'elle avait besoin de cette précision ? Quand il eut fini, elle demanda :

— Vous pouvez jouer du Chopin ? Je l'adore.

— Mais oui, répondit-il négligemment. Et il se lança dans un nocturne, celui-là même qu'elle avait répété.

— C'est admirable.

— Cela sonnerait mieux si le piano était mieux entretenu. Les feutres des marteaux sont complètement usés.

Agnès entendit à peine ce qu'il disait. Elle n'avait jamais entendu le nocturne joué avec tant de clarté et de passion, avec une telle sûreté de tempo. Elle se sentait tendue de la tête aux pieds et murmura : « Ah, maintenant, vous avez vraiment l'air d'un pianiste ! »

Klett lui sourit soudain. C'était la première fois qu'elle le voyait sourire de cette façon, le visage illuminé par sa musique, avec une tendresse un peu anxieuse dans le regard. La veste très ajustée, le dos courbé sur les touches, la nuque ronde, la mèche de cheveux sur le front, tout dénotait une concentration sereine.

— Vous êtes vraiment un virtuose ! On dirait un oiseau qui s'arrête de battre des ailes pour flotter sur le vent !

Il rit, en ayant l'air d'apprécier le compliment. Un sourire sur les lèvres, en levant haut les mains, il joua une mazurka en la mineur. Les franges de l'abat-jour dansaient follement. Il appuyait sur la pédale et Agnès se sentait emportée sur un nuage de sons mélodieux et d'échos assourdissants. Elle se demanda ce que les voisins, les Carstairs et les Hollins de l'autre côté, allaient penser de ce tonnerre de musique qui s'échappait soudain de la maison des Steinach au crépuscule.

— Klett ! Je vous en prie !

Margaret avait à moitié descendu l'escalier. Sa voix, ordinaire, discordante, semblait venir d'un autre monde.

— Klett, vous vous souvenez de ce que je vous ai dit de ce morceau ? Je vous ai dit qu'il était trop tôt pour le jouer.

Klett arrêta net la mélodie.

— D'accord, dit-il en baissant les yeux sur ses doigts qui touchaient encore très légèrement le clavier.

— Désolée, Agnès, fit Margaret avec un petit rire gêné. Vous ne connaissez pas le morceau et en jouant comme vous le faites, toutes les erreurs risquent de vous rester. Pourquoi ne pas jouer quelque chose d'autre, Klett ?

Quand Margaret fut remontée à l'étage, Agnès sourit en se tordant les mains.

— Comme c'est agaçant !

Sans se laisser décourager, Klett avait enchaîné avec un lent prélude de Bach. Puis il continua avec quelque chose qui pouvait être du Scarlatti ou bien encore Bach, Agnès n'en avait pas la moindre idée.

« Charmant ! » s'écria-t-elle plusieurs fois, mais Klett ne leva plus les yeux du clavier et ne lui fit plus de sourire. Agnès dut se contenter de le regarder jouer, et passer d'un morceau à un autre avec une grande concentration. Elle aurait cependant préféré qu'il lui accordât plus d'attention.

*

Margaret ajoutait une noisette de beurre dans ses pommes de terre au four.

— En fait, j'ai découvert au moment des concerts d'automne qu'un seul Scarlatti donnait plus de mal que tous les compositeurs modernes réunis. Maman, je ne t'ai pas raconté ce qui est arrivé à Schindler cet été. Tu sais qui je veux dire, le professeur de violon assistant qui a si mauvais caractère.

Elle se mit à rire. Agnès posa alors sa fourchette et regarda sa sœur, au bord des larmes. Elle aurait pu laisser la parole à leur invité, mais elle n'arrêtait pas de parler, et s'empiffrait tellement qu'elle n'avait pas le temps de remarquer les regards significatifs qu'Agnès lui lançait. Finalement Agnès n'aimait pas la nouvelle robe d'intérieur que Margaret lui avait apportée de San Francisco : c'était trop ajusté et pas du tout son style, ce qu'une sœur aurait dû voir tout de suite. Margaret, se souvenant soudain du cadeau, avait insisté pour qu'elle la mette pour le dîner. Dans sa chambre, Agnès avait été trompée par la flanelle violette, ornée de piqûres blanches, qui lui avait paru seyante et très élégante. Mais elle regardait maintenant les larges manchettes autour de ses mains très minces avec l'impression qu'on avait comploté pour l'enlaidir. Comment s'étonner que Klett n'ait pas eu envie de bavarder avec elle ! Elle aurait voulu être dans son lit, dans sa vieille robe de chambre de satin, même si la dentelle était déchirée. De toute façon, personne ne semblait comprendre combien cela lui coûtait de descendre dîner, elle à qui, presque tous les jours, Alantha servait tous ses repas au lit ! Elle poussa soudain un gémissement de surprise et de révolte.

— Ma chérie ! s'exclama Margaret.
— Oh, mon dieu, dit Mme Steinach.

Agnès avait la tête penchée sur son assiette. La douleur, déchirante, descendait l'épine dorsale tout droit et s'étendait aux deux hanches. C'était une douleur brûlante, d'une atroce cruauté ; mais, curieusement, c'était aussi une sorte de picotement irréel. Le parcours de la douleur était familier et décrivait une sorte de « t » avec une barre un peu de travers.

— Ce... Ce n'est rien.

— Est-ce que je peux faire quelque chose, Miss Steinach, demanda Klett en repoussant sa chaise pour se lever.

Elle fit signe que non. Et d'ailleurs la douleur avait pratiquement disparu, si rapidement qu'elle douta presque l'avoir sentie. La douleur était toujours très fugitive, mais la laissait si faible, si éprouvée.

— Je veux monter, dit-elle dans un souffle.

— Je vais t'aider, Agnie, dit Margaret.

Mais Agnès tituba sur la droite, et prit le bras que Klett lui offrait. Elle quitta la salle à manger la tête baissée, sa robe traînant sur le sol, comme une condamnée qu'on mène au bourreau. Elle aurait été presque prête à affronter le bourreau si elle avait pu s'appuyer sur Klett, il la soutenait avec tant d'habileté, avec une fierté chevaleresque.

Appelé par Mme Steinach, le Dr Reese, leur médecin de famille, arriva à vingt heures trente. Il avait officié à la naissance de Margaret et d'Agnès ; depuis, dix-sept ans auparavant, qu'Agnès était devenue une quasi-invalide, il passait deux ou trois fois par semaine chez les Steinach. Agnès l'entendit depuis sa chambre.

— J'étais justement en train de dîner, madame Steinach. Oh, bonsoir, Margaret. Grands dieux ! Je ne vous ai pas vue depuis... ?

Il devait l'embrasser, pensa Agnès.

— Comment va ma petite ?

Leurs voix heureuses, libres de souffrance, se mélangeaient dans le cerveau d'Agnès : elle n'arrivait plus à les distinguer. Elle ferma les yeux et devint rigide quand le Dr Reese entra, avec Margaret derrière lui.

— Alors ? Comment va ma malade ?

Son visage était radieux, plus que d'habitude, et Agnès ressentit une brusque antipathie envers lui. D'habitude il était calme, sérieux et plutôt formel. Ce soir, il avait presque l'air bête. Ses genoux dépassaient de son petit ventre à chaque fois qu'il faisait un pas. Il agitait sa tête grise, comme pour une danse exotique. Agnès ne répondit rien.

— Je crois qu'elle s'est trop agitée, docteur Reese. C'est notre faute, dit Margaret.

— Voyons, voyons, dit le docteur en prenant le pouls d'Agnès, dont le poignet était inerte.

Agnès détourna les yeux, au supplice. Elle vit que Mowgli, installé sur son coussin devant le calorifère à gaz, sa tête blanche ébouriffée légèrement levée, regardait Margaret, l'intruse, d'un

air de rancune. Elle eut envie de casser le thermomètre entre ses dents. Sa rage intérieure allait sûrement faire monter sa température. Pourquoi Klett avait-il quitté la pièce ? Et le Dr Reese qui se montrait si bête parce qu'il avait revu Margaret après si longtemps ; elle aurait dû s'y attendre, après tout. Margaret, elle, n'était jamais malade... On frappa à la porte.
– *Entrez!* cria le docteur.
Klett entra, un verre à la main, et dit sur un ton solennel :
– Mme Steinach m'a demandé de monter ceci.
Agnès savait que c'était du bicarbonate de sodium pour traiter une indigestion possible après un bon dîner. Mais elle n'avait presque rien mangé, pratiquement *rien!* Elle agita les jambes avec impatience sous les couvertures.
– Vous avez mal? demanda le Dr Reese.
Agnès hocha la tête.
– Docteur Reese, dit Margaret sur un ton inquiet. Vous ne croyez pas qu'on pourrait faire quelque chose, essayer de trouver...
Le Dr Reese plissa les yeux, et fit une petite moue. Agnès remarqua qu'il bougeait sa montre et sortait la poudre sédative plus vite que d'habitude. Il tourna vers Margaret le regard d'un professionnel tout en tenant le sachet de poudre au-dessus du verre.
– Ma chère enfant, j'ai fait tout ce qui est humainement possible. Notre courageuse malade...
Il la regarda alors, puis revint à Margaret, en hochant la tête.
– Votre mère a suivi tous nos efforts, nos échecs et nos victoires.
Agnès se détendit et du bout des pieds chercha dans le lit des coins frais. La présence du Dr Reese la rassurait. Elle savait qu'il était dans son camp. Elle regarda Klett qui restait debout, les bras croisés devant lui, comme un jeune chevalier se reposant sur son épée, sérieux et attentif. Il se conduisait en parfait gentleman, se dit-elle, il était irréprochable.
– De la fièvre? demanda Margaret quand le docteur regarda le thermomètre.
Le Dr Reese se contenta de l'oberserver avec une expression ambiguë, un peu amère.
– Essayez de dormir, ma chère enfant, dit-il à Agnès. Pas de lecture ce soir, d'accord? Pas d'*Ivanhoé* ou de choses de ce genre!
Agnès fit un signe d'acquiescement. Au moment où ils quittaient la pièce, elle appela Klett.
– Oui?

— Voudriez-vous... jouer quelque chose tout doucement pour moi ?

— Mais bien sûr, dit-il en souriant, et son visage s'éclaira, comme un peu plus tôt, en bas.

— Mais pas très longtemps, Agnie, lui dit Margaret. Tu as besoin de dormir.

Alors Agnès s'allongea et se mit à attendre. Comme le temps passerait vite, se dit-elle, si Klett pouvait rester dans la maison ! Avec un mouvement félin, elle se tourna pour effleurer du bout des doigts les deux ou trois livres qui se trouvaient sur sa table de nuit. Après les visites du Dr Reese, c'était très curieux, elle avait toujours envie de se plonger dans la lecture. Pourtant ce soir, elle s'abstint. La présence de Klett rendait *Ivanhoé* presque inutile ! Quel besoin avait-elle de lire ces récits romantiques de chevalerie, évoquant les tournois et les sonneries de trompettes, les étendards portés sur des lances fixées dans les étriers, le choc des armures et le dernier baiser du chevalier mortellement blessé pour sa dame dans les tribunes ! Pourtant elle se saisit du livre et le serra contre sa poitrine, les mains artistement disposées. Elle s'imagina être Rebecca, telle qu'elle apparaissait dans certaines illustrations, la chevelure de jais, le teint pâle comme la neige, la silhouette souple, même dans les positions les plus héroïques, comme sur les créneaux de Torquilstone. Il n'y avait donc aucun espoir dans la « force passive, et dans cette foi dans une Providence qui est naturelle aux cœurs grands et généreux[1] ». La mémoire d'Agnès lui fournissait avec une parfaite exactitude la phrase qu'elle trouvait la mieux adaptée au moment. Elle était pourtant plutôt replète. Même si ses longs membres suggéraient la maigreur, elle était carrée d'épaules et avait un peu de ventre. On aurait dit que toutes ces années où elle était restée alitée l'avaient aplatie, comme certaines espèces de poissons qui subissent une pression sous-marine intense.

Elle chérissait l'exemplaire d'*Ivanhoé* qu'elle possédait depuis le lycée, relié de tissu bleu marine, la couverture cartonnée avachie aux coins, les marges surchargées de surnoms, d'initiales, de têtes de mort. À la fin du livre, il y avait une liste de questions sur le texte ; elle avait lu le livre si souvent qu'elle connaissait toutes les réponses. Un moment, en attendant que Klett se mette à jouer, elle s'imagina être la belle Rebecca, en longue robe blanche, pieds nus. Elle devait jouer Rebecca dans la pièce que sa classe de terminale avait montée pour la remise des diplômes,

---

1. Walter Scott, *Ivanhoé*, chapitre 24.

mais elle avait eu une dépression nerveuse quelques jours avant la représentation et, d'ailleurs, n'avait pas pu passer l'examen en fin d'année. Elle eut soudain un coup au cœur en se remémorant le visage bronzé, souriant, éclatant de santé, de Walter Mergental, un étudiant en médecine idéaliste de vingt-deux ans, en blouse blanche d'interne. C'était Klett qui avait ravivé ce souvenir, elle le comprit immédiatement. Certes, les yeux de Walter étaient bleus alors que ceux de Klett étaient marron, mais ils avaient tous les deux le même visage rond, ils avaient la même nuque incurvée, la même mèche de cheveux au-dessus du front. L'espace d'un instant, Agnès ne sut pas distinguer si ce qu'elle ressentait était de l'extase ou du désespoir. Elle n'avait pas pensé à Walter depuis des années, et elle ne voulait pas revivre le passé. Ils étaient fiancés, mais quelques jours avant la remise des diplômes, il avait rompu, sans vraiment donner de raisons : il avait vaguement bafouillé qu'il pensait ne pas l'aimer assez. Elle avait pleuré, inconsolable, pendant des journées entières. Qu'elle était jeune et sotte ! Elle avait fermé sa porte à tous, même à ses plus proches amis. Le Dr Reese avait été formel, elle avait fait une vraie dépression nerveuse. Il s'était fait bien du souci ! C'était ridicule et infantile. Non, elle ne voulait pas repenser à Walter ; il était marié maintenant et avait quatre enfants. Quatre enfants ! Est-ce qu'*elle* aurait voulu avoir quatre enfants ? Non, il valait mieux chasser Walter de son esprit.

Mais qu'attendait donc Klett ? Elle tendait l'oreille, sans entendre le son du piano. Quelqu'un montait l'escalier. Margaret ouvrit doucement la porte.

– Agnie ? Tu dors ?

– Mais non, bien sûr que non.

– Klett finit de dîner. Tu ne crois pas que tu dormirais mieux sans musique ? Si tu l'encourages, il va jouer toute la nuit.

– Tant mieux. Qu'il joue !

– D'accord, répondit Margaret en riant doucement. Agnie, tu n'as pas trop chaud avec la bouche de chaleur et le calorifère à gaz ?

– Cela me plaît comme ça.

– Et si tu te couvrais, je pourrais peut-être aérer ? Ce qu'il faut c'est un peu d'air frais...

– La chaleur est bonne pour mon dos, dit Agnès, sur un ton plus sec qu'elle n'aurait voulu. Le Dr Reese le dit lui-même.

Margaret rougit ; Agnès ne savait pas si c'était dû à l'irritation ou à la chaleur. Margaret alla à la coiffeuse et regarda la photo qui les montrait toutes les deux avec leur mère, sur le lac Michigan, quand elles avaient encore l'âge de porter des petits tabliers. Elle fut soudain irritée par la présence de sa sœur. Elle aurait voulu que Margaret s'évanouisse. De toute façon, personne ne lui avait demandé de monter.

— Je crois que le Dr Reese te raconte des histoires, dit Margaret doucement, sans la regarder. Tu ne t'en aperçois pas ?

— Quoi ? Qu'est-ce que tu veux dire ?

— Oh, je sais bien que c'est le médecin de famille et un vieux monsieur très bien élevé et tout ça. Mais je crois surtout qu'il aime bien ses visites à la maison des Steinach.

— Vraiment, Margaret, je ne sais pas de quoi tu parles, répliqua Agnès, qui ne voyait effectivement pas où sa sœur voulait en venir.

Margaret se détourna.

— Bon, n'en parlons plus. Tu as besoin de quelque chose ? demanda-t-elle en sortant.

Agnès avait envie de dire « Oui, j'ai besoin de Klett, dis-lui de venir me voir après avoir joué. » Mais elle savait que sa sœur essayait de les séparer le plus possible, qu'elle était jalouse, de façon mesquine et viscérale, parce qu'elle et Klett se plaisaient.

— Non, je n'ai besoin de rien, répondit-elle.

Elle attendit, en fermant les yeux très fort, et attendit encore, si longtemps, qu'elle commençait à désespérer, quand lui parvinrent enfin les premières notes de la *Valse Minute* de Chopin, légères et aériennes. Alors elle sourit et se détendit. « Il est là et il joue pour moi en ce moment. » Elle l'imaginait de profil, comme elle l'avait vu en bas, la lumière tamisée par l'abat-jour rose tombant sur son front, sur la petite bosse entre les sourcils et deux points près de la racine des cheveux. Elle voyait Klett, le jeune émule de Chopin, qui ferait un jour un triomphe à Carnegie Hall, à l'Albert Hall, dans toutes les capitales d'Europe, et qui parlerait dans ses Mémoires de cette belle et étrange invalide pour qui il avait joué à l'automne, quand il avait dix-neuf ans. Il décrirait l'inspiration que son génie poétique avait trouvée en elle et raconterait peut-être comment il s'était mis à l'aimer.

Il jouait maintenant un des *Wesendonck Lieder*[1], *Traume*; puis il passa à *Im Treibhaus*. Il ne fallait pas qu'elle oublie, en le remerciant, de lui dire qu'elle avait reconnu les morceaux. Quel ravissement ! Et de plus, c'était sur son piano qu'il jouait.

*

[1] *Lieder* de Richard Wagner.

Le grand soleil qui entrait dans sa chambre réveilla Agnès. Quand elle revit la journée de la veille et se souvint qu'elle s'était endormie en écoutant Klett jouer, elle sourit et se blottit au plus profond de son oreiller de plume. Distraitement, elle arrangea ses longs cheveux pour qu'ils auréolent son visage, cherchant à imiter la *Vénus Anadyomène* du tableau de Botticelli. Elle se leva pour aller vers la psyché, puis changea d'avis et se dirigea vers le lavabo, qui se trouvait dans un coin. Là, elle baigna son visage et se brossa les dents, qu'elle examina dans la glace. Elles étaient plus régulières que celles de Margaret et très blanches, presque aussi blanches que son visage. Assise à sa coiffeuse, elle se farda les lèvres, poudra ses joues et retourna alors à la psyché, qu'elle détacha de son socle et installa sur le lit, calée contre un des piliers surmontés d'un ananas sculpté. Elle s'amusa quelques moments à prendre des poses diverses, à disposer son visage et ses mains. Dans sa pose favorite, le visage était à moitié caché, les yeux alanguis, mi-clos, une main reposait sur la couverture, et l'autre bras était étendu contre son flanc.

— Mademoiselle Agnès ?
— Oui, Alantha, une seconde.

Elle remit la psyché en place sur la commode puis lui dit d'entrer et retourna lentement vers son lit comme si elle venait de la coiffeuse.

— Comment allez-vous ce matin, mademoiselle Agnès, s'enquit Alantha avec un sourire. C'était chaleureux mais un peu mécanique, comme chaque matin. Elle posa le plateau du petit déjeuner sur le support métallique qu'elle retira de dessous la table de nuit.

— Bien mieux, merci, Alantha.

Elle était effectivement très intéressée par le contenu du plateau, et cela ne la gênait pas de montrer sa curiosité devant Alantha.

— Pourriez-vous dire à notre invité, à M. Buchanan, qu'il a joué merveilleusement hier ?

— Je lui dirai quand il reviendra. Il a emmené votre mère et Mlle Margaret faire un tour en ville en voiture.

Agnès eut un frisson d'excitation, comme quand il avait joué du piano.

— C'est vrai ?

— Il m'a aussi chargée de vous dire qu'il espérait que vous vous sentiriez assez bien aujourd'hui pour descendre et jouer du piano

avec lui, dit Alantha en ayant l'air de répéter mot pour mot ses paroles.
— Vraiment?

Une heure plus tard, Klett frappait à sa porte, un bouquet de pensées à la main. Agnès lui trouva l'air plus heureux, plus sûr de lui. Encore une fois, son large sourire de collégien transformait complètement sa physionomie.

— Bonjour! Alantha m'a dit que vous étiez réveillée. Ces fleurs vous plaisent? Elles sont très tardives pour la saison.
— Comme vous ressemblez à l'un des frères Barrett!

Agnès, qui tenait le bouquet sous son menton, lui sourit. C'était comme si un de ses rêves se réalisait, voir s'approcher d'elle un jeune homme au visage ouvert, comme ces frères Barrett qui ne manquaient jamais d'envahir la chambre où leur sœur Elizabeth[1] était alitée, suspendus à ses moindres désirs.

— Vous trouvez, répliqua Klett en souriant aussi, manifestement flatté.
— Même vos vêtements ressemblent aux leurs. On dirait que vous êtes un personnage d'un autre temps!

Dans la psyché où Agnès s'était si souvent admirée, Klett retoucha rapidement sa cravate de soie, tira sur sa veste tyrolienne un peu courte. Agnès lissait ses cheveux, répandus sur l'oreiller. Elle savait pertinemment l'impression qu'elle donnait en ce moment précis, gisant au centre du lit à baldaquin que sa minceur faisait paraître plus massif encore; on avait du mal à distinguer son mince visage ovale, qui était au centre de la composition, comme une fragile fleur blanche dans un champ agité par le vent. Elle vit Klett poser les yeux timidement sur la vaste courtepointe bleu pâle et lentement lever la tête, jusqu'à ce que leurs regards se croisent. Elle lui fit un sourire rassurant.

*

Pendant toute la matinée, Klett fit ses exercices; après le déjeuner, il travailla quelques mesures, entrecoupées de pauses, d'une œuvre qui était manifestement de sa composition. Il s'agissait peut-être des *Aventures imaginaires*, la suite de poèmes symphoniques dont il lui avait parlé. Elle eut beau essayer d'écouter attentivement et de préparer quelques commentaires, ces ébauches n'arrivaient pas à l'intéresser. Pendant que Klett fournissait un accompagnement musical, elle préférait imaginer le plaisir

---

1. Elizabeth Barrett Browning, poète anglaise, 1806-1861.

qu'elle éprouverait s'il vivait à demeure dans la maison. Il pourrait vivre à Evanston et aller tous les jours au cours à Chicago. C'était une idée à suggérer à Margaret ; Klett était probablement peu fortuné et cet arrangement pourrait l'aider. Ce jeune homme pauvre et tout dévoué à son art, comme c'était romantique ! Comme elle serait heureuse de le voir occuper la chambre d'amis, de satisfaire tous ses goûts, d'être indulgente à ses petites faiblesses, de jouer du piano avec lui pendant des heures, les jours où elle se sentirait assez bien.

Dans l'après-midi, on sonna à la porte. Elle entendit Klett plaquer une dernière cadence et monter à sa chambre en courant. C'était un voisin qui voulait voir Margaret. Elle sourit à cette manifestation d'intolérance.

Cet après-midi-là, Agnès se lava les cheveux, les enroula autour de bigoudis de tissu, prit un bain et se mit du vernis incolore sur les ongles. Klett monta la voir, à l'heure du thé, avec une tasse et l'une des grandes soucoupes jaunes sur laquelle il avait disposé du pain grillé à la confiture d'orange, un petit four et une minuscule tranche de cake.

— Mon Dieu, vous croyez vraiment que je vais manger tout cela ? dit-elle en riant.

Effectivement elle n'avait pas faim, tant elle était heureuse du geste de Klett. Elle savait très bien qu'il avait dû insister, car en général c'était sa mère ou Alantha qui lui apportait son thé.

— Puisque vous aimez Chopin, vous devez aimer Debussy. Au conservatoire, j'ai écrit un article au sujet de son influence sur la musique moderne.

Klett avait approché la chaise longue près de son lit ; il était assis tout au bord, penché en avant, tout en grignotant le morceau de cake.

— Oh, racontez-moi, je vous en prie.

Agnès ne vit pas passer le temps. À l'heure du dîner, Klett la quitta, lui ayant fait promettre de venir jouer avec lui dans la soirée si elle se sentait assez bien. Sustentée par un petit souper servi dans sa chambre, elle pensait qu'elle serait de force.

Il vint l'aider à descendre. Le crépuscule avait cédé la place à la nuit en l'espace de cinq minutes. Elle savait que son visage devait avoir une blancheur de neige du côté éclairé par la lampe ; le nez mince et les lèvres délicatement ourlées délimitaient une zone d'ombre, de l'autre côté. C'était l'heure la plus poétique, et c'était sa pose la plus poétique, toute simple, au centre du grand lit.

— Vous êtes sûre ? Vous voulez vraiment descendre ? demanda-t-il en offrant son bras. Je suis si content !
— Mais bien sûr, murmura-t-elle.

Elle vit qu'il remarquait *Ivanhoé*, qui avait glissé dans le creux laissé au milieu du lit, le titre en lettres noires, bien visibles sur la couverture bleue. Elle fut contrariée qu'il ait remarqué ce détail.

Margaret et sa mère étaient sorties rendre visite à des amis de sa sœur. Le salon était silencieux, éclairé par les deux lampes des pianos. Ils étaient descendus si doucement que Mowgli ne leva même pas les yeux de son coin, sur le sofa de velours bleu. Klett la conduisit à son piano.

— Jouez sur mon piano, lui dit Agnès. Je jouerai sur celui de mon père.

Il hocha la tête, mais ses yeux légèrement écarquillés avaient l'air troublés. Était-il frappé par la musicalité de sa voix ? Mais elle devait reconnaître qu'elle en avait perdu le contrôle un moment et était un peu trop montée dans l'aigu.

Très concentrée, elle se mit à jouer le nocturne de Chopin et Klett la suivit. Les deux mains roses, soyeuses à la lumière des lampes et les deux autres mains, pâles et beaucoup plus grandes, se levaient à l'unisson, balançaient la valse comme deux voix. Avec la plus parfaite harmonie, ils se retrouvèrent pour une phrase musicale au milieu du morceau et terminèrent la mélodie avec une série de notes aiguës qui laissa Agnès hors d'haleine et la fit rire de plaisir. Le dernier accord vibrait encore dans le silence. Agnès ferma les yeux, les mains encore sur le clavier, sentant l'accord résonner en elle comme une voix vivante. Elle était si sûre que le jeune homme sensible, en face d'elle, la regardait, qu'elle pouvait se dispenser du plaisir d'observer l'admiration qu'il éprouvait. Cela ne la gênait plus que les pianos soient désaccordés. Elle trouvait au contraire que cela allait bien avec l'atmosphère de la maison. Le son creux, la façon de frapper la note un peu à côté leur donnaient un air majestueux, comme si chaque note, chaque accord créait un monde autonome, une grande salle des miroirs éclairée de chandeliers.

Klett plaqua à nouveau son accord et se mit à rire. Mais quand elle ouvrit les yeux, il avait penché la tête et commençait un autre nocturne, qu'elle ne connaissait pas aussi bien. Elle réussit à le suivre dans le motif de valse, mais elle savait qu'elle faisait quelques erreurs dans l'aigu. Manifestement, Klett le savait par cœur : il ajoutait des improvisations entre les phrases musicales et trillait certaines notes bien au-delà des indications de la partition.

Cela devenait un morceau de bravoure. Désarçonnée par la timidité et au bord des larmes, Agnès cessa de jouer la partie de main droite. Klett introduisait un rubato passionné, ralentissant ou accélérant le tempo, penché sur le clavier, accompagnant chaque note. Elle avait l'impression qu'il lui avait retiré un fouet des mains ; mais c'était étrange, car jamais elle n'aurait pensé utiliser un fouet contre Klett. Et ce fouet, il l'utilisait avec plus d'adresse et de force qu'elle n'aurait pu le faire. Ses jeunes doigts, ses jeunes doigts si pleins de talent !

– Bravo ! cria-t-elle quand il eut terminé. Vous n'auriez pas mieux joué à un vrai concert !

L'accord fortissimo qui concluait l'œuvre trembla comme un funambule qui essaie de garder l'équilibre après un saut périlleux sur le fil. Klett s'était levé, et épongeait son front moite avec son mouchoir, en souriant. Pourtant, remarqua Agnès, il ne la voyait pas vraiment : il recevait l'hommage d'un public enthousiaste.

– Je suis sûre que vous serez un virtuose, Klett, murmura-t-elle, sentant qu'elle allait se mettre à pleurer.

Klett hocha la tête et se rassit. Il semblait trop transporté pour parler. Agnès entendit des pas sur le perron et la porte s'ouvrit avec un craquement déplaisant. Margaret traversa la pièce pour la prendre dans ses bras.

– Bonjour, Agnie ! Je suis si contente que tu sois descendue ! Tu ne vas pas me croire, mais Molly n'était même pas chez elle. S'ils avaient eu le téléphone, on aurait pu éviter un déplacement.

Elle salua Klett d'un geste de la main et ajouta, sur un ton plus calme :

– C'est aussi bien comme ça. Je crois que Maman est très fatiguée ce soir

Agnès hocha la tête, pleine de haine envers le monde entier. Même le nom « Molly » évoquait une camarade de classe de Margaret qu'elle n'avait jamais supportée. Tout en accrochant son manteau dans le placard, Margaret s'adressait à Klett.

– Klett, ma mère est assez fatiguée ce soir. Cela ne vous ennuie pas d'arrêter de jouer ?

Klett la regarda, le visage sans expression ; ses doigts continuaient de jouer un passage compliqué d'une fugue de Bach et il avait l'air absorbé, comme s'il n'avait pas entendu.

Comme un faon qu'inquiète un mouvement subtil mais peut-être pas dangereux dans la forêt qui l'entoure, Agnès se leva et courut au premier. Quand elle arriva au palier, après un accord discordant plaqué avec force, le piano s'arrêta. En fermant sa porte, elle entendit Klett traverser le hall puis claquer la porte de sa chambre. Nous sommes comme deux hors-la-loi, se dit-elle, notre tranquille paradis s'écroule autour de nous.

Quand on frappa à sa porte un instant plus tard, elle était sûre que ce serait Klett. Mais c'était Margaret, le visage empourpré de colère, et elle fut immédiatement sur ses gardes.

— Eh bien, qu'est-ce qui est arrivé à Klett? demanda-t-elle à Agnès, qui ouvrit de grands yeux.

— Comment? Que veux-tu dire?

Margaret eut un petit rire exaspéré.

— Je ne suis pas vraiment habituée à cette impolitesse, surtout de la part d'un étudiant. Il est hors de question que ma mère subisse ce genre de comportement sous son propre toit.

— Mais qu'est-ce qu'il a donc fait?

Agnès avait posé une main sur son cœur, mais elle ne put réprimer un petit sourire, et même une certaine satisfaction à l'idée que Klett avait offensé sa mère.

— C'est exactement ce que je craignais. Tu as gonflé son ego et maintenant il se prend pour un dieu.

« Mais c'est un dieu », se dit Agnès. Elle sourit.

— Mais pourquoi crois-tu que j'ai une influence sur lui?

Margaret la regarda longuement, puis alla à la fenêtre qu'elle remonta de quelques centimètres.

— Excuse-moi, c'est nécessaire, dit Margaret, qui resta plantée là.

Agnès, avec les mouvements gracieux que donne une longue habitude, alla à son lit, ôta ses chaussures, défit sa robe de chambre et se glissa entre les draps. Elle se sentait mieux dans cette forteresse qu'était son lit.

— J'emmène Klett demain matin. À parler franchement, je ne crois pas que je pourrai supporter cette situation jusqu'à lundi.

— Mais pourquoi? demanda Agnès qui sentit la colère monter en elle. Tu essaies de l'éloigner de moi, c'est ça?

— Ne sois pas ridicule.

— Tu veux me priver de tout ce qui pourrait me donner un peu de plaisir, je le vois bien, gémit-elle.

Même à ses propres oreilles, cette voix de fausset était étrange, semblait glisser dans ce registre aigu, incertaine, comme sur de la glace, et exprimait plus de peur qu'elle n'en ressentait vraiment.

— Agnie, dit Margaret calmement, tu dis n'importe quoi.

— Ce que je ressens pour Klett, ça t'est bien égal!

La seule chose qui comptait maintenant, c'était que Klett reste un jour de plus. Elle ne pouvait supporter l'idée qu'il reparte le lendemain matin.

— On s'occupe beaucoup trop de ce que tu ressens, c'est bien ça le problème, dit Margaret lentement. Et de ce que tu *crois* ressentir. On te gâte et on te dorlote tellement que tu ne sais même plus qui tu es, Agnie, tu ne t'en rends donc pas compte ?

— Personne ne s'intéresse à moi, on m'enlève tout ce que j'aime et je reste là, impuissante.

— Impuissante !

— Klett et moi nous nous aimons et tu as décidé de nous séparer !

— Vous vous *aimez* !

— C'est exactement comme ça que tu as éloigné Walter de moi !

Elle savait qu'elle avait passé les bornes, mais il fallait qu'elle le dise ; cela sonnait faux comme les pianos désaccordés, et pourtant c'était aussi un peu vrai.

— Walter ? Mais Agnie, tu ne te souviens pas que je suis allée à Chicago pour lui parler, après ?

Agnès s'en souvenait.

— Nous nous aimons, dit-elle, la voix étouffée par l'oreiller.

— Agnès, arrête ces sottises !

— C'est la vérité !

Elle se rassit quand elle entendit la porte se refermer derrière Margaret. Elle resta immobile, rigide, guettant le moindre bruit. Elle sentit une douleur à la paume et vit qu'elle serrait un bout de courtepointe dans son poing. Elle n'avait pas souvent observé sa main dans cette pose et elle fut fascinée.

Un moment plus tard, quand Margaret et Klett entrèrent dans sa chambre, Agnès fut agitée d'un tremblement de culpabilité. Elle évita de les regarder en face, mais garda la tête haute et afficha un léger sourire.

— J'ai pensé qu'il valait mieux te souhaiter bonne nuit et faire nos adieux ce soir, Agnie. Nous partons tôt demain matin, Klett et moi, et tu ne seras probablement pas réveillée.

— Oui ?

— Est-ce que tu veux répéter à Klett ce que tu viens de me dire ? demanda Margaret doucement.

Agnès baissa les yeux vers la courtepointe, vers son poing toujours serré.

— Qu'est-ce que vous vouliez me dire ? demanda Klett.

Elle n'avait jamais ressenti de sentiment aussi bizarre, toute honte bue et pourtant avec un sentiment d'orgueil qu'elle n'avait jamais connu. Elle savait qu'elle allait être déchirée comme par un scalpel, que ce serait plus douloureux encore que sa colonne vertébrale, mais elle prononça les mots :

— Que nous nous aimons.

C'était fait, elle l'avait dit, et elle ressentit la familière douleur dans le dos qui la fit se redresser et enfoncer les ongles dans la paume de ses mains. Mais elle ne devait pas laisser sa tête retomber sur l'oreiller.

Il y eut un silence.

« *Jamais je n'ai été plus indifférente à mon sort,* pensa Agnès, qui se sentait flotter à travers les cieux ; un petit vent glissait sur ses oreilles. Les étendards d'Ivanhoé, le tonnerre de la bataille, les panaches de Bois-Guilbert et du Templier flottant au vent, balancés au rythme de leurs chevaux en armure lancés au galop, les lances prêtes pour la joute, tout cela semblait fondre sur elle, nue et vulnérable. Elle se récitait le texte : *Les conséquences de l'assaut ne furent pas visibles tout de suite, car la poussière soulevée par le piétinement de tant de montures avait obscurci l'air ; et il fallut une minute (un moment?) avant que les spectateurs angoissés ne découvrissent l'issue de l'affrontement. Quand la poussière se fut dissipée, la moitié des chevaliers de part et d'autre avaient été désarçonnés... Certains gisaient sur le sol comme s'ils ne devaient jamais se relever...* Sa mémoire forçait l'allure, jamais elle n'aurait cru qu'elle savait tout cela par cœur ! *Et plusieurs, des deux côtés... essayaient d'étancher le sang avec leurs foulards et tentaient d'échapper au tumulte. Les chevaliers encore en selle... continuaient le combat à l'épée, en hurlant leurs cris de guerre et échangeaient des coups, comme si l'honneur et la vie dépendaient de l'issue du combat.* » Elle se dit que dans une seconde, son cœur allait se briser et elle mourrait !

— Agnès !

C'était la voix de Klett, douce et effarée.

Elle tourna les yeux dans sa direction, si étourdie par ses sentiments qu'elle n'arrivait pas à le voir. Avait-on jamais vu quelqu'un déclarer son amour de cette façon, en présence d'une étrangère, une sœur jalouse de surcroît, anéantie par cette révélation ?

— Klett, c'est vrai, n'est-ce pas ?
— Oui, répondit Klett timidement. C'est vrai.
— Klett !

Agnès se mit à rire.

— Mon Dieu, Margaret, tu as l'air complètement horrifiée Tu n'as jamais voulu que j'aie quelque chose à moi, avoue-le !

— Klett, avez-vous perdu l'esprit vous aussi ?

« Avec quel courage il lui fait face », se dit Agnès. Il n'avait jamais paru plus beau, plus courageux. Soudain, il se tourna vers Agnès, et baisa la main qu'elle lui tendait faiblement au-dessus des couvertures.

— Klett, nous partons demain, dit Margaret, la voix tremblante. (« Humiliée par la défaite », pensa Agnès.) Que vous veniez à New York ou non, c'est votre affaire. En fait vous pouvez aller au diable !

Elle allait ajouter quelque chose, mais se ravisa et sortit de la pièce. Agnès eut de nouveau un petit rire.

— Vous allez rester ? Vous n'êtes pas obligé de partir avec elle, Klett. Vous pouvez prendre des cours à Chicago, vous savez.

Il hocha la tête, troublé. Puis il lui lâcha la main et se dirigea vers la porte.

— Klett, vous allez rester ?

— Je vais rester, dit-il, avant de sortir.

Elle gisait sur son lit, épuisée, essayant de reprendre des forces, trop excitée pour écouter le bref échange des voix dans le hall. Elle entendit la porte de Klett se refermer et elle ferma les yeux. Elle aurait voulu plonger dans un demi-sommeil, repenser au bonheur qui lui arrivait, n'osant y croire qu'à moitié, comme si c'était un roman ou un désir inassouvi, et finalement admettre que c'était une réalité. Cependant, elle était curieuse de savoir ce que Margaret avait bien pu raconter à Klett. Et s'il avait finalement décidé de partir ? Il n'avait pas semblé très sûr de lui.

Elle se leva, resserra la ceinture de satin de sa robe de chambre et traversa le hall. Elle vit la lumière sous la porte de Margaret et passa très vite pour frapper doucement à la porte de Klett. Il était assis au bord du lit et se leva à son entrée.

— Klett !

Elle lui ouvrit les bras, lentement. Pour la première fois, elle avait envie de l'étreindre. Le désir d'enlacer ses épaules de chair et de sang, de sentir ses cheveux contre sa joue n'était plus un plaisir imaginaire mais bien le besoin d'assouvir une envie qui montait du plus profond d'elle-même. Mais il secoua la tête :

— J'ai besoin de réfléchir encore.

Elle comprit qu'il s'était passé quelque chose, que tout vacillait et pouvait tomber d'un côté ou de l'autre.

— Klett, mon chéri, nous devrions être heureux ! Nous devrions chanter de joie. Klett, vous n'allez pas me quitter, dites ?

Il la regarda, fièrement dressé, mais le regard malheureux.

— On ne peut pas aller contre le destin, dit-il.

Elle savait que c'était la vérité, une réponse qui faisait taire toute autre question.

— Je comprends, répondit-elle doucement. C'est la musique, n'est-ce pas ? Mais vous n'allez pas me quitter. Nous serons toujours très proches, Klett.

Même s'il faisait ses études à New York, au moins il lui écrirait des lettres merveilleuses et viendrait la voir souvent. Un jour, il serait libre de rester avec elle pour toujours.

— Je vous en prie, dit-il en se frappant le front violemment. Il faut que je réfléchisse !

— Je vous laisse, mon amour.

Fière de montrer autant de retenue, elle retourna dans sa chambre. Une fois au lit, elle tira les couvertures jusqu'à sa taille osseuse et réduisit la lumière au minimum. À sa grande surprise, elle avait sommeil. Elle plongea un moment dans un demi-sommeil, mais fut soudain réveillée par une idée dont la force s'imposa à elle. Elle allait faire venir Klett et Margaret dans sa chambre et, ensemble, ils décideraient de l'avenir. Une fois encore, Klett déclarerait son amour pour elle, ainsi que sa ferme intention de rester dans cette maison. Margaret devrait une fois de plus reconnaître son échec et se préparerait à les quitter pour toujours. Sa mère serait là aussi ; elle prendrait bien sûr fait et cause pour Klett et elle. Derrière une façade très réservée, elle savait que sa mère était une romantique passionnée. Agnès exultait en imaginant la joie de sa mère quand elle apprendrait qu'ils s'aimaient.

À l'horloge dorée qu'elle arrivait plus ou moins à voir de son lit, même dans une demi-obscurité, Agnès s'aperçut qu'il était une heure dix. Tout le monde devait dormir dans la maison. Elle se sentit déçue, comme si elle était arrivée en retard à une réception. Le silence de tous ces dormeurs la contraria, puis elle eut peur. Elle imagina Klett, Margaret et sa mère même, gisant, un sourire sur les lèvres, le visage serein. Elle se dit que la chance n'était plus de son côté et que Klett avait décidé de partir le lendemain matin. Il avait réfléchi après sa visite et pris sa décision avant de se coucher. Margaret aussi était décidée. Avait-elle parlé à Klett après qu'elle-même se fut couchée ? Ses mains trituraient nerveusement la courtepointe. Elle eut soudain l'intuition de ce qu'elle devait faire, pour empêcher Klett de partir le lendemain. Margaret, elle, partirait, parce qu'elle la détestait, mais Klett resterait. Après un jour ou deux, elle serait sûre de leur amour. Cet amour était une chose si neuve ; il était normal que lui, si jeune aussi, soit incertain.

C'était à elle de fournir la preuve. Si elle mourait, et bien cela prouverait que l'amour est toujours plus fort que la mort, car Klett l'aimerait encore. Mais elle savait qu'elle ne mourrait pas car l'amour la préserverait.

Elle se leva, jeta un œil sur son vieux châle rose, mais ce fut simplement vêtue de sa pâle chemise de nuit qu'elle descendit dans le hall. Là, il n'y avait aucune lumière, hormis le clair de lune qui passait à travers l'imposte à l'autre bout de la pièce. Elle ouvrit cette porte et s'avança sur la petite terrasse dallée de pierres lisses qui la firent frissonner tout entière, de ses pieds nus jusqu'aux racines des cheveux. Elle se tenait bien droite, la tête levée.

Le ciel nocturne avait la richesse d'un tableau. Une lune ronde, d'un blanc teinté de jaune, traversait à vive allure la masse des nuages bleu électrique et bleu roi, perlés de blanc, mais sans perdre sa place, un peu à gauche de la cime du lilas des Indes. Le ciel lui-même était d'un bleu foncé rayé de noir et les constellations scintillaient, nimbées des nuages denses, bruns de la pluie qui n'était pas tombée ce soir-là, à la tombée du jour. Orion, le Cocher, Cassiopée, une partie de Persée ; Agnès les connaissait toutes. Elle murmura, orgueilleusement : « Jamais je ne me suis sentie aussi détachée de moi-même. C'est Klett qui compte, c'est pour lui que j'œuvre. »

Elle se mit debout sur le petit muret de briques qui bordait la terrasse. Elle sentait le grain des briques sous ses pieds, qui gardaient un peu de la chaleur du soleil de l'après-midi. Les stridulations des grillons, plus bas, devinrent plus intenses ; elle entendit aussi le bruit plus humain du robinet du jardin qui s'obstinait à fuir, tout proche, elle savait exactement où. Elle n'était plus Rebecca maintenant, ni même Ulrica la Saxonne sur les créneaux en flammes de Torquilstone. C'était Agnès, la belle Agnès, dans son heure de gloire. Tout était maintenant parfait, à l'image de Klett, l'air enivrant et vif de la nuit, la pureté de son geste, la pâleur de son corps mince sous sa chemise de nuit ; elle était là, dans la position du plongeur au bout de la planche, qu'elle agrippait avec ses longs orteils.

Tout d'abord l'air la reçut comme une eau froide, bien plus agréable que l'eau pourtant. Très vite, une douleur rapide céda la place à une absence de sensation contre laquelle elle ne pouvait ni ne voulait lutter ; puis ce fut le vide, sans lune ni étoiles. Le silence et rien d'autre.

Elle se réveilla dans une pièce inconnue, sur un lit plus dur. Son bras gauche reposait sur quelque chose de rigide qui entourait son abdomen. Un instant, la terreur l'envahit, pour disparaître aussitôt quand elle comprit qu'elle était à l'hôpital.

— Agnie ?

Elle se tourna vers l'endroit d'où venait la voix de Margaret, qui était là, en manteau et chapeau, avec une expression de pitié telle qu'Agnès trouva l'énergie de la haïr.

— Chérie, qu'est-ce qui s'est passé ? demanda Margaret. Est-ce que tu es... tombée ?

Agnès réfléchit à ce qu'elle allait répondre, puis décida que cela n'en valait pas la peine. Elle était encore sous l'emprise de l'exaltation, et que lui importait son propre destin, ce qui était arrivé à son enveloppe charnelle ! Il lui fallait choisir entre « Quelle importance cela a-t-il ? » et ce qu'elle finit par dire.

— Où est Klett ?

— Il est là. Tu veux que je lui demande de venir te voir ?

Sa mère entra, avec le Dr Reese ; tous les deux avaient le visage sévère et marchaient doucement. Il y avait quelque chose de bizarre dans la perspective : Agnès se rendit compte alors qu'elle ne voyait que d'un œil. L'autre était-il détruit ou simplement bandé ? Le Dr Reese se pencha vers elle ; elle crut un instant qu'il allait lui mettre le thermomètre dans la bouche, comme d'habitude.

— Vous avez mal ?

— Oui, répondit Agnès.

— Où avez-vous mal ?

— Partout.

Alors Klett fit son entrée, accompagné de Margaret. Il portait sa veste et son cache-col écossais et avait à la main la serviette qu'il avait la première fois qu'il était entré dans la maison.

— Klett ? Vous restez, n'est-ce pas ? Vous restez ?

Elle aurait voulu se lever, précisément au moment où elle ne le pouvait plus et où son lit n'était plus un poste d'observation.

— Agnès, ne te fatigue pas, dit sa mère.

Agnès était sûre que sa tête baissée valait un assentiment. Il était là, les bras croisés, un peu en arrière, à côté de sa mère, le symbole même du preux chevalier, comme lorsqu'il était venu dans sa chambre. Mais le moment était venu pour lui de s'avancer, de faire une déclaration, un signe. Elle essaya de se redresser mais le Dr Reese saisit son bras et de toute façon, elle ne pouvait pas bouger. Le visage de Klett était tout rond, effrayé, ses joues plus pleines et plus roses que dans son souvenir.

— Par pitié, s'exclama le Dr Reese. Vous avez la colonne vertébrale brisée !

Elle reposa sa tête, regardant Klett, les lèvres entrouvertes, reprenant son souffle. Il fit un pas vers son lit, le visage déformé par l'horreur de la situation. Mais elle sentit dans son pas l'envie d'être dehors, d'entrer dans le vaste monde qui l'attendait. Il avait l'air tout plat, comme en carton-pâte ; elle l'imagina dans son école à New York, l'amphithéâtre en coquille, entouré de musiciens aux visages inconnus et sérieux.

— Je ne peux pas vous dire à quel point je suis désolé, Miss Steinach.

Elle ne reconnaissait même pas sa voix. Margaret s'interposa.

— Les médecins disent que tu vas guérir, Agnès, dit Margaret, qui se penchait pour l'embrasser. Nous t'appellerons de New York. Ils vont installer un téléphone près de ton lit.

Klett jeta un coup d'œil sur sa montre.

— Il faut partir, à moins de prendre un train plus tard.

— Au revoir, Agnie, au revoir, dit Margaret.

Le Dr Reese baissa les stores et la pressa de dormir un peu. Sa mère, avec une affection inquiète, lui serra les orteils à travers les couvertures. Pourtant elle savait bien que sa mère ne pensait pas à pleurer. Puis elle se retrouva seule. Elle tourna son regard vers la fenêtre voilée et le vieux volume fatigué d'*Ivanhoé*, sur la nouvelle table de nuit, attira son regard. Elle lui fit un petit sourire, comme à un vieil ami. D'ailleurs combien d'amis elle y comptait : le Templier, Ivanhoé, Rebecca, Dame Rowena, Front-de-Bœuf et surtout Richard Cœur de Lion, leur maître à tous ! Ils avaient plus de réalité que Klett, que sa sœur, le Dr Reese ou sa mère. *Ivanhoé* apaisait son esprit et son corps meurtris.

« J'ai la colonne vertébrale brisée », murmura-t-elle, en goûtant chaque mot. Et elle sut que depuis de longues années, c'était ce qu'elle avait toujours désiré.

Un bien gentil monsieur

La petite Charlotte était assise sur le bord étroit du trottoir, une joue reposant sur un genou, et traçait de vagues dessins dans la poussière avec un morceau de bois. Elle renifla la peau de sa jambe, distingua l'odeur de la poussière et celle de la sueur, puis elle poussa un soupir et jeta le morceau de bois au loin.

— Milie? dit-elle.

Émilie, qui avait neuf ans, était debout derrière elle, adossée au poteau de bois chauffé par le soleil, les doigts de pieds agrippés au bord du trottoir.

— Hein? répondit-elle dans un souffle.

— On ferait comme si j'avais un magasin. On ferait comme si j'avais une épicerie et toi tu viendrais acheter des choses... Hein, Milie?

Émilie était si ensommeillée et s'ennuyait si fort qu'elle ne répondit pas. Ses yeux gris, maussades, fixaient l'autre côté du chemin et toute la scène lui semblait baigner dans une lumière jaune, la chaussée de terre battue, la maison basse un peu plus loin, les champs secs, une chaleur jaune qui irradiait le silence. Charlotte, outrée, se retourna sur le trottoir pour la regarder.

— Milie! Qu'est-ce que t'as? Pourquoi tu réponds pas?

— Hein? grogna Émilie, qui se décolla du poteau.

— J'ai un magasin et toi il faut que tu m'achètes des choses.

Elle attrapa le petit camion rouge qui était leur propriété commune et se mit à le remplir de petits cailloux.

— Et puis après, il faut faire la livraison. D'abord faut que tu rentres à la maison et là faut que tu téléphones.

La main serrée sur le petit camion, elle regardait Émilie d'un air mauvais.

Elles entendirent des pas sur le gravier de la route. Charlotte oublia son jeu et elles regardèrent toutes les deux vers la côte. Émilie plissa les yeux, repoussant d'une main les cheveux blonds emmêlés qui lui tombaient sur le visage. Elle avait un œil qui louchait et elle tordait toujours ce côté du visage quand elle fixait quelque chose.

— J'te parie que c'est un pensionnaire de chez Mme Osterman, dit Charlotte. J'te parie qu'il vient de New York, même.

Il tourna sur le trottoir à moins d'un pâté de maisons de chez Charlotte. Émilie le voyait maintenant, un homme petit, en pantalon blanc froissé. Il les vit aussi et se mit à siffloter un air.

— Bonjour! dit-il en s'adressant aux deux fillettes.
— 'jour! répondirent-elles à l'unisson.

Il s'arrêta un instant et regarda autour de lui.

— Vous serez encore là quand je reviendrai? dit-il d'une voix douce, en souriant. Je vous apporterai des bonbons.

Charlotte et Émilie l'observaient en silence

— Moi, j'aime toutes les sortes de bonbons, déclara Charlotte.

Il se mit à rire, leur fit un clin d'œil et continua sa route. Il se retourna une fois et leur fit un signe de la main, mais Charlotte fut la seule à le voir. Elles restèrent immobiles, aux aguets.

— Tu crois qu'il va revenir, Milie?
— Hein?
— Tu crois qu'il va revenir par le même chemin?
— Hein?
— J'ai dit : tu crois qu'il va revenir?

Mais Émilie s'éloigna, sans un mot, vers sa maison. Charlotte resta assise sur le bord du trottoir, à dessiner vaguement dans la poussière, le visage reposant sur son genou. Quelques instants plus tard, elle entendit la porte moustiquaire de chez Émilie grincer, et claquer deux fois, puis le martèlement des talons nus de la fillette sur la terrasse.

Émilie grogna indistinctement et tendit à Charlotte une petite pêche presque blanche. Charlotte la prit sans un mot et mordit dans le fruit; ses dents de lait étaient noircies.

— J'te parie qu'il a une voiture.
— Hein?
— J'ai dit, répéta Charlotte en respirant profondément, j'te parie qu'il a une *voiture*!
— Qui?
— Mais le type qu'est passé là, tout à l'heure.
— Il reviendra pas.

Émilie soupira, lécha ses doigts collants de jus de pêche et tourna les yeux de l'autre côté de la route, vers les champs nimbés d'une brume jaune. Les insectes dans l'herbe et dans les arbres stridulaient rythmiquement. Deux clics et un long bourdonnement. Au bout du chemin, à l'intersection de la route qui menait à la ville, elles entendirent le break de M. Wynecoop. Elles l'auraient reconnu entre tous ceux du voisinage. Assises au bord du trottoir, elles se mirent à guetter.

En passant, M. Wynecoop leur fit un signe de sa main aux doigts raides et elles dirent en chœur « salut père Wynecoop ». La voiture arriva en haut de la côte et ses amortisseurs gémirent en arrivant sur le plat. Charlotte continuait à guetter l'homme en blanc. Un moment, elle se leva pour regarder du côté de la ville, mais les arbres le long du trottoir cachaient la vue.

Émilie, un petit sourire narquois sur les lèvres, fit un petit grognement méprisant. Charlotte, le camion vide toujours dans la main, continua à scruter le chemin.

— De toute façon, tu le verrais pas s'il repassait.

Soudain elle retint son souffle.

« Mais si, il revient », murmura-t-elle, courant se rasseoir près d'Émilie sur le bord du trottoir. Le cœur battant, elle se mit à donner des coups dans la terre avec un bout de bois. Émilie à son tour entendit le bruit des pas et se tourna pour scruter l'espace jaune. Il sifflait toujours. La tache blanche se rapprocha.

— Il a des bonbons! dit Charlotte.

Le type ôta sa cigarette de sa bouche et l'écrasa par terre.

— Bonjour, dit-il doucement.

Son regard se porta vers les maisons puis revint sur les fillettes. Il tendit le sac à Charlotte. Deux bâtons de réglisse dépassaient; elle fut déçue de voir des bonbons ordinaires, des caramels en vrac et des cœurs en sucre qui se vendaient pour un cent les cinq. Une fois, un vieux de chez Mme Osterman lui avait acheté des barres de chocolat à cinq cents.

Elle mit lentement le bâton de réglisse dans sa bouche. Le type, indécis, finit par s'adosser à un arbre, alluma une autre cigarette et finit par demander :

— Tu ne m'as pas dit ton nom?

Elle lui dit qu'elle s'appelait Charlotte et lui répliqua qu'il s'appelait Robbie.

— J'ai une voiture... tu veux faire un tour un de ces jours?

Il n'arrêtait pas de bouger, sortait les mains de ses poches, puis les remettait, sans cesse.

— Charlotte, je suis sûr que tu aimes faire des virées en voiture.

— Oui, j'aime bien ça, dit-elle. Le jus de réglisse coulait sur son menton.

Le type, qui était adossé à l'arbre, s'élança vers elle en sortant de sa poche de derrière un mouchoir roulé en boule. En lui tenant la nuque, il lui essuya le visage vigoureusement.

– Tu ne manges pas très proprement.

Il se releva et remit le mouchoir dans sa poche. Émilie, curieuse, ne le quittait pas des yeux. Il sentit son hostilité dans la grimace qu'elle faisait. Il tira fort sur sa cigarette.

– Ça te plairait de venir faire un tour ce soir? dit-il à mi-voix. Après le dîner?

– Oh oui! dit Charlotte.

Alors, il s'en alla sans faire de bruit, en se retournant pour lui faire un grand sourire.

Charlotte était toute fière. Elle se pencha en arrière, appuyée sur les mains; les muscles minces de ses cuisses jouèrent sous la peau tachée de terre.

– À toi, il t'a pas demandé de venir.

– Y viendra pas, répondit Émilie en soupirant. Tu vas voir.

Charlotte se mit donc à attendre. Elle mangea tous les bonbons, chipota dans son assiette à midi et s'installa à l'ombre de la maison, en chantonnant à mi-voix. Puis elle alla s'allonger dans le hamac de la terrasse, sur le devant de la maison, et feuilleta un journal de bandes dessinées. L'après-midi passa, chaud et long et silencieux.

Après le dîner, Charlotte alla sur le chemin, près de l'arbre. Sa mère l'avait savonnée dans une bassine et lui avait mis une petite robe en coton au lieu de la barboteuse qu'elle portait toute la journée. Elle n'avait rien dit à sa mère du monsieur de chez Mme Osterman. Le soleil, qui baissait à vue d'œil, lançait ses chauds rayons tout droit sur son visage. Elle savait qu'il viendrait. Est-ce que la voiture ressemblerait à celles qu'elle avait vues au cinéma? C'était sûrement le genre de voiture qu'un type comme lui devait avoir. Et elle s'installerait devant, dans le vaste siège, et ils démarreraient presque silencieusement. Ils iraient vite.

Au bout d'un moment, elle se fatigua et revint sur sa terrasse. Le bois était chaud sous ses pieds nus. Elle s'appuya sur un côté du hamac et se laissa glisser au fond. Pourtant elle tendait l'oreille; pas de bruit de moteur. Enfin la porte moustiquaire de chez Émilie grinça une première fois, puis une seconde fois. Émilie apparut, toujours ébouriffée, pas débarbouillée, en train de manger ce qui restait d'une tartine beurrée. Elle monta sans se presser sur la terrasse et resta plantée là en mastiquant d'un air absorbé, les yeux fixés sur Charlotte qui gisait dans le hamac. Charlotte ne daigna pas lui jeter un regard.

— Oh... *lui,* il viendra pas.

Puis elle se retourna et se dirigea vers le perron. Entendant quelqu'un dans l'allée, elle déclara :

— C'est ta mère qui vient. J'parie qu'elle est pas au courant.

Charlotte jaillit hors de son hamac comme une furie.

— Écoute, Émilie, si tu dis... si tu dis quelque chose...

Elle serrait les poings contre son corps et Émilie la regarda d'un air très sérieux.

— Hein ?

Mais Charlotte avait gagné.

Le soleil était couché, mais il faisait encore jour. La mère de Charlotte revint du magasin. Aucune ne prononça une parole. La femme entra dans la maison et Charlotte entendit qu'elle faisait couler de l'eau pour le bébé. Finalement, Émilie partit en sautant à cloche-pied, traversa le jardinet devant la maison et rentra chez elle.

Charlotte se renfonça dans le hamac, l'oreille attentive. Elle entendit quelqu'un marcher en sifflant. Elle courut au trottoir et le vit arriver. Il était encore habillé en blanc et sa veste était déboutonnée. Il s'arrêta en la voyant, sourit et lui fit signe d'approcher. Après un bref coup d'œil à sa maison, elle courut le long du trottoir chaud le rejoindre.

— Elle est où, votre voiture ?

Il regarda autour de lui, fit un large sourire et indiqua une direction d'un signe de tête.

— Au bout du chemin... On ne veut pas que tout le monde soit au courant. Tu n'as rien dit à personne ?

— Non.

Ils marchèrent ensemble. Elle avait du mal à le suivre et il lui prit la main. Les champs s'ouvraient à droite et à gauche dès que le trottoir s'arrêtait. Charlotte tendit le cou pour voir la voiture, et puis soudain, après le virage, elle la vit, tout près, garée sur le bord de la route. C'était une grosse voiture, aussi brillante que celles des films. Il ouvrit la porte et la hissa à l'intérieur ; seuls ses pieds dépassaient du siège. Puis il prit place de l'autre côté.

— Prête ?

— Oui, oui. Charlotte admirait l'intérieur de la voiture.

— Ça te plaît ?

Il s'essuya le nez sur le dos de la main.

Ils ne démarrèrent pas tout de suite. Charlotte observait les couleurs gaies du tableau de bord, la pendule aux chiffres verts, avec deux aiguilles d'argent. Elle ne savait pas à quoi correspondaient les autres cadrans, mais tous avaient de belles couleurs éclatantes. Soudain le type lui saisit la main ; elle sentit ses doigts chauds et moites et sa bouche trembla comme si elle allait se mettre à pleurer. Elle regretta alors d'être venue au rendez-vous, regretta de ne pas être restée sur la terrasse avec Émilie. Lui souriait, riait même, en mettant le moteur en route.

— Tu aimes aller vite ?

Charlotte essaya de répondre, mais ses lèvres étaient paralysées. Il lui serra à nouveau la main.

— Moi, j'aime la vitesse.

Et puis, malgré le bruit du moteur, elle entendit quelqu'un crier son nom. L'homme avait entendu aussi et il lui lâcha la main. Mais la voiture roulait vers sa maison.

— Charlotte ! Charlo-otte !
— C'est ma mère, dit-elle doucement.

Charlotte vit qu'il fronçait les sourcils et que ses mains s'étaient crispées sur le volant. Elle sentait le vent frais sur son visage et elle aurait voulu continuer la promenade mais ils n'allaient pas vite et elle, elle voulait aller vite. En approchant de sa maison, elle s'enfonça dans son siège, espérant que sa mère ne la verrait pas.

La femme avait un pied sur le trottoir, l'autre sur le chemin, son tablier tombait presque jusque sur le sol. Elle leur fit signe et il ralentit. Elle s'approcha, cachant ses mains sous son tablier, et sourit, mais c'est l'homme qu'elle regardait, de façon presque aguicheuse.

— Charlotte, c'est Milie qui m'a dit que t'étais partie faire un tour en voiture. Je savais pas si c'était vrai et puis de toute façon, à c'te heure-ci, j'ai besoin de toi pour t'occuper du bébé.

Elle repoussa quelques mèches échappées derrière son oreille.

— Bonjour, madame, dit l'homme au volant avec un large sourire.

La mère de Charlotte inclina la tête.

— À c'te heure-ci, c'est Charlotte qui s'occupe du bébé, j'ai besoin d'elle après le dîner... Mais c'est très gentil de l'emmener faire un tour, monsieur, seulement elle m'a rien dit, alors, vous comprenez... Elle eut un petit rire nerveux.

— Bien sûr, je comprends très bien. Il étendit le bras et ouvrit galamment la portière. Demain peut-être ? Je reste quelques jours dans le coin.

La femme regarda, impressionnée, les cadrans lumineux, les boutons, les sièges capitonnés.

— Mais bien sûr... ça ne me gêne pas que vous l'emmeniez faire un tour, quand vous voudrez.

Charlotte et sa mère s'en retournèrent le long du trottoir, main dans la main. La femme se retourna une fois pour lancer un coup d'œil timide vers la voiture.

— Il a une bonne tête pour un type de la ville, Charlotte. Où tu l'as rencontré ? Et dis donc, ça, c'est une belle voiture !

Charlotte fixait le sol qui passait sous ses pieds nus. Sa main libre effleurait les herbes folles qui montaient en graine.

— Il reviendra peut-être demain, dit sa mère.

Charlotte arracha violemment un brin d'herbe dont les bords craquèrent sous ses doigts. Elle regarda son pouce et vit deux traînées rouges se dessiner sur sa chair.

Des roses pour Miss Trotte

Louisa Trotte avait failli mettre à la corbeille l'enveloppe blanche, carrée, dont le revers était glissé à l'intérieur par économie, simplement parce que son nom y était orthographié « Trott ». Ce n'était qu'une réclame pour le grand magasin, où elle avait déjà un compte de toute façon. Mais, comme elle recevait peu de courrier en général, Louisa, debout devant la grande table du hall mal éclairé de Mme Holpert, sortit le catalogue publicitaire, l'inclina vers l'ampoule jaunâtre de l'applique en forme de bougie et se mit à considérer les manteaux de fourrure de son regard de myope, songeuse, avec un certain détachement. Lentement, une mèche de cheveux bruns aux reflets cuivrés, qu'elle portait en chignon sur la nuque, se détacha, resta un moment à l'horizontale et retomba légèrement.

— 'jour, Miss Trott.

Louisa Trotte replaça ses lunettes sur son nez long et mince, et regarda vers l'autre bout du hall, plongé dans les ténèbres.

— Bonjour, Jeannie !

Une forme vaguement bleue s'approcha. Jeannie tortillait timidement un coin de sa chemise qui lui remontait au-dessus du nombril.

— Vous avez reçu une lettre ?

Louisa jeta un coup d'œil au grand escalier de bois sombre, agrémenté d'un tapis, espérant qu'aucun des locataires masculins n'était en train de descendre. Puis elle alla rajuster la robe de Jeannie. Impulsivement, elle serra l'enfant contre elle et le ventre tendre entra en contact avec les genoux osseux. Puis elle la relâcha avec une petite tape sur les fesses.

— Oui, j'ai reçu une lettre, Jeannie. Tu veux que je te la montre ?

— Je veux l'avoir, répliqua la petite fille de Mme Holpert, qui recommença à entortiller son doigt dans sa robe.

— Une minute, une minute, dit Louisa, qui tournait les dernières pages avec la même attention. Il y avait un manteau qui lui plaisait particulièrement, en astrakan avec de larges revers noirs. Mais quatre cent quarante-neuf dollars!

Elle chassa énergiquement toute velléité de manteau de fourrure de son esprit, referma vivement le catalogue, se pencha vers la petite fille et le lui donna.

— Voilà! Choisis-toi un beau manteau bien chaud et tu me le montreras quand je rentrerai ce soir, d'accord?

— D'accord.

Du fond du hall arriva le son d'une faible toux d'enfant.

— Comment va ta petite sœur? demanda Louisa, en ajustant la veste de son tailleur noir.

— Grand-mère dit qu'elle est plus pire.

— C'est vrai?

Louisa n'aimait pas Eleanor autant que Jeannie; c'était ridicule peut-être de dire cela d'un bébé qui avait à peine trois ans.

— Fais bien attention de ne pas l'attraper, ma petite chérie.

Elle serra Jeannie à nouveau contre elle, lui tapota la tête de sa main plate et osseuse et se tourna vers la porte.

— Vous avez des morceaux de sucre?

Louisa s'arrêta, tâta la poche de poitrine de sa veste.

— Mais bien sûr. Tiens.

Elle posa un morceau de sucre enveloppé de papier dans la paume dodue de Jeannie et regarda la petite qui refermait dessus ses doigts aux ongles incroyablement délicats. C'était un des morceaux qu'elle avait mis de côté au déjeuner pour le donner à Al, le cheval du fleuriste, qui en général se trouvait dans les parages de West End Avenue quand elle rentrait du travail. Ce soir elle en rapporterait d'autres.

— Au revoir, Jeannie!

Elle fit craquer le plancher ciré sous son pas énergique en se dirigeant vers la grande porte à deux battants, ornée de verre coloré, qui donnait sur une petite entrée carrée et carrelée; puis elle franchit la porte d'entrée qui donnait sur le perron de cette maison à la façade de grès brun. Elle marcha d'un pas rapide vers Riverside Drive et l'arrêt d'autobus, qui se trouvait à un pâté de maisons au nord.

« Trott! Vraiment! » murmura-t-elle en déposant l'enveloppe dans une poubelle. Non seulement la prononciation américaine avait eu raison du « e » final, depuis quinze ans qu'elle était arrivée dans le pays, mais en plus les gens ne prenaient même pas la peine de l'orthographier correctement.

Ce n'était pas par vanité ni par mesquinerie qu'elle s'irritait de voir son nom ainsi estropié. Mais parce qu'elle était perfectionniste et n'avait pas d'autre souci en tête ce matin-là. Tout allait bien au bureau ; elle ne remarquait pas les couleurs changeantes de l'automne précoce qui apparaissaient çà et là dans la bande de parc qui longeait l'avenue. Son nez long et retroussé ne trouvait aucun plaisir à humer l'air frais et neuf qu'on respire à huit heures du matin.

Et cependant, à cause de l'incompétence de l'expéditeur anonyme du catalogue, elle se mettait à songer, vaguement, paresseusement, aux autres sujets d'irritation qu'elle avait dans la vie. Un frère porté sur la bouteille en vadrouille quelque part en Europe, un salaire trop modeste pour le coût de la vie à New York, le fait aussi que, ce matin même, il lui avait fallu attendre dix minutes que M. Noenzi libère la salle de bains, et puis ce manche de vasistas, qui dépassait en biais de l'obscure hotte de ventilation au-dessus de la baignoire. Ce morceau de bois mal fichu avait l'air dangereux et à chaque fois qu'elle le voyait, le mot « meurtre » lui venait à l'esprit. On aurait dit que quelqu'un tenait l'autre bout ; pourtant, aucun de ces soucis ne la troublait vraiment sérieusement. Simplement, ils erraient là, pendant qu'elle parcourait la première page du *Times*, affleurant à peine à sa conscience, et lui donnaient l'air soucieux. Se faire du souci donnait à Louisa, inconsciemment, une *raison d'être**.

Quand le bus quitta la Cinquante-Septième Rue pour emprunter la Cinquième Avenue, elle descendit et se dirigea vers le sud. Certes, elle aurait pu prendre un autre bus jusqu'à la Quarante-Huitième Rue, mais c'était sa gymnastique matinale de faire à pied le reste du trajet, neuf pâtés de maisons, s'il ne pleuvait pas.

Sa haute silhouette un peu anguleuse de célibataire quadragénaire, assez équilibrée et professionnellement efficace, arriva au pas de charge à la Cinquante-Cinquième Rue. Le bas de sa jupe noire s'élargissait en plis de quinze centimètres, qui battaient énergiquement sur les jambes osseuses et actives. La mèche de cheveux brun cuivré qui avait échappé à la grosse pince en écaille flottait derrière elle au rythme vigoureux de ses pas. Sur la tête un petit chapeau noir à bords plats, discret, ne recherchait pas d'effet particulier, mais obéissait simplement aux conventions. Ses épaules, raides, penchaient en avant sous la veste noire, égayée par quatre boutons très rapprochés sur le devant. Après quinze ans de secrétariat, elle n'avait pas beaucoup grossi, et ses jupes remontaient un peu sur son postérieur plat.

De la même façon que l'on reconnaissait presque tout de suite qu'elle était secrétaire, en voyant Miss Louisa Trotte se hâter le long de la Cinquième Avenue, on pensait à l'Europe. Ses chaussures Oxford à lacets, son vieux tailleur fait sur mesure, ses cheveux cuivrés, tout cela évoquait plus que la simple recherche du confort. On sentait une personnalité ; il en émanait un parfum d'aventures romantiques, comme d'une malle constellée d'étiquettes fanées qui a beaucoup servi. Parce qu'elle avait l'air d'un voyageur qui ne se pose nulle part, on l'imaginait vivant dans une chambre meublée, avec des reproductions de la Forêt-Noire, d'un canal en Hollande, d'un port danois ou d'un fjord norvégien. On imaginait la salle de bains située au bout du couloir, dans une vieille maison tranquille et respectable, à la propreté irréprochable, où son instinct, son éducation l'auraient menée aussi sûrement qu'un pigeon rentre au pigeonnier. Au printemps elle mettrait des fleurs à sa fenêtre ; le samedi après-midi, s'il faisait beau, elle irait installer sa chaise pliante en haut de l'escalier d'incendie poussiéreux, accessible depuis sa fenêtre sur cour, au second, pour se sécher les cheveux avec une serviette de toilette blanche. De là, elle aurait une vue plongeante sur le jardin minuscule de sa propriétaire. Car ses deux jours libres par semaine, elle se les gardait pour elle et préférait par habitude sa propre compagnie à celle de ses meilleurs amis, d'ailleurs rares. À la voir ainsi se diriger chaque matin vers son bureau, il était facile de l'imaginer quelques minutes plus tôt, debout dans sa cuisine, près de la plaque électrique, trempant un petit pain sucré dans une tasse de café noir, les yeux dans le vague. Et ma foi, le tableau était assez ressemblant. À ceci près qu'au mur étaient accrochés des petits tableaux à l'huile du port de Copenhague et de ses environs, peints par sa tante, ainsi que des aquarelles représentant Gloucester, souvenirs de vacances. Les photos jaunies de la Forêt-Noire et du Spree Wald, les instantanés étranges et hétéroclites pris par son frère en Hollande, elle les avait gardés parce que c'était lui qui les avait pris et elle les conservait dans un album relié en cuir qui, depuis dix ou douze ans, était resté à moitié vide.

Quiconque aurait été assez perspicace pour imaginer toute cette histoire n'aurait pu manquer de s'apercevoir que quelque chose en elle dépassait ce personnage de vieille fille frustrée et excentrique. Un air d'indépendance et de sérénité la protégeait du ridicule. La patine qu'avait laissée sur elle le Vieux Continent empêchait les Américains de sourire et commandait le respect. Elle semblait posséder un esprit libre, une richesse intérieure, et n'enviait rien à personne.

En tournant dans la Quarante-Huitième Rue, Louisa pensa à son frère. « Qui sait, il est peut-être mort ! » se dit-elle. « Il faut que je chasse cette pensée de mon esprit. » C'était là une phrase qu'elle utilisait couramment quand se posaient certaines questions qu'elle redoutait, parce qu'elle était seule et qu'elle se sentait, en fait, impuissante.

Une image de l'Europe et de son frère surgit alors de sa mémoire : Gert, ivre, assis sur le banc d'une taverne, pris dans le maelström des années hitlériennes et de la guerre mondiale. La tempête s'éloignait et lui restait là, un peu hébété, à la même place, tout aussi imbibé qu'avant. Gert était indestructible : qui prendrait d'ailleurs la peine de le tuer ?

La dernière fois qu'elle avait eu de ses nouvelles, c'était deux ans auparavant : il se trouvait, sans qu'on sache vraiment pourquoi, à La Haye, ville sobre entre toutes. Il était ivre quand il lui avait écrit sa dernière lettre, où alternaient un peu de néerlandais et beaucoup de danois ; il ne parlait pas de lui, ne disait pas un mot de ses aventures ou de ses projets, mais décrivait les taches de soleil sur des marches de pierre, elle ne savait plus où. Cela l'avait choquée, elle qui se sentait impliquée dans ce qui se passait en Europe. Louisa pensait avoir tout à fait le droit de faire une croix sur lui. Seulement, de temps à autre, comme ce matin, quand elle faisait l'inventaire de ses petits soucis familiers, tout simplement, il lui semblait qu'elle pourrait peut-être essayer de l'aider, parce que c'était dans sa nature énergique de s'occuper des autres.

— Bonjour, Miss Trott, dit le liftier.
— Bonjour, George, répondit Louisa.

Ses yeux noisette, au regard doux, clignèrent derrière ses lunettes. Son petit visage, aux joues rondes, au menton mince, aussi doux que le col de coton léger retenu à la gorge par une épingle de perles de culture, perdit graduellement son air soucieux. Quand elle arriva au onzième étage, elle avait l'air aimable et pleine d'entrain.

Louisa avait bien engagé le travail de la matinée quand M. Bramford fit son apparition dans le bureau de Pioneer, Société d'études et d'ingénierie, qu'ils partageaient. La silhouette imposante, le pas lent, le costume gris eurent raison de ses dernières appréhensions. Impossible d'imaginer un patron plus formidable, plus attentionné — et qui restait pourtant à une confortable distance – que M. Clarence Bramford, directeur des publications. Au cours des dix dernières années elle avait eu maintes fois l'occasion de prendre un emploi mieux payé ailleurs. Mais Louisa connaissait bien le cœur humain et l'esprit d'entreprise et elle savait qu'elle avait fait le bon choix en restant là.

— Beau temps aujourd'hui, Miss Trotte! dit M. Bramford en accrochant son chapeau en haut du portemanteau près du chapeau et du sac de Louisa.

— Très beau temps, monsieur Bramford.

— La berge devait être très belle ce matin?

— Oh oui!

Elle eut l'impression qu'il n'était pas dans son assiette. Cela ne lui ressemblait pas d'être aussi bavard.

Louisa fut surprise de ne pas voir apparaître Jeannie quand, rentrée chez elle, elle se fit une tasse de thé. Elle avait l'habitude de boire une tasse de thé et de se reposer un moment avant de sortir dîner. En général, Jeannie venait la voir à ce moment-là, pour grignoter un des biscuits que Louisa achetait spécialement pour elle. Déchaussée, les jambes allongées, confortablement installée dans son unique fauteuil, Louisa attendit un bon moment, guettant le toc-toc-toc timide de Jeannie, tout en bas de la porte, mais en vain. Elle était déçue, plus qu'elle ne voulait le reconnaître; elle n'avait pas oublié le catalogue du grand magasin et la promesse faite à Jeannie de se choisir des manteaux de fourrure pour elles deux. Enfin elle se força à sourire, pour se changer les idées. Peut-être la petite avait-elle trouvé quelque chose de plus amusant à faire. Et le manteau d'astrakan, à supposer qu'il lui plaise vraiment, aurait connu le même sort que d'autres fantaisies, par exemple prendre le train vers le nord pour aller aux sports d'hiver, avec les skis et tout l'équipement bien sûr, ou bien encore ce rêve qu'elle chérissait de passer une semaine au Plaza. Drôles de fantasmes pour une femme vieillissante et dont les revenus diminuaient; chaque année, elle mettait de moins en moins d'argent de côté.

Vers six heures et demie, sa toilette faite, et ayant changé de tenue pour augmenter encore le plaisir du seul vrai repas qu'elle prenait dans la journée, Louisa descendait l'escalier quand elle entendit la porte d'entrée se refermer et vit Mme Holpert qui regagnait son appartement du rez-de-chaussée.

— Bonsoir, Miss Trott.

— Bonsoir, madame Holpert. Eleanor va mieux ce soir?

Mme Holpert s'arrêta. C'était une femme assez forte.
— C'était justement le docteur. Jeannie est au lit, elle tousse aussi et le docteur pense que c'est sans doute la scarlatine.
— La scarlatine ! Mais c'est très grave, non ?
— Oui, c'est très grave.
Les épaules voûtées dans une robe d'intérieur banale, chaussée de savates, Mme Holpert avait l'air à la fois choquée et résignée.
— Il revient demain, et si c'est bien ça, avec Helen qui n'est pas là, je ne vais plus savoir où donner de la tête.
Louisa avait oublié que Mme Holpert n'était pas la mère des petites, mais leur grand-mère. Helen était souvent en déplacement car elle était actrice de théâtre. Louisa pensait d'ailleurs qu'elle s'intéressait trop aux hommes. Louisa n'était pas intime avec Mme Holpert et répondit de façon un peu formelle :
— Je suis navrée. Dites bien à Jeannie que Miss Trotte lui envoie ses amitiés et qu'elle se rétablisse vite pour que l'on puisse regarder ensemble les manteaux de fourrure dans le catalogue.
Le lendemain matin, en se rendant à la salle de bains, Louisa croisa Miss Eldstahl, qui occupait la chambre voisine de la sienne.
— Vous êtes au courant, Miss Trott ? dit celle-ci en chuchotant. Les petites filles de Mme Holpert ont la scarlatine !
— Vraiment ! On va les emmener à l'hôpital ? demanda Louisa calmement, répugnant à se montrer aussi hystérique que Miss Eldstahl.
— Non, mais elles sont en quarantaine. Mme Dusenberre dit qu'elles sont *brûlantes de fièvre*. Et Mme Holpert m'a dit hier soir qu'elle l'avait sans doute attrapée aussi. Moi, je vais éviter cette partie du hall soigneusement et vous pouvez passer le mot aux autres locataires.
Les pupilles dilatées, Miss Eldstahl se dirigea à petits pas vers sa chambre, l'air d'une tragédienne avec son visage fraîchement débarbouillé et son long peignoir.
Quand sa porte se fut refermée, Louisa se pencha par-dessus l'épaisse balustrade de bois du palier. Elle ne savait pas si elle devait prendre les déclarations de Miss Eldstahl au sérieux. Mme Holpert et elle avaient tendance à tout exagérer. Pourtant, il régnait au rez-de-chaussée un silence inhabituel. Louisa fut prise d'inquiétude. Jeannie n'était pas montée chez elle la veille : et si elle ne venait pas la rejoindre non plus quand elle prendrait ses lettres ?
En bas, alors que, l'esprit ailleurs, elle cherchait son courrier, qui n'était pas trié ce matin-là, Louisa se demanda si elle devait

passer chez Mme Holpert prendre des nouvelles de Jeannie. Elle consulta sa montre, vit qu'elle était en retard mais se dirigea pourtant vers le fond du hall, plongé dans l'obscurité, contente que Miss Eldstahl soit justement en train de descendre l'escalier à ce moment précis. Elle frappa à la porte.

— Entrez, dit Mme Holpert, d'une voix faible.

Louisa pénétra dans une entrée sombre, d'où elle voyait par une porte entrouverte la chambre où Mme Holpert gisait, dans un lit à baldaquin. L'atmosphère sombre était encore renforcée par l'unique lampe allumée, sur la table de nuit. L'appartement de Mme Holpert était toujours plongé dans l'obscurité, car les fenêtres donnaient sur deux ruelles latérales et le jardin clos de murs, à l'arrière.

Mme Holpert fit un geste par-dessus ses draps, pour l'arrêter.

— N'approchez pas. Je croyais que c'était le docteur.

Louisa ne sut pas quoi dire. Mme Holpert n'avait pas le teint fiévreux comme les enfants. Et puis, le spectacle de ces draps en désordre couvrant une masse informe lui répugnait.

— Comment vont les enfants, madame Holpert?

— Elles n'ont pas encore passé le pire.

— De toute façon, ce n'est pas contagieux pour les adultes, je crois?

Louisa se sentait un peu ridicule, figée sur place, le dos à la porte.

— Je l'ai attrapée pourtant, affirma Mme Holpert. Et avec mon cœur, je ne sais pas ce qui va m'arriver. Quand on a le cœur malade, ça peut être mortel.

— Vraiment?

Louisa faillit proposer ses services, mais sans doute Mme Holpert était-elle capable de se soigner toute seule. Elle regarda du côté d'une porte fermée qui donnait dans la chambre de Mme Holpert; derrière, on entendait Jeannie tousser. Elle aurait bien aimé voir Jeannie mais quelque chose l'empêchait de demander cette faveur à Mme Holpert.

— Passez-moi ce verre d'eau, Miss Trott, si vous voulez bien, demanda celle-ci, tendant un bras tremblant.

Louisa lui passa le verre qui était sur la table de nuit, puis regarda sa montre, pour montrer qu'elle aussi avait des obligations.

Mais Mme Holpert ne semblait pas avoir compris la signification du geste. Elle buvait à petites gorgées en tenant le verre à deux mains, les yeux fermés.

— Cela vous ennuierait d'aller voir comment vont les enfants, Miss Trott ? Si vous pouviez juste jeter un coup d'œil ?

Intensément consciente du contraste entre sa propre silhouette déliée et la masse obèse qui gisait sur le lit, Louisa se dirigea vers la pièce voisine. Elle était plongée dans l'obscurité. Mais Jeannie se redressa dans son lit, tournant ses yeux un peu éblouis vers la zone de lumière devant la porte ouverte.

— Jeannie chérie ? C'est Miss Trott.

Comme si le fait de revoir sa grande amie lui rappelait les plaisirs dont elle était maintenant privée, Jeannie éclata en sanglots.

— Jeannie, voyons, ne pleure pas.

Louisa se sentait tout à fait incompétente et pas du tout à son aise, surtout avec Mme Holpert à portée de voix. Elle jeta un coup d'œil à la petite Eleanor, qui dormait dans son grand parc en bois à l'autre extrémité de la pièce, les bras entourant ses cheveux blonds bouclés. Louisa vit le teint rose profond de son visage. La scarlatine ! Partageant cette chambre avec elle, il était probable que Jeannie l'avait également attrapée. Pourquoi Mme Holpert n'avait-elle pas eu le simple bon sens de les séparer ? Devant les souffrances de ces enfants, Louisa sentait monter en elle une pitié qui lui donna envie de lutter. C'était peut-être dû à sa haine de l'inefficacité, à son mépris pour Mme Holpert. Elle aurait voulu poser sa main sur le front brûlant de Jeannie mais elle n'était pas sûre que cela la soulage. Pour compliquer les choses, elle se sentait un peu dégoûtée ; elle avait presque l'illusion de voir les microbes qui grouillaient dans l'air confiné. En sus de l'odeur des médicaments, il flottait une odeur étrange qui suscitait sa méfiance, celle de la maladie.

— Voyons, tu vas bientôt aller mieux, Jeannie, et on pourra regarder les manteaux de fourrure ensemble. Tu te souviens ? On s'amusera bien.

Comme elle se sentait hypocrite !

— Non, on s'amusera pas. J'suis malade ! dit Jeannie, avec l'accent de la confiance trahie.

Louisa retourna dans la chambre de Mme Holpert et ferma la porte. Elle aurait voulu forcer cette femme à se lever.

— Vous avez demandé une garde-malade, je suppose ?

Mme Holpert fit signe que non.

— Pas encore. Je me débrouillerai comme je pourrai. Je me débrouillerai.

Cela lui économiserait de l'argent bien sûr, mais les petites, qu'adviendrait-il d'elles ? Louisa prit congé et traversa lentement le hall. Elle s'arrêta aux doubles portes, regardant sans les voir les losanges de verre coloré. Soudain, elle se retourna et se dirigea vers la cabine téléphonique, sous l'escalier. À la faible lueur de l'ampoule jaune, elle arriva tout juste à composer le numéro.

— Bonjour, Miss Freeman. Louisa Trotte à l'appareil. Est-ce que vous pourriez avoir l'obligeance de prévenir M. Bramford quand il arrivera que je vais avoir environ une heure de retard ce matin ?

Quand Louisa reposa le combiné, elle se sentit complètement déboussolée. Pour la première fois en cinq ou six ans, elle ne serait pas au bureau à neuf heures. Elle voulait attendre le docteur et lui demander si Jeannie était gravement atteinte.

— Vous donnerez aux enfants un de ces comprimés toutes les deux heures et pour Mme Hoplert ce sera deux toutes les deux heures. C'est un antiphlogistique léger.

Louisa hocha la tête et contempla le flacon de comprimés que le médecin avait posé sur la table du hall. Elle n'aimait pas ce médecin. D'abord, il avait l'air beaucoup trop jeune et il faisait les choses trop vite. Et en plus il n'arrivait pas à retenir le nom de Mme Holpert ; elle l'avait pourtant corrigé deux fois. Il ne savait rien d'elle hormis qu'elle était locataire de la maison et pourtant il lui confiait ces médicaments.

— Vous avez compris ? dit le Dr Marlowe, remettant à la hâte son pardessus de tweed.

— Oui, répondit Louisa sur un ton hésitant. Elle tourna la tête vers la chambre de Mme Holpert. Mais vous comprenez, d'habitude je vais travailler...

— Ah bon. Mais vous allez prendre un jour de congé, non ?

— Oui, oui, je suppose.

— Bien. Je vais voir pour une garde-malade ou quelqu'un d'autre d'ici ce soir. Je passerai sans doute vers six heures trente.

Louisa écouta son pas ferme traverser le hall, puis les portes claquèrent et le silence s'installa. Elle était enfermée avec les trois malades, et il n'y avait personne dans la maison à qui elle puisse confier les médicaments. Le seul qui n'allait pas travailler était M. Noenzi, qui était très âgé et bougeait avec difficulté. Il y avait Mme Dusenberre, bien sûr, mais elle était trop stupide pour être d'aucune aide, elle risquait de les tuer toutes les trois.

« Eh bien, se dit-elle, M. Bramford se passera de moi pour une journée. Après toutes ces années ! » Elle retourna dans la chambre de Mme Holpert avec la détermination qu'elle mettait à descendre la Cinquième Avenue.

Quand Louisa eut le temps de regarder sa montre, le matin avait laissé place à l'après-midi, il était une heure un quart. Mme Holpert dormait après avoir avalé un repas que Louisa jugeait plutôt conséquent. C'était l'heure à laquelle M. Bramford rentrait de déjeuner et posait son feutre marron sur le portemanteau, bien vide aujourd'hui. Louisa contempla la chambre de Mme Holpert : elle avait balayé, passé le chiffon à poussière et tout était devenu familier au cours de ces quatre heures. C'était étrange de penser au même moment au bureau de M. Bramford, à quelque cinquante blocs de là, étrange qu'à cette heure-là, un jeudi après-midi, elle ne soit pas au bureau. M. Bramford avait sans doute compris qu'elle prenait toute sa matinée et arriverait après le déjeuner. Seulement elle ne serait pas au bureau après le déjeuner...

Elle se laissa tomber dans le fauteuil de Mme Holpert, fatiguée tout à coup après cette activité physique inhabituelle ; un moment elle se laissa aller à un jeu auquel elle n'avait pas joué depuis son enfance : imaginer, minute par minute, les mouvements de quelqu'un qui se trouve très loin de vous. M. Bramford serait près de la fenêtre, en train de passer la main dans ses cheveux grisonnants décoiffés par le chapeau. Il se demanderait si elle était en route, ce qui lui était arrivé. Il s'assiérait, se mettrait à lire quelque papier puis déciderait de l'appeler. Il prendrait son téléphone, demanderait à Miss Freeman de faire son...

La sonnerie du téléphone anticipa de quelques secondes la suite de sa songerie éveillée. Elle sursauta et se précipita dans le hall, le cœur battant, sans savoir pourquoi : c'était impossible que ce soit lui.

Mais c'était bien M. Bramford. Le son de sa voix, calme, un peu hésitante, la rassura. Elle commença ses explications.

— Mais vous, vous n'êtes pas malade, j'espère ?

— Mais non, pas du tout ! Seulement il n'y a personne pour s'occuper d'eux avant que la garde-malade arrive ce soir... Mais bien sûr, monsieur Bramford, je serai au bureau demain. J'espère que cela ne vous dérange pas trop... Merci beaucoup, monsieur Bramford. C'est très gentil. Ah, j'y pense, les lettres pour Phipps Motor sont dans mon bureau, le tiroir en haut à gauche...

Avec un sourire un peu crispé, et le regard absent, Louisa retourna dans la chambre de Mme Holpert, traversa la chambre des enfants et arriva à la cuisine ; de la fenêtre, elle voyait le petit jardin qu'elle contemplait habituellement de l'escalier d'incendie du deuxième. Les rayons du soleil tombaient à la verticale sur les feuilles touffues du gros arbre qui ornait le centre et sur le lierre maigrichon qui remontait sur le mur latéral en briques. Certaines des feuilles commençaient à roussir et elle réalisa que ce n'était plus une vague fin d'été mais le début de l'automne. Finalement, c'était plutôt agréable de ne pas aller travailler comme tous les jours. Depuis le coup de téléphone de M. Bramford, elle ne se sentait plus du tout coupable. Elle profitait pleinement de la journée, en dépit des tâches difficiles qui l'attendaient, justement parce que c'était nouveau. C'était vraiment drôle qu'une coupure dans la routine de ses journées soit si agréable pour quelqu'un comme elle, qui ne jurait que par l'ordre et la régularité.

Ce soir-là, le jeune médecin lui confirma que Mme Holpert avait bien la scarlatine. Il ajouta en soupirant :

– C'est sûr qu'elle va se faire du souci, avec son cœur malade, mais il n'y a pas de danger si vous l'obligez à garder le lit.

– Ce ne sera pas très difficile, répondit Louisa, que la longue et fatigante journée rendait peu charitable. Alors, est-ce que je dois demander une garde-malade ?

Le médecin fit un signe négatif, ce qui eut le don d'irriter Louisa.

– Miss Trotter, on ne trouve pas de gardes-malades pour des cas comme celui-là, à moins de mettre des annonces partout. Je sais de quoi je parle, j'ai essayé cinq hôpitaux.

– Mais il faut que j'aille travailler, moi, protesta Louisa.

Il opina.

– Essayez de trouver quelqu'un d'autre dans la maison pour vous relayer, c'est tout ce que je peux vous conseiller. Cela ne demande pas une attention constante. Je repasserai demain matin.

Il referma son stylo à plume et tendit à Louisa une note griffonnée.

– Ce sont les instructions pour les nouveaux comprimés. Vous avez fait du beau boulot. À demain.

Louisa pinça les narines avec mépris en le regardant s'éloigner. Pourtant, ce compliment fait en passant sur les soins qu'elle donnait lui avait fait plaisir. Elle se sentait indispensable. Certes, on avait besoin d'elle au bureau, mais on avait encore plus besoin d'elle ici. Jeannie avait besoin d'elle. Impossible d'imaginer personne d'autre dans la maison qui puisse s'occuper de Jeannie. Elle sourit avec une expression de gratification austère et se pencha vers la lampe pour déchiffrer les nouvelles instructions : elle avait froissé le papier, par excès de timidité.

Les points rouges éclataient comme des fraises qui arriveraient soudain à maturité, portés par des tiges qui ruisselaient partout comme des filets d'eau. Les points rouges et leur éblouissante brûlure l'aveuglaient. Tout son corps était embrasé par ces rayons ardents ; sous ce motif rouge complètement anarchique, Jeannie pleurait, apeurée, sa petite voix toute cassée. Louisa lutta pour ouvrir les yeux et le motif rouge recula, révélant la chambre des enfants avec, en gros plan, les épaules, le cou et le visage de Jeannie au-dessus du drap blanc.

En un instant, Louisa fut auprès de la petite fille.

— Là là, je vais retourner ton oreiller et tu auras un peu de fraîcheur. C'est mieux comme ça ?

Jeannie retomba sur son lit, tournant la tête dans tous les sens sur l'oreiller retourné.

— Miss Trott... Miss Trott, je suis pas bien.

Le cœur de Louisa se serra et la douleur comprimée se répercuta en vagues jusqu'à sa tête. Elle pouvait tout supporter, tout, sauf de voir des enfants souffrir, de voir sa Jeannie souffrir. Elle imaginait le déchirement des mères quand leurs enfants étaient atteints par toutes ces maladies, la varicelle, la coqueluche, la rougeole. Elle dégagea les cheveux blonds qui couvraient le front de la fillette, si chaud que ses doigts semblaient y rester collés. Et si elle reprenait sa température ? Une heure auparavant, elle avait quarante de fièvre. Ce matin, le Dr Marlowe avait dit que la crise salutaire, pour les enfants, arriverait dans les vingt-quatre heures.

Louisa regarda sa montre, vit qu'il était six heures quinze, justement l'heure où elle prenait le thé dans sa chambre d'habitude, l'heure où Jeannie venait frapper à la porte et quémander le biscuit au chocolat et à la guimauve que Louisa sortait d'une longue boîte. Louisa faisait glisser son bracelet-montre nerveusement autour de son poignet amaigri en l'espace de deux jours.

Jeannie réclamait de l'eau. Au même moment, la petite Eleanor se mit à geindre du fond de son parc.

Le verre d'eau de Jeannie était plein de petites bulles d'air ; Louisa se hâta de lui remplir d'eau fraîche au robinet de la salle de bains. Le bruit du robinet ne l'empêcha pas d'entendre Eleanor vomir le lait qu'elle avait réussi à lui faire prendre quelques minutes auparavant.

— Miss Trott ?

La voix geignarde de Mme Holpert lui parvint depuis l'autre pièce.

– Une minute !

Louisa essora une serviette mouillée, saisit une cuvette et le verre de Jeannie et retourna en toute hâte dans la chambre des enfants.

– J'ai mal aux pieds, se plaignait Mme Holpert.

La vision des pieds et des chevilles de Mme Holpert, striés de varices, d'un blanc cadavérique, s'interposa entre elle et le petit visage rouge de Jeannie. Comme le médecin l'avait prédit, la maladie avait fait gonfler ses pieds. En fait, toutes ses prédictions pessimistes s'étaient réalisées une à une pour les trois malades. Toutes sauf l'écoulement d'oreille pour Mme Holpert, ce qui pour Louisa aurait été la goutte d'eau qui fait déborder le vase.

On frappa à la porte d'entrée.

– Une minute s'il vous plaît ! cria Louisa, qui essuyait le visage d'Eleanor.

C'était Mme Dusenberre, chargée d'une gerbe de glaïeuls. Elle avait l'air curieux mais resta discrète et ne fit aucune tentative pour entrer chez Mme Holpert.

– J'ai pensé, enfin je me suis dit... C'est des fleurs pour Mme Holpert.

Elle avait un visage allongé, un peu ovin. Louisa prit les fleurs qu'elle lui tendait. Mme Dusenberre la fixait comme si l'une ou l'autre avait perdu la raison.

– Qu'est-ce qui se passe ? demanda Louisa, un peu brusquement.

Elle aurait voulu dire : « Ah oui, mais venir me donner un coup de main, c'est trop vous demander, n'est-ce pas ? » De toute façon, Mme Dusenberre avait l'air trop stupide pour être d'aucune assistance.

– Merci, madame Dusenberre. Je les lui donnerai de votre part.

Mme Dusenberre hocha la tête.

– Elles ne vont pas mieux ?

Les trois malades l'appelaient à nouveau, à bout de nerfs, dans la semi-obscurité. Louisa ferma la porte au nez de Mme Dusenberre.

Comme elle retournait à la chambre de Mme Holpert, une douleur la frappa comme un coup de marteau sur la tête. Elle se rattrapa au bord de la table et eut la vision d'un univers où des points rouges innombrables battaient rythmiquement, dans un espace qui résonnait. Un instant, elle eut l'impression qu'elle allait mourir. Elle se demanda si elle avait été contaminée elle aussi. Mais c'était impensable, tout simplement impensable... Elle leva la tête et rassembla toute sa détermination. Elle regarda droit devant elle jusqu'à ce que les points rouges aient disparu ; la porte de Mme Holpert était ouverte, sa lampe de chevet allumée. Quoi qu'il arrive, qu'elle tombe malade ou non, elle n'y pouvait strictement rien et il fallait qu'elle chasse cette idée de son esprit.

Elle se demanda ce qui se passerait en cas de crise. À quoi d'ailleurs reconnaissait-on une crise ? Quoi qu'il en soit, il semblait évident qu'il faudrait veiller toute la nuit, ce qu'elle fit, lisant, somnolant, ou bien postée au chevet de ces trois fiévreuses qui semblaient aller vers un terrible paroxysme. Le jour, la nuit, tout cela n'avait plus d'importance, ni même le fait qu'aujourd'hui était samedi, son samedi si précieux qu'elle passait à se laver les cheveux, à aller au parc avec un livre, à accomplir toutes les petites tâches qui s'accumulaient dans la semaine si remplie. C'était maintenant le milieu de l'après-midi du samedi et sa chambre à l'étage lui semblait bien loin. Une fois, au cours de l'après-midi, elle s'imagina dans sa chambre là-haut et se sentit perdue. Quand on se détache de ses biens personnels, de ses devoirs habituels, de ses moments de solitude, on perd son identité. On devient quoi au juste ? C'était la question qu'elle se posait, assise dans le fauteuil de Mme Holpert, dormant à moitié, à moitié aux aguets. Elle eut l'impression étrange mais pas désagréable d'être une mite flottant dans l'espace. Elle ressentait une liberté et une mobilité inhabituelles qui semblaient lui conférer une vision plus aiguë des choses, et même d'en jouir davantage, par exemple la reproduction de Vermeer au-dessus du lit, et le jardin de derrière, en désordre, ces feuilles qu'elle fixait de plus en plus longtemps. Curieusement, elle se sentait plus proche de Gert. On aurait dit que toutes ses relations aux choses de sa vie s'étaient disloquées. Ou bien c'était que le temps avait mystérieusement disparu.

Elle resta dans cet état second tout l'après-midi, écoutant d'une oreille distraite le Dr Marlowe lui dire que la crise n'avait pas encore eu lieu, que ce serait sans doute pour ce soir. Elle posa sans doute une question sur les signes extérieurs car le docteur, qui contrôlait la température de Jeannie, la regarda d'un air bizarre.

— La fièvre va tomber brutalement. Elles auront sans doute faim.

— Ah ?

Cela semblait une bonne nouvelle, pas du tout ce qu'elle avait imaginé.

— Et vous, comment vous sentez-vous ? demanda le Dr Marlowe.

Vous ne me semblez pas très en forme. Et si je prenais votre température ?

— Non, non, je vais très bien.

— Bon, bon.

Il rangea le thermomètre sans lui dire si Jeannie avait de la fièvre.

— Je ne sais pas ce qu'elles auraient fait sans vous. Vous êtes formidable.

Après son départ, Louisa se laissa à nouveau tomber dans le fauteuil. Elle avait horreur de se sentir fatiguée, mais peut-être était-ce plus sage de se reposer tant qu'on n'avait pas besoin d'elle. Elle prit un numéro du *National Geographic* dans le porte-revues et essaya de fixer son attention sur un article traitant des animaux phosphorescents microscopiques. Très vite elle tomba dans un demi-sommeil, peuplé d'affreux cauchemars : des champs rubescents, une espèce de grande chauve-souris aux ailes noires qui, moitié volant, moitié agrippée au sol, traversait des montagnes aux sommets enneigés qui se transformaient en draps bouleversés. En essayant de s'échapper, elle se réveilla dans le fauteuil.

On sonnait avec insistance à la porte de la maison.

Louisa traversa le hall en titubant, bien loin de son pas énergique habituel. Elle se rendait vaguement compte qu'elle devait être complètement décoiffée. S'était-elle peignée récemment? Depuis quand s'était-elle regardée dans une glace? C'était un jeune livreur.

— Des fleurs pour Miss Trott.

— C'est moi-même.

Il posa la longue boîte blanche dans ses bras; elle l'emporta machinalement jusqu'à l'appartement de Mme Holpert et la posa sur le fauteuil. Elle se redressa et se frotta les mains machinalement, désemparée.

Finalement ce fut cette couleur blanche, le blanc éblouissant de la boîte rectangulaire sous la lampe qui éclairait le fauteuil, qui attira son regard et réveilla son attention. L'éclat du papier blanc la remplit soudain d'une étrange excitation. La pureté toute simple de ces lignes était ce qu'il y avait de plus beau dans la pièce. Elle se pencha et lut son nom écrit en gros sur un grand bristol. Des fleurs. Pour *elle*.

Elle souleva le couvercle; le papier ciré déborda un peu sur les côtés, exhalant un parfum subtil, plein de nostalgie. Sous le papier, il y avait des roses blanches, une masse neigeuse. Elle les sortit précautionneusement car leurs longues tiges portaient de grosses épines. Elle n'avait jamais vu des roses aussi belles. Les fleurs étaient énormes, presque démesurées, comme si elles aussi étaient nées de ses rêves.

Une petite enveloppe tomba à ses pieds. Pressant les roses contre elle, elle l'ouvrit et reconnut l'écriture de M. Bramford.

> *Avec les meilleurs vœux de celui à qui vous manquez beaucoup,*
>
> *Clarence Bramford (T.S.V.P.).*

Au dos, la même écriture anguleuse, en plus petit :

> *Si vous pouvez abandonner vos malades pendant quelque temps dimanche soir, peut-être pourrions-nous dîner ensemble ? Je vous appellerai dimanche matin.*
>
> *C.B.*

Alors elle éclata en sanglots, les épaules recroquevillées, le front pressé contre la carte et l'enveloppe. C'est nerveux, se dit-elle, rien d'autre. Il fallait s'arrêter de pleurer : elle ne voulait surtout pas s'apitoyer sur elle-même. Pourtant c'était bien ce qu'elle ressentait, car on ne lui avait pas envoyé de fleurs depuis... Elle n'osait même pas essayer de se souvenir. En outre, il y avait sans doute l'effet de surprise : ce n'était pas du tout le genre d'homme à envoyer des fleurs. Il menait une vie très frugale. À l'idée qu'il avait eu ce geste inattendu, inouï, Louisa sentit à nouveau les larmes lui monter aux yeux. Dîner dimanche soir. Mais c'était demain ! quel plaisir ce serait de dîner avec lui. Cela lui faisait peur aussi parce qu'elle n'imaginait vraiment pas...

Un gémissement de Jeannie la ramena brutalement à la réalité : elle s'aperçut qu'une épine lui avait profondément piqué le doigt. Elle posa les roses et alla vers la chambre. C'était sans doute le début de la crise.

Elle passa le plus clair de la nuit à essorer des serviettes pour rafraîchir les malades, à offrir des verres d'eau, à accomplir toutes les tâches des trois jours précédents. La seule différence, c'était que maintenant, la grand-mère et les deux petites filles avaient presque toujours besoin d'elle en même temps. À un moment, au cours de la nuit, Louisa s'aperçut qu'elle regardait fixement un bol à moitié vide de bouillon de poule et des crackers recouverts de fromage gratiné, sur la table qui se trouvait près du fauteuil, se demandant comment tout cela se trouvait là. Lentement, elle se souvint que c'était Mme Dusenberre qui les avait apportés. Elle vit aussi les fleurs et sa mémoire revint.

— Mon Dieu, mon Dieu, quel dommage, se dit-elle à mi-voix en les prenant dans ses mains. Elles vont être toutes fanées !

Mais elles n'étaient pas fanées du tout, et faisaient un très bel effet dans le grand vase bleu sur la table de l'entrée. Louisa recula pour mieux les voir, chancela contre la porte ouverte et reprit son équilibre. Elle emporta le vase dans la chambre des enfants pour mieux en profiter. Leur santé lui redonnait du tonus. Elle remarqua alors qu'il y avait *deux* douzaines de roses. Comme c'était gentil de la part de M. Bramford ! Elle aurait bien aimé qu'il soit là pour lui tenir compagnie.

— C'est ridicule ! Qu'est-ce que cela changerait ? s'exclama-t-elle à voix haute.

Simplement, cela lui aurait semblé bon d'avoir un ami sur lequel elle puisse se reposer. Parce qu'elle était vraiment très fatiguée.

— J'ai faim.

Louisa se retourna.

— Miss Trott, j'ai faim, répéta Jeannie, les sourcils froncés, comme si c'était aussi scandaleux que de se sentir malade.

— Oh, ma chérie, quel bonheur ! C'est merveilleux, c'est merveilleux !

Louisa alla dans la cuisine, fit des œufs brouillés, beurra du pain grillé, versa un verre de lait, tout cela si vite que le plateau était prêt avant qu'elle n'en prenne conscience. Elle se sentait tout étourdie et euphorique. Jeannie allait mieux. C'était fini.

Elle fit avaler des cuillerées microscopiques à la petite, dont le visage était encore tout rose, tout en pensant de façon désordonnée à M. Bramford, à Mme Dusenberre, à la clarté matinale qui entrait avec force par la fenêtre de derrière, à son frère Gert. Elle éteignit la lumière électrique et contempla la lumière plus lente mais plus sûre du jour qui commençait à remplir la pièce. Elle était là, debout au centre de la pièce, une statue de la Victoire souriante, rousse et échevelée. Elle se sentait très calme, sereine et, paradoxalement, en dépit de tout, heureuse et pleine d'une énergie inextinguible.

— Jeannie. Jeannie ? dit Louisa comme si elle voulait lui dire quelque chose. Mais ce qu'elle voulait, c'était entendre la voix de la petite fille.

— Encore, dit celle-ci d'une petite voix.

Louisa reprit l'assiette et la fourchette. Elle pensa à son frère

Gert, se dit qu'elle allait tout de suite lui écrire une lettre, même si elle l'envoyait dans l'inconnu, qu'elle essaierait même de lui envoyer un colis. Elle enverrait aussi un colis à sa sœur Mina à Copenhague. Certains de ses envois s'étaient perdus et, perdant patience, elle avait abandonné ses envois vers l'Europe. Pourtant il fallait quand même essayer. Dieu du ciel, sa propre sœur ! Et son frère ! Et elle qui était là, en Amérique, à vivre confortablement !

– Miss Trott ?

– Oui, madame Holpert ? Que diriez-vous d'un peu de pain grillé trempé dans du lait ? Et d'une tasse de café pas trop fort ?

– C'était justement ce que j'allais vous demander.

De retour dans la cuisine, Louisa se mit à chantonner en préparant le petit déjeuner de Mme Holpert, ce qu'elle ne faisait que le samedi après-midi, en vaquant à ses occupations. Elle prit une rose, coupa la tige et la disposa sur le plateau, dans un vase uniflore.

Elle repensa à Mme Dusenberre, à la façon dont elle lui avait fermé la porte au nez, à la gentillesse que celle-ci avait montrée en apportant le bouillon de poule et les crackers. Avec un sourire qu'elle aurait été la première à juger stupide si elle s'était vue dans la glace, Louisa alla prendre cinq roses blanches dans le vase et décida de les porter à Mme Dusenberre. Mais elle se souvint de l'heure et regarda sa montre : six heures vingt. Mieux valait attendre.

De plus, elle devait avoir l'air d'un épouvantail. Pas très solide sur ses jambes, elle alla dans la salle de bains de Mme Holpert, sortit le gant et la serviette qu'elle avait descendus de sa chambre, et monta à la salle de bains du premier, au fond du couloir. La maison était silencieuse. Ni M. Noenzi ni personne d'autre ne la dérangerait ce matin.

Elle ferma la porte, contente de retrouver un endroit familier. Comme elle ouvrait les robinets pour faire couler un bain, son regard se posa sur le manche du vasistas. Pour une fois, étrangement, elle ne se sentait pas glacée par la même sensation de menace. Il n'y avait pas d'assassin à l'autre bout, quelle idée ! C'était un manche artisanal, voilà tout. Cela voulait sans doute dire qu'elle était très fatiguée. Elle se demanda à quelle heure le médecin ferait sa visite ce matin-là et se dit qu'il serait sûrement satisfait de ses trois malades. Soudain elle se souvint de M. Bramford. Il allait appeler ce matin et lui demander où elle voulait aller dîner. Et elle suggérerait le Plaza.

L'hôtel Plaza !

Louisa laissa tomber son gant et sa serviette, s'appuya contre la porte. Elle s'imaginait déjà, installée en face de M. Bramford : la table nappée de blanc, l'argenterie, la lumière des chandeliers dans la grande salle où flottait une musique d'ambiance. Cela plairait aussi à M. Bramford. Prendre le train pour aller aux sports d'hiver, le manteau d'astrakan noir et même la semaine au Plaza... Tout d'un coup, doucement mais sûrement, comme l'aube qu'elle avait vu pénétrer par la fenêtre de Mme Holpert, tout semblait possible, et accessible, et vrai.

NOUVELLES
DE LA MATURITÉ
1952-1982

L'amateur d'oiseaux

Douglas McKenny s'approchait de chez lui, le nouveau perroquet acheté au bazar sous le bras, quand un voisin lui cria :
— Bonjour, monsieur McKenny! Vous avez un nouvel oiseau?
Ses voisins avaient l'impression qu'il achetait souvent des oiseaux, pour les donner aux enfants, sans doute.
— Non, non, répondit-il. C'est un abat-jour. Vous allez bien, monsieur Riley?
Il poursuivit son chemin et arriva à son perron : une petite fille qui sautait à la corde s'arrêta, essoufflée.
— Oh, monsieur McKenny, je peux le voir?
— Ce n'est pas un perroquet, ma mignonne, c'est un abat-jour, lui dit-il en souriant. Le petit Petey va bien?
Il lui avait donné un perroquet quatre ans auparavant, quand elle était haute comme trois pommes.
— Il va très bien, monsieur McKenny. Il sait répéter la première strophe de *La Bannière étoilée*[1]. Mais il n'arrive pas à aller plus loin que « ... si fièrement ».
— Amène-le-moi un de ces jours et on verra si on ne peut pas le faire progresser un peu, dit-il gentiment, en lui tapotant la tête.
— D'accord, monsieur McKenny!
Elle fila comme un oiseau elle-même, faisant tourner un yo-yo cassé au bout de sa ficelle.
M. McKenny monta péniblement l'escalier. Il aurait préféré ne pas mentir, mais il valait mieux que les voisins en sachent le moins possible. Tous les jours il rentrait et sortait de chez lui avec un perroquet; il prenait la peine de varier les emballages pour qu'ils paraissent différents. Parfois il mettait la cage dans une taie d'oreiller, comme si c'était sa lessive. Ou bien il emportait jusqu'au bazar, enveloppée dans un sac de papier, une grande boîte de gâteaux de chez Schrafft, le magasin tout proche, et rapportait

---

1. Hymne national américain

un oiseau, le doigt passé dans la ficelle comme si c'était vraiment un gâteau de chez Schrafft.

Il mit le perroquet dans une cage pour lui tout seul, en lui murmurant des paroles apaisantes ;

– Là, là, Billy... Gentil Billy. Toi et moi on va être amis, d'accord ?

Le perroquet à poitrine grise, sur son perchoir, le regarda d'un œil soupçonneux, l'air boudeur.

Il avait bien vu au bazar que c'était un animal assez irascible, mais c'était le seul ce jour-là qui ait la poitrine grise. Il se mit à lui parler, en énonçant lentement et distinctement chaque syllabe :

– Bil-ly... Bil-ly...

Pour amadouer l'oiseau, il versa de l'eau dans la coupelle de la cage à l'aide d'un petit pichet et fit tomber quelques graines dans la mangeoire, tout cela très lentement. Puis il alla près de la porte du placard, là où le perroquet ne pouvait pas le voir et pourtant tout proche. Quand on apprend à parler à un perroquet, il vaut mieux rester invisible afin que l'oiseau puisse se concentrer et imiter les sons qu'il entend.

– Bil-ly, répéta-t-il lentement, Bil-ly... Bil-ly... Bil-ly...

– *Baïïee !*

C'était Queenie, une femelle de couleur verte, gâtée, qui vivait avec son compagnon dans une cage à l'autre bout de la pièce, qui s'était mise à pépier.

Il recommença, patiemment.

– Bil-ly... Allez Billy, dis quelque chose. Embrasse-moi. Embrasse-moi. Embrasse-moi.

S'il arrivait à trouver une phrase que le perroquet connaissait déjà, cela le stimulerait pour apprendre d'autres choses. Mais l'oiseau ne connaissait probablement aucun mot.

– *Tin... ng ! Rrrr-rrr-r !* finit par sortir le perroquet.

M. McKenny poussa un soupir. Ou il se trompait fort, ou c'était là le bruit d'une caisse enregistreuse.

Le téléphone sonna. M. McKenny sortit de sa cachette pour répondre :

– Monsieur McKenny ?

– Lui-même.

– Je me présente, Jack Haley, *Evening Star*. C'est bien vous qui avez rapporté hier un perroquet perdu nommé Chouchou à une Mme Richard van der Maur ?

– C'est exact, répondit McKenny, méfiant.

– Nous aimerions vous poser quelques questions, comment

vous avez réussi à attraper l'oiseau, les détails quoi. Est-ce que je... ?

— Je vous remercie, mais je n'ai rien à dire. L'oiseau est arrivé sur le rebord de ma fenêtre. J'ai commencé à lui parler et il est entré dans la maison, c'est tout.

— Un petit entrefilet et peut-être une photo, supplia le reporter. Cela ne prendra que quelques minutes. Je suis là dans un quart d'heure.

— Mais...

Le reporter avait raccroché.

M. McKenny passa ce quart d'heure à essayer de mettre de l'ordre dans son appartement d'une pièce et demie, un appartement de célibataire, tout en se demandant s'il ne ferait pas mieux de sortir pour éviter de rencontrer le journaliste. Est-ce qu'il fallait dissimuler ses onze perroquets? S'il mettait les quatre cages dans le placard en les recouvrant d'un tissu, les oiseaux resteraient silencieux. Ou bien fallait-il les exhiber fièrement et clamer qu'il était amateur de perroquets depuis des années? Deux minutes avant l'arrivée du reporter, il se décida pour la première option. Il posa les cages par terre dans le placard, par-dessus ses chaussures et une chemise sale et referma la porte. Le reporter avait-il entendu les cris des oiseaux pendant qu'il était au téléphone? Sans doute pas.

On sonna à la porte en bas.

Il jeta un coup d'œil autour de lui, rajusta son gilet, alla dans la kitchenette et appuya sur le bouton de l'interphone. Il entendit un pas jeune et élastique grimper les deux étages. On frappa. Il alla ouvrir.

— Bonjour! monsieur McKenny, je présume?

Le jeune homme sourit. Il avait un bloc-notes et un crayon à la main, un appareil photo autour du cou.

— C'est moi. Je vous en prie, entrez.

— Merci. C'est par cette fenêtre que l'oiseau est entré?

— Non, c'est par celle-là, répondit M. McKenny en désignant une autre fenêtre.

Il fut mitraillé de questions. Combien de temps lui avait-il fallu pour amener l'oiseau à se percher sur son doigt? Est-ce qu'il avait tout de suite regardé dans le journal pour voir si quelqu'un avait perdu un perroquet?

M. McKenny raconta l'histoire avec un minimum de détails et sans avoir l'air d'y accorder d'importance.

— Après tout dans une grande ville comme New York, c'est

le genre de choses qui peut arriver. Où voulez-vous qu'un perroquet se pose sinon à un rebord de fenêtre ? Ce sont des animaux très sociables, vous savez, et ils ont besoin de manger souvent.

M. McKenny eut un petit rire timide :

— Ils ont le choix : soit ils atterrissent dans l'appartement de quelqu'un, soit ils vont directement au restaurant.

— Pourtant, c'est grâce à vous que Mme van der Maur a retrouvé le sourire. Je suis sûr que beaucoup d'autres auraient simplement gardé l'oiseau, sans chercher à retrouver le propriétaire. Quand Mme van der Maur nous a appelés hier soir pour annuler sa petite annonce, elle a tenu à souligner qu'elle était ravie d'un résultat aussi rapide. Je suis allé la voir ce matin, j'ai pris quelques photos du perroquet bien sûr. Elle était contente de le retrouver. Et si on prenait une photo de vous assis à la fenêtre où vous l'avez attrapé ?

Le jeune homme prépara son appareil.

— Je n'aime pas tellement être pris en photo, dit M. McKenny.

— Oh, allez, pour une fois. Juste un petit instantané pour la deuxième page.

De mauvaise grâce, M. McKenny finit par se laisser faire : il alla s'asseoir sur la chaise que le reporter avait approchée de la fenêtre.

— Maintenant si vous voulez bien tendre le doigt comme vous l'avez fait pour attraper l'oiseau et me regarder comme si vous étiez en train de me parler. Racontez-moi encore comment ça s'est passé.

— J'étais... Le perroquet était là, sur le rebord en briques...
Clic !

— Encore une s'il vous plaît, au cas où la première serait ratée.

— ... sur le rebord en briques, quand soudain...
Clic !

— Merci bien, monsieur. Vous vous y connaissez en perroquets ? Vous avez des oiseaux de compagnie ?

— Non, dit M McKenny. J'en avais autrefois. Mais je n'en ai plus, des perroquets, je veux dire. C'est pour ça sans doute que j'ai réussi à attirer celui-là.

— Je vois. Puis-je savoir quelle profession vous exercez ?

— Je suis retraité. J'ai une petite pension d'ingénieur civil.

— Je vois, dit le jeune comme en prenant des notes.

Soudain son regard se porta sur l'étagère accrochée au mur, sur laquelle étaient rangés des paquets de graines, des os de seiche et quelques jouets pour oiseaux en plastique, un petit cheval à bascule, un clown qui retrouvait son équilibre quand on essayait de le renverser. Le reporter s'approcha.

— Vous avez acheté tout ça pour le perroquet ?

— Euh... oui. Je voulais faire pour le mieux. Il n'a pas aimé le premier paquet de graines que j'avais acheté.

— C'est vraiment très gentil de votre part, monsieur McKenny. Et l'oiseau n'est resté chez vous que trois heures, c'est bien ça ? Vous l'avez attrapé à deux heures, et à cinq heures vous appeliez Mme van der Maur ?

— C'est ça.

— Eh bien ça a été un plaisir de vous rencontrer, monsieur McKenny. L'article va paraître dans l'édition de l'après-midi. J'espère qu'il vous plaira. Au revoir.

Il ouvrit la porte en souriant.

— Ce n'est vraiment pas très important, dit M. McKenny.

Pour Douglas McKenny, acheter les journaux était un rite sacré. Il trouva l'édition de l'après-midi où figurait sa photo, à côté de l'histoire du perroquet, et essaya de lire l'article avec détachement comme s'il s'agissait de quelqu'un d'autre. Il vit l'annonce à propos de Billy, la même que dans la première édition, mais aucun autre perroquet n'avait été perdu. Tant mieux. Il aurait ainsi l'après-midi et la soirée pour s'occuper de Billy. Billy n'était pas un oiseau facile, mais la récompense était de vingt dollars, pas autant que les trente dollars de Mme van der Maur hier, mais cela valait quand même la peine d'essayer ; en outre, la petite annonce précisait que les propriétaires de Billy étaient des enfants. M. McKenny préférait placer les oiseaux dans des foyers où il y avait des enfants.

Cela faisait trente ans que M. McKenny était amateur de perroquets, et éleveur aussi, à une échelle assez modeste. Quelques années auparavant encore, les perroquets se vendaient au moins cinq dollars pièce, et on ne les trouvait pas dans les magasins bon marché. Grâce à ce qu'il gagnait en élevant et en vendant des perroquets, il avait ainsi été à même d'arrondir sa pension. Les deux oiseaux qu'il avait en ce moment chez lui, Freddie et Queenie, étaient les descendants de deux dynasties qui remontaient au temps où sa femme Helen était encore en vie, et même assez jeune. D'un certain côté, le fait d'avoir des perroquets qui descendaient en droite ligne de ceux qu'ils avaient connus et aimés ensemble, c'était comme si elle vivait encore un peu. Avant l'époque où le marché avait commencé à décliner, M. McKenny avait eu jusqu'à quarante perroquets dans son appartement. Cela lui était égal de vendre un perroquet un dollar quatre-vingt-dix-huit au lieu de cinq dollars ; d'ailleurs n'en avait-il pas distribué à suffisamment d'enfants et d'adultes du quartier, qui n'avaient pas cinq dollars à dépenser ? Mais un dollar quatre-vingt-dix-huit au lieu de cinq, cela signifiait moins d'argent disponible pour payer son loyer et se nourrir. Et c'est ainsi qu'un beau jour, totalement par hasard, car jamais une telle duplicité ne lui serait venue à l'esprit, il avait vu qu'on offrait une récompense de dix dollars à la personne qui retrouverait un perroquet échappé d'un appartement dans Greenwich Village. Il se trouvait qu'il possédait un oiseau de la même couleur. Il avait dû prendre son courage à deux mains pour emballer son perroquet, descendre jusqu'à Greenwich Village trouver les propriétaires et leur raconter qu'il l'avait trouvé à sa fenêtre. Quand il avait vu à quel point tous les membres de la famille étaient heureux de retrouver leur oiseau, il s'était senti moins coupable. Après tout, pour un profane, tous les perroquets se ressemblent ; d'ailleurs il est fort probable qu'il leur avait donné un spécimen plus robuste que celui qu'ils avaient perdu. Avec le temps, il était devenu plus audacieux. Quand les gens trouvaient bizarre que l'animal ne réponde plus à son nom, ou qu'il ne parle pas, M. McKenny prétendait que chez lui, il avait réagi et qu'il était sans doute encore effrayé par le trajet en métro. Il était très rare qu'on refuse d'accepter ses oiseaux. Quand cela arrivait, il se contentait de dire :

– C'est sans doute une coïncidence qu'il soit arrivé chez moi.

Il évitait évidemment toute publicité. Le reporter qui lui avait rendu visite ce matin-là était le premier qui soit jamais entré chez lui. La plupart du temps, quand les gens à qui il apportait un oiseau lui demandaient son nom, il donnait une fausse identité. Quand il était allé chez Mme van der Maur avec le perroquet, le maître d'hôtel lui avait demandé son nom ; pris de court, il l'avait donné, sans réfléchir.

M. McKenny ne répondait pas à toutes les annonces d'oiseaux perdus, mais seulement à environ trois sur cinq ; il y en avait au moins une par jour dans les journaux pendant les mois d'été. Il récoltait environ vingt et un dollars par semaine. Avec sa pension, qui s'élevait à vingt et un dollars, il arrivait tout juste à subvenir à ses besoins.

*

Billy fut reçu le lendemain après-midi par une mère un peu soupçonneuse et un trio d'enfants bruyants qui déliraient de joie. C'est Billy, c'est Billy, insistèrent les enfants, et le perroquet confirma son identité en répétant « *Bu-eee! Bu-eee! Bu-eee!* », l'air pourtant excédé par le bruit que faisaient les gamins. La mère était sceptique : Billy était plus gros, elle en était sûre et d'ailleurs il avait une queue d'un bleu plus foncé. M. McKenny n'avait pas insisté.

— Bien sûr, ce n'est peut-être pas Billy. Il y a sûrement pas mal de perroquets qui s'envolent au-dehors par un beau temps comme celui-ci. Si ce n'est pas le vôtre, il ne faut pas le prendre.

Les enfants hurlaient :

— Mais si, c'est Billy! Mais si, c'est Billy!

Tin... ng! Rrrr-rrr-r! piaillait le perroquet.

Il était reparti avec sa récompense de dix dollars. Il remontait York Avenue avec un petit sourire sur les lèvres, non parce qu'il était plus riche de dix dollars mais parce qu'il revoyait les visages des trois enfants. Il s'aperçut soudain qu'il passait devant une oisellerie. Une cage de perroquets était accrochée dans un coin, en hauteur. L'un des oiseaux était presque entièrement jaune. Sur l'étiquette, le prix usuel, un dollar quatre-vingt-dix-huit. M. McKenny entra dans la boutique et consacra une partie des dix dollars à acheter la femelle jaune. Si personne ne réclamait un perroquet jaune, et celui-là était difficile à confondre avec un autre, il le garderait.

Il vivait dans une maison new-yorkaise typique, avec une façade de grès brun, dans une rue où subsistait de chaque côté une dizaine d'autres bâtiments de ce type, écrasés par la présence de gigantesques immeubles d'habitation. M. McKenny les avait tous vu construire, après démolition des maisons traditionnelles, au cours des dix-sept années qu'il avait passées dans l'appartement qu'il occupait. Il connaissait tous les habitants de ces maisons, ceux qui avaient des géraniums ou des bégonias sur le rebord de la fenêtre et passaient la plus grande partie de leur temps assis dans leur fauteuil, à regarder ce qui se passait dehors; c'est-à-dire presque tout le monde. M. McKenny savait que vivaient là beaucoup de personnes âgées, des couples, des veufs, des veuves, dont la plupart avaient du mal à joindre les deux bouts. Lui se débrouillait un peu mieux. Dans la maison voisine, il y avait une femme dont le mari était mort deux ans auparavant; et M. McKenny, quand il en avait les moyens, lui apportait de temps en temps un peu de pot-au-feu ou de bouillon de poulet. Il lui arrivait d'emmener un autre voisin, un infirme qui ne quittait pas sa chaise roulante, faire le tour du pâté de maisons.

Ce jour-là, quand M. McKenny arriva dans sa rue, trois ou quatre mains maigres, aux veines apparentes, lui firent signe derrière les ipomées et les géraniums en fleurs. C'était une belle journée de juin.

– Bonjour, monsieur McKenny ! J'ai vu votre photo dans le journal, hier ! Alors, vous devez célèbre ?

– Pas encore, répondit-il avec un petit rire. Bonjour, madame Zabriskie, dit-il à une autre voisine assise sur son perron en ciment. Comment allez-vous ?

– Bonjour, monsieur McKenny. Qu'est-ce que vous avez là ? Encore un autre oiseau trouvé ?

Il sourit.

– Eh non.

Il souleva le sac en papier marron d'un air désinvolte.

– Je me suis acheté une chemise d'été.

Juin était passé et juillet bien entamé, apportant des journées sans un souffle d'air, avec des températures si élevées que M. McKenny sortait ses cages très tôt le matin, les disposait sur l'escalier de secours avant que le soleil ne l'atteigne et ne rende la chaleur insupportable. Il prépara un saumon en gelée, garni d'œufs durs et de laitue, et l'apporta à M. Tucker, son voisin infirme. À deux reprises, il acheta de la crème glacée pour la dame qui venait de perdre son mari.

Un matin, alors que M. McKenny se penchait par la fenêtre pour rentrer ses oiseaux avant que le soleil ne les frappe, il aperçut, perché sur la rambarde de l'escalier de secours, un très beau perroquet mâle, bleu royal avec des touches de vert. Il vit tout de suite que ce n'était pas l'un des siens ; il en avait pourtant vingt-cinq, en prévision de l'été qui amenait toujours une recrudescence d'activité. Le perroquet le regarda d'un œil vif, puis se remit à pépier, tout en sautillant sur la rambarde. Il parlait à ses congénères, qui considéraient avec beaucoup d'intérêt l'oiseau libre. M. McKenny l'appela à mi-voix, le cœur battant.

– *Fw-w ! Fw-w !* Viens ici, petit oiseau, viens, dit-il doucement, sans bouger.

Il était plié en deux, penché dehors, une main sur la cage de Freddie et Queenie, l'autre sur le rebord de la fenêtre. Petit à petit il se redressa et rentra la cage.

L'amateur d'oiseaux

Le perroquet n'avait pas quitté l'escalier de secours, sautillant et gazouillant comme s'il s'amusait beaucoup.

M. McKenny rentra toutes ses cages. Avec un oiseau perdu, il ne fallait pas trop insister. Soit il rejoindrait les autres oiseaux dans la pièce, soit il s'envolerait. M. McKenny s'accroupit sur le sol derrière les cages et recommença à parler au perroquet.

– Viens, petit oiseau, viens. Entre. Tu n'as pas faim ? *Tweetie, tweetie.*

Il mit son disque de cris de perroquets, assez bas. Les autres oiseaux pépiaient à qui mieux mieux en prenant leur petit déjeuner. L'étranger sauta de l'escalier sur le rebord de la fenêtre pour voir ce qui se passait. M. McKenny sentit que c'était gagné. Il attendit un peu puis se rapprocha très lentement de la fenêtre et répandit quelques graines sur le tapis. Le perroquet les regarda avec curiosité, et sauta. Sans se presser, M. McKenny passa derrière lui et referma la fenêtre. Il avait déjà fermé l'autre fenêtre, un peu sur la gauche.

Il prépara une cage vide, avec de l'eau et des graines, et la posa sur le sol, la porte ouverte. Il arrive que les perroquets, s'ils sont restés quelques heures seuls, ou effrayés, aiment se mettre à l'abri dans une cage. Il vérifia que le perroquet ne pouvait pas s'échapper et descendit acheter les journaux du matin.

Il n'avait pas espéré trouver déjà une annonce et pourtant elle était là, dans le *New York Times* :

PERROQUET. *Nom : Félix, bleu et vert, disparu hier, 48ᵉ Rue (est). Animal de compagnie très chéri. Récompense.*

Le tout suivi du numéro de téléphone. Il appela l'oiseau :
– Félix ?
– *Fee-ix !* répliqua l'oiseau avec impatience, presque par-dessus l'épaule, et il continua à faire le beau devant les animaux en cage.
– Félix, répéta M. McKenny en tendant le doigt.
– *Fee-ix ! Har ! Har !*
Comme en écho, les autres reprirent après lui :
– *Har ! Har ! Har ! Har !*
– *Kaarr ouarr !* suggéra Queenie.
– Oh non, pas le placard pour Félix. Ce ne serait pas gentil.

M. McKenny avait si souvent dit à Queenie combien il était désolé de l'avoir remisée dans un placard tout noir le jour de la visite du reporter, qu'elle avait mémorisé ces deux mots. Il se dirigea vers le téléphone, scruta la page de journal et composa lentement le numéro.

Une femme avec un accent étranger répondit. « Vous êtes chez Miss ... », un nom qu'il ne réussit pas à retenir.

– Je crois avoir trouvé votre perroquet

– Ah bon ? Vous avez trouvé Félix ? Vous croyez ? *Un moment s'il vous plaît. Mademoiselle !*

Il resta au bout du fil presque une minute. Puis ce fut une autre voix féminine, pleine d'excitation :

– Allô ? Vous avez Félix ? Où êtes-vous ? Vous l'avez vraiment retrouvé ?

– Je crois que c'est lui, mais je ne peux pas le garantir.

Il se sentait en fait de plus en plus sûr qu'il s'agissait bel et bien de Félix.

– Mais où l'avez-vous trouvé ? Où est-ce que je peux vous rejoindre ?

M. McKenny avait un discours tout prêt :

– Je peux vous l'apporter, si vous me donnez votre adresse. J'ai une cage.

Il nota les coordonnées et écrivit le nom en majuscules, Dianne Walker. Un nom très simple finalement, pourtant quand la bonne française l'avait prononcé... Il promit d'apporter Félix dans trois quarts d'heure environ. Cela lui donnerait le temps de se faire une tasse de thé et peut-être une tartine grillée. Il lui fallait aussi le temps de persuader Félix d'entrer dans la cage.

Un quart d'heure plus tard, il avait fini son petit déjeuner. Félix, lui, était toujours en liberté dans l'appartement. M. McKenny s'approcha tout près de lui, à pas feutrés. Il attira son attention en agitant une main ; de l'autre, il le couvrit avec son chapeau, très doucement. Il réussit à le mettre en cage sans autre dégât qu'une petite blessure en V sur l'index.

– Tu seras beaucoup plus heureux là où nous allons, dit-il d'un ton apaisant. Je te ramène chez toi.

Pour le coup de bec, il n'avait pas de rancune.

Avec des gestes automatiques, fruits d'une longue habitude, il mit la cage dans un sac en papier marron, avec un journal par-dessus pour qu'elle reste invisible. Cela le fit sourire, car après tout, cette fois-ci, il n'avait rien à cacher. Pourtant, il laissa le journal en place. Il valait mieux que les voisins en sachent le moins possible.

*

C'était une maison typique à façade de grès brun, mais modernisée ; la cuisine était au rez-de-chaussée, sur la rue ; la sonnette était un carillon. C'était un palais, comparée au modeste bâtiment occupé par M. McKenny et ses colocataires. La bonne jeta un regard à l'encombrant paquet et ouvrit la porte en grand :

— Ah, c'est le monsieur qui rapporte Félix. Entrez, je vous en prie !

— Merci.

Il n'eut pas plus tôt mis le pied à l'intérieur qu'il entendit un bruit de voix. Deux hommes, qui avaient l'air d'être des reporters, entrèrent dans le vestibule par une petite porte latérale. Et avant qu'il ne puisse s'échapper, une jeune femme blonde débula, devant les deux hommes.

— Ah, mon cher monsieur ! Vous avez ramené Félix ?

M. McKenny était encerclé. On lui prit le sac des mains. Quelqu'un sortit la cage et un cri s'éleva quand l'animal apparut.

— C'est bien mon Félix, s'écria la jeune femme blonde. Oh, merci mon Dieu !

Elle entoura la cage de ses bras, ce qui mit Félix au comble de l'excitation.

Il y eut deux flashes simultanés. Un reporter s'approcha tout près de lui.

— Racontez-nous comment vous avez retrouvé le perroquet, monsieur. Entrez ici, je vous en prie !

Le groupe entier, auquel s'étaient ajoutés deux reporters femmes, alla s'installer dans une vaste salle de séjour pleine de roses rouges.

— Ça c'est une histoire du tonnerre. Vous savez qui est Dianne Walker, bien sûr ?

— Hélas... Je dois dire...

— C'est la plus grande vedette d'Hollywood et de Broadway, lui souffla le reporter dans l'oreille.

M. McKenny ne comprit pas ce que cela voulait dire. C'était sans doute une actrice. Elle était en train de poser pour les journalistes, Félix perché sur son doigt aux ongles vernis, lui donnant un baiser. D'ailleurs, un grand silence s'était fait : tout le monde avait les yeux tournés vers le spectacle pris par les appareils photo. Encore une fois, il pensa à s'échapper. Une récompense, quelle qu'elle soit, ne pourrait réparer le mal que lui ferait toute cette publicité. Un reporter chuchotait à son oreille :

— Elle a déclaré qu'elle s'était juré de ne pas monter en scène ce soir si on n'avait pas retrouvé le perroquet! Elle dit que Félix est son porte-bonheur.

Clic!

— Parfait, Miss Walker, merci!

— Maintenant racontez-nous comment vous l'avez retrouvé, demanda une des femmes.

Les appareils photo se braquèrent sur lui.

— C'est-à-dire que... J'étais en train de rentrer mes cages dans l'appartement... Je les mets sur l'escalier de secours pour la fraîcheur ce matin un peu avant huit heures, quand je...

M. McKenny s'interrompit soudain. Il venait de reconnaître le jeune reporter qui lui avait rendu visite le mois dernier.

— Continuez, monsieur McKenny, dit celui-ci en lui faisant un petit sourire et un geste de la main, qui ne lui parut pas très amical.

Il se jeta à l'eau :

— J'ai vu ce perroquet, Félix, perché sur la rambarde de l'escalier de secours. Je savais que ce n'était pas un des miens parce que je n'en ai aucun de cette couleur.

Il se rappela soudain avoir dit au reporter qu'il n'avait pas de perroquet du tout.

— Alors je l'ai appelé. J'ai rentré mes propres oiseaux, j'ai posé les cages par terre. Et je me suis mis à appeler Félix.

— Vous saviez que c'était Félix?

— Non, je veux dire que je l'ai appelé comme j'aurais appelé un des miens. Il a fini par entrer et j'ai fermé la fenêtre. C'est alors que j'ai vu dans le journal qu'un oiseau similaire avait été perdu.

— Vous voulez dire que c'est par hasard que vous avez vu l'annonce dans le journal?

— Dans *quel* journal?

— Bien sûr j'ai immédiatement regardé sous la rubrique pour voir si quelqu'un avait perdu un perroquet. Et j'ai tout de suite appelé le numéro.

Miss Walker s'avança, vêtue d'un pull noir très ajusté, d'un pantalon qui semblait fait de peau de tigre, chaussée de ballerines. Elle avait à la main des billets de banque.

— Je suis ravie de pouvoir donner à cet homme honnête cent dollars de récompense pour avoir retrouvé mon Félix Mendelssohn adoré! cria-t-elle à la cantonade.

Les appareils crépitèrent à nouveau. M. McKenny, muet, contemplait les billets. On lui demanda de sourire pour la photo. Miss Walker lui posa sur la joue un baiser qui lui sembla interminable : les six appareils photo s'étaient mis en action. M. McKenny murmura qu'il devait partir. Miss Walker se récria :

— Vraiment ? Je ne peux pas vous offrir une tasse de café ?

— Merci. Je ne bois jamais de café. Il faut que je parte. Merci de votre généreuse récompense. C'est beaucoup plus que je n'attendais. Je ne sais pas si...

— Ah, mais si, vous gardez l'argent. Mon Félix n'a pas de prix.

Il sourit et s'inclina.

— Merci, Miss.

On lui rendit son sac et la cage vide.

Comme la bonne le précédait dans le vestibule pour lui ouvrir la porte, il entendit un pas rapide, qu'il reconnut.

— Bonjour, dit le jeune reporter, une fois sur le trottoir. Vous vous souvenez de moi, n'est-ce pas ?

— Bien sûr. Comment allez-vous ?

— Très bien. L'article vous a plu ?

— C'était très bien, vraiment.

— Cette fois-ci je vais en écrire un plus long. Vous avez un don pour retrouver les perroquets perdus, on dirait ?

— Mon Dieu, c'était un hasard. Il a dû être attiré par ses congénères. C'est la seule explication que je voie.

— Je croyais que vous n'aviez pas d'oiseaux vous-même ?

— J'en ai racheté depuis. Je vous ai dit que j'en avais autrefois.

— Oui. Combien d'oiseaux avez-vous retrouvé en tout, monsieur McKenny ?

— Mais... Ces deux-là, je ne me souviens pas...

Il regarda le jeune homme, s'attendant presque à être foudroyé sur place, par lui ou par le Tout-Puissant lui-même.

Le reporter fit une grimace.

— Vous voulez savoir ce que je pense ? Je pense que vous êtes un menteur. Je suis sûr que ce n'est pas du tout l'oiseau de Miss Walker que vous avez rapporté. Je vais faire ma petite enquête ce matin. Si mes soupçons se confirment, eh bien je ferai en sorte que cela passe dans le journal.

M. McKenny chancela.

— Parfait, dit-il doucement. C'est votre droit.

Il tourna les talons.

*

Ce matin-là, M. McKenny ne salua aucun de ses voisins. Ils pouvaient bien s'imaginer qu'il était devenu sourd ou aveugle tout à coup, cela lui était égal. Il était probable que le lendemain, plus personne ne voudrait lui adresser la parole. Des pensées sombres agitaient son esprit. C'était le sentiment de honte qui dominait, mais l'idée qu'il lui faudrait déménager était presque aussi insoutenable. Trouver un autre appartement, pour un loyer abordable, où il pourrait garder ses oiseaux. Il fallait qu'il se mette à chercher tout de suite. Il lui serait impossible de rester dans le quartier une fois que tout le monde saurait qu'il était déshonoré.

L'accueil que lui firent ses oiseaux raviva son sentiment de honte. Il réalisa soudain qu'il n'avait qu'eux au monde. Encore heureux qu'ils ne puissent pas lire les journaux! Dans une espèce d'état second, M. McKenny parcourut les petites annonces offrant des appartements garnis à louer; il avait du mal à se concentrer. Tous paraissaient sinistres et sans vie. Ou bien beaucoup trop chers. Une seule annonce attira son attention, mais en relisant le texte, il s'aperçut que c'était cent quatre dollars par *semaine* et non par mois.

Il refit du thé, en bavardant avec ses perroquets : leur bonne humeur inconsciente lui mit un peu de baume au cœur. Enfin, il alla sortir d'un placard sa grande malle et se mit à la remplir. Peut-être y aurait-il une annonce intéressante dans les journaux du soir? Mais en son for intérieur, il n'espérait plus.

Quand il eut terminé de faire ses bagages, il resta quelques secondes à la fenêtre, les yeux grands ouverts, sifflotant un vieil air.

Le coup de sonnette le fit sursauter. Encore des reporters, se dit-il. Peut-être même la police! Un moment il eut envie de fuir. La seule issue, c'était la fenêtre de la cuisine, qui donnait dans la cour intérieure. Ce serait un suicide. Mais il avait toujours pensé que le suicide n'était pas une solution honorable. Il se redressa. Il ferait face, accepterait la sanction ou l'amende, tout ce qu'on lui infligerait, comme un homme.

On sonna à nouveau. Il alla dans la kitchenette pousser le bouton de l'interphone.

Il reconnut le pas du jeune reporter. Il était seul. Peut-être apportait-il une assignation à comparaître? Ou bien il voulait obtenir des aveux pour son journal. Le jeune homme frappa à la porte et M. McKenny lui ouvrit.

— Bonjour, monsieur McKenny, dit-il poliment. Je peux entrer?

M. McKenny le laissa passer. Il n'avait pas de bloc-notes.

— Monsieur McKenny, ce matin, à propos du perroquet, j'avais tort. J'y suis retourné et je lui en ai parlé. Elle est persuadée que c'est bien le sien parce qu'il sait dire certaines phrases qu'elle lui a apprises. Elle a aussi des photos en couleurs. Je les ai vues.

— Vous savez, les perroquets se ressemblent tous un peu. C'est facile de faire une erreur.

— Mais ce perroquet-là est bien celui de Miss Walker.

Le jeune homme passa la langue sur ses lèvres.

— Je suis allé vérifier dans des vieux numéros du journal et chez les concurrents. Je suis allé voir deux ou trois personnes qui avaient aussi récupéré leurs perroquets. Une dame qui habite York Avenue, vous vous en souvenez peut-être, l'oiseau s'appelle Billy.

— Je me souviens, effectivement.

— Celui-là, ce n'est pas Billy. Les enfants n'étaient pas à la maison et c'est leur mère qui me l'a affirmé. Elle m'a dit qu'il lui ressemblait beaucoup mais que ce n'était pas lui. Ils l'ont rebaptisé Ting parce qu'il n'arrête pas de répéter cette phrase. Mais comme les enfants restent persuadés que c'est bien leur perroquet, et qu'ils sont contents comme ça, elle n'a pas le cœur de leur dire la vérité.

M. McKenny se rendit compte qu'il était en train de sourire.

— Très bien !

— Je lui ai dit que vous faisiez ce petit trafic un peu partout dans New York, que vous apportiez des perroquets pour empocher la récompense. Mais elle pense que ce n'est pas la peine que je vous dénonce. En fait elle m'a supplié de ne pas le faire. Si cela peut donner du bonheur aux familles, cela n'a pas d'importance. Et c'est ce que m'ont dit deux ou trois autres personnes aussi. D'ailleurs, monsieur McKenny, je suis persuadé que c'est mieux comme ça. Je me suis dit qu'il fallait que je passe vous rassurer, vous vous faisiez sans doute du souci après ce que j'ai dit ce matin.

— Oh non, pas du tout.

— C'est comme le père Noël, non ? Il n'existe pas, mais il apporte du bonheur aux enfants.

Le jeune homme se dirigea vers la porte.

— Eh bien, au plaisir, monsieur McKenny.

M. McKenny se détourna, respira un grand coup et sourit largement. Il y avait quand même des gens qui le comprenaient. Du coup le monde lui parut plus brillant, plein de soleil et de chaleur humaine. Il regarda sa montre. Déjà trois heures ! Il alla prendre sa veste dans le placard, mit son chapeau et descendit acheter les journaux de l'après-midi.

Le meilleur ami de l'homme

Chaque matin à sept heures trente précises, le Dr Edmond Fenton quittait son appartement situé dans les East Sixties pour sortir son berger allemand, Baldur, à Central Park. Ils marchaient à bonne allure pendant une demi-heure environ puis rentraient prendre le petit déjeuner. Pour Baldur, c'était du lait chaud et du pain grillé, comme le prescrivait le manuel de dressage. Pour le Dr Fenton, un jus d'orange, un toast sans beurre et du café ; à neuf heures, il partait pour son cabinet sur l'avenue Lexington, accompagné de Baldur, qui se couchait sous son bureau, et attendait patiemment la pause de treize heures, le retour à la maison et le déjeuner.

À six heures du soir et encore une fois avant de se coucher, le Dr Fenton sortait Baldur, soit dans Central Park, soit sur l'avenue Lexington. Il avait suivi à la lettre les instructions du manuel et grâce à ses soins attentifs, Baldur était devenu un animal magnifique et robuste. Son pelage présentait une bande noire le long de l'épine dorsale, puis tournait au brun sur les flancs et au beige très clair sur le ventre et les pattes. Il était parfaitement dressé, n'aboyait jamais et ne tirait pas sur sa laisse. Il se faisait les dents sur un jouet de cuir que M. Fenton lui avait acheté spécialement. Quand il était au fond d'un ascenseur, il attendait que tout le monde soit sorti avant de bouger. En fait, il faisait preuve d'une meilleure éducation que certains humains. Un jour, le docteur avait donné une réception ; certains invités étaient restés jusqu'à une heure avancée de la nuit, ce qui avait perturbé la promenade du soir. Baldur escortait les invités jusqu'à la sortie avec plus de réelle courtoisie que son maître, dont le sens de l'hospitalité commençait à décliner dangereusement. Un des invités, Bill Kirstein, avait même fait une remarque.

– D'accord, d'accord, Ed, on s'en va. Ce n'est la peine de nous jeter dehors. Tu devrais prendre exemple sur ton chien, il est poli, lui.

Cette remarque avait blessé le Dr Fenton car elle touchait un point vulnérable, son amour-propre. Et cela d'autant plus directement que la même idée lui était venue ces derniers temps : Baldur était tellement bien dressé qu'il en venait à le faire passer, lui, pour un malappris. Baldur attendait son tour chez le boucher de meilleure grâce que le Dr Fenton, qui s'impatientait de devoir faire la queue derrière deux ménagères bavardes. Un jour qu'il avait essayé de passer avant son tour, une dame lui avait fait une réflexion et il était sorti de la boutique la tête basse, déshonoré.

À y repenser, son malaise datait de la remarque faite par Bill Kirstein. C'était à partir de ce moment qu'il avait cessé de prendre plaisir à la compagnie de Baldur, qu'il avait cessé de prendre plaisir à quoi que ce soit. Il avait commencé à se sentir inférieur à son chien. Il avait essayé de faire des efforts, de s'effacer dans l'ascenseur, d'ôter son chapeau plus souvent, sans toutefois réussir à acquérir la même classe. Cette classe était apparemment innée, car le Dr Fenton n'avait pas inclus l'étiquette dans son programme de dressage. De plus, le port de tête de Baldur trahissait également une dignité et une intelligence telles que derrière un masque jovial, il semblait considérer les passants, son maître y compris, avec une lucidité sans appel. Le Dr Fenton en arrivait à penser que le chien savait précisément dans quelles circonstances il était arrivé dans son foyer, et qu'il avait décelé ce sentiment d'échec qui était son point faible. Le chien était en effet un cadeau d'adieu de la femme qui, six mois auparavant, avait repoussé sa demande en mariage.

Voilà comment les choses s'étaient passées : pendant cinq ans, le Dr Fenton avait été amoureux de la femme de son ami Alex Wilkes, sans avouer ses sentiments. Théodora Wilkes était une grande et belle femme d'environ trente-cinq ans, les cheveux noirs lisses ramenés en rouleau sur la nuque, de longues et belles mains qui, même oisives, semblaient aptes à affronter toutes les situations. Théodora aimait à être entourée d'amis et le Dr Fenton avait rarement l'occasion de la voir en tête à tête, sauf parfois lors d'un cocktail, entre deux portes. Quand cela arrivait, et qu'il avait l'occasion de lui adresser timidement quelques remarques anodines, il se sentait en présence de la déesse de l'amour, du bonheur et du savoir-vivre – bref, l'antithèse de ce que lui-même représentait. Le Dr Fenton ne s'était jamais marié ; il avait travaillé pour payer ses études dentaires. Modeste, peu combatif, il n'avait pas réussi à se vendre. Ainsi, bien qu'il eût maintenant un cabinet dans un quartier prestigieux, il ne gagnait que douze mille dollars par an après dix ans de pratique, dont la plus grande partie servait à couvrir ses frais généraux. Cinq ans d'amour transi pour Théodora n'avaient pas été récompensés non plus. Par contre, ses fantasmes étaient devenus de plus en plus extrêmes. S'il parvenait à l'épouser, son revenu quadruplerait, il deviendrait plus habile; il arriverait même à changer de voix.

C'est alors que survint un événement que le Dr Fenton, dans ses rêves les plus fous, n'avait pas osé espérer : Alex Wilkes mourut brusquement d'une crise cardiaque. Il commença à faire une cour discrète à Théodora. Trois mois plus tard, il la demandait en mariage. Théodora l'avait regardé avec tendresse et déclaré qu'elle avait besoin de temps pour réfléchir : cela avait été le plus beau moment de sa vie. Mais à leur rencontre suivante, elle lui avait dit que c'était non. Non qu'elle fût décidée à ne pas se remarier, avait-elle ajouté. L'implication était claire : elle ne voulait pas l'épouser, lui. Il avait passé plusieurs semaines plongé dans la dépression, au bord du suicide. Et puis un jour Théodora l'avait appelé pour lui fixer un rendez-vous. Il espéra qu'elle avait changé d'avis : en fait il était rentré chez lui avec un chiot, un berger allemand de quatre mois, Baldur von Hohenfeld-Neuhelm. Elle voulait lui donner quelque chose de vivant, avait-elle dit. Ce chiot serait un compagnon et l'obligerait à sortir de chez lui plus souvent.

Le Dr Fenton ne voulait plus revoir Théodora, et même le souvenir de ses longues mains lui était pénible. Pourtant il avait eu à cœur de s'occuper de Baldur de son mieux, parce qu'il lui venait d'elle. C'était un homme discipliné et il avait réussi à dresser le chiot sans se laisser contaminer par son ressentiment et son amertume à l'égard de Théodora. Néanmoins, elle l'avait rejeté et la blessure restait béante.

Parfois, quand le chien l'observait, couché, le Dr Fenton croyait deviner dans ses yeux marron qu'il était au courant de tout; cela arrivait surtout au dîner, que le Dr Fenton prenait sur un coin de la table blanche émaillée, dans la cuisine. Il lui semblait entendre les pensées du chien, qui le regardait d'un air dédaigneux : « Quel minable ! Et on appelle ça un homme ! En bras de chemise, avalant un dîner mesquin sur un coin de table : il est dans son élément. » Alors le Dr Fenton voyait défiler en imagination le pedigree de Baldur von Hohenfeld-Neuheil, avec les Grosselterns et les Urgrosselterns, les Odins, les Waldos, les Ulks von ceci et Ulks von cela, tous les concours qu'ils avaient gagnés. Il avait fini par rabattre ses manches et remettre sa veste; il dînait maintenant dans la salle de séjour, sur une petite table de bridge. Il mettait une nappe tous les soirs. Baldur l'avait suivi dans la salle de séjour et restait là allongé sur le tapis, le regardant calmement, sans jamais mendier de nourriture, sans commentaire. Sauf bien sûr celui de ses yeux éloquents et majestueux, qui malgré tous les efforts déployés semblaient le mépriser et le condamner sans pitié. Quand le Dr Fenton lui offrait l'os de sa côtelette, Baldur l'acceptait avec l'air auguste et distant d'un monarque acceptant une dîme purement symbolique.

Pourtant on ne pouvait rien reprocher à Baldur : il était loyal, relativement affectueux, conforme au modèle du bon chien. Le jeudi, le Dr Fenton travaillait dans une clinique et laissait le chien à la maison. À six heures, quand il rentrait, Baldur l'accueillait à la porte ; le Dr Fenton s'excusait de ne pas avoir pu le sortir depuis le matin, mais Baldur semblait ne pas lui en tenir rigueur. Néanmoins, cette courtoisie sans faille, qui dissimulait, il le sentait, un certain mépris, c'était la même attitude qu'il avait si souvent observée, ou cru discerner, chez Théodora. Par exemple, elle insistait souvent pour qu'il restât un peu plus longtemps, même si l'heure était tardive ; il comprenait maintenant que c'était par pure politesse, et non parce qu'elle désirait réellement sa compagnie. Le Dr Fenton ne se sentait plus chez lui ; il aurait éprouvé le même malaise si Théodora elle-même, sur la base d'un arrangement absolument platonique, était venue s'installer dans son appartement.

Maintenant il ne traînait plus dans l'appartement en bras de chemise, et encore moins en pyjama, même le dimanche. Il ne voyait presque plus ses amis, mais parlait parfois à Baldur. Prêt pour la promenade ? Baldur répondait en agitant ou en baissant la queue. Qu'est-ce que tu veux manger ce soir ? Le chien avait mémorisé les noms de plusieurs types de viandes ; une fois par semaine, il appréciait le foie. La plupart du temps il choisissait la viande hachée. En vérité, le Dr Fenton aurait aimé pouvoir être débarrassé du chien mais la vive intelligence de celui-ci, qui confinait à un sixième sens, tuait dans l'œuf toute idée de ce type. Il devint de plus en plus déprimé, pensa même au suicide.

Un soir qu'il promenait Baldur le long du pont de Queensboro en ruminant ces sombres pensées, il détacha la laisse du chien en lui ordonnant de filer devant. D'un bond, le Dr Fenton avait sauté par-dessus la rambarde de fer. Encore un pas et il pouvait toucher les poutrelles suspendues au-dessus de l'eau. Soudain il se sentit violemment tiré en arrière, perdit l'équilibre et se rattrapa instinctivement aux poutrelles. Baldur était penché sur lui, l'air étonné mais la queue frétillante. Le moment de folie passa et il rentra chez lui.

Le dimanche suivant, il vit dans le *Times* l'annonce du mariage de Mme Théodora Wilkes et de M. Robert Frazier II, de Pennsylvanie. Le Dr Fenton n'en avait jamais entendu parler mais ce seul nom évoquait un homme séduisant, cultivé, un bourgeois oisif vivant de ses rentes. Il imagina une longue lune de miel, peut-être une croisière autour du monde, un cercle d'amis choisis dans le gratin de la société. Pour se changer les idées, il emmena Baldur pour une longue promenade. Dans Central Park, un homme l'accosta, se présenta comme marchand de chiens et lui demanda si Baldur était à vendre. Le Dr Fenton frémit. Alors, s'il n'était pas à vendre, il allait sans doute le présenter dans quelques concours de chiens ? Il lui parla d'un concours qui aurait lieu dans le New Jersey dans trois semaines : il ne faisait aucun doute que Baldur gagnerait facilement dans la catégorie berger allemand.

– Bien sûr, mais ce ne serait pas juste pour les autres de le faire concourir, murmura le Dr Fenton timidement avant de poursuivre son chemin.

Il avait de moins en moins de clients. Il avait commis deux erreurs professionnelles grossières : deux fois de suite, il avait oublié du coton au fond d'une dent cariée avant de la boucher. Il dormait mal, car il s'attendait à chaque instant à entendre sonner le téléphone et à affronter un client souffrant d'une rage de dents. Il se tenait voûté, ce qui reflétait son état d'esprit et contrastait avec le beau port de tête de Baldur. Quand ils marchaient ensemble dans la rue, il voyait bien que les passants faisaient des comparaisons qui n'étaient pas à son avantage. Même son amour-propre l'avait déserté. Son seul but dans la vie, c'était de s'occuper du chien du mieux possible. Quand Baldur eut un an, il lui offrit un collier et une laisse neufs ; le chien eut droit à un bifteck dans un bon restaurant, puis ils allèrent écouter un concert de musique viennoise en plein air.

Il en était arrivé à redouter les fins de semaine, car là, il ne pouvait échapper à l'œil critique du chien. Il se mit aussi à broyer du noir, à retardement, en imaginant Théodora partager la vie de Robert Frazier II. Le dimanche, il passait tout l'après-midi à échafauder les visions les plus folles : Théodora, flottant dans un nuage de bonheur et de fumée de cigarettes, couvertes de bijoux que jamais il n'aurait pu lui offrir, le toisait d'un air dédaigneux. Lui n'était qu'un rat plein de puces, prosterné à ses pieds, pendant que Baldur s'amusait à tourner autour de lui en lui donnant des coups de dents.

Ce fut pendant un de ces tristes après-midi que le Dr Fenton fit sa seconde tentative de suicide. Il colla du ruban adhésif le long de la fenêtre de la cuisine, entraîna Baldur dans la chambre et l'enferma. Il obtura également la porte de la cuisine et ouvrit en grand les robinets de gaz. Ensuite il s'installa, la tête sur la porte du four ouverte et aspira à grandes bouffées gourmandes le gaz un peu sucré qui lui faisait tourner la tête. Pour la première fois depuis des mois, il se sentit heureux.

Le Dr Fenton se réveilla lentement ; il était entouré de formes humaines un peu floues. Il avait l'impression qu'on lui avait serré la tête dans un gigantesque étau.

– Ça va aller maintenant, dit l'une des silhouettes. On a entendu le chien aboyer. Il a pratiquement défoncé la porte. C'est un bon chien, ça...

Le Dr Fenton vit la noble tête de Baldur qui le regardait ; il comprit qu'il était de retour dans le monde qu'il avait voulu quitter.

Plus tard on lui raconta que Baldur avait réussi à ouvrir la porte de la chambre, qui n'était pas verrouillée, et qu'il avait arraché la porte de la cuisine, malgré le ruban adhésif. Puis il s'était mis à aboyer jusqu'à ce que des voisins appellent le concierge. Tous les journaux de New York dépêchèrent des photographes et les reporters l'interrogèrent longuement au sujet du chien : son caractère, son régime, les tours qu'il savait faire, et ainsi de suite. Personne ne lui demanda la raison de son geste. Le lendemain, la tête de Baldur souriait en première page de deux journaux populaires ; à l'intérieur, chaque péripétie était contée par le menu, scène après scène. Baldur avait dû sacrifier aux séances de photos pendant que les médecins mettaient son maître au lit. Même les journaux plus sérieux consacrèrent deux colonnes au fait divers, avec une photographie de Baldur, baptisé pour la circonstance « Le meilleur ami de l'homme ». Le Dr Fenton devenait le Dr Benton dans un journal, et *monsieur* Fenton dans un autre ; dans un troisième, on le présentait comme obstétricien.

Pendant une longue période, beaucoup de gens l'arrêtèrent dans la rue pour caresser Baldur ou demander au Dr Fenton si c'était bien lui. Baldur accueillait caresses et compliments en frétillant de la queue ; pourtant, après quelque temps, il commença à montrer une certaine impatience, comme s'il sentait que toute cette agitation n'avait que trop duré. Il sentait bien que Baldur le scrutait de plus près encore ; il abandonna le projet du suicide, tant que le chien vivrait avec lui. Il se sentait piégé ; et pourtant, sa décision prise, il s'était résigné à son destin. Son instinct de survie, bien que faible, se réveilla : maintenant, en se promenant avec Baldur, il tenait la tête haute. Il carrait ses épaules, marchait plus vite. Il se disait qu'au moins les passants ne feraient plus de comparaisons désobligeantes entre lui et son chien.

Il essaya aussi de chercher des satisfactions d'ordre professionnel. Était-il devenu plus habile ? Trois semaines se passèrent sans la moindre erreur. Le soir, après le dîner, il se plongeait dans des livres de philosophie et d'histoire. Il décida d'apprendre le français par la méthode Berlitz. Son esprit était entraîné depuis l'école dentaire à appréhender les faits et à les retenir : il aborda la grammaire française avec la même méthode. Pour améliorer son débit, il parlait français tout haut en prenant sa douche et en se rasant. Comme il restait fréquemment plongé dans ses livres jusqu'à minuit, voire au-delà, il avait du mal à s'endormir et il avait pris l'habitude d'écouter à la radio, en baissant le son, une chaîne FM qui passait de la musique classique que Baldur, il le savait, préférait à la musique de danse. Il apprit à aimer Mozart et Richard Strauss, acheta des disques trente-trois tours pour son phono, qu'il n'avait pas touché depuis deux ou trois ans.

Quand les Kirstein l'invitèrent à une partie de poker un samedi soir, le Dr Fenton s'excusa poliment, prétextant un autre engagement. En fait, il préférait rester chez lui avec ses livres : la perspective d'entendre le rire gras de Bill Kirstein, de perdre, comme cela arrivait à chaque fois, vingt ou trente dollars, et d'avoir la gueule de bois le dimanche matin n'avait rien d'alléchant. Autrefois il voyait les Kirstein parce qu'il se sentait seul, mais ce n'était plus le cas maintenant. Il y avait Baldur, après tout ; il avait l'impression que le chien lui montrait plus de considération depuis qu'il s'était mis au français et à la musique classique. Peut-être Baldur préférait-il tout simplement passer la soirée au calme. Cela faisait des semaines que le Dr Fenton n'était pas allé au cinéma.

Sa clientèle commençait aussi à s'élargir. Il avait moins d'heures vides dans la journée. Autrefois, il arrivait que d'anciens patients lui adressent quelques amis ; mais c'était maintenant au rythme d'une demi-douzaine par semaine. Le Dr Fenton augmenta légèrement ses tarifs qui restaient toutefois en dessous de ceux de la majorité de ses confrères de niveau comparable ; il tenait cela de deux ou trois patients. Il savait bien que les gens le respecteraient davantage si ses tarifs n'étaient pas parmi les plus bas : telle était la nature humaine. Il avait consacré ces revenus supplémentaires à décorer son cabinet : tapis neufs, belles reproductions de Cézanne et Matisse ; les murs peints d'un vert sombre très agréable.

Tout cela modifiait ses rapports avec Baldur. Au début, il pensait avoir rêvé, mais il fallait se rendre à l'évidence : Baldur lui souriait quand il lui proposait une promenade dans le parc. Quand il dînait, le livre ouvert en face de lui, Baldur était allongé tout contre lui ; il n'avait plus son air dédaigneux que rien, d'ailleurs, n'aurait pu justifier : la table était toujours impeccablement dressée, éclairée aux chandelles et les boîtes de conserve n'étaient plus au menu. Ces derniers temps, le Dr Fenton avait potassé un livre de cuisine française pour se familiariser avec le vocabulaire des menus des restaurants français ; il avait essayé plusieurs recettes. Certains soirs, le dîner qu'il avait préparé était si bon qu'il regrettait ne pas avoir invité un ami. Mais ce sentiment s'estompait à la fin du repas : il préférait avoir sa soirée pour lui tout seul.

Un matin, dans son cabinet, il reçut un coup de téléphone de Théodora. En une seconde, son sang se figea dans ses veines ; la panique lui coupa la parole. Pour lui, le couple Robert Frazier II représentait un monstre mythologique, un cauchemar qu'il avait réussi à chasser de son esprit. Penser à eux, même brièvement, le paralysait, démolissait cet ego qu'il avait eu tant de mal à reconstruire. Heureusement, pendant la minute où il demeura muet, incapable de prononcer une parole, Théodora, elle, n'avait pas cessé de parler. Elle lui demanda très gentiment de ses nouvelles ; elle téléphonait pour l'inviter à un cocktail que son mari et elle donnaient le vendredi suivant.

— Eh bien oui, je crois que je suis libre. C'est très...
— Parfait ! Surtout Ed, venez avec Baldur. Nous avons un briard et ils se tiendront compagnie.

Elle eut ce rire gai et facile qu'il connaissait et lui donna l'adresse. Il raccrocha en tremblant. Il avait accepté l'invitation sans réfléchir. Si seulement il avait pu anticiper, il aurait décliné avec courtoisie et trouvé un bon prétexte pour dire non ! Il eut envie de rappeler le soir même pour dire qu'il avait un empêchement mais c'eût été de la lâcheté. Non, se dit-il, il fallait faire face. Garder la tête haute, comme Baldur, se montrer pendant une demi-heure et partir.

Le vendredi à six heures, il appuyait sur le bouton de sonnette en face du nom Robert Frazier, dans un immeuble de la Quatre-Vingt Huitième Rue Est ; son assurance n'était que de surface, une apparence, comme son costume qui sortait de chez le teinturier. Il savait que devant Théodora, rayonnante de bonheur au bras de Robert Frazier II, il serait à nouveau réduit à jouer les pauvres types, comme en toutes ces autres occasions dont il gardait un souvenir cuisant. Ce fut Théodora elle-même qui ouvrit la porte ; il avait imaginé une domestique.

— Bonjour, Ed, dit-elle en faisant un grand geste de bienvenue. Et Baldur ! Comme il a grandi ! Entrez !

La pièce était petite et pleine de gens parlant très fort. Théodora le guida vers une petite desserte sur laquelle étaient disposés bouteilles, verres et bols de glaçons ; elle lui prépara un whisky soda serré : il ne connaissait sans doute personne, il lui fallait un remontant. Il s'aperçut qu'elle était un peu saoule.

Soudain une grande chienne briarde hirsute surgit et s'élança vers lui ; il faillit être renversé. Il tira sur la laisse de Baldur, mais ce n'était pas nécessaire : celui-ci restait totalement impassible devant la briarde dont les aboiements résonnaient comme des coups de tonnerre dans la petite pièce.

— Susie ! Susie ! *Arrête !* hurlait Théodora en tirant sur le collier de la chienne.

Celle-ci, les pattes écartées, ne voulait rien entendre et Théodora ne put la faire bouger. Susie se tapit par terre en aboyant pour inviter Baldur à jouer, mais celui-ci se contenta de la regarder avec cette indulgence souriante qu'on a envers un enfant indiscipliné. Le Dr Fenton sourit :

— *Susie est toute jeune, non ?*

Il lui fallait crier pour se faire entendre.

— *Quoi ? Susie, arrête !*

La chienne s'était libérée ; la tête de Théodora fut projetée en arrière et elle se retrouva sur l'épaule du Dr Fenton.

Susie s'était mise à courir autour de Baldur. Dans une certaine bousculade, les invités se mirent à l'abri près du mur pour ne pas se trouver dans sa trajectoire. Il y eut des boissons renversées. Une petite table tomba.

— Je n'aurais jamais dû amener *Baldur*, hurla le Dr Fenton pour s'excuser. Je suis désolé ! Je vais le sortir !

— Susie, *arrête-toi. Bob*, enferme-la dans la salle de bains !

— Mais ça ne servira à rien : quelqu'un la laissera sortir à nouveau ! s'écria un homme corpulent au teint rougeaud.

Un des invités plongea sur Susie, l'attrapa par le collier et la traîna dans l'entrée.

— Elle doit être toute jeune, dit le Dr Fenton à Théodora en souriant.

— Elle a quatre ans. C'est la chienne de Bob. Moi je ne peux rien en tirer et lui ne veut même pas essayer. Regardez comment elle a arrangé le bout du canapé.

C'est alors qu'il comprit, choqué et presque horrifié, que Théodora appelait Bob le type rougeaud et corpulent installé dans le fauteuil ; c'était bien Robert Frazier II. Il demanda, incrédule :

— C'est... c'est votre mari ?

— C'est lui. Venez que je vous présente. Bob, je voudrais te présenter Ed Fenton, un vieil ami de mon premier mari.

Elle avait parlé sur un ton très désinvolte. Robert Frazier II ne quitta pas son fauteuil, se contentant de lever son verre :

— Ed ! Bonjour ! Faites comme chez vous. C'est une pendaison de crémaillère, il faut réchauffer un peu l'atmosphère.

— Ah, très bien.

Le Dr Fenton ne savait trop quoi dire, interloqué. Le type avait à peu près trente-cinq ans, mais les traits du visage étaient relâchés, sans caractère, et il faisait plus vieux que son âge. De toute évidence, il était ivre.

— Et vous habitiez où ?

— Chez ses parents en Pennsylvanie, répondit une blonde qui était perchée sur un bras du fauteuil de Robert Frazier. Mais ils ont mis dehors les jeunes mariés et Bobsie va devoir se débrouiller tout seul maintenant, hein Bobsie ?

Elle lui posa un baiser sur la joue.

— C'est ma cousine, précisa Robert Frazier en faisant un clin d'œil qui ne visait personne en particulier.

Un invité s'esclaffa bruyamment :

— Une cousine très proche !

Le Dr Fenton était trop choqué et gêné pour poursuivre la conversation et il partit à la recherche de Théodora. Elle était devant une fenêtre et regardait dehors, l'air rêveur. Mais quand il fut près d'elle, il ne sut pas quoi lui dire. Il avait imaginé qu'il lui parlerait de son voyage en Europe, qu'il la féliciterait du choix qu'elle avait fait. C'était maintenant impossible. Il jeta un coup d'œil circulaire sur la pièce et son regard tomba sur une grande coupe d'argent ; il se souvenait l'avoir vue chez elle du temps d'Alex Wilkes. C'était une magnifique coupe d'inspiration grecque, dans laquelle les Wilkes mettaient des grappes de raisin ou des fleurs qui retombaient avec grâce. Un invité y avait déposé un verre à whisky à moitié plein. La beauté de cette coupe soulignait la laideur et la médiocrité du reste de l'ameu[blement], bibliothèque vernie, les rideaux à l'imprimé criard, le [canapé] élégant dans lequel était vautré Robert Frazier II. Il se s[entait] à coup de l'odeur de ragoût d'agneau qui avait assailli s[es narines] quand il était sorti de l'ascenseur. Et tous ces gens... il pe[nsait trou]ver la fine fleur de la jet-set, ou du moins le gratin de la société américaine. C'en était presque comique. Ces gens-là ne valaient pas mieux que les Kirstein. Cette pensée lui traversait l'esprit au moment même où les Kirstein faisaient leur entrée. Un des invités leur avait ouvert la porte.

Bill Kirstein salua Robert Frazier bruyamment ; quand il aperçut le Dr Fenton, il fonça sur lui.

— Ed, vieux lâcheur, tu avais disparu de la circulation ? Je ne pensais pas te trouver ici.

Il lui donna une grosse bourrade dans le dos. Baldur gronda sourdement, en guise d'avertissement, et le Dr Fenton sentit la laisse frémir sous ses doigts.

— Toujours le même train-train ? Et tu as toujours le clébard, à ce que je vois.

— Oh, je préfère rester chez moi tranquille en ce moment, répondit le docteur en souriant. Et chez vous, quoi de neuf ?

Bill Kirstein le regarda d'un air soupçonneux.

— Alors on fait le crâneur ? On snobe tous les vieux amis ?

— Mais pas du tout !

Le Dr Fenton se sentit rougir. Et pourtant, il n'avait aucune raison de s'excuser. Il n'avait rien fait de mal. Il se redressa de toute sa taille et regarda Bill droit dans les yeux, l'air aimable.

— À bientôt alors !

Avec un sourire un peu gêné, Bill partit à la recherche de Théodora. Le Dr Fenton vit qu'elle sortait de sa torpeur pour embrasser Bill sur la joue ; Bill la prit par la taille avec familiarité. Jamais il ne se serait permis ce geste du temps d'Alex, et jamais Théodora elle-même ne l'aurait toléré. À sa connaissance, les Wilkes et les Kirstein n'étaient que de vagues relations, n'avaient jamais été des amis intimes. Les Wilkes ne les avaient plus invités, il s'en souvenait très bien, après une réception où Bill, ivre, s'était comporté comme un soudard.

Baldur était à ses côtés, regardant fixement, l'air un peu étonné, pensa le Dr Fenton, une femme juchée sur les genoux d'un invité. Théodora se pencha pour caresser la tête du chien et demanda à brûle-pourpoint :

— Parlez-moi de Baldur. C'est un bon compagnon ?

Apparemment elle n'avait pas su que Baldur lui avait sauvé la vie, ou bien, si elle l'avait su, elle était trop ivre pour s'en souvenir.

— Un compagnon formidable, répondit-il en souriant. N'est-ce pas Baldur? Tu reconnais Théodora?

Le chien leva brièvement les yeux vers lui et il regretta d'avoir posé la question. Théodora repoussa une mèche de cheveux avec une main longue et gracile, qu'il trouvait autrefois si délicate :

— Vous lui avez appris des tours?

— Il n'a pas besoin d'apprendre des tours, il comprend tout ce qui se passe, exactement comme un humain.

Le visage de Théodora changea lentement d'expression. Elle essaya de se redresser, à grand-peine.

— Vous avez changé Ed. Vous avez beaucoup changé.

Elle parlait avec quelque chose qui était presque de l'hostilité. Ses yeux se remplirent de larmes dues à l'alcool et prirent une teinte vitreuse ;

— Si vous ne m'aimez plus, pourquoi êtes-vous venu?

— Mais Théodora, je vous assure que...

— Mon train de vie est plus simple, mais c'est quand même ma vie, non? Qu'est-ce qui vous permet de me regarder de haut?

Elle avait haussé le ton et le brouhaha se calma soudain.

— Assieds-toi, chérie, tu as trop bu, hurla Robert Frazier, sans quitter les profondeurs de son fauteuil.

Quelqu'un rit et les conversations reprirent. Le Dr Fenton se tourna vers Théodora en souriant :

— Je vous demande pardon, Théodora, mais je ne comprends toujours pas ce que vous me reprochez. C'est une réception très agréable et je suis très heureux de vous revoir.

— Vous mentez, répondit Théodora en le fixant avec insistance.

Elle avait parlé fort, mais personne ne faisait plus attention.

— Je pense qu'il vaut mieux que je prenne congé, Théodora. Merci mille fois de votre invitation, de ma part et de celle de Baldur.

Il lui tourna le dos et se dirigea vers Robert Frazier II, qui fit un geste d'adieu insouciant :

— Merci d'être venu. Ne faites pas attention à Théo. Ça la prend parfois.

— Bon débarras. Quel prétentieux!

C'était Théodora qui hurlait ainsi, derrière lui, alors qu'il ouvrait la porte. Celle-ci se referma derrière lui, mais il eut le temps d'entendre le rire chevalin de Bill Kirstein. Le Dr Fenton prit l'ascenseur et rentra à pied chez lui, à une vingtaine de pâtés de maisons, en se répétant la conjugaison du subjonctif français pour se détendre les nerfs. Après avoir marché quelque temps, il commença à se sentir mieux; il fit remarquer à Baldur que dans deux semaines ce seraient les vacances d'été. Il avait prévu de passer son mois de congé dans un hôtel des Adirondacks où, il le savait, Baldur serait le bienvenu.

Baldur le regarda en souriant, l'air admiratif, comme s'il le comprenait; le Dr Fenton lui fit un clin d'œil. Envolé, ce piédestal inaccessible où il avait placé Théodora Frazier; disparue, sa jalousie envers l'homme qu'elle avait épousé, débarrassé de son auréole dorée. Il se mit à siffler comme un gamin; sa vie, qu'il avait crue si ordinaire et dépourvue d'espoir, lui apparaissait heureuse et bénie, pleine de promesses et de joie. Il laissa son regard s'attarder sur une jolie femme qui passait.

— Eh bien, Baldur, marcher m'a donné une faim de loup. Et si on allait au restaurant manger un bon bifteck?

Baldur leva la tête en entendant le mot « bifteck ». Tirant un peu plus fort sur la laisse, il tourna au carrefour suivant, et se dirigea vers un restaurant qui était situé entre Madison Avenue et Park Avenue : il savait que son maître appréciait leurs biftecks.

Heureux les humbles

Comme l'étincelle qui ne manque jamais de s'envoler verticalement, certains sont nés pour réussir. Dès l'âge de cinq ans, ils commencent à faire un bénéfice en revendant des bouteilles de limonade à un penny. À quinze ans, ils ont déjà amassé un petit pécule en revendant des voitures d'occasion. Ils ont reçu la faculté de transformer en or tout ce qu'ils touchent, même sans le vouloir. À cinquante ans, ils ont fait fortune avec le pétrole, le coton, un service express de couches pour bébé, les blinis au fromage et bien d'autres choses encore.

Ce n'était pas le cas de Winthrop Hazlewood. Winnie était un raté de naissance. Une photo le montre à cinq ans, assis dans la voiture à chèvre avec son grand frère qui, dès l'âge de dix ans, semble promis à la réussite ; la photo trône toujours sur le piano chez Winnie à Bingley, dans le Vermont. Sur une autre photo, il pose avec ses copains d'université, le jour de la remise des diplômes ; Winnie, le cinquième en partant de la gauche dans la dernière rangée, a vingt et un ans et l'air triste, comme s'il cherchait à ne pas être vu. On dirait qu'il n'a aucune raison d'être fier de la cérémonie ainsi commémorée.

Pourtant, même à vingt et un ans, Winnie avait un rêve. Il voulait ouvrir un magasin où l'on vend de tout. Il était tout à fait significatif de l'entendre parler de « magasin » tout court et pas de « grand magasin ». Il voulait vivre dans une petite ville. Son idée était d'apprendre le métier en travaillant comme employé dans un grand magasin de Bennington, sa ville natale, puis d'ouvrir son propre magasin. Après sept ans, sa fiancée, Rose Adams, lassée d'attendre qu'il apprenne le métier, le força à abandonner son emploi et à quitter Bennington pour Bingley-on-the-Dardle, là où Winnie avait toujours dit qu'il souhaitait habiter. Winnie avait un peu d'argent de côté ; le père de Rose lui donna mille dollars de dot, et ajouta mille dollars rien que pour le magasin. Il fallut cinq ans à Winnie pour rembourser M. Adams, avec les intérêts. Entretemps, Mary, son premier (et dernier) enfant, était née, pour mourir deux mois plus tard. Le docteur déclara que Rose ne devait plus chercher à avoir d'autre enfant. Winnie fut très déçu, parce qu'il aimait les enfants, mais il ne le montra jamais à Rose. C'était un homme résigné.

Winnie aurait voulu vendre des vêtements masculins, surtout des vêtements de travail, car Bingley était une commune rurale, ainsi que divers articles comme des rubans, des boutons, des clous et des marteaux, les choses dont les gens se servent tous les jours, disait-il. Mais Rose avait tout de suite vu que deux autres magasins suffisaient déjà à satisfaire les besoins de Bingley dans ce domaine. Par contre, la ville avait besoin d'un magasin de nouveautés. Winnie suivit son conseil et acquit tout un stock, des tissus de coton jusqu'à de la laine épaisse. Il stocka aussi un peu de mercerie, du savon, de la papeterie, des jouets, des bottes en caoutchouc, des percolateurs et de la cire pour le plancher. Pour ces marchandises, les stocks variaient beaucoup, Winnie ne sachant pas résister aux « bonnes affaires » que les représentants lui offraient, ce que Rose ne manquait pas de lui faire remarquer. Pour cette raison, les articles ne se vendaient pas très bien, car les gens ne savaient jamais ce qu'il avait en magasin à tel ou tel moment. S'ils revenaient par exemple acheter le même savon, il arrivait souvent qu'il n'y en ait plus en stock, ce qui naturellement ne contribuait pas à fidéliser les clients. Même si toutes les femmes de Bingley faisaient de la couture, ça ne suffisait pas malgré tout pour faire la fortune de Winnie. Maigre et fatigué, il avait déjà cinquante-deux ans quand il acheva de payer la maison à un étage sur Independence Street.

Pour finir de payer, il avait renoncé à repeindre le magasin, à faire réparer le toit, à assécher la cave : tout ce qu'une maison respectable doit à sa clientèle. Comme Winnie lui-même, le vieux magasin, de taille moyenne, carré comme un paquet de biscuits, situé sur la rue principale, du côté de la rivière, avait l'air plus vieux que son âge réel. La peinture rougeâtre était passée au brun tacheté ; presque toutes les lettres dorées de l'enseigne, où l'on lisait autrefois « HAZLEWOOD NOUVEAUTÉS », s'étaient désagrégées petit à petit, si bien qu'on ne pouvait déchiffrer les mots que si on les connaissait déjà. Pourtant, le magasin était un des endroits incontournables de la petite ville. C'était là, et nulle part ailleurs, même pas à Bennington, que les femmes de Bingley achetaient leur tissu. La trésorerie était parfois au plus bas, sans toutefois jamais descendre jusqu'à zéro ; Rose et lui mangeaient à leur faim, frugalement à en juger par l'apparence de Winnie. Il avait la corpulence d'un jeune garçon de quatorze ans plutôt maigre, n'était pas très grand et avait tendance à courber le dos. Son visage rasé n'avait absolument aucun trait distinctif, son nez n'était qu'un nez, sa bouche avait la douceur du museau d'un mouton ; sous des sourcils bruns très ordinaires, ses yeux gris fatigués vous regardaient en face. Son père était devenu chauve prématurément, mais les cheveux brun-gris de Willie poussaient dru, aussi épais que dans sa jeunesse. Il avait une raie sur le côté et depuis qu'il était petit garçon, une mèche retombait un peu sur son front. Dans une ville plus grande, on n'aurait guère remarqué Winnie, mais à Bingley, tous les habitants le connaissaient et échangeaient quelques mots avec lui, comme si son côté ordinaire était précisément ce qui le distinguait dans une aussi petite ville. Il restait tard au magasin pour faire sa comptabilité, jusqu'à neuf heures du soir, et parfois davantage. Il rentrait chez lui à l'heure où les jeunes gens raccompagnaient leurs petites amies chez elles, après la séance de cinéma de sept heures à l'Odéon. Tous le saluaient en passant près de lui. Si la lumière était encore allumée, il leur arrivait de dire : « Ce pauvre Winnie est encore au travail, pauvre bougre. » S'ils ne le voyaient pas dans le magasin, si la lumière était éteinte, ils se disaient que pour une fois, Winnie était rentré plus tôt chez lui. Bref, Winnie n'était pas anonyme, il n'était pas le simple rouage d'une machine comme beaucoup de gens qui habitent les grandes villes. Seulement il savait très bien qu'il n'avait pas réussi aussi bien que la plupart des hommes de Bingley, tout en ayant travaillé beaucoup plus dur.

Non seulement il avait été plus ou moins poursuivi par la malchance pendant des années, mais il avait aussi subi d'autres calamités moins ordinaires. Par exemple quand son frère aîné était apparu à Bingley, complètement sans le sou à cinquante ans. La dernière fois que Winnie avait entendu parler de son frère, c'était quand il avait gagné deux cent cinquante mille dollars en Bourse en spéculant sur des actions de mines mexicaines. Richard lui avait écrit une lettre triomphale pour annoncer la bonne nouvelle et lui dire qu'il partait au Mexique s'acheter tout un village, et y prendre sa retraite. Mais le Richard qui avait fait son apparition à Bingley n'était plus que l'ombre de lui-même : il avait investi tout ce qu'il avait dans une mine d'argent qui n'avait jamais rien produit et avait dû la revendre à perte. Cet argent, il l'avait perdu dans un casino de Mexico. Richard venait demander à Winnie un emploi dans son magasin. Winnie accepta de le loger chez lui, sans toutefois pouvoir l'embaucher. Il n'y avait pas assez de travail et donc pas assez de rentrées pour payer un salaire. Richard plaida pourtant sa cause.

— Tu connais la comptabilité ? demanda Winnie.

— Mais bien sûr, bien sûr que je peux faire la comptabilité ! Les chiffres ont toujours été mon fort, tu te souviens ? répondit Richard, en dessinant des figures dans l'espace, avec une trace de son sourire arrogant d'autrefois.

— J'ai vraiment besoin d'un comptable, dit Winnie. Mais je ne pourrai pas te payer disons plus de vingt-cinq dollars par semaine.

Richard était tout prêt à s'en contenter.

— Je peux t'aider avec la paperasserie aussi, ajouta-t-il.

Rose le prit très mal.

— Richard ne t'a jamais donné le moindre centime !

— Je ne lui ai jamais vraiment demandé, répondit Winnie.

— Je suis sûre qu'il ne sait pas combien font six et quatre ! Il n'a jamais rien fait d'autre que s'amuser et faire le fanfaron !

Rose aurait pu en dire bien davantage encore. Mais d'une certaine façon, elle était contente que Winnie engage un comptable, même incompétent. Rose était blessée quand les gens de Bingley faisaient remarquer que Winnie n'avait pas un seul employé au magasin, qu'il rentrait tard été comme hiver parce qu'il devait faire ses comptes lui-même. À leur arrivée à Bingley, Rose nourrissait de grandes ambitions, qu'elle avait graduellement abandonnées. Mais elle rêvait toujours d'un réfrigérateur et d'une de ces nouvelles machines à coudre électriques. S'il fallait maintenant payer Richard vingt-cinq dollars par mois, la perspective d'acquérir réfrigérateur ou machine à coudre s'éloignait pour longtemps.

Richard n'avait aucune disposition pour la comptabilité, ni d'ailleurs pour la simple arithmétique. Il restait courbé sur son banc, au fond du magasin, faisant semblant de travailler ; en réalité il se contentait de dessiner dans la marge et d'échafauder des plans pour se faire de l'argent rapidement et aller habiter un endroit plus gai que Bingley. Non seulement il n'aidait pas Winnie avec la paperasserie, mais quand, fait extraordinaire, il y avait quelques clients dans le magasin, il en profitait pour s'éclipser ; il allait aux toilettes ou bien sortait par la porte de derrière faire un tour. Il essayait de se faire des relations à Bingley et il ne voulait pas qu'on sache qu'il travaillait pour son frère. Les seules occasions où Richard s'approchait du comptoir, c'était pour se choisir une cravate ou une paire de chaussettes propres.

Très vite, Winnie dut se remettre à faire lui-même la comptabi-

Heureux les humbles

lité. Il rentra à nouveau chez lui à dix heures du soir, les épaules courbées, dans la neige jusqu'aux genoux, si fatigué qu'il semblait plus petit et plus insignifiant encore. Pourtant Winnie n'avoua jamais à Rose que Richard s'était avéré incompétent, et il continua à verser à son frère les vingt-cinq dollars par semaine pour un travail dérisoire. Rose ne lui prenait que dix dollars par semaine pour le gîte et le couvert, alors que Richard mangeait plus qu'elle et Winnie réunis. Richard reprit du poids et des couleurs.

— Je ne crois pas qu'il va rester longtemps, dit Winnie.

— Il a dit quand il allait partir ? demanda Rose, la voix pleine d'espoir.

— Non, mais je m'en doute.

— Ce ne serait pas une mauvaise idée de le fouiller avant son départ, conclut Rose en guise d'avertissement.

Mais cela n'aurait de toute façon servi à rien. Quand Richard finit par quitter Bingley, Winnie et Rose, qui lui avait préparé un en-cas de poulet frit et de gâteau de Savoie, l'accompagnèrent à la gare ; il les avait effectivement volés, mais ils n'auraient pas pu s'en apercevoir en fouillant dans ses affaires.

Il avait transféré sept cent cinquante dollars du compte du magasin à une banque de New York. Winnie mit presque un mois avant de découvrir le trou dans ses finances et ne dit rien à Rose.

Cela se passait juste avant Noël. Tous les ans, depuis que Winnie était arrivé à Bingley, il avait réussi à mettre environ cent dollars de côté pour offrir une petite fête de Noël et des cadeaux aux enfants de l'orphelinat du canton, qui se trouvait à quelques kilomètres de la ville. De plus, ces petites fêtes vidaient d'un coup son stock de jouets. Cette année-là, malgré la perte des sept cent cinquante dollars que Richard avait détournés et qu'il avait fallu couvrir, Winnie réussit tant bien que mal à économiser cent dollars pour acheter des bonbons et des petits gâteaux, louer le traîneau tiré par des chevaux dans lequel il emmenait les orphelins, par groupes de six ou huit, faire un tour. Rose ne lui reprochait pas l'argent qu'il dépensait pour ces enfants car elle aimait voir le visage maigre et fatigué de Winnie s'illuminer quand il était assis, les rênes à la main, entouré par les enfants, la fourrure de sa casquette en ragondin aplatie par le vent, encourageant les chevaux de la voix pour les faire aller au trot. Elle savait à quel point ne pas avoir d'enfants le peinait.

Pendant l'hiver que Richard avait passé chez eux, il y avait eu de grosses chutes de neige, puis un dégel précoce qui prit tout le monde de court, Winnie plus que personne. Les articles en laine, en coton, les chemises de toile, les clous et ce qui était stocké contre les murs de la cave, tout se trouva attaqué par la rouille ou les champignons : trois mille dollars de stocks furent ainsi perdus. Bien sûr, ce n'était pas seulement le dégel. La cave avait toujours été humide, Winnie voulait refaire une chape de ciment, mais il n'avait jamais osé engager cette lourde dépense. Maintenant c'était trop tard. Winnie redouta la réaction de Rose qui le pressait depuis des années de faire ces réparations. Mais elle ne fit aucun reproche : elle se contenta de lui passer le bras autour du cou et de lui tapoter l'épaule, sans rien dire. La patience dont Rose fit preuve ce jour-là l'affecta si fort que les larmes lui vinrent aux yeux.

— Ne te fais pas de souci, Rose. Je me rattraperai l'année prochaine, promit Winnie.

Quelques mois plus tard, un représentant de New Haven[1] lui proposa une cargaison de coton en provenance d'Inde qu'il pouvait lui faire avoir au tiers de sa valeur. Winnie pensa que l'occasion de se refaire se présentait. Le représentant avait un échantillon.

— Mille dollars seulement, dit-il. Le seul problème, c'est que la cargaison n'est pas assurée. La compagnie indienne vient de faire faillite et ils n'ont pas les moyens.

Winnie réfléchit. Il préféra choisir la sécurité.

— Je vais l'assurer d'ici. Quand peuvent-ils me l'envoyer ?

— La cargaison est déjà partie. Elle doit arriver dans trois semaines, *via* Suez et Gibraltar. Vous achetez de la marchandise en transit.

Malgré les arguments du représentant, Winnie ne voyait pas quel était l'avantage d'acheter de la marchandise. Le seul intérêt résidait dans le prix. Même Winnie avait suffisamment de métier pour voir qu'il était effectivement très bas.

— Vous êtes prêt à prendre des risques ? Une partie en liquide maintenant ?

— D'accord, dit Winnie.

Il donna soixante-quinze dollars au représentant et le reste en chèque, tiré sur sa banque de Bingley, qui lui accorda un prêt. Exactement trois semaines après cette transaction, Winnie reçut une lettre du représentant qui l'informait que le cargo *Bena-Li*, en provenance de Calcutta et en route vers Gibraltar, avait pris feu et sombré dans la Méditerranée. Rose l'obligea à faire des recherches sur l'incendie. Le représentant ne répondit jamais à

---

1. Dans le Connecticut.

la lettre de Winnie, mais les autorités portuaires de New York confirmèrent qu'un bateau de ce nom avait effectivement sombré en Méditerranée à cette date ; il transportait des balles de coton brut, des bambous et du thé. Pas de mention de tissus.

— Pour moi, dit Rose, il n'y a jamais eu de tissu. Pourquoi le représentant en aurait-il eu un échantillon, ici, dans le Vermont, à te montrer ?

Winnie savait qu'elle avait probablement raison. Il restait debout au milieu de la pièce, trop honteux pour pouvoir parler. Rose poursuivit :

— Tu sais ce que tu devrais faire ? Tu devrais prendre des vacances. Va dans le Maine pêcher. Tu te rappelles comment tu parlais toujours d'aller pêcher dans le Maine ?

Winnie s'en souvenait vaguement. Pendant des années, l'idée l'avait si peu effleuré qu'il ne savait plus très bien à quand remontaient ses dernières vacances.

— Rose, je ne mérite pas de prendre des vacances.

— Mais cela te ferait tellement de bien. Ferme le magasin et pars, Winnie. Dès ce mois-ci !

Winnie céda : il partirait peut-être fin juillet, puis ce fut août, finalement septembre. Et il ne partit jamais. Il s'inquiétait du remboursement du prêt que la banque lui avait accordé. Il continua à travailler de sept heures du matin à dix heures du soir, à ranger les stocks, à rendre la monnaie, à renouveler, chichement, des commandes, à faire la caisse le soir : dix dollars vingt-cinq, onze dollars, dix-neuf, parfois seulement trois dollars dix.

Un soir il prit l'appuie-tête qui couvrait le haut de son fauteuil et le tissu s'émietta entre ses doigts. Il s'était littéralement *dissous*, parti en fumée. Il jeta les fragments immatériels dans la corbeille à papier. Ils étaient tellement fins : Rose ne les verrait sans doute pas en vidant la corbeille.

Cinq ans passèrent. Malgré quelques variations de petite amplitude, le compte en banque de Winnie restait fixé autour de cent soixante-quinze dollars, à peu près ce qu'il restait après que Richard eut détourné les sept cent cinquante dollars. La seule chose qui changeait, c'était la couleur des cheveux de Rose, qui grisonnaient rapidement, et puis cette sensation que Winnie avait dans les jambes quand, les soirs d'hiver, il rentrait à pas lourds, en levant les pieds pour se faire un chemin dans la neige. Chaque hiver, Winnie se sentait de plus en plus fatigué.

C'est alors qu'un jour, l'année de ses soixante et un ans, une lettre arriva en provenance d'un cabinet d'avocats de New York, lui annonçant qu'Oliver Hazlewood, un vieil oncle de Winnie, venait de mourir et lui avait laissé cent mille dollars dans son testament. Il faudrait une année pour les formalités administratives, mais Winthrop Hazlewood recevrait quatre-vingt mille dollars, une fois retirés les impôts et les frais de justice.

Winnie et Rose prirent la nouvelle très calmement ; aucun des deux n'y croyait vraiment. Pendant des jours, ils ne parlèrent même pas de l'argent. Finalement ce fut Rose qui brisa le silence, en parlant du vieil Oliver Hazlewood, qu'elle n'avait rencontré qu'une seule fois, le jour de son mariage. Elle déclara que c'était très gentil de sa part de s'être souvenu de Winnie avec tant d'attention. Il lui semblait qu'ils n'avaient jamais été très proches, non ? Winnie répondit qu'en effet, ils n'avaient jamais été très proches ; il était très touché que l'oncle Oliver lui eût légué tout cet argent.

Un peu plus tard, ils se mirent à parler de ce qu'ils feraient de tout cet argent. Ils iraient en vacances en Floride ou bien en Californie. Ils pourraient même peut-être acheter une *maison* en Floride ou en Californie.

— Cela voudrait dire qu'on vend le magasin, dit Winnie.

Tous les deux restèrent sous le choc quelques secondes, essayant en vain d'imaginer leur vie sans le magasin.

— On vieillit, Rose. Mieux vaut profiter au maximum de ce qui nous reste à vivre, dit Winnie courageusement.

Rose essaya de s'imaginer ce que voulait dire « profiter de la vie au maximum ». Allongée dans un hamac, sirotant une limonade. Toutes les robes neuves qu'elle pourrait s'offrir. Les parties de bridge avec thé et confiseries raffinées comme dans les romans qu'elle lisait. Les croisières... Tant de possibilités s'ouvraient à elle que cela lui donnait le vertige d'y penser.

Ils décidèrent alors qu'au mois de mai suivant, lorsque l'argent arriverait, ils vendraient le magasin et la maison et partiraient par le train, en prenant leur temps, vers le Canada, ce qu'ils avaient toujours rêvé de faire. Après ils iraient en Californie, ils ne savaient pas exactement où mais ils avaient entendu parler de ces très jolies petites villes le long de la côte, au sud de Los Angeles. Quand l'été arriverait, ils sauraient plus clairement où exactement ils avaient envie de se fixer.

À Noël, Winnie avait les traits aussi tirés que d'habitude. Néanmoins, le 24 décembre, il loua le traîneau, le remplit de cadeaux pour les orphelins et partit pour l'orphelinat, comme il l'avait fait depuis trente ans environ qu'il vivait à Bingley. Mais cette fois-ci, il y avait une surprise pour lui.

Au-dessus de la grille de l'orphelinat, une banderole rouge flottait au vent sur laquelle on pouvait lire en lettres dorées : JOYEUX NOËL, WINNIE !

Tous les enfants l'attendaient sur le perron de l'orphelinat ainsi que sœur Joséphine, la directrice. Elle s'avança dès que Winnie tira sur les rênes et lui tendit une petite boîte.

— Les enfants ont fait une collecte pour vous offrir ce cadeau de Noël, Winnie, dit-elle. Ils m'ont demandé de vous le remettre, mais c'est leur cadeau à eux, rien qu'à eux.

Winnie ouvrit la boîte. C'était une montre en or, avec de petites fleurs gravées sur le boîtier, qui s'ouvrait pour révéler la montre elle-même ; au dos, il vit ses initiales entremêlées.

— Joyeux Noël, Winnie ! crièrent les enfants.

Winnie rougit. Il ne pensait qu'à une chose : ces enfants si démunis avaient donné des milliers de pennies pour lui acheter cette montre de valeur alors que lui allait bientôt être riche et pourrait dorénavant s'acheter une montre comme celle-ci sans sentir la dépense. Il décida de parler à sœur Joséphine en privé : il la mettrait au courant de l'héritage qu'il allait recevoir, lui demanderait de revendre la montre et de rendre l'argent aux enfants. Mais cela attendrait bien quelques jours, en tout cas après Noël.

Winnie montra son cadeau à Rose. Celle-ci affirma qu'il fallait qu'il le garde, de toute façon. Plus que l'argent, c'était l'intention qui comptait.

— En plus, tu ne vas pas clamer sur les toits que nous allons bientôt être riches ? En tout cas pas encore ?

Certes, Winnie n'en avait pas l'intention. Chaque fois qu'il pensait aux quatre-vingt mille dollars, il se sentait pris d'un accès de timidité maladive. Il faudrait bien un jour mettre tout le monde au courant, mais il préférait que ce soit le plus tard possible, et aussi discrètement que possible.

— Mais sœur Joséphine sait garder un secret. Il faut que je rende la montre vite, pour qu'ils puissent récupérer le maximum de ce qu'ils ont payé.

Rose comprit qu'il serait tout aussi impossible de le persuader de garder la montre que de le dissuader de parler à sœur Joséphine tout de suite.

Winnie alla donc trouver la directrice le 2 janvier et lui demanda de reprendre la montre. Sœur Joséphine aurait préféré qu'il garde la montre et qu'il donne l'équivalent en argent, quand il en aurait. Mais Winnie ne pouvait se résoudre à attendre le mois de mai.

— Les enfants vont être très déçus, dit-elle.

— J'espère que cela ne durera pas longtemps, dit Winnie.

Puis il sortit du bureau tout penaud, petit, courbé et avec plus d'humilité dans le cœur que n'importe quel petit orphelin convoqué par sœur Joséphine pour une semonce.

Finalement le mois de mai arriva et Winnie reçut une lettre de M. Hughes, du cabinet d'avocats, lui demandant de venir à New York pour signer des papiers et récupérer l'argent.

— Bon maintenant, il va bien falloir que nous demandions à Ed de mettre en vente le magasin et la maison, dit Winnie.

Ed Stevens était l'agent immobilier de Bingley.

Winnie alla le voir l'après-midi même et lui expliqua tout : il allait recevoir une somme de quatre-vingt mille dollars, lui et Rose allaient partir vivre en Californie. En moins d'une heure, toute la ville fut au courant. Cet après-midi-là, le magasin ne désemplit pas de gens qui venaient le féliciter et lui serrer la main. Winnie avait même l'impression, en voyant leurs sourires, qu'ils étaient sincères. Il avait craint que certains soient envieux.

Le lendemain, Winnie partit pour New York. C'était seulement la deuxième fois de sa vie qu'il se rendait dans la grande ville. La première fois, il était si jeune qu'il n'en avait guère de souvenirs. Ce fut donc pour lui une expérience toute nouvelle. Winnie serait bien allé à pied au rendez-vous avec M. Hughes, mais il avait peur de se perdre et d'être en retard. Dans le taxi qui le menait de la gare Grand Central jusqu'à la Cinquante-Deuxième Rue Est, il se sentait comme un de ces fragments de sapins qu'il avait un jour vus dans une scierie de Bennington, débités, débarrassés de leur écorce, nettoyés et transformés en allumettes, en moins de temps qu'il n'en faut pour le dire. Winnie se sentait aussi insignifiant qu'une allumette en pénétrant dans le bureau au tapis épais de M. Hughes. Celui-ci pourtant se montra très chaleureux et très aimable, lui expliqua ce qu'étaient les papiers qu'il devait signer, comme si Winnie avait l'habitude de traiter ce genre d'affaires.

— À quelle banque voulez-vous déposer cet argent, monsieur Hazlewood ? demanda l'avocat. Ou bien voulez-vous que tout soit placé ?

Winnie avala sa salive, en pensant à la somme de quatre-vingt mille dollars déposée dans la banque de Bingley.

— Ma femme et moi nous allons partir directement pour le

Canada, puis nous allons nous établir en Californie. Donc nous n'allons pas rester clients de notre banque actuelle. Vous ne pouvez pas me donner l'argent en liquide ?

M. Hughes parut surpris un moment, puis il sourit et répondit :

— Mais bien sûr, cet après-midi même. Mais vous êtes sûr que ce n'est pas trop risqué de rapporter tout cela jusqu'au Vermont, dans vos poches ?

Winnie avait apporté une vieille sacoche pour précisément cet usage.

— Je n'ai jamais perdu un cent de ma vie en l'oubliant quelque part ; je ne me suis même jamais fait voler, ajouta-t-il avec un sourire.

Donc Winnie se mit d'accord avec M. Hughes pour revenir à quatre heures, ce qui lui donnerait le temps d'attraper le train couchettes de cinq heures trente pour regagner le Vermont. Il passa le temps en flânant le long de la Cinquième Avenue, car il savait que c'était la rue la plus célèbre, regardant, ébahi, les gros autobus, les taxis qui filaient à toute allure, peints de toutes les couleurs de l'arc-en-ciel, et les vitrines pleines d'articles de luxe. Winnie fut attiré par une paire de jumelles à quatre-vingt-cinq dollars. Il les regarda avec un vague désir, comme si elles lui étaient inaccessibles, comme toute sa vie il avait regardé les objets coûteux qu'il avait eu envie de posséder. Soudain il réalisa qu'il pourrait les acheter cet après-midi à quatre heures. Qu'est-ce que c'était que quatre-vingt-cinq dollars ? Un *millième* de ce qu'il allait toucher ! Cette idée lui donna le vertige et il poursuivit son chemin le long de l'avenue, essayant de retrouver ses repères en pensant à autre chose. Il alla s'asseoir dans Central Park. Les arbres avaient l'air un peu fragiles, mais il se sentait mieux au milieu de cette végétation qu'encerclé par tous ces bâtiments de béton.

Un peu après quatre heures, M. Hughes remit à Winnie huit liasses comprenant chacune dix billets de mille dollars. Ces billets ne ressemblaient pas à des billets ordinaires, avec ce chiffre « mille » dans le coin, mais les mains de Winnie tremblaient en les rangeant dans sa sacoche. M. Hughes lui serra chaleureusement la main et lui souhaita un excellent séjour au Canada et en Californie. Winnie le remercia gentiment, de sa part et de celle de Rose.

Dans le train, il essaya de ne pas penser à l'argent. Il mit la sacoche dans le filet à bagages au-dessus de sa tête dans la couchette supérieure et s'endormit presque aussi rapidement que d'habitude.

Le lendemain matin, par contre, sur le ferry qui traversait la

Dardle pour arriver à Bingley, il se mit à penser à l'argent. Il repensa à toutes ces années de dur labeur, pour si peu d'argent, même pas assez pour offrir un réfrigérateur à Rose. Il se remémora toutes les erreurs qu'il avait commises et la malchance qui l'avait poursuivi comme un chien de chasse sur la piste du gibier, depuis qu'il s'était installé à Bingley. Son frère qui s'était enfui en lui volant tout son argent, la moisissure dans la cave, toutes ces marchandises qu'il avait achetées et n'avait jamais pu vendre, toutes les fois où il avait fait crédit à des gens qui ne le méritaient pas, toutes ces occasions perdues d'acheter des marchandises qui, elles, se seraient bien vendues. C'était comme s'il avait cherché à être en situation d'échec toute sa vie, comme si l'échec était le seul domaine où il eût vraiment excellé. Et voilà que maintenant on lui offrait une fortune sur un plateau d'argent, quatre-vingt mille dollars qu'il n'avait pas gagnés. Il ne les méritait pas. Cette chance soudaine qui venait complètement changer sa vie semblait aller contre le destin. Winnie chercha son mouchoir dans sa poche. En pensant qu'il allait quitter Bingley, il avait les larmes aux yeux. Comme il sortait le mouchoir, sa main heurta la sacoche qui reposait contre le bastingage du ferry.

Winnie essaya de la rattraper mais c'était trop tard. Inéluctablement, la sacoche tomba et s'enfonça dans l'eau avec un « plop » discret. Winnie se pencha sur le bastingage : on ne la voyait déjà plus.

— Hé là-bas ! hurla Winnie dans la direction de la passerelle. Arrêtez le bateau ! Je viens de perdre quatre-vingt mille dollars !

— Perdre quoi ? demanda un des passagers sur le pont, un type que Winnie ne connaissait pas.

Winnie se dirigea vers les marches qui menaient à la passerelle. Puis il s'arrêta, tremblant de tous ses membres. C'était stupide d'essayer d'arrêter le bateau. Le courant était trop rapide dans la rivière, en plus, c'était la marée haute, il y avait des tourbillons et après les pluies de printemps, elle charriait de la boue. Jamais il ne récupérerait sa sacoche, même en engageant une escouade de plongeurs pour descendre la chercher !

— Qu'est-ce que vous avez perdu, vous avez dit ? demanda le type qui était à côté de lui.

— Rien, répondit Winnie.

Le bateau se rapprochait du mouillage de Bingley. Il semblait y avoir beaucoup de monde sur le quai. Winnie avait espéré qu'il pourrait rentrer chez lui sans être vu, parce qu'il savait que la première personne à le voir débarquer, de retour de New York, allait

se précipiter pour le féliciter. C'était impossible maintenant. Quand il posa le pied sur la passerelle, un rugissement d'acclamations s'éleva de la foule.
— *Bienvenue Winnie !*
— *Comment va le millionnaire ?*
— *Winnie ! Elle est où, la Rolls-Royce ?*

La fanfare des pompiers, près de l'abri à bateaux, se mit à jouer *There'll be a hot time in the old town tonight,* assez fort pour noyer les hurlements et les acclamations ; Winnie aperçut Rose, sur son trente et un, avec des fleurs sur l'épaule. Tout le monde réclamait en chœur : « *Un discours ! Un discours !* » Winnie descendit la passerelle vers Rose. Il souffrait comme un chien battu, et d'ailleurs il devait en avoir l'allure, mais personne ne semblait s'en étonner.

Carl Whiting, le président de la banque de Bingley, leva la main pour demander le silence.

Winnie se redressa. Autant s'en débarrasser tout de suite, se dit-il. De toute façon, tout le monde serait au courant d'ici quelques heures.

— Mesdames, messieurs, mes vieux amis de Bingley, commença Winnie, accueilli par des applaudissements nourris. J'ai honte d'avoir à vous avouer que j'ai accidentellement laissé tomber l'argent par-dessus le bastingage de ce bateau. C'était un accident.

Il y eut un concert de gémissements. Certains restaient incrédules.

— Oh, Winnie !

Le visage de Rose était tout déformé. Elle tendit la main comme si elle allait s'écrouler et Winnie la prit par le bras.

— Qu'est-ce que tu veux dire, Winnie ? fit une voix dans la foule.
— Je veux dire que nous n'avons plus d'argent. J'ai tout perdu. Il est tombé dans la rivière. Donc je suis exactement le même raté que vous avez toujours connu. Rose et moi, on ne va sans doute pas partir.

Il fallut une bonne minute à la foule pour enregistrer ce que Winnie leur avait dit. Jamais celui-ci ne s'était senti aussi humilié, aussi abject, aussi inutile. Ils étaient là, lui et Rose, accrochés l'un à l'autre, encore une fois vaincus ; et toute la ville pouvait contempler le spectacle.

Soudain Carl Whiting dit d'une voix forte :
— Eh bien, moi je pense que si Winnie reste à Bingley, il faut fêter ça. Ce qui est fait est fait. Maintenant on va tous chez moi et on fait la fête comme on l'avait prévu.

Tous en tombèrent d'accord. On hissa Winnie, léger comme un

fétu de paille, sur le dos de deux ou trois hommes qui se trouvaient à côté de lui, et il fut porté en vainqueur le long de la rue principale, puis dans Walnut Street, là où habitait Cal Whiting. Dans la cohue, Winnie perdit Rose de vue, et avec tout ce remue-ménage et ces chansons, il ne pouvait pas l'appeler. Sur la grande pelouse des Whiting étaient disposées quatre ou cinq tables chargées de bols de punch, de sandwiches, de gâteaux, de biscuits, de beignets et de bonbons, assez pour nourrir toute la ville, se dit Winnie. Tous les enfants de l'orphelinat étaient là aussi et sœur Joséphine lui fit un si grand sourire qu'il pensa qu'elle n'était pas encore au courant de la mauvaise nouvelle. La sœur s'approcha de lui dès que les hommes le posèrent par terre.

— Winnie...

— Sœur Joséphine, j'ai perdu l'argent. Je viens de le dire à tout le monde, avoua Winnie d'une petite voix.

— Je sais, un petit garçon m'a tout raconté.

Sœur Joséphine lui prit la main et y glissa un petit paquet.

— J'espère que maintenant, vous allez garder la montre, Winnie. Je ne l'ai pas rendue. Elle vous a attendue.

Winnie referma sa main sur la montre.

— Merci, sœur Joséphine.

Puis on commença à faire boire à Winnie du punch à la fraise, à lui faire manger des sandwiches au poulet et du gâteau au chocolat. Il dut se retirer dans un coin de la pelouse pour se mettre à l'abri. Rose vint le rejoindre. Elle ne lui disait rien, se contentant de rester près de lui. Elle souriait, mais pas de la même façon que lorsqu'elle l'attendait sur le quai, avant de savoir ce qu'était devenu l'argent.

— Est-ce que tu es très déçue, Rose ?

— En fait, je ne suis pas déçue du tout. Aujourd'hui, c'est le plus beau jour de ma vie, Winnie.

Winnie regarda son visage patient. Il eut soudain l'impression d'être sauvé de la peine capitale. Mais il ne méritait pas cette clémence non plus.

— Tu sais, Rose, sur le ferry ce matin, avant de perdre l'argent, je me suis soudain *vu* tel que je suis... J'ai compris que j'avais recherché l'échec toute ma vie d'une façon ou d'une autre. Rose, écoute-moi une minute.

— Viens te joindre à la fête, Winnie. On parlera plus tard, dit Rose en le tirant par la main.

— Mais il faut que je finisse de dire ça. Je veux dire...

Elle échappa à sa main et il la vit se diriger vers l'une des tables, gracieuse, l'air heureux, presque comme le jour de leur mariage. Winnie resta où il était, dans un coin de la pelouse. Il se sentait étrange, goûtant la sensation merveilleuse d'être plus jeune de vingt ou trente ans.

Il eut alors une autre révélation : il comprit que toute sa vie avait tendu vers ce moment, toutes ces années de doute, de désespoir, de labeur dur et ingrat. Ce moment où tous les gens qui avaient été ses amis, sans qu'il s'en rende compte, lui montraient qu'il avait tout ce dont il avait besoin, et en abondance. Cette affection qui lui chauffait le cœur, la certitude que Rose l'aimait et que tout le monde dans la ville l'aimait, c'était cela qu'il avait toujours cherché. Que désirer de mieux ? Winnie ne se faisait plus de souci pour rien ; il sentit, en ayant honte quand même de se l'avouer, qu'il avait réussi sa vie.

Le retour des émigrés

Quand Esther et Richard Friedmann rentrèrent en Allemagne en 1952, ce fut pour eux deux une sorte de réintégration triomphale, une sorte de miracle, comme dans les contes de fées où il arrive que la Providence sourie à des rois bannis mais vertueux, et leur restitue leur domaine. Sauf que pour les Friedmann, l'exil avait été synonyme d'ascension sociale. Richard retrouva son ancien poste dans une maison d'édition de Munich, avec un salaire plus élevé que celui qu'il touchait avant-guerre. En outre, ils s'étaient enfin mariés, après quatorze ans de cohabitation, dont les premières années avaient été, à des degrés divers, clandestines et inconfortables.

Richard avait voulu trouver un domicile permanent à Munich. À Bogenhausen, vieux quartier résidentiel de la ville, Esther, qui débordait d'énergie et était douée d'esprit pratique, avait très rapidement déniché une maison en pierre à un étage. Richard l'avait prévenue qu'il leur faudrait beaucoup recevoir, et de façon plus formelle qu'en Angleterre. Richard aimait beaucoup l'endroit, situé à trois pâtés de maisons de la demeure carrée dans laquelle Thomas Mann avait vécu et écrit pendant vingt-cinq ans.

Au cours de la première semaine, Esther s'occupa à mettre en ordre le linge et l'argenterie, tout ce qu'elle avait pu sauver d'un précédent mariage assez désastreux, et qu'elle avait gardé, envers et contre tout, par attachement sentimental, en prévision justement d'une occasion comme celle-ci. Elle embaucha aussi deux domestiques à plein temps et organisa la bonne marche du foyer. Elle téléphona à deux amies de Munich, Greta Schwarzenfeld et Hermione Pieterich ; l'une et l'autre poussèrent des cris de joie, ravies qu'elle soit de retour en Allemagne. Et mariée avec ça ! Esther crut détecter un léger flottement quand elle annonça qu'elle avait épousé Richard Friedmann, peut-être à cause du nom juif. Greta se souvenait l'avoir rencontré des années auparavant. Quant à Hermione, elle ne le connaissait pas. « Il a retrouvé son poste aux éditions Beckhof. Il faudra venir nous voir quand nous aurons fini d'emménager. » Toutes les deux acceptèrent et Esther oublia ce soupçon de froideur. Au cours de ces premiers jours, elle fut très occupée. Richard était complètement immergé dans ses nouvelles responsabilités ; le soir il s'enfermait dans le bureau et Esther devait tout faire elle-même, y compris prendre des places pour l'opéra ou le ballet.

C'était pour Esther un plaisir sans mélange de vivre à nouveau dans une maison, après l'étroit appartement de Londres. Elle avait fait le calcul : cela faisait seize ans qu'elle n'avait pas habité une vraie maison. Seize ans s'étaient écoulés depuis qu'elle avait quitté l'Allemagne, insouciante, pour passer un mois chez Vincente dalla Palma et son ennuyeuse épouse au cap d'Antibes. Elle portait alors le nom de baronne Esther von Dohrn-Neven. Hitler était chancelier depuis trois ans. À Berlin, dans les dîners, toutes les conversations tournaient autour des purges, du réarmement et d'autres horreurs qui se profilaient, et l'atmosphère était morose. Quand c'était son mari qui recevait, c'était encore pire, surtout si parmi les invités se trouvaient des Juifs. Son mari avait été un ardent opposant au nazisme. Même avant qu'elle ne quitte l'Allemagne, Esther se souvenait que les autorités lui mettaient des bâtons dans les roues quand il voulait acquérir des produits chimiques, parce qu'il avait refusé que sa fabrique de plastiques fût utilisée à des fins militaires. Au cours de cet été 1936, les lettres de son mari étaient devenues de plus en plus alarmantes et Esther avait préféré rester à Antibes. Jamais son mari n'avait fait la moindre allusion à Vincente, alors que tout le monde sur la Côte savait qu'elle avait une liaison avec lui. Dans le monde, on connaissait la réputation d'Esther von Dohrn-Neven : depuis l'âge de dix-sept ans, cette jolie fille collectionnait les conquêtes. Le baron était son troisième mari. Peut-être préférait-il ne rien savoir. Et puis, un beau jour, pendant l'hiver 1936-1937, un ami commun lui avait apporté des preuves irréfutables, sous la forme de photographies compromettantes parues dans divers journaux français. Immédiatement, il avait demandé le divorce. Esther en avait été encore plus choquée que ses amis, qui s'étonnaient que l'on puisse divorcer pour une raison si triviale. Elle trouvait que cette décision ne lui ressemblait pas. En réalité, il avait agi en parfaite conformité avec ses convictions : c'était elle qui s'était trompée sur son compte. Elle s'était également trompée sur la générosité et le cœur de son amant. Le baron obtint le divorce, ne lui donna pas un centime et le comte Vincente della Palma, furieux de toute cette publicité autour de son nom, lui fit comprendre très clairement qu'il ne désirait plus la revoir.

Après cela, la Côte d'Azur avait perdu de son attrait. Esther partit donc en Angleterre et s'installa pendant quelques semaines dans un hôtel confortable, pour se remettre. Elle rencontra des hommes séduisants, mais aucun ne lui inspira de vrais sentiments. Brune, vive, dotée d'un humour assez audacieux qui les décontenançait, elle savait qu'elle n'était pas le genre de femme que les Anglais préfèrent. Elle pouvait difficilement rendre les invitations qu'elle recevait et une femme seule est toujours un casse-tête pour une maîtresse de maison. Elle alla vivre quelque temps à Paris, mais elle n'y connaissait personne, en dehors des Rosenfeld, qui se présentaient en fait comme des réfugiés. Les choses allaient de plus en plus mal en Allemagne, disaient-ils. La population semblait impuissante à réagir. Les Juifs, du moins les plus perspicaces d'entre eux, quittaient le pays. Esther pensa que les Rosenfeld noircissaient un peu le tableau. Elle retourna en Angleterre avec l'intention d'attendre encore quelques mois que le bruit fait autour de son divorce fût oublié, et que l'engouement pour Hitler fût passé de mode. Alors elle retournerait en Allemagne et reprendrait sa place dans la société berlinoise, loin des milieux plutôt ennuyeux où évoluait son mari.

Mais un jour, par hasard, elle retrouva Richard Friedmann, lors d'un cocktail à Chelsea. Elle avait fait sa connaissance trois ou quatre ans auparavant, à Berlin. Lui se souvenait l'avoir rencontrée chez son mari.

Il semblait extrêmement heureux de la voir, et son visage maigre, sans beauté, au menton fuyant, s'illumina d'un sourire juvénile qui révélait des dents mal soignées. Il lui raconta qu'il était arrivé en Angleterre un an auparavant et travaillait pour un éditeur de Chelsea, ainsi que pour un magazine politique de Fleet Street. Retirés dans un coin de la pièce, ils se mirent à parler allemand. Étant à moitié juif, il avait quitté l'Allemagne parce qu'à tout moment il était susceptible d'être envoyé dans les mines de charbon, ou quelque chose d'aussi dangereux où, tôt ou tard, il serait mort. C'était ça ou la chambre à gaz. Il lui débita cela tout de go, naïvement ; le fait qu'il parle en allemand fit prendre conscience à Esther de la réalité des événements, qui restait vague pour elle quand elle lisait le journal. Il l'invita à dîner le soir même.

Elle n'était pas très attirée par lui. D'abord, il n'était pas beau et à l'évidence, il avait bien du mal à joindre les deux bouts avec ce qu'il gagnait ; mais elle aima sa franchise, et le plaisir qu'il trouvait à sa compagnie. Et c'était si réconfortant de passer du temps avec quelqu'un qui connaissait un peu le milieu social qui avait été le sien à Berlin, même si lui n'en faisait pas vraiment partie. Esther le vit plusieurs fois par semaine ; le dimanche matin, elle venait prendre le petit déjeuner chez lui, dans son appartement de deux pièces. Esther habitait une chambre meublée où elle ne pouvait pas faire la cuisine. Comme elle parlait anglais mieux que lui et qu'il était piètre dactylographe, elle l'aidait à polir les articles destinés au magazine politique et les tapait à la machine. Et ce qui devait arriver arriva. Un samedi soir, elle ne rentra pas chez elle et ils passèrent ensuite tous les week-ends chez Richard. Ce n'était pas le meilleur amant qu'elle eût connu, et il montrait peu de galanterie. Il devait bien imaginer, compte tenu de son milieu d'origine et des hommes qu'elle avait connus, dont un seul avait eu un titre inférieur à celui de baron, qu'elle n'était pas habituée à être traitée avec cette indifférence assez étonnante. Il lui posait peu de questions sur elle-même. Quand cela arrivait et qu'elle commençait à évoquer des souvenirs d'étés passés à Ravello ou Capri, Richard souvent l'interrompait pour lui raconter ce qui s'était passé ce jour-là au bureau ou au journal.

Esther trouva un emploi de bureau dans un cabinet d'experts-comptables, près de Shaftesbury Avenue. C'était mal payé et excessivement ennuyeux, mais il fallait bien qu'elle regarde les choses en face : elle avait vendu presque tous ses bijoux et Richard ne pouvait pas l'entretenir. Elle allait encore parfois à des réceptions dans le monde, tout en sachant qu'à quarante-cinq ans, elle ne pouvait espérer rencontrer autant de succès auprès des hommes qu'à trente-cinq, ou même à quarante, quand elle était arrivée en Angleterre. Depuis l'âge de dix-huit ans, elle avait toujours mené une vie trépidante : ces dernières années passées à Londres, avec peu d'argent, lui avaient semblé d'autant plus pénibles à cause du vide de sa vie. Elle avait pris du poids, sa taille s'était épaissie, elle commençait à avoir un double menton qui la vieillissait et aucune application d'alcool ne pouvait faire disparaître les poches qu'elle avait sous les yeux. Certes, son nez demeurait aristocratique, mais il était discret et ne pouvait compenser l'altération du reste. Un seul homme semblait s'intéresser à elle, et cet homme était Richard. Pourtant, au tout début de leurs relations, il lui avait dit ne pas vouloir se marier. Il se proclamait célibataire-né et mourrait célibataire. Cette attitude un peu égoïste expliquait, aux yeux d'Esther, sa réticence devant la moindre dépense, et le fait qu'il ne lui avait jamais fait le moindre cadeau, sauf à Noël. Esther n'avait pas non plus hâte de se remarier. D'ailleurs, elle n'était pas sûre d'aimer assez Richard pour vouloir l'épouser.

Richard et Esther furent parmi les rares personnes qui s'affolèrent quand, en septembre 1938, les puissances alliées abandonnèrent la Tchécoslovaquie à son sort. À peine un mois auparavant, dans une lettre venue d'Allemagne, un ami lui avait annoncé la disparition de son ex-mari, ainsi que la confiscation de tous ses biens. Par d'autres canaux, elle savait que cinq ou six de ses amis avaient également disparu. Esther demanda à Richard si elle pouvait s'installer chez lui, ce qu'il accepta. Elle avait peur ; vivre avec Richard la rassurait un peu. Quant aux commérages éventuels des voisins sur le fait qu'ils ne portaient pas le même nom, Richard s'en moquait, et elle aussi. Esther trouva toutefois le courage de rejoindre les brigades de lutte contre l'incendie et les équipes de repérage des avions ennemis, et fut au coude à coude avec les habitants de Londres pendant le Blitz. Richard et elle ne quittèrent pas Londres pendant toute la durée de la guerre ; ni l'un ni l'autre ne suggéra d'aller s'installer à la campagne pour échapper au danger. Pour Richard, cela s'expliquait par un fatalisme teinté d'indifférence ; quant à elle, elle était si occupée qu'elle n'avait pas le temps d'avoir peur. À la fin de la guerre, après la défaite de l'Allemagne, elle fut décorée pour avoir sauvé la vie d'un vieillard qu'elle était allée chercher dans un bâtiment en flammes, près de la cathédrale Saint-Paul. Elle se rendit compte à cette occasion qu'elle avait subi ces années de guerre avec une espèce d'inertie, qui lui aurait été complètement étrangère cinq ans plus tôt. Cette résignation expliquait ses rapports avec Richard. Elle ne le considérait plus comme un pis-aller. Elle en était venue à aimer sa laideur, son indifférence, une solidité qui n'était autre que la routine rigide et égoïste du célibataire. Esther n'envisageait même plus de vivre seule maintenant, et il en allait sans doute de même pour Richard, tant les années de guerre avaient soudé leurs deux existences.

Leurs amis à Londres étaient surtout des artistes, des écrivains, des journalistes, qui se fichaient pas mal qu'ils soient mariés ou non. Néanmoins, leur état de concubinage commençait à vaguement tracasser Esther, comme une dent qui ne fait pas encore mal mais qu'il faut soigner rapidement. Mais à chaque fois qu'Esther abordait le sujet, Richard lui opposait un barrage de données économiques : il n'était pas assez riche pour subvenir aux besoins d'une épouse.

— Mais je ne vois pourquoi nous dépenserions davantage. Je continuerai de travailler de toute façon, tu le sais.

Richard réfléchit un moment.

— C'est ce mode de vie qui te gêne, Esther?

Elle protesta du contraire, mais au vrai, elle était un peu gênée. Quand on arrivait à la cinquantaine et plus, c'était logique de régulariser la situation. Richard semblait ne pas comprendre.

— Tu m'as bien dit que tu gagnais douze ou treize livres par semaine? demanda Esther.

La somme variait, compte tenu des articles que Richard écrivait pour son propre compte.

— C'est ça, répondit Richard très sérieusement.

— Eh bien, moi, je gagne sept livres par semaine. On pourrait très bien en vivre, d'ailleurs c'est ce qu'on fait déjà.

Il répondit, en essayant d'allumer sa pipe :

— Esther, si je dois me marier un jour, je veux que cela soit fait dans les formes, pas à l'économie.

La conversation n'alla guère plus loin. D'ailleurs, ce n'était pas la première fois qu'ils avaient ce type d'échange. Esther ne voulait pas répéter qu'elle était très heureuse ainsi, qu'elle n'avait pas envie d'un bel appartement, de linge neuf et de vaisselle coûteuse. Après tout, elle n'avait plus vingt ans. Ce qui la gênait, c'était qu'elle n'était pas très au courant de l'état exact des finances de Richard. Avait-il des dettes? Avait-il commencé à récupérer l'argent de ses comptes en banque allemands, gelés pendant la guerre, pour les rapatrier à Londres? Gagnait-il vraiment douze livres par semaine, ou moins? Elle sentait que Richard ne lui disait pas toute la vérité. Tant qu'elle n'était pas sa femme, elle ne pouvait pas vraiment exiger de réponses à ces questions.

Leur vie continua donc ainsi. Esther se résigna à la perspective de ne jamais épouser Richard, comme elle s'était habituée au rationnement alimentaire, qui semblait devoir durer éternellement. Elle savait que les choses étaient bien pires en Allemagne. Mais sa cousine, Lotte Kiefer, qui venait d'arriver de Munich, lui avait raconté qu'un bon nombre d'entreprises allemandes avaient repris leurs activités. Quand Esther annonça à Richard que Léopold Beckhof, le fils du fondateur des éditions Beckhof, avait racheté la moitié des rotatives de l'entreprise, elle fut surprise de découvrir que celui-ci était déjà au courant. Il avait eu un échange de correspondances avec la secrétaire de Léopold, car il pensait que c'était une bonne idée de se manifester.

Lotte et son mari passèrent quelques semaines chez des amis anglais dans le Kent. Esther les rencontra quelquefois à Londres au début de leur séjour; quand ils partirent, Lotte se contenta de lui téléphoner. Lotte Kiefer, comme presque toute la famille d'Esther, était plutôt du genre guindé, et n'approuvait pas son mode de vie non conformiste. Esther était persuadée que Lotte avait entendu parler de sa liaison avec Richard Friedmann. Elle devait se souvenir de lui, puisque lui se souvenait l'avoir rencontrée à Munich. Fugitivement, Esther se dit que Lotte lui avait montré de la froideur parce que Richard était à moitié juif. Elle avait pourtant du mal à imaginer que des membres de sa famille, malgré leur attachement à leur lignée, aient pu se laisser berner par la vulgaire idéologie nazie. Mais Esther sentit qu'on lui battait froid. Elle accepta cette réalité comme elle acceptait le reste, avec un sourire, en haussant les épaules : le manque d'argent, Richard, la guerre, ses cheveux grisonnants et sa silhouette épaissie.

*

Un beau matin, Richard reçut une lettre des éditions Beckhof qui lui proposaient de reprendre son ancien poste à Munich, assorti d'un salaire de quatre mille marks par mois, ce qui, Esther le savait, était une grosse somme là-bas.

— Oh, Richard ! *Wie wunderschön !* Tu vas accepter, bien sûr ?

Les petits yeux noisette de Richard s'étaient illuminés tout à coup.

— Je crois bien que oui.

Tous deux partaient travailler et ils n'eurent pas vraiment le temps d'en discuter. Esther demanda néanmoins :

— Quand veux-tu partir ?

— Oh, le plus tôt possible.

Esther se demandait si Richard était capable de partir tout seul, sans états d'âme. Elle ne pouvait pas vraiment partir avec lui, ni même arriver quelques semaines plus tard, comme par hasard : à Munich, trop de gens les connaissaient. La question fut résolue le soir même, quand Richard rentra.

— Esther, veux-tu m'épouser maintenant ?

— Bien sûr !

Elle lui mit les bras autour du cou et l'embrassa tendrement, les yeux pleins de larmes de plaisir et de surprise. L'émotion l'empêchait de parler. Richard poursuivit :

— Je t'avais dit que c'était une question d'argent. Mais maintenant ce n'est plus un problème.

La cérémonie fut discrète. Le soir, ils invitèrent une dizaine d'amis à dîner dans un restaurant de King's Road. Esther faillit fondre en larmes à la perspective de quitter tous ces gens qui s'étaient montrés des amis si loyaux envers Richard et elle-même, les Campbell, Tom Bradley et sa compagne Edna, les Jordan. Esther fit promettre à Tom Bradley, à Edna et aux Campbell de venir les voir à Munich avant Noël.

— Vous pourrez habiter chez nous, ne vous faites pas de souci pour les restrictions sur les devises. Je sais que la maison sera assez grande.

En quittant le restaurant, John Campbell donna une petite tape sur le dos de Richard.

— Ça fait longtemps que j'attendais ce moment !

— Pourquoi ? demanda Richard.

— Regarde dans ton dos, dit Esther en riant.

On lui avait accroché un petit écriteau en carton qui disait : « Enfin mariés ! »

*

Comme ils avaient peu de bagages, ils prirent l'avion. Celui-ci volait assez bas et Esther, tout près du hublot, regarda défiler la France et l'ouest de l'Allemagne. Richard, lui, ne montra aucun intérêt pour les paysages européens et se plongea immédiatement dans la lecture des documents envoyés par Beckhof. Esther ne fit aucune remarque, mais elle se sentit agacée. Elle devinait qu'il jouait la comédie, qu'il voulait donner l'impression de quelqu'un de blasé qui a déjà fait le voyage vingt fois. À Munich, il eut le même comportement. Tout ce qu'il voulait, c'était s'installer et se mettre au travail le plus vite possible.

La première semaine, ils furent invités à dîner par les dirigeants de la maison Beckhof pour rencontrer leurs représentants à Düsseldorf, Francfort et Berlin. Esther fut ravie de constater qu'on traitait maintenant Richard comme quelqu'un d'important. Elle aimait se trouver au milieu d'écrivains et d'intellectuels et passa un bon moment. Elle finissait par se dire qu'elle s'adapterait très bien à sa nouvelle vie en Allemagne. Ici, à Munich, personne ne savait que Richard et elle venaient juste de se marier, et personne ne s'en préoccupait de toute façon. S'il demeurait quelques traces d'antisémitisme, ce n'était sûrement pas dans le milieu qu'ils fréquentaient.

À peine s'étaient-ils installés dans leur maison de Bogenhausen que Richard voulut organiser une réception.

— En plus des relations de travail, nous pourrions aussi inviter certains de nos anciens amis, qu'en penses-tu ? proposa-t-il gaiement.

Esther acquiesça, bien qu'ils n'aient jamais vraiment eu d'amis communs à Munich. Il voulait dire par là que chacun d'eux pourrait inviter ses amis personnels.

La veille de la réception, Lotte Kiefer leur téléphona, en disant qu'elle avait entendu la bonne nouvelle par la bouche de Léopold Beckhof, qu'elle connaissait. Elle leur présenta ses vœux de bonheur avec tant d'amitié et de chaleur qu'Esther l'invita, ainsi que son mari, pour le lendemain.

— Il y aura seulement des amis de Richard et de vieux amis à moi que nous n'avons pas vus depuis une éternité. Ce seront des retrouvailles.

Esther se sentit tout à coup envahie d'une bouffée d'optimisme. Elle avait sans nul doute fait fausse route, à Londres, en croyant déceler de la froideur chez Lotte. Du moins, elle l'espérait.

Tout le monde accepta leur invitation. La grande salle de séjour était pleine à craquer. Richard et elle faisaient à tour de rôle visiter la maison. Lotte Kiefer demanda des détails sur le travail de Richard et les invita à dîner dans son appartement de Schwabing.

— C'est un quartier un peu bohème, comparé à celui-ci, dit-elle comme pour s'excuser, mais l'appartement donne sur le Jardin anglais et a beaucoup de charme.

Esther, pleine de gratitude, fit un grand sourire et accepta avec joie l'invitation. Après le souper-buffet, les gens s'installèrent un peu partout avec du café et des cigarettes, des cigarettes anglaises que Richard avait eu la prévoyance d'apporter d'Angleterre, les cigarettes allemandes étaient encore très mauvaises. Alors Esther remarqua comment sa cousine était habillée : l'étole de renard brun élimée, les escarpins de crocodile fendillés, qui avaient dû coûter très cher autrefois, mais que le temps avait fini par atteindre. La pauvreté se lisait également sur le visage aux traits tirés. Esther la fixait, incrédule. On lui avait toujours dit que cette branche de la famille était beaucoup plus riche que son côté à elle. Ils avaient évidemment tout perdu depuis la guerre. Lotte portait maintenant des vêtements aussi miteux que le vieux professeur

Haggenbach dans son costume noir lustré, ou Frieda, cette femme mal fagotée, avec laquelle Richard avait passé la plus grande partie de la soirée à bavarder.

— Richard retrouve vraiment toutes ses petites habitudes, non ? remarqua Lotte. Jusqu'à son ancienne secrétaire.

— Qui donc ? demanda Esther.

— Mais Frieda Meyer. Il ne t'a jamais parlé... ?

Elle s'interrompit. Esther vit qu'elle avait un petit sourire aux lèvres.

— C'est avec Frieda qu'il est en train de bavarder en ce moment.

Esther, qui avait rencontré tant de gens qu'elle ne connaissait pas ce soir-là, n'avait pas fait attention à ce nom. Elle était pratiquement certaine que Richard ne lui en avait pas parlé.

Ce soir-là, quand Richard et elle se retrouvèrent seuls dans leur chambre, Esther lui dit combien elle était surprise que Lotte Kiefer semblât être dans le besoin.

— Cela ne m'étonne pas, répondit Richard. Ce sont les affairistes qui sont les nouveaux riches. La vieille aristocratie et même les négociants ayant pignon sur rue comme les Kiefer sont finis.

Il faisait ce constat avec un tel aplomb qu'Esther en fut choquée. Car les Kiefer n'étaient pas seulement une vieille famille de négociants, ils étaient bien nés.

— Pourquoi ne m'as-tu pas dit que *Fraülein* Meyer était ton ancienne secrétaire ? Je ne savais pas du tout qui c'était.

— Oui, Frieda travaillait pour moi avant-guerre. Je crois qu'elle a continué à travailler pour Beckhof de temps en temps.

Au cours des semaines qui suivirent, Esther pensa beaucoup aux revers de fortune de gens comme sa cousine Lotte. Ce n'était pas le phénomène économique qui l'intéressait. Elle s'était aperçue que les gens qui avaient été riches autrefois faisaient des efforts pour cultiver des relations avec Richard et elle, par intérêt. De la part de Lotte, cela ne gênait pas Esther. Celle-ci, ayant manifestement été abandonnée par ses amies plus riches, voulait simplement se faire inviter et éprouver le plaisir esthétique de s'asseoir à une table bien servie. Le professeur Haggenbach, qui vivait d'une maigre pension, voulait que Beckhof subvienne à ses besoins pour finir un ouvrage de philosophie. Quant aux Krüger, précisément le type de parvenus dont Richard avait parlé, Esther les trouvait insupportables. Hermann Krüger avait récemment fait fortune en inventant un procédé de tissage qu'il avait vendu à une usine de bas d'Augsbourg. Richard et elle n'avaient rien de commun avec des gens comme les Krüger, et l'intérêt que ceux-ci leur portaient était purement d'ordre mondain, parce que d'autres, aussi riches qu'eux, ne les avaient pas encore inclus dans leur cercle d'intimes.

— Ce n'est pas que je les déteste vraiment, déclara Esther à Richard, mais quels sujets de conversation avoir avec eux, à part le football et les *Strümpfen*[1] ? Il y a tant de gens intéressants à Munich, je ne vois pas pourquoi nous devons absolument les voir.

— Mais ils sont très bien, répondit Richard avec un petit sourire. Est-ce que tu deviendrais snob par hasard, Esther ?

Ils acceptèrent donc l'invitation des Krüger à un thé musical, un samedi. C'était une morne et terrifiante imitation des concerts de l'après-midi, si typiques du Munich qu'elle avait connu à vingt ans. En ce temps-là du moins, elle avait eu la compensation de pouvoir flirter avec de beaux jeunes gens pendant les arias de la cantatrice retenue pour l'occasion. Tous les autres invités, sans exception, ressemblaient aux Krüger, et les seuls sujets de conversation furent le sport et l'industrie textile. Richard, lui, bavardait avec tout le monde ; il déclara à Esther avoir passé un bon moment. Il était sans doute inévitable que Richard ne porte pas le même jugement qu'elle sur ce genre de milieu. Il avait de toute façon une attitude étrangement impersonnelle envers les gens en général, y compris envers elle d'ailleurs. Et puis, il travaillait si dur que toute vie sociale représentait un changement bienvenu. Il allait le samedi au bureau, jusqu'à l'heure du thé ; le soir même, il devait ressortir pour dîner avec Léopold Beckhof et un visiteur de Paris.

Ce soir-là, Léopold Beckhof appela et demanda à parler à Richard. Esther lui répondit que Richard était allé le retrouver. M. Beckhof ne se souvenait pas avoir fixé un rendez-vous à Richard ce soir-là. De toute façon, il souhaitait lui donner des instructions au sujet d'un manuscrit qu'il devait lire ce week-end. Il fallait que Richard le rappelle le lendemain matin. Quand elle raccrocha le combiné, Esther se sentit en proie à une étrange angoisse. Quelques jours auparavant, Lotte lui avait raconté avoir rencontré Richard en compagnie de Frieda Meyer, à dix heures du soir, en train de prendre le café au restaurant Ratskeller. Esther n'y avait pas accordé beaucoup d'attention ; peut-être Richard l'avait-il invitée à boire un café après une de ces séances de travail avec Léopold qui se prolongeaient tard le soir. Mais elle n'avait pas oublié le sourire amusé de Lotte. Esther imaginait maintenant Richard en train de dîner au restaurant avec Frieda Meyer. Était-ce possible ? Cette femme insipide, mal fagotée, qui portait des

---

1. Bas.

lunettes à grosse monture, à peine maquillée ? Esther évoqua le spectacle de l'épaisse Frieda Meyer, assise sur un coussin devant la cheminée : qu'est-ce qui pouvait bien attirer Richard ? Elle souleva à nouveau le combiné pour appeler Lotte et lui demander sans ambages s'il y avait quelque chose entre Richard et Frieda. Mais elle se ravisa ; elle attendrait une occasion de voir Lotte, ce serait plus digne. À y penser, l'idée lui parut absurde ; elle décrocha à nouveau le téléphone et composa le numéro de Lotte.

– Lotte, j'ai une question très délicate à te poser. Je comprendrais très bien si tu préfères ne pas répondre.

Elle perçut que la curiosité de Lotte était éveillée et qu'elle se ferait une joie de la satisfaire.

– Mon Dieu, Esther, je croyais que tu étais au courant. Tu dois être la seule personne à Munich qui ignore qu'avant la guerre, Richard et Frieda ont eu une longue liaison. Mais quand je t'ai dit que je les avais vus ensemble au Ratskeller, je ne voulais pas dire qu'il y avait encore quelque chose entre eux. Richard ne ferait pas une chose pareille ; après tout, il est marié maintenant.

Esther attendit jusqu'à onze heures du soir dans la salle de séjour, en fumant nerveusement, essayant de lire ; Richard rentra à onze heures et demie. Elle lui demanda si la soirée s'était bien passée. Oui, répondit Richard, on a bien avancé.

– Léopold a appelé vers huit heures. Tu l'as vu ?

Une seconde, Richard resta bouche bée, l'air stupide. Esther observa qu'un tremblement lui traversait le corps.

– Non, Léopold n'a pas pu se joindre à nous. J'ai vu le type tout seul.

– Avec Frieda Meyer ?

Richard la regarda à nouveau, avec le même air ébahi.

– Que veux-tu dire, Esther ?

Esther avait décidé d'aller droit au but.

– Tu aimes Frieda Meyer ? Elle t'aime ?

Richard eut un rire incrédule.

– *Mein Gott*, Esther ! Mais c'est absurde, voyons !

– On m'a dit que c'était le cas autrefois.

Richard s'avança et lui releva le menton de la main.

– Je t'aime et c'est toi que j'ai épousée, toi.

– Tu le jures ?

– Mais oui, dit Richard en riant.

Esther hésita un moment, puis décida de le croire. Pourtant elle ne put s'empêcher d'ajouter :

– Tu sais pourquoi je te pose cette question ? Il paraît que tu étais au Ratskeller avec Frieda un soir de la semaine dernière. Tu ne m'en avais pas parlé. Donc je me suis posé des questions.

Richard fronça les sourcils.

— Qui t'a dit cela ?

— Mais c'est vrai, n'est-ce pas ?

— Oui, répondit Richard sans se troubler. Je me demandais seulement qui avait jugé utile de te le rapporter.

— Je préfère ne pas te le dire.

Elle trouvait un certain plaisir à garder secrète sa source d'information.

Ils se couchèrent ce soir-là sans pratiquement échanger une parole.

*

Esther haïssait Lotte à cause du plaisir qu'elle prenait à la situation, mais Lotte était une vraie mine d'informations et Esther eut une nouvelle conversation avec elle. Lotte était allée une fois chez Frieda ; elle savait que la femme avec qui elle partageait son appartement travaillait à la réception d'un hôtel, de seize heures à minuit ; son appartement était donc libre presque tous les soirs. Elle apprit aussi que Frieda, sous ses airs dociles, dissimulait une détermination proprement prussienne. Elle n'avait jamais caché que Richard était l'homme de sa vie. Il était logique de supposer qu'elle essaierait de le récupérer un jour ou l'autre. Ce n'était pas tant la menace de Frieda qui alarmait Esther que ce qu'elle connaissait du caractère de Richard. C'était un homme aux habitudes rigides, qui regimbait un peu devant les obligations du mariage ; Frieda, elle, n'était pas en position d'exiger quoi que ce soit. Esther imaginait très bien Richard reprendre son confortable petit train-train d'avant-guerre ; Frieda et lui vivaient chacun de leur côté, mais ils se voyaient souvent et couchaient ensemble une fois par semaine. Tout cela était très facile à caser dans l'emploi du temps actuel de Richard et d'ailleurs c'était peut-être déjà fait. Ce qui inclinait Esther à le penser, c'est qu'il ne rentrait jamais avant sept heures et demie, sous tel ou tel prétexte, alors que les bureaux fermaient à six heures. Mais comment le prouver sans aller espionner l'appartement de Frieda, ce qu'elle répugnait à faire ? Léopold Beckhof était certainement au courant, mais jamais il ne trahirait Richard. Personne ne trahissait Richard, excepté Lotte, et pour cela, Esther la méprisait.

Esther était de plus en plus oisive. Les deux bonnes avaient la haute main sur toutes les tâches matérielles ; elles aimaient leur travail et opposaient une certaine résistance aux tentatives qu'Esther faisait pour récupérer certaines de ses anciennes attributions, comme de raccommoder les chaussettes de Richard, ce qu'elle avait toujours aimé faire. Quand Esther avait une course à faire, elle la faisait durer le plus longtemps possible, se promenait le long de Theatrinerstrasse où se trouvaient les magasins les plus élégants, entrait dans son *Konditorei* favori pour boire une tasse de bon café à la crème, accompagné d'une des délicieuses pâtisseries qui remplissaient la devanture. Puis elle rentrait en taxi ; pendant une heure ou deux, elle faisait son courrier en attendant le retour de Richard. Esther correspondait régulièrement avec ses amis anglais. Elle avait invité Tom Bradley et Edna à venir passer les deux dernières semaines de novembre. Mais Tom lui avait répondu qu'il venait juste de trouver un emploi et ne pouvait pas venir. Esther attendait une réponse des Campbell à son invitation, mais sans nourrir trop d'espoirs, car John pouvait difficilement abandonner son travail. Ses autres amis anglais avaient trop peu d'argent ou trop peu de temps pour voyager. Ils lui manquaient cruellement.

Elle aurait pu combattre l'ennui en trouvant un emploi, mais c'était impossible à Munich car elle avait la nationalité britannique. Toutes ses amies travaillaient dans la journée et elle n'avait personne avec qui aller faire des courses, ou déjeuner quelque part. Certes, elle aurait pu appeler *Frau* Krüger, ou d'autres femmes de ce milieu qui essayaient d'entrer en relations avec Richard et elle, mais elle mettait un point d'honneur à ne pas chercher à les rencontrer. D'ailleurs, leur côté sangsue lui inspirait beaucoup d'hostilité. Elle avait l'impression qu'ils abusaient de la situation et qu'ils se montraient arrogants envers elle et Richard, parce que après tout Richard était à moitié juif, et donc inférieur à eux. Une amie de *Frau* Krüger, à la chevelure teinte en roux, lui avait demandé à brûle-pourpoint la semaine précédente si Richard était entièrement juif ou seulement à moitié. Oh, l'antisémitisme était encore bien vivant en Allemagne. Il y avait eu ce petit incident à la boulangerie Koebler. Esther avait passé une commande importante pour un thé qu'elle organisait et avait dû épeler son nom et son adresse pour la vendeuse. À ce moment, elle s'était aperçue que les autres clientes la regardaient d'un drôle d'air, parce qu'elle portait un nom juif ; cela ne pouvait vouloir dire qu'une chose : son mari et elle avaient réussi à rentrer en Allemagne discrètement après en avoir été chassés. Esther ne retourna pas dans cette boutique. Mais ce qui assombrissait son existence, c'étaient les soupçons qui la rongeaient : elle en était arrivée à ne plus faire confiance à Richard, même si elle n'avait aucune preuve.

Juste avant Noël, ils invitèrent une quinzaine de personnes à dîner. Esther avait calculé que le coût total s'élèverait à plus de cinq cents marks, qui s'ajouteraient aux factures des deux nouveaux tapis et du poêle du haut : le salaire de Richard y passerait tout entier. Elle chercha à faire quelques économies sur le menu, et communiqua ses suggestions à Richard. Il répondit que le coût n'avait pas d'importance ; il voulait que ce dîner soit parfait. Pourtant, Esther restait soucieuse. Ils dépensaient tellement depuis qu'ils étaient arrivés, trois mois auparavant, qu'elle était sûre qu'ils n'avaient pas mis un sou de côté.

– Est-ce que nous avons quelques économies, Richard ? demanda-t-elle tout à coup.

– Oui, un peu.

– Mais tu ne crois pas que nous devrions savoir exactement combien nous avons ? Et puis il faudrait aussi que je fasse un budget, maintenant que nous sommes mariés !

L'écho du dernier mot resta suspendu dans l'air un moment. Elle voyait bien que jamais il n'avait eu moins de sens pour Richard. Pire, c'était un mot qu'il haïssait et il avait honte d'être ainsi étiqueté.

– Mais ai-je jamais dis que tu dépensais trop ? lui demanda Richard en souriant.

Esther soupira, mais n'alla pas plus loin. Richard ne lui avait jamais montré ses relevés bancaires, même quand elle le lui avait demandé expressément, ce qui était arrivé deux ou trois fois.

– Pourrais-tu alors me donner un peu d'argent de poche pour le reste de la semaine ? Quand je suis sortie hier, je n'avais que deux marks cinquante ; j'ai rencontré Greta mais je n'ai même pas pu déjeuner avec elle, car j'avais peur de ne pas avoir assez.

Richard sortit immédiatement son portefeuille et lui donna trente marks. Esther faillit lui demander pourquoi il ne lui donnait pas une somme régulièrement. Mais elle résista à la tentation. Elle devinait la réaction de Richard : il n'avait pas assez d'argent sur lui à ce moment précis, mais elle n'aurait qu'à venir lui demander suivant ses besoins.

Sans prévenir Esther, Richard avait invité Frieda Meyer. Quand elle lui posa des questions, il affirma pourtant l'avoir mise au courant. Esther savait très bien ce qui s'était passé : à la dernière minute, quand Raimund von Hagen avait fait faux bond, il avait invité Frieda.

– J'aimerais bien que tu lui parles, lui dit Richard. Elle n'est pas du tout aussi distante que tu le prétends.

– J'ai essayé il y a quelques minutes, répondit Esther. Ce n'est pas à moi qu'elle veut parler.

Esther planta là Richard et se dirigea vers le sofa où étaient installées Lotte et la comtesse von Bernsdorf. Tout le monde avait un apéritif à la main, et la perspective d'un bon dîner rendait l'atmosphère animée et joyeuse. Tous les responsables de Beckhof étaient là, ainsi que leurs épouses, et la crème de la crème de leurs connaissances. Esther se sentit soudain déprimée en réalisant qu'elle n'avait pas de véritable ami parmi les convives. Même pas Lotte, qui était pourtant sa cousine.

Elle s'assit près de celle-ci. La comtesse von Bernsdorf se détourna un moment et Lotte en profita pour lui glisser, très vite :

– Je dois dire que Frieda a l'air un peu déplacé parmi tout ce monde. Tu crois que Léopold l'a amenée pour prendre des notes en sténo ?

Elle avait parlé en anglais, pour ne pas risquer d'être entendue. C'était exactement ce que pensait Esther elle-même ; elle sentit son visage s'empourprer. Elle avait une foule de questions à poser à Lotte, mais elle ne pouvait pas parler, il y avait trop de monde autour d'elles. Elle-même se demandait : « Qu'est-ce que nous faisons là, Richard et moi ? Qu'est ce que nous essayons de prouver en invitant tous ces gens, et à qui ? » Un moment, elle fut prise d'une peur irrationnelle, comme si son châtiment, sa disgrâce perpétuelle, c'était justement d'être là en Allemagne, mariée à un demi-Juif qui ne l'aimait pas vraiment. C'était le même sentiment de panique qu'elle avait ressenti dans la boulangerie Koebler.

Pendant tout le dîner, elle observa Frieda et Richard, qui s'évitaient ostensiblement. À table, et après le dîner aussi, Frieda bavarda avec Léopold Beckhof, comme si elle avait peur de parler à d'autres invités.

– Puisque tu as invité Frieda, tu ferais mieux d'aller lui parler, dit-elle à Richard. Je ne crois pas qu'elle s'amuse beaucoup.

– Bon, d'accord.

Esther vit alors le visage assez fade et poupin de Frieda s'illuminer quand Richard lui dit quelques mots en lui offrant un verre de cognac. Esther, elle, n'avait pas envie de boire. Quand ses invités, dans la salle de séjour, furent tous pourvus de café et de cognac, elle s'éclipsa et monta dans sa chambre.

Elle s'installa devant la coiffeuse et s'observa d'un œil critique. Ses cheveux, son visage n'avaient pas changé depuis le début de la soirée, pourtant elle semblait avoir perdu tout son charme. Les poches sous les yeux semblaient plus visibles. Ses dents larges s'étaient ternies au cours de la dernière année et c'était encore pire quand elle avait mauvaise mine, comme ce soir. Le rouge à lèvres l'enlaidissait, lui donnait un air vulgaire, comme un clown. Frieda Meyer, malgré son manque de chic, était plus jeune qu'elle. Elle sursauta quand on frappa légèrement à la porte. C'était Lotte.

— Nous nous demandions où tu étais passée. Ça va, ma chérie ?

Esther essaya de sourire aussi, essaya de trouver une banalité, en vain.

— Est-ce que tu as appris autre chose ? finit-elle par demander.

— Sur Richard ? Pas précisément, non. Mais j'ai discuté avec Léopold et d'après ce qu'il m'a laissé entendre, j'ai deviné...

Lotte choisissait ses mots avec soin. Ce fut délibérément qu'elle laissa sa phrase inachevée. Elle sourit à Esther affectueusement.

— La seule chose à faire, ma chérie, c'est de regarder les choses en face. Je te parle en amie. Si tu veux mon opinion, Richard n'est pas le genre d'homme à se laisser dicter sa conduite. Pour lui, Frieda fait partie des meubles, et il trouve ça tout à fait normal.

Esther n'avait en effet pas de mal à imaginer leurs rapports amoureux : pas d'attentions, pas de fleurs, comme si Frieda était une vieille chaise qu'il avait retrouvée en rentrant en Allemagne. Cette prise de conscience datait de plusieurs semaines. La seule chose qui restait incertaine, c'était elle-même : avait-elle la force de le supporter ? Quelle décision prendre ? Comment gérer cette crise affreuse qui l'attendait, et qui fondrait sur elle au moment où elle s'y attendrait le moins ?

Lotte posa la main sur son épaule.

— Si je peux t'aider en quoi que ce soit, Esther... J'espère que tu n'hésiteras pas à venir me trouver. Non que j'aie de l'expérience en la matière, mais je connais beaucoup de femmes à qui c'est arrivé.

Esther ne pouvait se résoudre à regarder Lotte en face, car ce n'était pas là le visage d'une amie.

— Il faut rejoindre les autres, dit-elle.

Esther accomplit sans faillir ses devoirs de maîtresse de maison. Richard versait sans compter son cognac français et avait l'air de s'amuser énormément. Il était beaucoup plus heureux qu'à Londres, Esther le savait. Il n'était probablement pas le seul homme dans la pièce à être infidèle à sa femme. Pourtant, dans les réunions londoniennes, même parmi les artistes et les écrivains qu'ils avaient connus à Chelsea, l'infidélité était l'exception. Elle avait peut-être absorbé sans le savoir un peu de la moralité anglaise, car jamais elle n'aurait eu cette réaction avec ses ex-maris allemands s'ils l'avaient trompée. Une honte supplémentaire venait du fait que Frieda, simple secrétaire, n'avait pas le rang social de Richard. Cela semblait doublement absurde maintenant qu'il avait cinquante-six ans. Jamais elle n'aurait imaginé tromper Richard, elle qui avait pourtant trompé ses deux premiers maris, et le troisième aussi. Et si c'était un châtiment mérité qui, finalement, s'abattait sur elle ? Esther avait les yeux fixés sur Richard. Soudain il se retourna vers elle, et le petit sourire gai et triomphant qui flottait sur ses lèvres semblait lui dire : « Et alors, ma chère, que comptez-vous faire au juste ? » Tout en sachant qu'il la voyait, il passa son bras sur l'épaule de Frieda, familièrement, et tous les deux éclatèrent de rire. Esther chercha une occasion de le voir seul, pour lui dire simplement qu'elle désirait lui parler ce soir, quand les invités seraient partis. Ce message n'avait pas vraiment besoin d'être transmis, mais il pesait si lourd sur elle sans doute parce qu'elle lui en voulait d'être de si belle humeur.

Mais Richard s'esquiva avec les derniers convives, lançant à Esther, par-dessus son épaule : « Je reconduis des gens, Esther. À tout de suite. »

Esther remarqua que Frieda faisait partie du groupe. Plus d'une heure plus tard, Richard n'était toujours pas rentré. Esther savait quelle histoire il trouverait à lui raconter : « Oh, je me suis arrêté au Schwarzwälder pour prendre un dernier verre avec les Bernsdorf. » Ce qui était peu plausible étant donné sa libéralité avec le cognac tout au long de la soirée. Esther vit avec satisfaction qu'il était une heure moins le quart. La femme avec qui Frieda partageait son appartement devait être rentrée du travail ; Esther espérait méchamment qu'elle les surprendrait dans une position compromettante. Mais si la colocataire ressemblait à Frieda, elle était peut-être déjà au courant et fermait les yeux. C'était plus probable.

Richard rentra juste après une heure, refermant la porte d'entrée avec précautions, pour ne pas la réveiller sans doute. Il eut l'air surpris de la voir encore dans la salle de séjour.

— Pourquoi rentres-tu si tard ?

Ce n'était pas du tout comme cela qu'elle avait prévu de commencer.

— Les Bernsdorf ont proposé de prendre un dernier verre. On s'est arrêté dans un petit bar très amusant, *Die Spinne*.

— Je ne te crois pas. Je pense que tu étais chez Frieda.

Richard avait l'air ébahi, comme si elle avait soudain révélé des dons d'extralucide.

— Ce n'est pas la peine de mentir, Richard. Je sais tout. Je préférerais que tu reconnaisses que tu étais chez elle ce soir, et que tu vas chez elle tous les soirs, après le bureau. Tu penses que je suis assez stupide pour ne pas savoir à quelle heure ferme le bureau?

Richard avait un petit sourire coupable sur ses lèvres minces. Il caressa sa moustache, un peu gêné.

— Eh bien oui, Esther, c'est vrai. Si tu veux vraiment le savoir.

Il sourit encore plus largement.

— Et moi, qu'est-ce que je deviens dans tout ça?

Elle tremblait, mais au fond d'elle-même elle se sentait solide, dure comme de la pierre. Il ouvrit les bras, en signe d'impuissance.

— Mais ma chérie, tu fais ce que tu veux, bien sûr, répondit-il, presque tendrement.

À travers ses mots, Esther sentit à quel point il était indifférent à sa souffrance, à sa présence même et elle se mit à le haïr. Richard était moins un être humain qu'une machine étrange qui avait retrouvé un rythme ancien et ne la connaissait plus, comme si leurs années à Londres ne comptaient pas. Esther comprit en un éclair qu'elle ne voulait plus lui parler, ni le toucher, ni même le revoir. Il se mit à parler, mais elle lui coupa la parole. Elle n'avait plus rien à lui dire. Alors il monta se coucher.

Esther appela la bonne et lui fit préparer un lit sur le sofa. Elle ne voulait même pas dormir dans une des chambres d'amis au premier. Elle resta éveillée plusieurs heures, repensant à Londres, à ses amis là-bas. Elle imaginait les Campbell, Tom Bradley et Edna accueillant son retour les bras ouverts, le petit restaurant de King's Road où ils se rejoindraient pour dîner. Elle s'imagina dans son ancien poste, installée dans la routine de sa vie londonienne, faisant quelques courses en rentrant le soir, les biscuits pour le thé de la boutique du Strand. En Angleterre, même si elle était pauvre, elle serait heureuse. Le plus grand bonheur serait de retrouver son petit emploi, de gagner sa vie, de faire ce qu'elle voulait de ses soirées. Esther croyait entendre ces voix anglaises, l'accent cockney dans Shaftesbury Avenue, près du bureau. Elle voyait un monsieur s'effacer poliment pour la laisser monter la première dans l'autobus rouge à impériale à Hyde

Park Corner, là où elle avait l'habitude de changer. Puis elle s'endormit.

Elle partit pour l'Angleterre deux jours plus tard. Elle avait télégraphié l'heure de son arrivée à Tom Bradley et il l'attendrait à l'aéroport. Richard, jusqu'au bout, joua l'indifférence, lui disant toutefois qu'il était sûr qu'elle changerait d'avis et reviendrait bientôt. Esther n'avait même pas relevé la suggestion. Mais elle sourit en lui disant au revoir avant de prendre l'avion. Elle était si heureuse d'être libre !

— Au revoir, dit Richard, essayant de transmettre par le ton de sa voix et l'expression de son visage des émotions qu'il était trop paresseux ou trop égoïste pour éprouver.

— Au revoir, Richard, dit Esther en lui serrant la main. Mais il était devenu transparent et sa main osseuse n'était plus que poussière.

Une femme sans importance

En apparence, Hélène ne présentait rien de particulièrement remarquable. Avec son mètre quatre-vingts, elle était plus grande que la moyenne ; elle avait sans doute aussi plus de charme, mais rien de vraiment ostensible. Ses yeux étaient bleus ou gris, suivant les jours. Chaque matin et chaque soir, avant le dîner, elle rassemblait ses cheveux auburn, séparés par une raie au milieu, en un petit chignon qui ne restait guère en place plus de cinq minutes. Elle avait des lèvres plutôt minces ; les coins de sa bouche remontaient quand elle souriait et cela donnait de l'éclat à son sourire. Son nez droit et fin était légèrement retroussé au bout, et Hélène trouvait cela ridicule ; c'était ce qu'elle aimait le moins en elle. Ni mince ni ronde, elle avait les genoux plutôt en dedans et sa démarche était un peu raide. Elle avait quarante-cinq ans.

Quand elle entra à l'hôtel Waldhaus, à Alpenbach, ce mercredi après-midi de janvier, il n'y avait rien de particulièrement remarquable dans son apparence. Elle portait un pantalon fuseau et des bottes noires doublées de fourrure blanche, une veste tyrolienne verte. Elle se dirigea vers la réception, jeta un bref coup d'œil approbateur à l'entrée toute simple, blanc et vert, et se retourna avec un sourire de satisfaction, comme si elle reconnaissait un endroit familier. C'est alors que tous les regards semblèrent attirés vers elle. Son chignon était défait, le rouge à lèvres avait progressivement disparu pendant la course en traîneau depuis la gare. Elle avait de petites rides autour des yeux, et son front était strié par deux grandes barres horizontales. Elle avait beaucoup moins d'allure que la plupart des femmes qui descendaient au Waldhaus. Pourtant les liftiers, deux jeunes gens en uniforme vert typique qui attendaient respectueusement aux abords de la réception, le portier, un grand gaillard dans son long pardessus vert avec la double rangée de boutons d'argent, le directeur en habit queue-de-pie et col cassé, deux clients de l'hôtel, l'épouse d'un autre client qui traversait l'entrée à ce moment-là, tous tournèrent la tête pour mieux la voir ; pour une raison qu'ils ne s'expliquaient pas, ils avaient du mal à détacher leur regard d'elle.

— Excusez-moi ! Je me suis trompée de date, dit Hélène en riant, dans un anglais teinté d'accent viennois.

— Vous avez froid aux mains. Il fait froid aujourd'hui.

Le directeur pratiquait son anglais, tout en sachant qu'elle venait de Munich. La direction et la plupart des clients choisissaient de parler allemand, mais on entendait souvent un mélange de français, d'italien et d'anglais ; c'était la règle plus que l'exception.

Hélène corrigea son erreur sur la date et suivit le jeune garçon qui portait sa vieille valise de cuir d'antilope. Pendant qu'ils montaient au troisième dans l'ascenseur, le garçon leva plusieurs fois les yeux pour la regarder. Il était à peine plus âgé que son fils Klaus.

— Il y a beaucoup de monde en ce moment ? demanda Hélène.

— Oh, oui, pas mal, répondit-il en avalant sa salive. Vous allez rester longtemps ? demanda-t-il comme si c'était une question qu'il n'avait pas le droit de poser.

— Quelques jours, répondit Hélène, qui lui fit un sourire en sortant de l'ascenseur.

On lui avait donné une grande chambre carrée, aux murs blancs, avec un tapis vert et des rideaux verts brodés de rouge. Les fenêtres donnaient sur une pente neigeuse où glissaient quelques skieurs. Elle tendit au liftier un billet de dix schillings. Après y avoir jeté un coup d'œil, il leva à nouveau les yeux sur elle et sortit de la pièce à reculons en murmurant des remerciements.

Hélène rangea deux ou trois vêtements et se fit apporter une demi-bouteille de champagne. Elle en but quelques gorgées en contemplant le spectacle qui s'offrait de sa fenêtre. Le monde semblait d'une pureté merveilleuse. Elle ouvrit la fenêtre et se pencha sur la balustrade. Elle remua les orteils dans les chaussettes épaisses. Elle n'avait plus froid aux pieds. Alpenbach ! Elle avait bien choisi. Elle était venue ici autrefois, avec son mari et un autre couple viennois, et avait le souvenir d'une jolie ville, mais c'était si loin dans le passé que sa mémoire restait vague. C'était ce qu'elle avait voulu, un endroit agréable qui ne lui rappelât pas trop le passé.

Elle remit ses bottes, son loden Walkjanke, prit un capuchon et sortit se promener. La route menait à un village distant de moins d'un kilomètre. Hélène hésita, revint sur ses pas et emprunta l'autre sentier, qui grimpait. Elle croisa des skieurs qui rentraient.

— *Guten Tag ! Bonjour* !*

Elle ne se rendit pas compte qu'ils se retournaient pour la regarder en se demandant qui elle était.

Le vent avait chassé la neige poudreuse des grands rochers au flanc de la montagne, révélant les petites fleurs qui poussaient dans les interstices protecteurs. Beaucoup avaient des pétales bleus disposés de façon très sophistiquée ; il y en avait des roses, des jaunes, des blanches. Ensemble, elles formaient un kaléidoscope de couleurs. D'autres encore poussaient en touffes isolées, suggérant ces fleurs miniatures qui ornent les presse-papiers de l'époque victorienne. Hélène se pencha pour mieux les admirer, fascinée par leurs teintes délicates qui ressortaient sur la blancheur de la neige qui leur servait d'écrin. Une longue expérience, une lente évolution avaient appris aux petites fleurs à survivre à la neige. Au moment opportun, en signe de subtil et discret défi, elles ouvraient leurs minuscules calices, aussi facilement qu'un magicien crée un miracle d'un tour de poignet. Hélène entendit des pas crisser sur le sentier derrière elle et aperçut un jeune homme blond, vêtu d'une veste fourrée, qui venait vers elle à grands pas.

— Bonjour ! Vous montez jusqu'en haut ? demanda-t-il en allemand.

Hélène leva les yeux vers la montagne qui se dressait devant elle, puis revint au jeune homme.

— Je ne crois pas, cela m'étonnerait.

Elle fut, l'espace d'un instant seulement, contrariée de ne plus être seule. Pourtant, quelle importance après tout ?

Ils reprirent la route ensemble, le sentier étant juste assez large pour deux.

— Je m'appelle Gert von Boechlein, dit le jeune homme. Vous êtes arrivée aujourd'hui, n'est-ce pas ?

Il avait le visage ouvert et souriant et pas plus de vingt ans. Ce n'était apparemment pas le type de jeune homme qui adresse la parole à une femme plus âgée sans avoir été présenté, se dit Hélène.

— Je suis arrivée il y a une heure, dit-elle en relevant des mèches de cheveux qui lui tombaient sur le visage. Pouh ! je ne crois pas que je vais aller jusqu'en haut.

Il se mit à rire.

— Effectivement, cela m'étonnerait ! Il y a huit kilomètres d'ici au sommet, mais...

— Mais ?

— Nous pourrions avancer encore un peu. De ce rocher là-bas, on a une très jolie vue.

Il montrait un gros rocher noir à quelques centaines de mètres plus haut. Ils se remirent à monter. Il n'arrêtait pas de la regarder.

— Vous venez de Vienne.

— Oui, mais j'ai vécu à Munich pendant des années.

— Vous avez bien le style viennois.

Il montra l'hôtel d'un geste vague. Il était ganté d'épaisses mitaines de peau de mouton.

— Ma mère et ma sœur sont ici à l'hôtel avec moi. Je voudrais vous les faire rencontrer. Je veux dire qu'elles aimeraient vous rencontrer, si vous voulez bien.

Ses joues roses s'empourprèrent.

— Est-ce que vous me trouveriez grossier si je vous demandais votre nom ?

— Hélène Sacher-Hartmann.

Elle se pencha pour observer un autre minuscule patchwork de fleurs, en cueillit une rose et passa sa tige dans la boutonnière de sa veste.

— Elle est si petite, on ne la voit pas.

— Oh, si si, je vous assure, on la voit très bien !

Du haut du rocher, ils contemplèrent la ville. Le jeune homme indiqua où se trouvait le meilleur *Konditorei,* dans une courbe, après le clocher de l'église, là justement où un traîneau attelé de deux chevaux était en train de prendre le virage. Il lui dit que sa mère et sa sœur Hedwig, qui avait quatorze ans, y prenaient un chocolat chaud et un gâteau chaque après-midi.

— Vous ne les accompagnez pas ? demanda Hélène.

— Non, pas aujourd'hui, répondit Gert en rougissant encore.

Alors qu'ils redescendaient, Hélène glissa : immédiatement Gert la rattrapa en lui prenant la main, qu'il lâcha aussitôt, comme s'il s'était brûlé.

— Pardonnez-moi, fit-il. Je n'ai pas accompagné ma mère et ma sœur aujourd'hui parce que je vous ai vue arriver à l'hôtel et j'ai voulu essayer de vous rencontrer.

— C'est très gentil à vous, dit Hélène en souriant, mais elle parlait de façon un peu distraite, parce qu'elle n'écoutait pas vraiment ce qu'il disait. Elle aspirait à pleins poumons l'air pur et froid, aussi délicieux que l'eau fraîche quand on a très soif.

Le jeune homme parlait maintenant de son école. Il faisait des études à Graz pour devenir ingénieur en hydraulique. Quand ils furent à l'hôtel, il lui parla avec une angoisse mal dissimulée :

pouvait-elle, voudrait-elle accepter de les rejoindre, lui, sa mère et à sa sœur, au bar de l'hôtel à sept heures trente pour l'apéritif ?

Hélène regarda sa montre, vit sans vraiment en prendre conscience qu'il était cinq heures trente-cinq.

– Mais oui, pourquoi pas ? Je vous remercie.

Puis elle le quitta pour regagner sa chambre.

*

Ayant plus ou moins oublié son rendez-vous, Hélène était en avance. Après un bain chaud, elle avait enfilé un ensemble de laine vert foncé, et arrangé autour de son cou la large écharpe à franges, faite du même tissu. À sept heures, elle fit son entrée au bar, déjà plein de monde. Un feu vif crépitait dans la cheminée blanche. D'ordinaire, Hélène aurait été gênée d'avoir à traverser seule ce genre d'endroit, car elle était un peu timide. Mais elle eut plaisir à remarquer qu'elle ne se sentait plus ni timide ni indécise. Elle jeta un bref coup d'œil circulaire, se souvint de Gert. Ne le voyant pas, elle avança vers le bar. Il se trouvait que tous les tabourets étaient pris, mais un client lui offrit le sien.

– *Permettez-moi, madame**!

– Oh non, je vous assure. Je veux simplement commander quelque chose, répondit Hélène en français, avec un sourire.

– Je vous en prie, asseyez-vous. Comme vous voyez, il n'y a pas de table libre.

– Merci beaucoup.

Hélène se commanda un kirsch, que le Français insista pour lui offrir avec la monnaie qu'il avait sur le zinc. Il avait environ quarante-cinq ans, des cheveux bruns, une petite moustache et des sourcils épais et noirs. Il lui demanda si elle était déjà venue à Alpenbach, combien de temps elle comptait rester, et ainsi de suite. Le client qui était assis de l'autre côté du Français, maintenant debout, et semblait le connaître, écoutait la conversation. Mais le Français ne le présenta pas à Hélène.

– Vous connaissez Paris ? demanda-t-il avec une soudaine nostalgie dans la voix.

Quelques instants plus tard, il l'invita à se joindre à eux pour dîner. Hélène avait soudain réalisé qu'il avait un œil de verre. Il avait de longues mains étroites, qui bougeaient sans cesse. Il avait dit être violoncelliste dans un orchestre parisien. Hélène accepta l'invitation, tout en soulignant qu'elle avait rendez-vous au bar à sept heures trente.

— Je ne sais pas pourquoi je porte encore cette montre, dit-elle en regardant son poignet. Je ne la consulte jamais, je suis en avance.

— Si vous étiez venue à sept heures trente juste, je n'aurais peut-être pas eu le plaisir de vous rencontrer. Je me présente : André Lemaître... Mais non, je vous aurais rencontrée de toute façon, ajouta-t-il en souriant, les sourcils froncés.

Quand Gert arriva avec ses deux parentes, elle abandonna le Français à l'œil de verre et s'installa à une petite table que Gert avait réservée. Sa mère était blonde et avait des traits fins. Elle se montra d'abord assez distante, ce qui ne gêna pas Hélène le moins du monde. Mais bien vite, l'atmosphère se réchauffa; après quelques minutes, ils discutaient et riaient comme s'ils s'étaient toujours connus. C'était le chef de gare d'Alpenbach qui faisait les frais de la conversation, un homme visiblement simple d'esprit, qui louchait. Le jour même, il avait failli transférer vers Vienne toute une pile de bagages qui devaient rester à Alpenbach. Hedwig, la sœur de Gert, avait mis un soupçon de fard sur ses lèvres et son corps d'adolescente commençait à s'épanouir. Elle fixait Hélène avec une expression aimable et rêveuse, mais parlait peu. Gert assumait ses fonctions d'hôte, vérifiait qu'elles avaient bien les boissons qu'elles avaient commandées et traitait Hélène avec un orgueil de propriétaire, comme une belle prise, ce qui amusa celle-ci. Quand ils se levèrent pour aller dîner, il tenait pour acquis qu'Hélène allait se joindre à eux. Hélène avait oublié le Français quand celui-ci la rattrapa dans la salle à manger.

— Madame! Pardon, madame, vous n'avez pas oublié que nous...?

— Oh, mon Dieu!

Hélène se frappa le front avec un petit rire comme pour indiquer qu'elle perdait la tête.

— Voulez-vous m'excuser, *Frau* von Boechlein, et vous aussi Gert, mais j'ai promis à ce monsieur de dîner avec lui.

— Pardon? s'exclama Gert, avant de se dominer. Oui, très bien, eh bien j'en suis désolé. Tout à fait désolé.

Il avait l'air absolument désespéré.

— Il y a encore demain, Gert.

— Demain, dit-il avec fermeté. Pour le déjeuner? Si vous n'allez pas skier.

Sa mère lui lança un regard qu'il ne remarqua pas.

— Très bien, déjeunons demain, si vous voulez, en incluant tout le trio du regard. Merci pour l'apéritif. J'ai été enchantée de vous rencontrer.

— Moi aussi, dit gentiment *Frau* von Boechlein.

À leur table, qui pouvait accueillir quatre personnes, ils furent rejoints par l'homme du bar. André en sembla contrarié, mais le présenta à Hélène comme son « ami skieur » ; quelques minutes plus tard, il semblait avoir oublié sa courte irritation. Chacun des deux hommes parlait à Hélène comme si l'autre n'existait pas.

À onze heures du soir, ils se retrouvèrent à neuf, y compris un couple venant de Milan. Ils avaient prévu d'aller jouer aux cartes au bar, mais ils se contentaient de bavarder et Hélène eut la surprise de constater qu'elle était le centre d'intérêt. Comme d'habitude, elle avait pourtant le sentiment qu'elle n'avait rien d'important à dire. D'ailleurs elle ne faisait pas de grands discours, et pourtant tous semblaient suspendus à ses lèvres. Ils lui posèrent des questions sur sa vie à Munich et elle leur parla de la librairie-papeterie qu'elle tenait avec deux autres femmes. Elles en assumaient la charge tour à tour, pour que chacune puisse prendre de longues vacances pendant l'année, tout en restant associées dans une affaire qui marchait bien. Hélène ne précisa pas qu'elle ne reverrait plus le magasin. L'idée lui traversait souvent l'esprit, mais cela ne la troublait pas. Tout ce qui était de sa responsabilité était en ordre. Esther n'avait pas de meubles et louait, assez cher, une chambre meublée : elle serait très contente de s'installer dans l'appartement d'Hélène. Celle-ci avait laissé un mot à l'intérieur pour indiquer qu'elle était d'accord ; mais Hélène ne parla pas de tout cela, ni de son fils. Quand on lui posa la question, elle répondit qu'elle n'avait pas d'enfants. Tous semblaient trouver fascinantes les moindres bribes d'information qu'elle leur donnait, même quand elle parlait des petites fleurs de montagne qu'elle aimait tant.

« C'est comme si je portais un parfum qui ensorcelle, se disait-elle, un parfum qui charme jusqu'aux femmes. C'est très étrange. »

Et les jours suivants, il s'avéra impossible pour Hélène d'avoir le moindre moment à elle, dès qu'elle sortait de sa chambre. Si d'autres se joignaient à eux, les hommes éprouvaient un peu d'irritation, mais le sentiment se dissipait quand ils décidaient tous de partir en promenade, de prendre le téléphérique jusqu'au pavillon. Hélène ne skiait pas et n'avait pas envie d'apprendre. Chez Gert seul, cette jalousie restait vivace. Un matin, devançant tous les autres, il sauta de son fauteuil pour la rejoindre dans l'entrée. Dès qu'ils furent dehors, il lui avoua qu'il était amoureux d'elle.

— Mais voyons, Gert, je pourrais être votre mère, s'exclama Hélène. Et largement encore !

— Oh, je vous en prie, Hélène, ne riez pas, dit-il sur un ton désespéré. Depuis quelques jours, avec sa permission, il l'appelait par son prénom. Je ne supporte pas de voir tous ces hommes autour de vous, ces hommes qui n'éprouvent pas le quart des sentiments que j'ai pour vous. *Ich kann es nicht mehr ertragen*[1] !

Il enfonça son poing sur sa tempe, comme si c'était un revolver.

— Mais...

Hélène esquissa un geste, mais elle ne savait pas quoi dire. Elle trouvait la situation comique et pourtant elle savait que cela n'avait rien de comique, car le jeune homme prenait les choses très à cœur. Elle regretta encore plus, à ce moment-là, de ne jamais savoir quoi dire dans ce genre de situation.

— Mais je ne peux pas vivre sans vous, Hélène ! C'est impossible !

— Gert, c'est ridicule voyons. Dans une semaine...

— Ni dans un an, ni jamais, je le jure. C'est pour toujours. *Für immer und ewig*[2] !

— Allons faire un tour.

Ils empruntèrent le sentier sur lequel ils s'étaient rencontrés la première fois.

— Vous comprenez, je vais partir bientôt et je ne pourrai plus vous voir, dit-elle.

— Où partez-vous ? Et pourquoi est-ce que je ne pourrai pas vous revoir ?

« *À Munich* », pensa Hélène automatiquement. Mais comme ce n'était pas vrai, elle ne put se résoudre à le dire.

— Vous serez bientôt à Graz vous-même.

— Mais j'irais n'importe où pour vous voir, déclara-t-il. En Australie, en Chine, partout !

Pas là où elle voulait aller cependant, pensa-t-elle avec un petit sourire un peu excédé.

— Je vous ai dit que j'étais mariée, Gert.

— Oui, mais j'ai remarqué que vous parliez de votre vie a Munich, vous n'évoquiez jamais votre mari. Où est-il ?

— Il vit à Vienne, et je ne suis pas divorcée.

— Mais le mariage et le divorce m'importent peu ! Je vous aime

---

1. Je suis à bout.
2. Pour l'éternité.

en dehors de tout cela. Ce que j'éprouve pour vous va beaucoup plus loin, c'est beaucoup plus fort.

Sa main, dans la mitaine, désigna la montagne qui se dressait devant eux. Son autre main, nue, tenait la main gantée d'Hélène.

– Je vais rester encore quatre jours sans doute. Nous verrons alors comment les choses évoluent, dit-elle aussi gentiment et légèrement qu'elle le put, un peu inquiète de ses réactions.

Il accueillit ses paroles avec un calme stoïque.

– Je resterai toujours le même. Si je ne peux pas vous revoir, ma vie ne vaut plus la peine d'être vécue, je le sais.

– Ohé!

La montagne renvoya deux fois l'écho de la voix qui avait crié. En dessous d'eux, sur le sentier, se trouvaient les deux Français, André et son compagnon. Gert poussa un profond soupir.

Quand elle revint dans sa chambre ce matin-là, elle trouva des fleurs, sans carte. La femme de chambre les avait mises dans un vase. Un bouquet de grosses roses rouges et une branche d'oiseau de paradis qui avait dû venir en avion de Nice. On frappa à la porte. Elle alla ouvrir et trouva sur le seuil non pas celui qui avait expédié les fleurs ou un messager qui rapportait le petit carton oublié, mais le jeune garçon qui avait monté ses bagages. Il tenait à la main une boîte de bonbons rouge.

– C'est pour vous, *gnädige Frau*.

– Merci, dit-elle. Là encore, il n'y avait pas de carte. Qui m'envoie ceci?

Le jeune garçon sourit timidement et recula vers la porte.

– Je ne dois pas le dire, *gnädige Frau*.

Hélène supposa que fleurs et bonbons venaient de Gert. Il y avait chez ce garçon un romantisme passionné que Goethe aurait apprécié. Mais Hélène savait bien que sa passion serait moins durable que celle de Werther. Elle déjeuna avec lui, sa mère et sa sœur, mais il ne fit aucune allusion aux fleurs ou aux bonbons. En jetant un coup d'œil autour d'elle, son regard fut attiré par le couple milanais qui lui adressa signes de tête et sourires, par les deux Français qui lui souriaient également et par quatre ou cinq convives qui semblaient être en train de la regarder à chaque fois qu'elle levait les yeux de son assiette. Finalement elle ne savait plus très bien qui avait envoyé les fleurs et les bonbons, mais ce n'était sans doute pas Gert, qui aurait choisi quelque chose de plus précieux et de plus important.

Plus tard dans l'après-midi, quand Hélène eut enfilé une jupe et un pull pour lire confortablement sur son lit, Gert l'appela au téléphone : il désirait la voir un moment. Hélène n'eut pas le cœur de refuser. Il monta et tout de suite lui tendit une grosse broche de rubis qui, dit-il, venait de sa grand-mère, et dont il voulait lui faire cadeau. Elle sourit, surprise.

— Mais Gert, c'est à votre future épouse qu'il faudra donner ce bijou !

— Vous êtes ma future épouse, déclara Gert solennellement.

— Mais, mon cher garçon, votre mère serait si contrariée si elle savait ce que vous êtes en train de faire !

— La broche est à moi, je peux en disposer comme je l'entends. Je l'ai toujours sur moi, même à l'école. Vous ne la voulez pas, Hélène ? Vous ne voulez pas l'accepter ?

Hélène chercha un moyen de l'accepter qui lui permettrait aussi de la lui restituer. Elle avait compris qu'un refus le blesserait.

— Très bien, je l'accepte avec plaisir. Je suis très honorée, dit-elle, en sortant la broche du papier de soie froissé qu'il avait dans la main.

Gert fit un large sourire.

— Merci, mon amour.

Il s'avança et elle leva le visage pour qu'il puisse l'embrasser. Ce fut un baiser très chaste sur les lèvres, rapide et étrange. Ce n'était pas un baiser passionné et ce n'était pas non plus un baiser symbolique ; pourtant cela semblait approprié à l'occasion. Il fit un pas en arrière, radieux.

— Je vais vous laisser maintenant, dit-il, et il referma doucement la porte.

Elle était assez contente de ne pas avoir promis de dîner avec les von Boechlein ce soir-là ; elle craignait que le visage rayonnant de Gert ne fût remarqué par sa mère. Comme c'était absurde de sa part de croire à la permanence des émotions ! Hélène devait rejoindre André au bar à sept heures ; il voulait l'emmener en traîneau jusqu'au village, pour changer un peu.

Quand Hélène et André arrivèrent au restaurant du village, ils furent reçus comme des rois par le maître d'hôtel. L'établissement était petit, mais André avait réservé une pièce entière rien que pour eux deux, décorée de roses rouges et de petits coussins des petites fleurs alpestres qu'elle adorait. Ils se mirent à table.

— Eh bien voilà. J'espère qu'ils n'en ont pas trop fait ? murmura André sur un ton embarrassé

Un serveur apparut avec des cocktails au champagne.

André parla, lentement, de Paris, de ses épreuves pendant

la guerre, d'abord prisonnier en Allemagne, puis en France, dans la Résistance où il avait perdu un œil. Son mariage qui avait duré deux ans et s'était soldé par un échec, dix ans auparavant, ses difficultés pour percer comme musicien, et puis ses succès venus tardivement. Il faisait de longues pauses pour donner à Hélène l'occasion de lui répondre ou de changer de sujet, mais elle ne dit rien car ses histoires l'intéressaient ; elle se sentait touchée qu'il l'apprécie assez pour les lui raconter.

— Vous trouvez peut-être étrange que je vous raconte tout cela, dit-il vers la fin du dîner. Mais en fait j'aimerais vous demander si vous voulez être ma femme et il faut bien... Je crois que ce serait une bonne chose, vous ne croyez pas, que vous me connaissiez mieux ? Accepteriez-vous de m'épouser, Hélène ?

Hélène ne s'y attendait absolument pas.

— Mais vous ne savez absolument rien de moi.

— Cela n'a pas d'importance. Bien sûr je préférerais en savoir davantage, dit-il en souriant, mais l'essentiel, je le connais déjà. Vous êtes bonne et pure, vous êtes belle, c'est le mot, vous avez la beauté intérieure. Les détails viendront plus tard. Je me rends compte que vous êtes sans doute mariée. Cela n'a pas non plus d'importance, car j'attendrai. J'attendrai le reste de mon existence, si c'est nécessaire, mais j'espère que ce ne le sera pas Vous êtes mariée, n'est-ce pas ?

— Oui.

— Votre mari vit à Munich ?

— Non, à Vienne. Nous sommes séparés et je ne l'ai pas vu depuis trois ans. J'ai un enfant, dit-elle doucement, mais...

— Mais ?

— Il a douze ans. Et... il ressemble beaucoup à son père. Je crois qu'il préfère son père. En tout cas, il y a un an, Klaus a décidé qu'il préférait vivre avec son père. Son père est très riche, vous comprenez, et Klaus passait tous les étés avec lui, enfin depuis l'âge de huit ans. Mon mari s'en occupe beaucoup, il lui a acheté un cheval, et un bateau, des tas de vêtements. En ce moment, il lui apprend à chasser. Je n'aime pas la chasse.

— Je comprends, dit André.

— Mon fils aime tout cela. Je ne peux rien y faire, il est comme ça, il est comme son père, c'est tout.

Hélène sourit, posa sa fourchette et pressa les paumes l'une contre l'autre, comme si elle était en train de parler d'un sujet qui lui faisait plaisir, ou de prier pour quelque chose qu'elle désirait très fort. D'ailleurs cela faisait des semaines et même des mois qu'elle avait cessé de souffrir de la situation ; elle s'était fait une raison. Faire toutes ces confidences ne la bouleversait plus. Elle sentait qu'André était capable de comprendre cela.

— Je vous aime beaucoup, André, je vous assure, mais je n'envisage pas de me remarier. Cela ne tient pas à vous et il n'y a personne d'autre ; nous nous sommes tout simplement rencontrés au mauvais moment.

André resta songeur un moment.

— Non, non, je ne crois pas. Mais je vous attendrai. Ce ne sera pas difficile de vous attendre car aucune autre femme ne pourra m'attirer, maintenant que je vous ai rencontrée. Je ne serai pas malheureux.

Quelques minutes plus tard, au moment du cognac, André posa une question.

— Je suppose que vous allez divorcer ?

— Sans doute, répondit Hélène sans s'étendre.

— Est-ce que vous accepteriez de venir à Paris avec moi ? J'ai un grand appartement, derrière les Invalides. On a une très belle vue...

Hélène secoua la tête en souriant.

— Non, merci. Ce serait prématuré.

Les clients de l'hôtel Waldhaus étaient-ils devenus fous ? Était-ce l'effet de l'altitude ?

— Vous pensez peut-être que c'est insensé, à mon âge, de vous faire ces propositions à brûle-pourpoint ? Mais d'un autre côté, je suis assez âgé pour savoir ce que je veux.

*

Le lendemain matin, Gert accompagna Hélène dans sa promenade matinale. Installé dans l'entrée, il l'avait guettée, comme la veille. Mais ce jour-là, un peu guindé, il ne souriait pas.

— Je sais que vous avez dîné avec ce Français hier soir, dit-il quand ils eurent fait quelques mètres, et que vous vous êtes bien amusés, d'après le portier.

Ces portiers et leurs ragots, se dit Hélène, vaguement irritée.

— Et quand cela serait ? Pourquoi ne pas aller dîner au village pour changer ?

— Le soir même du jour où je vous avais donné la broche de ma grand-mère ? Avec un homme dont tout le monde sait qu'il est amoureux de vous ? s'exclama Gert, d'une voix que l'indignation faisait trembler.

— Il m'est indifférent, dit Hélène très vite, comme si elle s'excusait.

— Et moi, est-ce que je vous suis indifférent aussi ? Dites-le, si c'est vrai !

Qu'est-ce qui était vrai ? Une seule chose était sûre : elle ne voulait pas lui faire de peine. Mais elle sentait que sa colère était un mécanisme de défense, sans doute bénéfique.

— Ce n'est pas vrai. Mais je ne vous ai fait aucune promesse, Gert. Si vous voulez que je vous rende la broche... Je ne joue pas.

— Si vous ne voulez pas de moi, si vous préférez ce Français, je préfère me tuer ! Je parle sérieusement !

Elle ne pensait pas une minute qu'il mettrait ses menaces à exécution, mais elle ne voulait pas le montrer. Elle continua de monter le sentier enneigé. Gert marchait près d'elle, la dévorant du regard. Tous ces gens étaient en train d'épuiser ses forces et comme elle n'en avait pas beaucoup, il n'était pas étonnant qu'elle se sentît aussi lasse et indécise. Elle chercha en vain une façon conventionnelle de gérer le problème que Gert posait. Si elle ne trouvait pas, c'était parce qu'elle avait laissé de côté ce genre de choses avant de venir à Alpenbach, et même bien avant qu'elle n'ait quitté Munich. Elle se souvint soudain, avec une douloureuse nostalgie, des adieux à la gare, de sa surprise quand *Frau Müller*, sa femme de ménage, était arrivée à bicyclette pour lui dire au revoir. On aurait dit que tous savaient que c'était la dernière fois, qu'ils ne la reverraient plus et pourtant l'ambiance du départ avait été gaie et chaleureuse.

— Vous voyez ces rochers, dit Gert en montrant le haut d'une petite montagne qu'ils n'avaient jamais escaladée. C'est de là que je me jetterai, si...

— Si... ?

Hélène avait parlé sur un ton modéré, comme si elle avait fait répéter quelque chose qu'elle avait mal entendu et qui ne l'intéressait pas de toute façon. Elle aussi avait choisi ce même endroit, mais de là à se sentir des droits dessus ! C'était bizarre et un peu ridicule. Les menaces de Gert resteraient vaines ; c'était simplement une coïncidence amusante qu'il en parlât ainsi devant elle maintenant.

— Si vous m'interdisiez de vous revoir. Si nous ne parvenions pas à une sorte... d'arrangement.

Elle savait ce qu'il voulait dire. Il serait son seul amant, oh très romantique d'ailleurs, sans aucun contact physique probablement. Il voulait venir la voir de temps en temps, chez elle à

Munich, prendre le café, ou dîner, et avoir la certitude qu'il était le seul à être traité ainsi. Involontairement, Hélène eut un mouvement d'impatience. Gert l'observait de près.

– Que voulez-vous dire ?

Le bruit des bottes crissant sur la neige accompagnait leur conversation. Soudain, Hélène sentit qu'elle n'en pouvait plus. Elle s'arrêta, leva la tête brièvement pour voir le sommet de la montagne, qui n'était certainement pas à huit kilomètres, comme Gert le prétendait, et se retourna. Ils restèrent immobiles.

– Est-ce que je peux vous revoir ? demanda Gert, toujours aussi déterminé.

– Oui. Ici. Mais pas à Munich, dit-elle sèchement. Elle en avait assez d'avoir à s'expliquer, et c'était impossible de toute façon. Elle retourna vers l'hôtel.

– Eh bien, je ferai donc ce que j'ai dit, dit-il. Il marchait maintenant la tête courbée et les bras ballants. Mais je vais d'abord vous écrire un poème.

« C'est une bonne idée d'écrire un poème avant de mourir », pensa Hélène. Et puis, écrire un poème aurait un effet si apaisant que toute idée de suicide l'abandonnerait. En tout cas, et sans savoir pourquoi, elle était certaine qu'il ne se donnerait pas la mort. Elle avait cette certitude, aussi évidente que lorsque l'on tombe amoureux.

– Puis-je vous offrir une tasse de thé ? demanda-t-il quand ils se retrouvèrent devant l'hôtel.

Hélène n'avait pas voulu rentrer si tôt, mais tout ce qu'elle désirait maintenant, c'était être seule. Elle devait pour cela rester dans sa chambre.

– Non merci, Gert. Si vous le permettez, je vais remonter.

– Si je le permets ? dit-il avec un petit sourire. Mais naturellement !

Arrivée dans sa chambre, elle ôta son capuchon et porta machinalement ses bottes, sur lesquelles restait un peu de neige, dans la salle de bains carrelée pour ne pas mouiller le tapis. Puis elle enleva sa veste, et se dirigea vers la fenêtre. Au loin, le sommet noir et cranté de la montagne se découpait contre un ciel bleu pâle. Le sol était un tapis de neige, percé çà et là de trois ou quatre gros sapins verts. Quand elle s'aperçut qu'on ne voyait pas de skieurs, elle trouva la scène mélancolique et solitaire. Une pensée soudaine lui traversa l'esprit : « Si tous ces gens me désirent, c'est uniquement parce que moi, je n'ai plus besoin d'eux. C'est ironique mais parfaitement humain après tout. Ils savent que je ne leur demanderai rien, et ils ont raison. »

C'était en fait plutôt comique. Si elle était tombée amoureuse du Français ou, plus jeune, de Gert, si elle avait essayé de les séduire, elle n'y serait sans doute pas arrivée. Elle n'était pas particulièrement belle. À certaines époques de sa vie, peut-être deux ou trois fois, elle s'était sentie attirée par certains hommes : eux n'avaient fait aucune attention à elle. Hélène sourit à la vue qui s'offrait à ses yeux, à nouveau très belle. Elle se sentait étrangement belle elle-même, pure et innocente. Personne ne regarde le monde de façon plus passionnée que ceux qui vont le quitter, se dit-elle. Et le monde n'est jamais plus beau qu'à cet instant-là, même si ce n'est pas une beauté qu'on voudrait posséder, ou qu'on regrette de quitter. La pensée que le monde, tout en changeant très lentement, resterait aussi beau la remplissait de bonheur.

Après avoir médité de la sorte le matin, elle ne fut qu'à moitié surprise d'entendre la *signora* Cacciaguerra l'interpeller de façon mystérieuse, à midi trente. Hélène était descendue prendre un kirsch avant le déjeuner. Avant même qu'elle n'arrive au bar, elle fut accostée par la *signora* Cacciaguerra, une petite femme brune d'environ quarante ans, élégante et très soignée, vêtue d'un costume de ski noir et rouge, qui lui demanda si elle pouvait lui parler seule à seule un moment. Hélène suggéra le bar.

La *signora* Cacciaguerra fronçait les sourcils et montrait une certaine anxiété.

— Cela vous ennuierait que nous allions plutôt dans votre chambre ?

— J'espère qu'il n'est rien arrivé à votre mari ?

Hélène avait aussitôt pensé à un accident de ski.

— Non, non, ce n'est pas ça, dit-elle en faisant un geste vers l'ascenseur. Est-ce que nous pourrions... ?

— Bien sûr.

Hélène la suivit dans l'ascenseur. Quand elles furent arrivées dans la chambre, Hélène proposa de faire monter des apéritifs. La *signora* Cacciaguerra ne répondit pas ; Hélène commanda un kirsch et un americano par téléphone.

— Je vous en prie, asseyez-vous, *signora*, répéta Hélène.

La *signora* Cacciaguerra s'assit enfin, au bord du fauteuil.

— Vous devez penser que c'est une démarche très étrange.. c'est très étrange qu'une épouse vienne pour vous voir pour Mais c'est que mon mari...

Elle avait du mal à s'expliquer. Elle eut un petit sourire et poursuivit tant bien que mal.

— Je ne le reconnais plus. Ce n'est pas... Je veux dire ce n'est pas quelque chose de tangible, mais il est toujours en train de vous regarder et il rêve de vous tout éveillé. Vous avez bien dû vous en rendre compte.

En fait, Hélène ne s'en était pas aperçue : le *signor* Cacciaguerra ne la regardait pas plus qu'une demi-douzaine de clients de l'hôtel, hommes et femmes, dont la *signora* Cacciaguerra faisait d'ailleurs partie.

— En outre, il est devenu lunatique, changeant, et passe sans arrêt de la bonne humeur à la mélancolie. Il reste des heures à regarder par la fenêtre, mais il ne veut pas sortir. Ce qui est curieux, c'est que je ne suis pas jalouse de vous, dit-elle avec un petit rire. Et bizarrement, je suis venue vous demander conseil. Et même, par exemple...

— Par exemple ?

— Voulez-vous dîner avec nous ce soir ? Cela aiderait peut-être mon mari de vous voir davantage. Il parle de vous de temps en temps, mais d'une façon étrange. Croyez-moi, il a déjà été attiré par d'autres femmes, mais pas de cette manière. Il vous met sur un piédestal.

Le jeune garçon apportait les apéritifs et Hélène fut heureuse de cette diversion. Elle prit dans son sac un billet de dix schillings qu'elle lui donna en le remerciant.

— *Danke viemal, gnädige Frau*, répondit-il, en laissant le plateau sur la coiffeuse.

Hélène tendit l'americano à la *signora*.

— J'espère que vous aimez ça ?

— Oui, beaucoup, c'est mon apéritif préféré, c'est ce que je bois à Milan. *Cheers!*

Hélène fit écho en anglais. La *signora* Cacciaguerra avait parlé en italien, Hélène en français, qu'elle parlait mieux. Tous avaient parlé français le soir où ils s'étaient rassemblés à la même table.

— Tout est trop beau ici pour se soucier de petites choses de ce genre. De toute façon, je vais partir d'ici un jour ou deux, si cela peut vous consoler, déclara-t-elle avec bonne humeur.

— Mais pas du tout, cela ne me console pas, je vous assure. Je suis contente de vous avoir rencontrée. La *signora* lui rendit son sourire avec la même sincérité. Oui, je me sens mieux déjà. Alors, d'accord pour dîner ensemble ce soir ?

— J'ai promis à M. Lemaître de dîner avec lui. Mais nous pourrions peut-être partager la même table ?

— Non, non, je crois que M. Lemaître ne serait pas très content, dit la *signora* avec générosité. Ni mon mari non plus d'ailleurs.

Sa remarque la fit éclater de rire. Hélène, toujours debout, sourit aussi. Il n'y aurait pas de dîner pour elle ce soir. Ce soir, il faudrait passer à l'acte.

La *signora* Cacciaguerra resta quelques minutes encore, sirotant son americano, et parla à Hélène de ses deux fils qui étaient à Milan. Ils avaient onze et treize ans, mais étaient très différents. L'un voulait être peintre, l'autre allait devenir ingénieur et construire des gratte-ciel. Ils étaient si différents qu'il avait fallu les mettre dans des chambres séparées.

— J'aimerais beaucoup vous montrer mes enfants, ajouta-t-elle avec enthousiasme. Vous venez parfois à Milan ?

— Rarement, tous les cinq ans, pas plus.

La *signora* Cacciaguerra lui donna son adresse, puis prit congé. Elle ne voulait pas qu'Hélène la raccompagnât, car elle préférait ne pas risquer que son mari les vît ensemble et ne devinât qu'elle lui avait parlé.

Hélène descendit quelques minutes plus tard, seule. André la rejoignit près de la porte de la salle à manger et lui demanda si elle voulait bien déjeuner avec lui et un ami qui venait de Paris.

— Surtout, je ne veux pas abuser de votre patience, puisque nous dînons ensemble ce soir.

Hélène accepta.

*

Cet après-midi-là, Hélène fit sa valise, par goût de l'ordre, et demanda qu'on lui prépare sa note. Le directeur fut surpris qu'elle parte si tôt. Hélène dit qu'elle ne partirait peut-être que le lendemain, mais qu'elle voulait tout régler d'avance. Elle paya la nuit supplémentaire et laissa un bon pourboire sur sa table de nuit. Dans une enveloppe de l'hôtel, elle glissa cent cinquante schillings pour Kaethe, la femme de chambre. Elle mit la broche de Gert dans une autre enveloppe ; elle allait mettre un petit mot puis se ravisa. Elle se contenta d'adresser l'enveloppe à M. Gert von Boechlein. Inutile d'écrire à son mari ou à son fils, même si elle se sentait capable de leur envoyer un adieu amical. Mais les petits billets de ce genre ne pouvaient que faire de la peine, et puis on les gardait pendant des années et son fils pourrait en souffrir, même beaucoup plus tard, s'il se pouvait que son cœur fût jamais susceptible de souffrir. Les seuls adieux qu'elle voulait faire, elle les avait faits à ses amis, sur le quai de la gare de Munich, avant de venir à Alpenbach.

À six heures, elle sortit en pantalon de ski, capuchons et mitaines. C'était l'heure où les clients prenaient leur bain et se changeaient pour dîner. Elle eut la chance de ne rencontrer personne dans l'entrée de l'hôtel. Elle se mit à gravir le sentier enneigé ; quand elle serait au sommet, il ferait nuit. Elle regrettait de causer des ennuis à l'hôtel par une mort accidentelle, mais de toute façon, la mort, c'est toujours une intrusion. Si elle se jetait dans une rivière, un certain nombre de gens passeraient des jours à chercher le corps, ou bien on le retrouverait sur la rive, des jours ou même des semaines plus tard. Du moins, elle ne mourrait pas dans l'enceinte de l'hôtel. Sans doute tomberait-elle dans une masse de neige accumulée ; elle mourrait de froid ou bien étouffée. Ces mots n'avaient plus le pouvoir de la terrifier maintenant, et n'avaient même plus de sens. Et qu'arriverait-il si elle rencontrait Gert au sommet, avec la même intention qu'elle ? Hélène eut un petit rire ; c'était bien peu probable.

Quand elle arriva au sommet de la montagne, elle ne voyait plus où elle mettait les pieds. Elle se hissa par les mains en haut des rochers nus et accidentés. Une fois en haut, elle n'hésita pas plus de dix secondes, respira profondément deux ou trois fois, puis avança, tomba de tout son long dans le vide. Le vent sifflait à ses oreilles à travers le capuchon. Elle plongeait à toute allure, mais elle avait une sensation de légèreté, l'impression de n'avoir plus de corps. Elle revit toute son existence, son enfance dorée, l'université, son mariage, la dégradation de ce mariage et enfin la dernière période, à Munich. Mais tout se passa si vite que cela aurait pu être un seul instantané panoramique, un seul flash. Dans l'ensemble, ce n'était pas si mal, la vie. Ce fut sa dernière pensée, avant le sombre et ultime déclic.

Deux pigeons s'aimaient
d'amour tendre

Ils logeaient à Trafalgar Square, ces deux pigeons que par commodité on appellera Maud et Claude ; eux bien sûr ne s'attribuaient pas de noms. Cela faisait deux ou trois ans qu'ils étaient compagnons, loyaux à leur façon, même si, au fond de leurs petits cœurs de pigeons, ils se détestaient cordialement. Ils passaient leurs journées à picorer des graines et des cacahuètes que la foule ininterrompue des touristes, et les habitants de Londres eux-mêmes, achetaient aux marchands ambulants. *Pic pic pic,* voilà ce qu'ils faisaient toute la journée, parmi des centaines d'autres pigeons qui avaient comme eux pratiquement perdu l'aptitude à voler, parce que ce n'était plus vraiment vital. Souvent, Maud se trouvait séparée de Claude dans ce champ sautillant de pigeons, mais à la nuit tombée, ils se retrouvaient toujours et rentraient dans le recoin derrière un garde-fou de pierre près de la National Gallery. *Ouf!* D'un coup d'aile, ils hissaient leurs poitrines dodues pour atteindre leur nid, un mètre plus haut.

Maud émettait des bruits de gosier désagréables, qui traduisaient à la fois colère et mépris. Elle avait le même âge que Claude ; ils n'étaient plus très jeunes. Son premier compagnon avait été frappé par un autobus, en pleine maturité, alors qu'il se battait pour avoir sa part d'un sandwich.

Le caquet méprisant signifiait aussi : « Alors on est insatiable aujourd'hui ? » Ou bien c'étaient d'autres sarcasmes visant la virilité de Claude et son orgueil tout à fait sans fondement. Claude était peut-être resté chaste aujourd'hui, mais il n'empêche, c'était un coureur. Maud avait souvent la satisfaction de voir Claude se faire évincer par un mâle plus jeune qui s'abattait de façon inopportune sur Claude et la jeune femelle fraîchement conquise. Claude faisait beaucoup de bruit, pour faire croire qu'il était prêt à se battre, mais le jeune mâle visait ses yeux et Claude battait alors en retraite.

« Ça suffit comme ça », déclarait Claude quand il en avait assez, et il se préparait au sommeil.

De temps à autre, pour changer d'air, Claude et Maud prenaient le métro jusqu'à Hampstead Heath. Ou plutôt, un jour, ils avaient pris le métro et s'étaient retrouvés à Hampstead Heath, à leur grand ravissement. Que d'espace ! Que de choses à picorer ! Pas d'humains ou presque ! Il leur arrivait de prendre le métro juste pour s'amuser, sans se soucier de l'endroit où ils descendaient. Ils arrivaient toujours à retrouver leur chemin jusqu'à Trafalgar Square, même s'il fallait faire l'effort de voler sur quelques mètres ici ou là. Pour s'orienter, les autobus étaient plus fiables. Mais, sur le toit d'un autobus, il n'y a pas beaucoup de prise. Ils se souvenaient en gros de la situation de Hampstead Heath ; en allant dans cette direction, ils avaient toutes les chances d'y arriver. S'il leur semblait s'éloigner de leur destination, ils n'avaient qu'à s'envoler vers un autre autobus, plus prometteur. Deux fois déjà, ils s'y étaient rendus de cette façon.

Cependant, prendre le métro était beaucoup plus amusant : Maud et Claude adoraient obliger les gens à leur laisser le passage. Tout le monde riait et les montrait du doigt quand ils montaient ou descendaient l'escalator. Certains sortaient même parfois les appareils photo, comme à Trafalgar Square, et les flashs crépitaient. « Attention ! Ne marchez pas sur les pigeons ! » C'était la nouvelle plaisanterie.

Maud restait hantée par le souvenir vague d'une de ses filles qui avait été battue sauvagement sous ses yeux, sur un trottoir près de Trafalgar Square. Elle l'avait eue avec son premier compagnon. Ou bien avait-elle imaginé toute la scène ? Depuis ce jour-là, Maud se méfiait des gens qui portaient cannes ou parapluies, et il y en avait beaucoup. Maud, peureuse, faisait quelques pas de côté quand elle en apercevait. Elle s'imaginait pouvoir se trouver un autre compagnon si elle le souhaitait, mais quelque chose, elle n'aurait pas su dire quoi, la retenait auprès de ce raseur de Claude.

Par un accord tacite, ils décidèrent un samedi matin d'aller à Hampstead Heath. Il se passait quelque chose d'horrible dans Trafalgar Square. Des hordes de gens arrivaient, on installait des tribunes et des haut-parleurs. Ce ne serait pas une bonne journée pour les cacahuètes et le pop-corn. Maud et Claude prirent le métro à la station Whitehall.

– Oh, maman, regarde, cria une petite fille. Des pigeons !

Maud et Claude n'y prêtèrent pas attention et continuèrent à descendre en sautillant. Ils passèrent sous le portillon sans se faire remarquer, reçurent un coup de pied. Ils prirent ensuite l'escalator pour arriver au quai. Claude, qui ne savait pas où il allait, était devant et il sauta dans le premier train.

— Regardez ça ! Des pigeons ! s'exclama quelqu'un.

Deux ou trois personnes trouvèrent le spectacle drôle.

Maud et Claude faisaient partie des rares passagers qui n'étaient pas bousculés. Le vide s'était fait autour d'eux. Quand ils descendirent, c'était encore Claude qui était devant, hochant la tête d'un air convaincu. Il ne savait pas où il se trouvait, mais il aimait faire semblant.

— Ils montent dans l'ascenseur ! Tu as vu ça !

On leur fit place, comme à des personnages importants.

À cause de la cohue sur les marches qui menaient à la rue, Maud et Claude durent se résoudre à voler. Ils étaient épuisés en arrivant enfin au soleil, près d'un marchand de journaux. Maud prit la tête et emprunta le trottoir qui montait. Elle se souvenait que, près d'Hampstead Heath, les trottoirs étaient en général en pente. Claude la suivit.

— Ah ! La belle histoire d'amour, dit une voix d'homme.

La voix se trompait. Claude prenait souvent la tête, quand il voulait donner l'impression qu'il était supérieur à Maud, sachant que celle-ci le suivrait, quoi qu'il arrive. Mais parfois, la situation s'inversait et cela n'avait rien à voir avec la saison des amours. Après avoir traversé trois rues et sauté par-dessus le bord du trottoir, Maud était fatiguée. Claude s'était trompé en sortant à cette station. Maud s'empressa de le lui faire savoir en marchant près de lui et en faisant des bruits de glotte déplaisants. Elle non plus ne savait pas où elle était, même si elle se rappelait que Trafalgar Square était quelque part derrière elle et sur la droite. Au moins, ils n'auraient pas de problème pour rentrer. En tout cas, ils n'étaient pas à Hampstead Heath.

Alors, Maud sentit, ou aperçut, une masse verte tout droit sur la gauche. Avec un coup de tête impérieux, qui fit briller son poitrail bleu et vert au soleil, elle guida Claude vers la gauche. Ils s'arrêtèrent pour laisser un taxi tourner, puis poursuivirent leur route. Encore un trottoir à franchir. Maintenant Maud distinguait nettement l'espace vert et elle accéléra, en battant des ailes pour accompagner le mouvement des pattes sur le trottoir. Elle réunit assez d'énergie pour voler à un mètre de haut, au-dessus de la grille d'un petit jardin public.

Des gens étaient paisiblement assis sur les bancs ; il y avait une belle pelouse sans obstacles, avec un bassin au milieu. Maud se mit à picorer.

Claude remarqua trois autres pigeons, une femelle et deux mâles, non loin, sur l'herbe. Maud et lui seraient sans doute mal accueillis. Mais les mâles avaient en ce moment précis d'autres préoccupations. Maud laissa entendre que Claude irait peut-être tenter sa chance de ce côté-là. Claude répliqua aussitôt qu'elle aussi pourrait tenter la sienne. Maud s'éloigna, tournant le dos à tous, y compris Claude. Celui-ci, ayant trouvé un ver de terre, était en train de se dire qu'il préférait le maïs séché quand un des mâles fondit sur lui.

Le volatile qui attaquait était en meilleure forme. Claude réussit à s'élever de quelques centimètres, et retomba lourdement, sans grand effet. Il battit en retraite, et resta au sol, en battant des ailes et en poussant des cris qui indiquaient l'irritation, mais non la défaite ; il n'avait pas envie de se battre à ce moment précis, tout simplement. Maud affecta une indifférence amusée.

Il se mit soudain à pleuvoir, une pluie qui semblait devoir durer. Claude et Maud se dirigèrent vers l'arbre le plus proche. Fallait-il reprendre le métro pour rentrer ? Ce n'était que le milieu de l'après-midi. La pluie allait faire sortir les vers de terre, peut-être quelques escargots. Soudain, Maud se jeta sur Claude et l'attaqua au cou.

Claude, déjà de mauvaise humeur, s'éloigna, digne, vers un sentier. Quand il arriva au trottoir, il tourna complètement à gauche. C'était le chemin de la station de métro, pensait-il, et aussi le chemin de la maison.

Maud le suivit, en se haïssant d'être conditionnée ainsi. Elle avait du moins la consolation de pouvoir le surveiller. Et puis ils se dirigeaient globalement vers Trafalgar Square. L'heure du châtiment sonnerait pour lui, se dit-elle. Si elle se donnait suffisamment de peine, un mâle plus jeune viendrait envahir leur nid et chasser Claude de chez lui. Il paierait...

Vlan !

Que s'était-il passé ?

L'obscurité était tombée sur eux. Claude était là-dedans avec elle, piaillant et battant des ailes.

Maud entendit des rires d'enfants. Une boîte ! Cela lui était déjà arrivé une fois et elle avait réussi à s'échapper. La boîte en carton raclait le sol et cela lui blessait la patte. Soudain, Claude et elle furent renversés, elle aperçut un bref morceau de ciel, puis un affreux manteau ou quelque chose de ce genre fut jeté sur la boîte. Ils furent bousculés, chahutés ; les enfants couraient toujours. Ils descendirent des marches. Maud et Claude furent éjectés du sac et se retrouvèrent sur le sol d'une pièce très éclairée. Ils étaient à l'intérieur d'une maison.

Une femme cria quelque chose. Les enfants, deux garçons, se contentèrent de rire. Maud s'envola et se posa sur la table. C'était une cuisine, dans un de ces édifices que Claude et elle avaient souvent observés par une fenêtre de ces appartements qui sont à moitié en sous-sol.

— Et qu'est-ce que vous allez faire avec eux ? Aahh... !

Claude s'était envolé jusqu'au bord de l'évier. Un des garçons s'approcha pour l'attraper et Claude sauta dans un coin, près d'une porte qui était à peine entrouverte.

Un des garçons jeta du pain sur le sol, mais Claude n'y prêta pas attention. Maud voyait bien qu'il s'intéressait à la porte. Mais s'il n'y avait pas d'issue dans le reste de la maison, à quoi cela servirait-il ? Maud alors se mit à déféquer.

La femme se mit à hurler. Parfait ! Maud savait que les excréments pouvaient avoir des conséquences majeures. D'abord, c'était une forme de mépris. À plusieurs reprises, il était arrivé à Maud de prendre des coups de pied alors qu'elle déféquait, en toute innocence, sur son propre territoire, Trafalgar Square. De toute façon, elle savait bien que les humains étaient pour la plupart fous à lier. On ne pouvait jamais deviner ce qu'ils allaient faire : un jour c'était des cacahuètes et le lendemain des coups de bâton.

La femme était encore en train de vociférer. En poussant un hurlement, les garçons foncèrent sur Claude, les bras ouverts pour essayer de l'attraper. Claude s'envola, lâcha un excrément ; un des garçons se trouvait juste en dessous. Il y eut des rires. Claude s'accrocha, tremblant, à une corde à linge, près du plafond, qui se mit à osciller de droite à gauche.

Un homme costaud, à la grosse voix, entra. Maud le détesta tout de suite. Il commença par hurler pendant un bon moment, puis se pencha vers Maud et parla plus doucement. Maud recula en faisant tomber le couvercle d'un objet en porcelaine. Elle gardait l'œil sur l'homme, prête à rejoindre Claude s'il s'approchait. L'homme quitta la cuisine.

La femme était au fourneau et faisait du pop-corn. Maud et Claude reconnaissaient l'odeur. Pendant ce temps-là, les garçonnets ricanaient bêtement près de l'évier. L'homme revint avec un grand bâton à trois pieds. Il y eut des lumières vives. Maud et

Claude comprirent ce qui se passait ; ils avaient vu la même chose à Trafalgar Square – des pieds, des estrades sur roulettes, ces lumières affreuses partout qui recréaient, la nuit, la lumière du jour. La lumière était en plein dans l'œil de Maud et elle se retourna. L'appareil photo bourdonna. Maud aurait bien déféqué à nouveau, mais à ce moment-là, elle ne pouvait pas.

– Pop-corn ! cria l'homme.
– Ça vient !

La femme saisit la poêle et se retourna juste à temps pour entrer en collision avec Claude qui avait essayé de sortir par la fenêtre. Il avait espéré que la partie supérieure serait ouverte. Avant d'avoir pu vérifier cette hypothèse, il se retrouvait par terre, sur le flanc. Il se remit sur ses pattes et la femme répandit un peu de pop-corn sur le sol, près de lui. Claude recula comme s'il s'était agi de poison. L'homme se mit à rire.

– Allez, Simon, essaie de leur faire peur pour qu'ils volent !

Le plus petit des deux odieux rejetons agita les bras devant Maud, tandis que l'autre se précipitait vers Claude.

Tous les deux s'envolèrent, battant des ailes dans tous les sens. Puis Claude fondit, comme un aigle bien nourri, sur le front et les cheveux du plus grand des garçons, toutes griffes dehors.

– Aïe ! cria celui-ci.

Maud se contenta de donner deux forts coups de bec dans les joues du plus petit, et joua des griffes autant qu'elle put avant de s'envoler pour échapper, de justesse, au poing de l'homme. Maud se rendait compte qu'ils étaient pris au piège, et qu'ils allaient devoir vendre chèrement leur peau.

La femme prit le balai et essaya d'atteindre Claude, en vain.

– Ouvrez la fenêtre ! Laissez-les partir !
– Je vais leur tordre le cou ! Ils sont fous ! hurlait l'homme à la face rouge en se dirigeant vers la fenêtre.

Maud voyait que l'homme était en colère, et pourtant, qui les avait amenés ici sinon ses deux poisons d'enfants ? Maud attaqua l'homme juste comme il ouvrait la partie supérieure de la fenêtre. Il se protégea avec son coude et se baissa.

Claude s'envola par la fenêtre.

– Prends le balai, dit la femme, en le passant à l'homme.

Maud évita le balai, vola jusqu'à l'égouttoir près de l'évier, s'agrippa à une soucoupe pour prendre son élan. Quand elle s'envola vers la fenêtre, la soucoupe tomba dans l'évier et se brisa.

La femme cria encore une fois, l'homme rugit. Puis elle cessa de les entendre. Sous l'emprise de la rage, elle avait trouvé l'énergie de voler sur plusieurs mètres. Elle atterrit lourdement sur le trottoir accueillant et civilisé, pour marcher normalement et retrouver son souffle. Quel soulagement d'être sortie de cette maison de fous ! Mon Dieu ! Il faudrait dénoncer des gens comme ça à la police ! Maud, la tête haute, poussait son bec en avant à chaque pas. Il y avait des associations, des *humains*, en fait, qui se battaient pour protéger les pigeons. Elle avait vu des gens à Trafalgar Square qui empêchaient les petits garçons d'utiliser des pistolets à air comprimé, ou même de leur jeter des projectiles. S'ils apprenaient les sévices que cette famille leur avait fait subir, ils leur feraient payer cher.

Où donc était Claude ?

Maud s'arrêta et se retourna. Elle se fichait de savoir où il était. Si elle rentrait directement, comme c'était son intention, Claude rentrerait ce soir, cela ne faisait pas de doute. Quelle aide avait-elle trouvé auprès de lui, quelques minutes auparavant ? Aucune.

Elle entendit sa voix. Puis il apparut derrière elle, aussi vite qu'il le pouvait avec pattes et ailes, l'air totalement exténué. Maud secoua son plumage et poursuivit son chemin.

Claude marchait à côté d'elle, en ronchonnant un peu. Maud aussi ronchonnait un peu, mais leurs voix finirent par s'adoucir. Après tout, ils étaient à nouveau libres, et ils rentraient chez eux. Soudain Maud courut vers un autobus. Claude la suivit, se hissant avec difficulté jusqu'au toit. Ils se recroquevillèrent pour avoir une meilleure prise. Certains autobus avaient de terribles à-coups. Ils durent changer d'autobus, un peu à l'aveuglette, mais leur instinct était sûr et bientôt ils descendaient Haymarket. Ils étaient chez eux ! Et il ne faisait pas encore nuit. Le ciel était d'un bleu un peu fumé du côté où le soleil se couchait.

Il restait un peu de temps pour picorer quelques restes sur la place avant de se retirer pour la nuit, se dit Maud. Claude pensait la même chose. Ils quittèrent l'autobus à Whitehall et se posèrent sur leur territoire familier.

Les lumières commençaient à apparaître à la devanture des magasins. Il ne restait pas beaucoup de pigeons à cette heure-là. Finalement, il n'y avait pas grand-chose à picorer, tout était piétiné. Maud se sentait fatiguée, patraque.

Claude avança son bec de son côté et saisit un fragment de cacahuète sur lequel elle avait jeté son dévolu. Elle lui vola dans les plumes. Pourquoi restait-elle avec un compagnon aussi égoïste, aussi avide ? Elle ne pouvait jamais compter sur lui, même pas pour garder le nid quand il y avait un œuf !

Claude riposta méchamment en visant l'œil de Maud. Il rata son coup et elle fut touchée à la tête.

Et puis tout à coup, sans qu'on puisse dire lequel des deux avait agi le premier, ils attaquèrent un landau qui passait. Ils foncèrent sur le bébé, le frappant aux joues et aux yeux. La jeune femme qui poussait le landau poussa un grand cri et leur tapa dessus. Maud en eut un moment le souffle coupé, mais elle put rejoindre Claude dans le landau quelques secondes après. Deux ou trois personnes se précipitèrent et les pigeons s'envolèrent. Ils passèrent au-dessus de leurs attaquants potentiels et se posèrent au milieu d'une vingtaine de pigeons qui picoraient autour d'une poubelle.

Quand les deux personnes et la jeune femme arrivèrent, Maud et Claude n'eurent aucune inquiétude ; certains des autres pigeons levèrent la tête, surpris par les cris.

Une des personnes, un homme, se mit à disperser les pigeons en hurlant, en donnant des coups de pied, en agitant les bras. La plupart des volatiles s'envolèrent paresseusement. Maud se dirigea vers leur nid, le petit coin derrière le muret de pierre. Quand elle arriva, Claude y était déjà. Ils s'installèrent pour la nuit, trop fatigués pour échanger leurs récriminations habituelles. Mais Maud, toute fatiguée qu'elle fût, n'avait pas oublié la moitié de cacahuète que Claude lui avait subtilisée. Pourquoi est-ce qu'elle vivait avec lui? Pourquoi vivre ici, risquant tous les jours d'être capturés, comme aujourd'hui, ou bien de recevoir des coups de pied de gens qui ne supportaient même pas leurs excréments? Pourquoi? Maud s'endormit, épuisée par la rage et la frustration.

Quant à l'incident du bébé sauvagement attaqué et qui avait perdu un œil, cela inspira quelques lettres au *Times*. Mais l'affaire en resta là.

Marché conclu

Son acte accompli, Joël s'effondra sur une chaise, hors d'haleine, vidé. Il jeta un regard à sa femme qui gisait en travers du lit, morte, le pied gauche nu, effleurant le tapis. Il frissonna et ferma les yeux. Non par remords, il le savait, ni à cause d'un sentiment d'horreur réelle, mais simplement parce que frissonner, fermer les yeux, c'était la réaction normale de tout individu confronté à un cadavre meurtri, quelle que soit son identité.

Quand il était rentré chez lui, il avait trouvé Lucy avec le visage marqué de coups. C'était Robbie qui avait fait ça, bien sûr, et il venait de quitter la maison. Lui avait simplement terminé le travail. Pris d'un accès de rage, une rage contenue trop longtemps, il s'était acharné sur Lucy à coups de poing, avec le dos de la main et même les pieds, pour achever ce que Robbie Vanderholt avait commencé. Lucy et lui avaient à peine échangé une parole, et d'ailleurs il ne se souvenait plus de rien. Il avait peut-être fait une remarque comme « Robbie t'a bien arrangée », ou peut-être n'avait-il rien dit.

Un bruit d'eau éclaboussant le carrelage, dans la salle de bains, le fit sursauter ; la baignoire débordait. Joël plongea la main dans l'eau chaude, ferma le robinet, puis tira sur la bonde pour laisser l'eau s'écouler.

Il fallait se débarrasser du corps. Problème classique. Il revint dans la chambre, ôta sa veste et, nerveux, regarda Lucy. Il n'y avait pas de sang. Sur la commode basse, contre le mur, il y avait les deux verres de scotch, qui n'avaient même pas été finis, la petite bouteille de soda. Robbie avait dû laisser des empreintes partout. Il avait oublié ses cigarettes à bout filtre en liège, l'un des mégots était encore dans le cendrier. Robbie serait le coupable.

Joël regarda sa montre. Cinq heures trente-cinq, vendredi après-midi. Il sortit et s'arrêta un moment sur la pelouse entre la maison et sa voiture, qu'il avait garée à moitié sur l'allée. La maison la plus proche, celle de Betty Newman, était à trente mètres. Son fils jouait avec des modèles réduits d'avions devant la maison.

Il y avait de la lumière dans la cuisine. Si par hasard Betty l'apercevait, ce n'était pas grave, il prendrait l'air un peu perplexe, comme s'il était venu voir Lucy et ne l'avait pas trouvée. Joël fit le tour du garage : de là on voyait la petite ville d'Emmerlake, et ses maisons basses, environnée de fumée bleue. C'était là qu'il travaillait. La ville se détachait sur un paysage de montagnes et de bois, d'un bleu encore plus pâle. Le dimanche précédent, alors qu'il errait en voiture sans but précis, après une dispute avec Lucy, il avait remarqué des centaines de petits pins plantés depuis peu sur le flanc de la montagne. Le sol était fraîchement retourné. Ce serait l'endroit idéal pour enterrer un cadavre.

À huit heures passées, Joël téléphona chez les Richardson, à Emmerlake. Ce fut Jamie Richardson qui répondit.

– Bonjour, Joël Lucas à l'appareil. Est-ce que par hasard ma moitié – ma meilleure moitié – serait chez vous à jouer au bridge ou quelque chose comme ça ?

– Aah ! cria Jamie d'une voix stridente, comme un poulet qu'on étrangle. Le bridge, c'est le mardi. Elle n'est pas là.

– Ah bon ? Vous ne savez pas où elle est ?

– Pas la moindre idée.

Joël sentit une note de satisfaction dans la réponse.

– Elle n'a pas laissé un mot ? Vous l'attendiez pour quelle heure ?

Joël eut un petit sourire : encore cette petite note de satisfaction. Tout le monde savait bien comment Lucy passait ses après-midi.

– En général, elle est là quand je rentre, répliqua Joël avec une loyauté toute conjugale. Elle est peut-être allée au supermarché. Mais je suis rentré depuis cinq heures et demie.

– Désolée, Joël, je ne peux pas vous renseigner.

Ce soir-là le téléphone ne sonna pas. Joël et Lucy avaient prévu d'aller voir un film en plein air. En principe ils étaient libres jusqu'au lendemain soir, où ils devaient rejoindre Gert et Stan à Manhattan pour voir une pièce de théâtre, après un dîner rapide. C'était Stan qui avait les tickets.

Vers dix heures du soir, Joël prit son courage à deux mains pour entrer dans la chambre et prendre la couverture militaire qu'ils n'utilisaient qu'en cas d'absolue nécessité. Il replia les bras et les jambes de Lucy afin qu'elle prenne le moins de place possible, et l'enveloppa dans la couverture. Il ferma la porte et alla dormir sur le divan de la salle de séjour.

Il passa une nuit agitée. Pendant ses moments de veille, il eut

Marché conclu

le temps de méditer sur le personnage de Robbie Vanderholt : trente-six ans, brun, comptable, une bonne situation dans une compagnie de Philadelphie. Lucy avait fait sa connaissance lors d'une réception donnée par les Merrill. Ou bien était-ce à Philadelphie ? Peu importait. Robbie avait une façon de pincer la bouche, de se frotter vigoureusement le nez avec le doigt, parfois même il dansait d'un pied sur l'autre, qui lui donnait un air juvénile qui plaisait beaucoup aux femmes. Joël, lui, trouvait cela aussi agréable qu'une crise d'épilepsie. Au fond, Robbie était arrogant, belliqueux. Il s'habillait n'importe comment, et s'affichait le week-end en casquette et pantalon de velours côtelé. Joël, lui, n'avait pas de casquette, mais il avait un vieux pantalon de velours côtelé.

Son plan était audacieux, périlleux, il prenait des risques, mais il pensait que l'audace était la solution la plus sage.

Le lendemain matin, Joël ne passa qu'un autre coup de téléphone, pour appeler les Zabriskie. Ceux-ci avaient trois enfants. Il arrivait que Lucy les garde dans la journée, à des heures irrégulières. C'était Mme Zabriskie qui passait prendre Lucy car ils n'avaient qu'une voiture et Joël s'en servait pour aller au travail. Elle n'était pas chez les Zabriskie non plus.

– Je pensais qu'elle avait peut-être passé la nuit chez vous, dit Joël d'un ton lugubre. La dernière fois que je l'ai vue, c'était hier matin.

– Mon Dieu, dit Hazel Zabriskie. Elle a peut-être...

Joël l'imagina en train de sourire d'un air amusé, tout en fronçant les sourcils, pour le seul profit du combiné, incapable de transmettre son expression. Elle est peut-être avec un amant, voilà ce que Hazel voulait dire.

– Bon, dit finalement Joël, je vais téléphoner à droite et à gauche.

Il mit alors le pantalon en velours côtelé et se rappela soudain qu'on lui avait donné une casquette pour Noël des années auparavant. Il finit par la trouver après avoir fouillé dans trois valises pleines de vêtements, dans le grenier. Un motif pied-de-poule noir et blanc, flambant neuve. Il arriverait bien à la vieillir un peu en la frottant sur le sol du garage. C'était plus sûr de porter celle-là de toute façon que d'en acheter une autre. Joël la descendit dans le garage. Il rentra sa voiture, puis descendit le corps de Lucy, enveloppé dans sa couverture, passa par la porte de la salle de séjour qui donnait dans le garage et la casa sans ménagement par terre, entre les sièges. Il mit ensuite la pelle dans la voiture, ajouta un rouleau de ficelle, deux ou trois vieux sacs de toile qu'il prit dans le tas qui traînait dans un coin du garage. Puis il partit vers la montagne, en direction de l'endroit où il avait remarqué les pins nouvellement plantés.

La route goudronnée devint un chemin forestier ; le gravier crissait contre le pare-chocs arrière. C'était le genre de terrain de campement qu'affectionnent les scouts, mais Joël n'en vit aucun. Il ne rencontra d'ailleurs personne. Là, la forêt devenait sauvage. Parmi les chênes et les pins géants, on voyait occasionnellement un pin plus petit. Joël arrêta la voiture et sortit la bêche. Il savait qu'un pin, même tout jeune, a des racines très robustes. Il lui fallut presque dix minutes pour déraciner un jeune pin. Il alla le poser sur le siège arrière, entra lui-même dans la voiture, et enfonça aussi profondément qu'il le put les racines dans une échancrure de la couverture. Il entoura ensuite le corps de Lucy et l'arbre dans les sacs de toile et les attacha. Cela lui prit du temps, parce qu'il lui fallut passer la ficelle sous le corps plusieurs fois. Ce jeune pin serait un monument funéraire tout à fait approprié, se dit-il, et elle ne méritait pas autant. Que ses racines se sustentent le plus longtemps possible de... de quoi d'ailleurs ? Sa vie riche d'expériences, peut-être.

Il se remit au volant et se rendit à l'endroit fraîchement planté de jeunes pins ; on aurait dit un jambon géant piqué de clous de girofle verts. Il s'aperçut avec un peu d'inquiétude que dans une clairière toute proche, une aire de pique-nique avait été aménagée, une table, des bancs, une poubelle. Mais il était à peine plus de dix heures du matin et personne n'arriverait sans doute avant midi. Le pire moment serait celui où il lui faudrait transporter Lucy et ses cinquante kilos, plus le poids de l'arbre, depuis la voiture jusqu'au sommet. Il avait espéré pouvoir se garer dans un endroit discret, loin du lieu où il allait l'enterrer, mais il se rappelait combien il avait eu du mal à porter le corps de la chambre au garage. Il décida donc de prendre le risque, gara la voiture au bord de la route, sortit l'encombrant paquet et grimpa péniblement la pente. Il mit toute son énergie à avancer pas à pas. Arrivé au sommet, hors d'haleine, il s'arrêta et laissa tomber son fardeau. Puis il redescendit en courant, se mit au volant et avança le long du chemin sur soixante mètres environ. Là, sur la droite, un sentier grimpait raide ; il le suivit quelque temps, puis s'arrêta, sortit sa pelle et retourna à son jeune pin.

Le soleil brillait dans un ciel sans nuages. En quelques secondes il se mit à transpirer. Il tombait sans cesse sur des racines minces, solides comme du cuir, celles des grands arbres qui l'entouraient. Quand il eut dégagé environ soixante centimètres, il fit une pause pour reprendre son souffle ; le trou était encore bien trop petit.

C'est alors qu'arrivèrent trois promeneurs, deux garçons et une jeune fille, chargés de paniers de pique-nique. Ils riaient aux éclats. Joël essaya de se préparer mentalement à l'idée qu'ils allaient s'installer à la table de pique-nique, à une dizaine de mètres. Ils semblaient avoir une discussion animée, sans doute une divergence de vues sur l'endroit où s'installer. Joël détourna le regard et donna quelques vagues coups de pelle dans le trou. Si cela arrive, je ne me démonte pas, se dit-il. Je suis juste en train de planter un arbre. La jeune fille cria :

— Monsieur ! Monsieur !

Elle se mit à rire si fort qu'elle ne pouvait plus parler ; les garçons s'esclaffèrent bruyamment. Elle s'approcha.

— Mes amis et moi nous avons fait le pari que je vous demanderais ou plutôt que je n'oserais pas vous demander si...

Nouvel éclat de rire.

— Si c'est pour enterrer votre femme que vous creusez un trou.

Joël sourit timidement, sans lever la tête. Il tourna le visage vers elle, se frotta le nez et dit :

— Ouais, c'est ça, répliqua-t-il en changeant de position et en indiquant le tas censé être les racines de l'arbre. Vous n'avez qu'à leur dire que c'est précisément ce que je suis en train de faire. Je suis en train d'enterrer ma femme.

La jeune fille se retourna et cria « C'est bien ça ! » à l'adresse de ses deux compagnons.

Les garçons s'esclaffèrent à nouveau, pliés en deux.

— Bon, eh bien, au revoir ! Et merci ! J'ai gagné ! dit la jeune fille, qui portait une salopette et des tennis. Elle dévala la pente en courant.

Joël s'appuya sur sa pelle et les regarda. Le danger était passé. Il se frotta à nouveau l'arête du nez quand la jeune fille se retourna pour lui faire un signe amical de la main. Puis le trio disparut.

« Parfait », se dit Joël. Le corps de Lucy ne serait sans doute jamais retrouvé, mais s'il l'était, les soupçons se tourneraient vers Robbie Vanderholt.

Vingt minutes furent nécessaires pour terminer. Personne d'autre ne vint le déranger. Il quitta les lieux, la pelle sur l'épaule, sans se retourner.

Il rentra chez lui, enfila le vieux pantalon gris qu'il portait d'habitude le week-end. Il prit le pantalon en velours et la casquette et alla les brûler avec les papiers et cartons dans la poubelle en fil de fer derrière la maison, comme il le faisait toutes les semaines. Quand tout fut consumé, il rentra dans la maison et appela les Merrill.

— Allô, Stan, c'est moi, Joël. Écoute, pour la sortie ce soir... Je ne sais pas où est passée Lucy.

— Qu'est-ce que tu veux dire?

— Eh bien, elle n'était pas là quand je suis rentré hier soir. J'ai appelé deux ou trois amis, mais sans résultat.

— Mmm, fit Stan Merrill, qui savait fort bien ce qu'il en était. Tu veux dire que tu ne sais même pas chez qui appeler?

— En fait, j'ai deux ou trois autres numéros à appeler, mais je ne voulais pas vous retarder pour ce soir. Je rappellerai quand je saurai où elle est. Tu comprends, c'est possible qu'elle n'ait pas envie de sortir.

— Ah bon, dit Stan avec de la déception dans la voix. Bon, tu me tiens au courant alors? Et bonne chance, Joël.

Enfin Joël chercha le numéro de Robbie dans l'annuaire de Philadelphie et l'appela.

— Je ne vous dérange pas, j'espère, dit-il, mais vous ne savez pas où est ma femme par hasard?

Robbie eut un petit rire.

— Non

— Vraiment? Mais vous ne l'avez pas vue hier après-midi? Vers cinq heures?

— Oui, je l'ai vue hier. Elle est peut-être partie faire une longue balade.

— En tout cas, elle n'est toujours pas revenue. Vous avez dû vous disputer. La pièce était un peu en désordre.

— Ah, pardon, désolé.

Joel planta ses pieds fermement sur le sol.

Je ne plaisante pas, Robbie, on arrête de jouer. Où est-elle?

Mais je ne joue pas! Je l'ai laissée dans la maison. Vous n'avez qu'à la surveiller mieux.

Sur quoi Robbie raccrocha. L'espace d'un instant, Joël sentit la fureur l'envahir, puis il sourit. Il était temps maintenant d'appeler la police. Il chercha dans les premières pages de l'annuaire d'Emmerlake et de ses environs et composa le numéro. Oui, répondit-il, il avait demandé à tous ceux qui étaient susceptibles de l'avoir vue. « Vingt-cinq ans, un mètre cinquante-cinq, cheveux blond foncé, yeux bleus, cinquante-cinq kilos », répondit Joël aux questions qu'on lui posa. Une annonce allait être diffusée immédiatement, et on enverrait quelqu'un chez lui.

Trente minutes plus tard, deux policiers sonnaient. Joël arpentait la pièce en fumant une cigarette. En visitant la maison, ils virent la chambre, que Joël avait laissée exactement en l'état. Non, il n'avait pas pris un verre avec elle. Son invité s'appelait Robbie Vanderholt. Naturellement, Joël lui avait déjà téléphoné. Lucy n'était pas chez lui.

— Pourtant, il semble qu'il soit la dernière personne à l'avoir vue, ajouta-t-il. À ce que je sache. Il m'a dit qu'elle était là quand il est parti.

— Le dessus-de-lit était comme ça? demanda un des policiers.

— Oui, un peu dans tous les sens. J'ai tout laissé comme c'était. J'ai dormi ailleurs.

Cette remarque les entraîna vers les rapports qui existaient entre Robbie et Lucy ; Joël les éclaira avec toute la réticence qu'il fallait.

— Oui, j'ai bien l'impression que c'est son amant.

Les policiers se rendirent ensuite chez Robbie Vanderholt. Une heure plus tard environ, ils le ramenaient avec eux. Robbie protestait, jouait celui qui ne comprend pas ce qu'on lui veut. Pourtant, il était nerveux : il pinçait la bouche, se frottait l'arête du nez. Joël se dit qu'il faisait mauvaise impression.

— Et où êtes-vous allé quand vous l'avez quittée à cinq heures? demanda un des policiers.

— Je suis rentré chez moi, j'ai écouté des disques, je ne suis pas ressorti.

— Est-ce que vous vous êtes disputé avec Mme Lucas hier?

Ils étaient toujours debout dans la chambre : Robbie, inquiet, regardait le dessus-de-lit de travers, les verres où restait un peu de whisky à l'eau.

— Oui, on s'est un peu disputés.
— À quel propos?

Robbie haussa les épaules, puis se frotta le nez à nouveau.

— C'est un peu embarrassant à avouer, mais nous avons eu des mots parce que Lucy voulait me voir plus souvent. Il lança à Joël un regard moqueur.

— Vous l'avez frappée?
— Oui, c'est vrai. Je lui ai donné une gifle. Elle me l'a rendue, je l'ai poussée et elle est tombée sur le lit.

— Et après cela?
— Rien, je suis parti, c'est tout.

– Elle vous a menacé ? Elle vous a dit où elle comptait aller ?
– Non. Si vous voulez mon opinion, elle a appelé un taxi et elle est partie à Philadelphie ou à New York pour passer la nuit dans un hôtel, sous un autre nom. Elle veut que tout le monde s'inquiète. Ou alors elle cache son œil au beurre noir, je ne sais pas.

Robbie changea de position, et tourna la tête vers la porte, comme s'il considérait l'interrogatoire terminé. C'était aussi ce que semblaient penser les deux policiers. L'un d'eux dit à Joël :

– Nous vous tiendrons au courant, monsieur Lucas.

Betty Newman était à sa fenêtre quand la police partit. Elle s'approcha, en traînant son fils Chuckie derrière elle.

– Vous avez des ennuis, Joël ?

Joël prit un air préoccupé.

– Je ne sais pas. Je ne sais pas où est passée Lucy. Je ne l'ai pas vue depuis hier matin au petit déjeuner.

– Quoi ?

Joël expliqua pourquoi il avait appelé la police.

– Quand l'avez-vous vue pour la dernière fois, Betty ?

– Je crois que je ne l'ai pas vue du tout hier. Non, je pars à huit heures trente, vous savez, et je ne reviens pas avant quatre heures et demie.

Betty travaillait comme caissière dans une cafétéria d'autoroute, près de Pennerlake. Joël avait entendu dire que son mari était parti avec une autre femme des années auparavant. Le visage un peu rougeaud, elle allait sur ses quarante ans. Lucy et elle n'avaient jamais sympathisé.

– Un... un ami à nous a rendu visite à Lucy hier après-midi, déclara Joël.

– Effectivement, j'ai vu une décapotable bleue dans votre allée, dit Betty, l'air innocent. Pourtant Joël était sûr qu'elle était au courant, comme d'ailleurs tout le quartier.

– Et vous ne savez pas si Lucy est partie avec lui ? Vers cinq heures ?

– Je ne sais pas. Je ne sais vraiment pas.

C'était ce que Joël voulait entendre.

– Elle a peut-être été kidnappée ? Assassinée ? demanda Chuckie Newman qui avait écouté attentivement.

– Chuckie ! s'écria sa mère, horrifiée.

Joël se sentit pâlir, ce qui était tout à fait approprié.

– J'espère que non.

Il rentra chez lui et appela les Merrill pour leur dire de ne pas compter sur Lucy et lui ce soir-là et de trouver un autre couple à qui donner les tickets. Les Merrill n'eurent pas l'air trop bouleversé, mais lui demandèrent de les rappeler s'il avait du nouveau.

Le dimanche matin, à huit heures, Joël fut réveillé par un appel du commissariat de Pennerlake.

— Hier soir, lui dit le policier, une jeune fille appelée Elinor Farrington nous a appelés après avoir entendu l'avis de recherche à la radio. Elle nous a déclaré qu'elle et deux amis avaient rencontré un type en train de planter un arbre sur la colline des Taillis et qu'ils avaient plaisanté en lui demandant s'il était en train d'enterrer sa femme. Il a répondu que oui. Évidemment on n'a pas pu aller vérifier en pleine nuit, mais on y est allé ce matin. En fait, monsieur Lucas, il y a un corps sous cet arbre et la description correspond tout à fait à celle de votre épouse. Pouvez-vous passer l'identifier, s'il vous plaît?

Joël répondit qu'il arrivait tout de suite. Il mit une chemise propre et son plus beau costume, en pensant qu'il risquait de rencontrer la jeune Elinor Farrington.

Le corps de Lucy était allongé sur une table dans une pièce du fond. Joël déclara qu'il s'agissait bien de sa femme.

— Vous reconnaissez cette couverture, monsieur Lucas? demanda un policier en lui montrant une couverture militaire.

Joël hocha la tête.

— C'est bien à nous.

— La petite Farrington a décrit l'homme qu'elle a vu : un mètre soixante-quinze, pantalon en velours côtelé, casquette. Elle ne se souvient plus de la couleur de ses cheveux. J'aimerais que vous la voyiez. Il conduisit Joël vers une autre pièce.

Elinor Farrington, cette fois-ci en jupe et l'air très sérieux, était assise sur une chaise peu confortable dans une sorte de salle d'attente. Elle répéta la description de l'homme qu'elle avait vu planter un arbre; Joël, l'air très innocent, élégant dans son costume bleu marine et sa chemise blanche, l'écouta attentivement. Elle ne se souvient pas avoir vu une voiture garée dans les environs, dit le policier à Joël. À la jeune fille il demanda :

— Est-ce que c'est l'homme que vous avez vu?

Elinor Farrington examina Joël des pieds à la tête.

— Je n'ai pas l'impression, c'était un autre type d'homme, très différent. Il avait l'air gêné, il ne me regardait pas en face et se frottait le nez.

L'officier de police regarda Joël.

— Vous n'auriez pas une petite idée de l'identité du meurtrier, monsieur Lucas?

— Évidemment j'ai une petite idée, répondit celui-ci prudemment. Je pense que c'est la dernière personne qui l'ait vue vivante, Robbie Vanderholt. Il n'y a qu'à voir comment elle était habillée, ou plutôt déshabillée.

Il s'éclaircit la gorge.

— Je pense que Vanderholt l'a tuée, qu'il a emporté le corps enveloppé dans la couverture militaire, l'a gardé dans sa voiture la nuit de vendredi à samedi et l'a enterrée hier matin. Qu'est-ce que vous voulez que je vous dise d'autre ?

— On va retourner voir Vanderholt, dit le policier.

Joël retourna chez lui. Avant midi, le téléphone sonna. La police avait fait d'énormes progrès dans l'enquête. On avait retrouvé plusieurs casquettes et quatre pantalons en velours côtelé, dont l'un très usé et couvert de boue, dans le placard de Vanderholt. Celui-ci avait été conduit au commissariat de Pennerlake et la petite Farrington l'avait identifié.

— Vanderholt nie toujours, mais il peut craquer d'ici quelques heures.

Joël appela les Merrill et annonça solennellement la nouvelle : Robbie Vanderholt avait assassiné Lucy. Les Merrill avaient vu Robbie une ou deux fois, avaient remarqué que Lucy s'intéressait à lui, Joël en était certain ; à coup sûr, ils avaient deviné que c'était son dernier amant en date.

— Pauvre chéri ! s'exclama Gert Merrill. Veux-tu venir passer quelques jours chez nous ? Il ne faut pas que tu restes tout seul dans cette maison.

Joël protesta bravement qu'il tenait le coup. Il fit de même pour les Zabriskie et les Richardson et quelques autres connaissances qui l'appelèrent en lisant la nouvelle dans le journal le lundi matin. Trois mois plus tard, à l'issue du procès, Robbie Vanderholt fut condamné à vingt-cinq ans de prison dans un pénitencier de Trenton. Il avait protesté de son innocence jusqu'au bout et accusait Joël d'avoir tué sa femme dans un accès de rage. Mais ses déclarations ne tenaient pas devant les faits : Robbie possédait beaucoup de pantalons de velours côtelé et de casquettes. Il faisait des grimaces, se frottait le nez, y compris dans le box des accusés. La jeune Farrington l'avait formellement identifié.

Joël hérita des revenus de Lucy, qui provenaient de placements légués par sa famille : cent cinquante dollars par mois, somme que Lucy avait toujours entièrement consacrée à ses besoins personnels. Certes, Joël ne l'avait pas tuée pour ce motif, mais cela arrondissait agréablement son salaire. Il s'offrit des choses qu'il désirait depuis longtemps, une chaîne stéréo, une paire de clubs de golf et un nouveau smoking. Pour ce dernier, c'était une nécessité car il était constamment invité par des amis à faire la connaissance de telle ou telle jolie jeune femme qui aurait pu lui convenir. Joël jouissait à plein de son rôle de veuf encore trop choqué, six mois après par le meurtre de sa femme, pour envisager de se remarier. Mais ses amis s'accordaient pour dire qu'il méritait une vie meilleure que celle que Lucy lui avait fait mener.

Un soir vers neuf heures, alors que Joël s'était installé avec une bière devant la télévision pour regarder une émission dramatique, on sonna à la porte. C'était Betty Newman, sa voisine.

— Bonsoir, dit Joël, surpris. Entrez.
— Merci.

Betty entra. Elle portait des talons hauts et Joël capta une onde de parfum quand elle passa devant lui.

— J'allais me mettre à regarder la télévision, dit-il. Cela vous dit?
— Je n'ai pas l'humeur à ça, répondit Betty.

Après quelques minutes, Joël finit par comprendre, abasourdi, ce qu'elle était d'humeur à faire. Betty l'avait invité à dîner une ou deux fois depuis la mort de Lucy mais sans rien d'équivoque dans son attitude. Joël se défendit aussi poliment qu'il le put.

— Voyons, Betty. Je suis très flatté, mais je crois que je suis plutôt du genre démodé. Je crois au bonheur conjugal et je préfère...

Betty l'interrompit.

— En fait, c'est le mariage qui m'intéresse, déclara Betty. Elle s'était carrée dans le divan, un verre de bière à la main. Son visage un peu bouffi, qu'elle avait agrémenté de rouge à lèvres et de fard à joues, était encore moins séduisant que d'habitude.

— C'est que... je ne peux pas encore penser à me remarier.
— Vous croyez? Je crois au contraire que ce serait le mieux. Je connais votre secret, Joël. Et je crois que j'ai attendu assez longtemps, non?

Joël comprit alors et son sang se figea dans ses veines. Il se raidit dans son fauteuil et essaya de sourire.

— Que voulez-vous dire?

En lui-même il se disait : elle a peut-être des soupçons mais elle ne peut rien prouver. Elle m'a peut-être vu sortir du garage le samedi matin, mais elle n'a pas pu voir le corps sur le plancher de la voiture.

— Je sais ce que vous pensez, dit Betty. Mais j'ai vu Robbie Vanderholt partir seul à cinq heures quinze cet après-midi-là. Il n'avait pas de corps avec lui. Et puis vous êtes rentré

Elle fit une pause.

— Vous divaguez, Betty.

— Pas du tout. Et de plus je suis prête à tout raconter à la police, si vous ne coopérez pas. Jusqu'ici j'ai coopéré avec la police en témoignant en votre faveur.

Joël se mordait l'intérieur de la joue, voyant s'ouvrir devant lui une perspective infinie, celle d'une vie commune avec Betty. Les seins flasques, des joues rougeaudes, et cet idiot de gamin avec ses taches de rousseur, qui faisait partie du marché. Une telle situation ne pouvait qu'inspirer un second assassinat. Mais il ne pouvait pas risquer un second meurtre. Quoique, après tout...

Betty recroisa ses jambes dodues. Elle avait l'air très sûre d'elle.

— Je ferai de mon mieux pour vous rendre heureux, Joël. Qu'en pensez-vous ? Vous ne croyez pas que nous pourrions avoir une bonne petite vie tous les deux ?

Elle lui fit le sourire le plus enjôleur dont elle était capable. Il eut un haut-le-cœur.

— Bien sûr, Betty. Bien sûr.

— Donc marché conclu ?

— Marché conclu, répondit Joël.

La tentation de Mme Palmer

Mme Palmer était en train de mourir. Elle le savait et nul dans la maison n'en doutait. Au cours des dix derniers jours, la maisonnée était passée de deux personnes, Mme Palmer et Elsie la bonne, à quatre : la fille d'Elsie, Liza, était venue aider sa mère, amenant avec elle Princy, le chien de berger à poils longs. Pour Mme Palmer, il comptait bien pour quatrième. Liza passait le plus clair de son temps dans la cuisine et dormait dans un des lits superposés de la petite chambre exiguë à laquelle on accédait en descendant quelques marches, près de la chambre de Mme Palmer. C'était une petite maison, comportant au rez-de-chaussée un salon avec un coin salle à manger et une cuisine, et à l'étage la chambre de Mme Palmer, un tout petit débarras au fond, là où Elsie dormait, et la chambre aux lits superposés. Toutes les pièces étaient basses de plafond, mais les portes et l'escalier l'étaient encore davantage. Il fallait constamment penser à baisser la tête.

Mme Palmer se disait que le sujet n'allait plus la concerner très longtemps, dans la mesure où elle ne se levait que deux ou trois fois par jour pour aller à la salle de bains, serrant sa robe de chambre bleu lavande autour d'elle pour se protéger du froid. Elle avait soixante et un ans et était atteinte de leucémie. Elle ne souffrait absolument pas, mais se sentait terriblement faible. Son fils Gregory, officier dans la Royal Air Force, était actuellement au Moyen-Orient. Il arriverait peut-être à temps, mais ce n'était pas certain. Elle lui avait envoyé un télégramme qui, à dessein, ne trahissait pas d'urgence, car elle ne voulait pas lui faire de la peine ou lui créer des ennuis. En retour, son télégramme disait qu'il essayait d'obtenir une permission pour venir la voir et qu'il lui ferait connaître la date dès que possible. Mme Palmer avait conscience qu'en envoyant ce télégramme, elle avait fait preuve d'une certaine lâcheté. Pourquoi ne pas avoir le courage de dire en toutes lettres : « Je vais mourir d'ici une semaine. Est-ce que tu peux venir me voir ? »

– Madame Palmer ?

Elsie passa sa tête à la porte, une main maculée de farine posée sur le chambranle.

– Est-ce que Mme Blynn a dit qu'elle venait à quatre heures et demie ou cinq heures et demie aujourd'hui ?

Mme Palmer ne savait pas et cela lui paraissait de peu d'importance.

– Je crois qu'elle vient à cinq heures et demie.

Elsie hocha la tête d'un air préoccupé. Elle s'interrogeait sur la différence subtile de menu entre un thé servi à quatre heures et demie et un thé servi à cinq heures et demie. Sans doute le plateau de cinq heures serait-il moins substantiel, Mme Blynn ayant déjà pris son thé ailleurs.

– Vous n'avez besoin de rien, madame Palmer ? demanda-t-elle gentiment, avec une réelle inquiétude dans la voix.

– Non, merci, Elsie, j'ai tout ce qu'il me faut.

Mme Palmer poussa un soupir quand Elsie referma la porte. Elsie était pleine de bonnes intentions, mais elle n'était pas très intelligente. Impossible d'avoir une vraie *conversation* avec elle. Non pas qu'elle voulût faire des confidences, mais cela l'aurait réconfortée qu'il y eût au moins quelqu'un dans la maison avec qui parler d'égal à égal.

Mme Palmer n'avait pas d'amis dans la ville, où elle ne vivait que depuis un mois. En route vers l'Écosse, elle avait soudain eu une syncope sur le quai de la gare, à Ipswich. La longueur du trajet en train, ou même en avion, pour se rendre en Écosse était telle qu'il était hors de question de se remettre en route. Suivant les recommandations d'un médecin qu'elle ne connaissait pas, elle avait retenu un taxi et s'était fait conduire à Eamington, petit port de la côte est. Le docteur avait assuré qu'il y avait là-bas une infirmière qui donnait des soins à domicile, et puis l'air était vivifiant. De toute évidence, le médecin avait estimé qu'il lui fallait simplement quelques semaines de repos pour se remettre. Elle avait pressenti que c'était plus grave. Les premiers jours, elle s'était sentie mieux : elle avait tout de suite trouvé une petite maison à louer, baptisée « Fille de la Mer ». Mais le sursaut d'énergie n'avait pas duré. Une fois installée, elle avait eu une nouvelle syncope. Elle sentait bien qu'Elsie et les quelques rares personnes avec qui elle avait noué connaissance, comme M. Frowley, l'agent immobilier, lui en voulaient de cette *faiblesse**. Elle était une étrangère, venue troubler leur repos en exigeant des soins, et voilà que sa rechute faisait mentir la réputation du climat sain et vivifiant d'Eamington. Un climat qui se résumait pour l'instant à de violentes bourrasques de nord-est, capables d'arracher les boutons d'un manteau, et dont les embruns salés recouvraient les maisons du bord de mer d'un film opaque et collant. Mme Palmer elle-même était affligée à l'idée d'être un fardeau. Au moins, elle avait les moyens de compenser la gêne occasionnée. Elle avait loué cette petite maison en assez mauvais état qui, sinon, serait restée vide tout l'hiver, puisqu'on était maintenant début février. Les gages qu'elle donnait à Elsie étaient un peu supérieurs à ce qui se pratiquait à Eamington. Elle donnait à Mme Blynn une guinée pour une visite d'une demi-heure, dont l'essentiel était consacré au rituel du thé. Bientôt, elle procurerait du travail à l'entrepreneur de pompes funèbres, au fossoyeur et peut-être même au commerçant qui vendait des fleurs. Son loyer était payé jusqu'au mois de mars.

Pendant une accalmie, entre les rugissements du vent, elle entendit un pas rapide sur le trottoir. Mme Palmer se redressa légèrement dans son lit. Mme Blynn arrivait. La peau très fine de son front se fronça en un pli soucieux, même si elle esquissait, par politesse anticipée, un sourire. Elle prit sur la table de nuit le miroir à long manche. Elle n'était plus choquée ni honteuse de la couleur grise de son visage : ni la mort ni la vieillesse ne sont belles à voir. Mais elle avait toujours le réflexe de faire un effort pour les autres. Elle remit en place quelques mèches, humecta ses lèvres, essaya un petit sourire, rajusta une bretelle de chemise de nuit, resserra son cardigan rose autour de sa poitrine. Sa pâleur faisait ressortir le bleu de ses yeux, et cela lui faisait plaisir.

Elsie frappa à la porte et l'ouvrit dans le même mouvement.

– Mme Blynn, madame.

– Bonjour, madame Palmer, dit Mme Blynn en descendant les deux petites marches du seuil. Comment allez-vous cet après-midi ?

C'était une femme blonde de taille moyenne, aux formes généreuses, âgée d'environ quarante-cinq ans, vêtue, comme d'habitude, d'un tailleur noir de tissu épais, orné sur le revers gauche d'une broche rose au motif floral. Ses lèvres étaient fardées de rose pâle et elle portait des escarpins à hauts talons. Comme beaucoup d'autres femmes d'Eamington, son mari était mort en mer ; elle était devenue infirmière à quarante ans passés. Elle était très appréciée en ville pour son énergie et son efficacité.

– Bonjour. Eh bien, disons que cela pourrait être pire, répondit Mme Palmer, s'efforçant de paraître enjouée. Déjà elle défaisait les couvertures, avant de les repousser complètement pour la piqûre quotidienne.

Mme Blynn était restée plantée au milieu de la pièce avec un sourire distrait, les poings sur les hanches, examinant les murs, regardant par la fenêtre. Autrefois, elle avait vécu avec son mari dans cette petite maison, pendant six mois, au début de leur mariage, et chaque jour elle y faisait allusion. Son mari, capitaine de la marine marchande, avait fait naufrage dix ans auparavant après une collision avec un bateau suédois, à seulement cinquante nœuds nautiques d'Eamington. Mme Blynn ne s'était jamais remariée. Elsie racontait que sa maison était pleine de photographies du capitaine Blynn en grand uniforme et de son bateau.

– Oui, c'est une ravissante petite maison, dit Mme Blynn, même si le vent réussit à passer.

Elle regarda Mme Palmer avec un air plus énergique ; comme si elle allait dire : « Bon, bon, encore quelques piqûres et vous serez complètement sur pied, j'en suis sûre. »

Puis immédiatement, son expression changea du tout au tout. Elle tira la seringue de son grand sac noir, et le flacon rempli d'un liquide clair qui ne ferait pas de miracle. Les coins de ses lèvres s'abaissèrent, sa bouche cessa de sourire et les rides qui l'entouraient se creusèrent. Quand elle fit l'injection dans le corps décharné de Mme Palmer, ses yeux gris-vert étaient devenus vitreux, comme si elle ne voyait rien. D'ailleurs, elle n'avait pas besoin de voir ; en bonne professionnelle, elle connaissait tous les gestes par cœur. Mme Palmer était devenue un objet, qui payait une guinée la visite. Cet objet allait mourir bientôt. Mme Blynn était soudain indifférente, comme si l'interruption des guinées, d'ici trois ou huit jours, n'avait pas non plus d'importance.

Mme Palmer se souciait fort peu de l'argent en soi, mais puisqu'elle allait bientôt quitter ce monde, elle aurait souhaité que Mme Blynn manifestât le désir, bien humain, de voir les guinées se prolonger le plus longtemps possible. Les yeux de Mme Blynn demeurèrent vitreux, même quand elle jeta un coup d'œil à la porte pour voir si Elsie apportait le thé. Les lattes du plancher craquaient de temps en temps, à cause de la chaleur ou bien à cause du froid, et aussi quand quelqu'un passait devant la porte.

Ce jour-là, la piqûre lui fit mal, mais Mme Palmer ne protesta pas. C'était vraiment si peu de chose, elle souriait d'une douleur aussi dérisoire.

– On a eu un peu de soleil aujourd'hui, dit-elle.

– Ah oui ? répondit Mme Blynn en retirant d'un coup la seringue.

– Vers onze heures ce matin, j'ai vu un rayon de soleil, dit

Mme Palmer en esquissant faiblement un geste vers la fenêtre, derrière elle.

— Cela ne ferait sûrement pas de mal, dit Mme Blynn en rangeant son attirail dans son sac. Et ce feu, ce n'est pas du luxe non plus.

Elle avait refermé son sac et se penchait au-dessus des flammes en frottant ses mains l'une contre l'autre.

Princy était allongé de tout son long devant la cheminée, comme un tapis épais enroulé.

Mme Palmer essaya en vain de trouver une remarque aimable, au sujet de feu le capitaine, de la période qu'ils avaient passée dans la maison, de la ville, peu importait. La seule chose qui lui venait à l'esprit c'était à quel point Mme Blynn avait dû se sentir seule depuis la mort de son mari. Ils n'avaient pas eu d'enfants. D'après Elsie, Mme Blynn avait adoré son mari et s'enorgueillissait de ne s'être jamais remariée.

— Vous avez beaucoup de malades à cette période de l'année ?
— Oui, oui, j'en ai toujours autant.

Mme Blynn continuait de se frotter les mains au-dessus du feu.

« Qui, se demanda Mme Palmer. Parlez-moi de vos malades. » Elle attendit, en respirant doucement.

Elsie frappa une fois, en cognant le coin du plateau contre la porte.

— Entrez, Elsie.

Elles avaient parlé toutes les deux ensemble, Mme Blynn un peu plus fort.

— Voilà, dit Elsie en posant le plateau sur un support fait de deux gros oreillers vert olive superposés. Le beurre d'un scone coula sur l'assiette où il commença à se figer. Elsie versa le thé.

Elsie tendit à Mme Palmer une tasse avec trois morceaux de sucre, mais pas de scone, car Mme Blynn avait décrété que c'était trop indigeste pour elle. Cela ne gênait pas Mme Palmer : de toute façon le spectacle de personnes en bonne santé dégustant des scones bien beurrés lui était agréable. On lui offrit un biscuit au gingembre qu'elle refusa. Mme Blynn parla brièvement des canalisations d'eau, des affaires que proposait le boucher cette semaine. Elsie l'écoutait, les bras croisés, adossée à l'angle de la porte, sans s'apercevoir qu'elle laissait entrer un courant d'air glacial vers Mme Palmer. Elsie enregistrait tous les renseignements que lui donnait Mme Blynn sur les prix. On en était maintenant au ketchup dans la boutique de produits diététiques, en promotion cette semaine.

— Appelez-moi si vous avez besoin de quelque chose, dit Elsie, comme d'habitude, en s'éclipsant.

Mme Blynn était plongée dans la dégustation de ses scones et se penchait en avant pour que le beurre fondu tombe sur le sol de pierre, sans salir sa jupe.

Mme Palmer eut un frisson et remonta les couvertures sur elle.

— Votre fils va venir vous voir? demanda Mme Blynn d'une voix forte et claire, en regardant Mme Palmer droit dans les yeux.

Mme Palmer ne savait pas ce qu'Elsie avait pu lui raconter. Elle-même avait dit à Elsie qu'il était possible que Gregory vienne la voir, c'était tout.

— Je ne sais pas encore. Il attend de savoir le jour exact, s'il arrive à avoir une permission. Vous savez ce que c'est, dans l'armée de l'air...

— Mmm... marmonna Mme Blynn la bouche pleine, comme si bien sûr elle était au courant, ayant eu un époux dans la marine marchande. C'est votre seul héritier, je crois.

— Oui.

— Marié?

— Oui, répondit Mme Palmer qui ajouta, anticipant la question suivante, qu'il avait un enfant, une fille, encore toute petite.

Les yeux de Mme Blynn revenaient sans cesse à la table de nuit. Mme Palmer comprit soudain son manège : elle regardait la barrette d'améthyste. Mme Palmer l'avait portée quelques jours sur son cardigan. Mais quand elle s'était sentie plus mal, la barrette n'arrivait plus à lui remonter le moral; elle l'avait trouvée presque vulgaire et l'avait dégrafée.

— C'est une très belle barrette.

— Oui. C'était un cadeau de mon mari, il y a longtemps.

Mme Blynn se rapprocha pour mieux la regarder, sans toutefois la toucher. L'améthyste rectangulaire était sertie de petits diamants. Elle se redressa et la regarda avec des yeux alertes et presque exorbités.

— Vous allez sans doute la donner à votre fils pour sa femme, ou sa fille.

Mme Palmer fut horriblement gênée et rougit de colère. Comme si elle avait déjà réfléchi à cette question!

— C'est mon fils qui aura tout, puisqu'il est mon héritier.

— J'espère que sa femme l'appréciera à sa juste valeur, répliqua Mme Blynn qui se retourna en souriant et reposa sa tasse sur la soucoupe.

Mme Palmer comprit alors que, ces derniers jours, c'était la barrette que Mme Blynn regardait aussi fixement quand ses yeux se tournaient vers la table de nuit. Après le départ de l'infirmière, Mme Palmer prit la barrette dans sa main, d'un geste protecteur. Sa boîte à bijoux était à l'autre bout de la pièce. Quand Elsie entra, Mme Palmer lui demanda de lui apporter la boîte bleue.

— Certainement, madame.

Elsie, qui s'était dirigée vers le plateau, changea de direction et alla chercher la boîte en haut de la bibliothèque.

— C'est celle-ci que vous voulez dire ?

— Oui, merci.

Mme Palmer s'en saisit, ouvrit le couvercle et posa la barrette sur le collier de perles. Elle n'avait pas beaucoup de bijoux, dix ou onze en tout, mais chaque pièce correspondait à un événement particulier ou évoquait une époque, et elle les aimait tous autant. Elle regarda le profil rude et peu gracieux d'Elsie qui, penchée sur le plateau, disposait tout de façon à ne faire qu'un voyage.

— Cette Mme Blynn, dit-elle en secouant la tête d'un air critique, mais sans regarder Mme Palmer. Vous ne savez pas ce qu'elle m'a demandé ? Elle m'a demandé si votre fils allait venir ! Comme si je le savais ! J'ai répondu que, moi, je pensais qu'il allait venir.

Elle s'était redressée, portant le plateau, et regardait maintenant Mme Palmer, avec un petit sourire gêné, comme si elle en avait dit trop.

— Le problème avec Mme Blynn, c'est qu'elle est toujours en train de fourrer son nez partout, si vous excusez ma façon de parler. Toujours en train de poser des questions, par exemple.

Mme Palmer hocha la tête, trop fatiguée à ce moment précis pour ajouter un commentaire. De toute façon, elle n'avait rien à ajouter. Depuis le début, Elsie était passée cent fois devant la barrette d'améthyste, et elle n'en avait jamais parlé, elle ne l'avait pas touchée, elle ne l'avait peut-être jamais remarquée. Mme Palmer se rendit compte soudain combien elle préférait Elsie à Mme Blynn.

— Le problème avec Mme Blynn, c'est que... Elle veut bien faire, mais...

Elsie avait du mal à trouver ses mots ; elle tenta de hausser les épaules et les tasses cliquetèrent.

— Non, elle va vraiment trop loin. D'ailleurs, tout le monde le dit, conclut-elle, comme si cela résumait tout. Elle se dirigea vers la porte, l'ouvrit puis se retourna.

— Le thé, par exemple. C'est toujours « Vous me préparerez ceci ou cela », comme si elle était une dame huppée. Elle passe commande un jour à l'avance. Je ne vois pas pourquoi elle ne va pas elle-même chez le boulanger de temps en temps pour s'acheter ce qu'elle veut. Si vous voyez ce que je veux dire.

Mme Palmer hocha à nouveau la tête. Elle croyait savoir ce qu'Elsie voulait dire. En fait, elle le savait très bien. Mme Blynn ressemblait à une jeune *nanny* qui s'était occupée de Gregory autrefois. Elle ressemblait aussi à cette femme divorcée qu'elle et son mari avaient connue à Londres. Il y avait beaucoup de gens comme elle.

Mme Palmer mourut deux jours plus tard. Ce jour-là, Mme Blynn entra et sortit au moins six fois de la pièce, peut-être huit. Gregory avait envoyé un télégramme, annonçant qu'il avait réussi à obtenir une permission et qu'il serait là dans quelques heures. Il atterrirait sur un aérodrome militaire près d'Eamington. Mme Palmer ne savait pas si elle aurait le temps de le revoir ou non, elle n'avait aucun moyen d'estimer les forces qui lui restaient. Mme Blynn prenait fréquemment sa température et lui tâtait le pouls, puis elle se retournait et regardait autour d'elle, comme si elle était seule dans la pièce, plongée dans ses pensées. Elle avait une expression à la fois vide et aimable et ses joues roses éclataient de santé.

— Votre fils va arriver aujourd'hui, dit-elle lors d'une de ses visites ; cela sonnait presque comme une question.

— Oui, avait répondu Mme Palmer.

Puis le crépuscule tomba, bien qu'il fût seulement quatre heures de l'après-midi. Ce fut son dernier échange lucide avant de tomber dans une sorte de rêve. Elle vit que Mme Blynn regardait fixement la boîte bleue en haut de la bibliothèque, même quand elle était en train de secouer le thermomètre. Mme Palmer appela Elsie et lui demanda d'apporter la boîte. Mme Blynn n'était pas dans la pièce à ce moment-là.

— Donnez le contenu de cette boîte à mon fils quand il arrivera, dit Mme Palmer. Donnez-lui tout. Tout, vous comprenez ? La liste est là...

Même s'il y avait une liste détaillée des bijoux, la barrette d'améthyste pouvait très bien disparaître : Gregory ne s'en apercevrait pas ou bien il ne chercherait pas à savoir ce qui s'était passé. Il se dirait qu'elle l'avait peut-être perdue ces dernières semaines et qu'elle n'en avait pas parlé ; Gregory était comme ça. Alors, Mme Palmer eut un petit sourire qui se moquait d'elle-même et se fit des reproches. *On ne peut rien emporter avec soi.* Comme c'était vrai ! Et comme c'était méprisable et presque absurde d'essayer quand même !

— Elsie, ceci est pour vous, dit Mme Palmer en tendant la barrette d'améthyste à Elsie.

— Oh, madame Palmer ! Non, non, je ne peux pas accepter ça ! avait protesté Elsie, sans y toucher. Elle avait même reculé un peu.

— Vous avez été si dévouée, dit Mme Palmer. Elle était très fatiguée et son bras retomba sur son lit. Très bien, murmura-t-elle, voyant qu'il n'y avait rien à faire.

Son fils arriva à six heures le soir même, tira une chaise près du lit, prit sa main dans la sienne et posa un baiser sur son front. Mais quand elle mourut, c'était Mme Blynn qui était le plus près d'elle, penchant son large visage rond et rose, les yeux gris-vert aussi vides d'expression que ceux d'un monstrueux reptile. Jusqu'au bout, Mme Blynn continua de proférer des paroles nettes et efficaces : « Respirez doucement. C'est ça. Vous n'avez pas froid ? Très bien. » Un peu plus tôt, quelqu'un avait parlé d'un prêtre mais Gregory et Mme Palmer s'y étaient opposés. Ce fut donc dans les yeux de Mme Blynn qu'elle plongeait son regard quand la vie la quitta enfin. Cette Mme Blynn, si sûre d'elle, si solide, si efficace, qu'on aurait pu la prendre pour Dieu lui-même. Cette impression était encore renforcée par le fait que son fils était devenu une masse indistincte, bleu pâle, dans un coin, une silhouette haute et droite surmontée par la tache noire des cheveux. Il la regardait, mais elle était trop faible pour l'appeler. De toute façon, Mme Blynn les avait tous fait reculer. Elsie était adossée à la porte, prête à courir chercher ce dont on aurait besoin. Près d'elle, la petite forme de Liza qui parlait à voix basse de temps en temps et que sa mère faisait taire. En un éclair, Mme Palmer vit défiler toute sa vie, son enfance, sa jeunesse insouciante et gaie, un mariage réussi, le malheur qui les avait frappés quand leur autre fils était mort à l'âge de dix ans, le choc qu'avait été la mort de son mari huit ans auparavant. Mais dans l'ensemble elle avait mené une vie heureuse, même si elle pouvait regretter de n'avoir pas été meilleure, plus pure, d'avoir par exemple montré de la mauvaise humeur ou de l'égoïsme. Tout cela était passé maintenant, mais il demeurait cette impression de n'avoir pas été à la hauteur, de s'être trompée, exactement comme Mme Blynn maintenant, dont le léger sourire, dans les circonstances actuelles, était si déplacé.

Mme Blynn ne la comprenait pas, Mme Blynn ne la connaissait pas, Mme Blynn ne pouvait pas arriver à comprendre qu'on puisse faire quelque chose de façon désintéressée. Voilà où se trouvait la faille intime et cette faille se trouvait au cœur de la vie même. « La vie n'est qu'une suite de malentendus, se dit Mme Palmer, et le cœur s'enferme progressivement dans son erreur. »

La barrette d'améthyste était bien serrée dans la main gauche de Mme Palmer. Bien des heures auparavant, dans l'après-midi, elle l'avait sortie de la boîte avec l'idée de la mettre en sûreté. Elle se rendait compte à présent à quel point ce geste était absurde. Elle avait aussi eu l'intention de la donner à Gregory directement et puis elle avait oublié. Sa main fermée se leva de quelques centimètres, ses lèvres bougèrent. Elle voulait la donner à Mme Blynn pour accomplir le seul geste de générosité dont elle fût encore capable, en faveur de cette incarnation de l'incompréhension humaine. Mais voilà qu'elle n'avait plus la force de faire connaître son désir. C'était comme la vie, tout arrivait toujours un peu trop tard. Les paupières de Mme Palmer se refermèrent sur la vision des yeux vitreux et attentifs de Mme Blynn.

DANS LA MÊME COLLECTION

ANDERSON Alston
Le Tombeur

ASCH Sholem
Marie, mère de Jésus

BERNLEF J.
Chimères
Secret public

BEYER Marcel
Voix de la nuit

BLACKBURN Julia
Daisy et les aborigènes
Le Livre des sortilèges

BLASCO IBÁÑEZ Vicente
Mare Nostrum

BOJER Johan
Le Dernier Viking

BORNEMARK Kjell-Olof
La Roulette suédoise

BOROWSKI Tadeusz
Le Monde de pierre

CANIN Ethan
Le Voleur du palais
Vue sur l'Hudson
La Concordance des ans

ČAPEK Karel
L'Affaire Selvin

COTRONEO Roberto
Presto con fuoco

COWAN James
Le Rêve du cartographe
Le Testament du troubadour

CRUMEY Andrew
Pfitz
Le Principe de d'Alembert

D'ANNUNZIO Gabriele
Laus vitae
L'Enfant de volupté

DESAI Kiran
Le Gourou sur la branche

DJILAS Milovan
L'Exécution

DONLEAVY J. P.
La dame qui aimait les toilettes propres

DONOSO José
Ce lieu sans limites
Ce dimanche-là
Casa de campo
Le Couronnement
Le Jardin d'à côté

DUNCKER Patricia
La Folie Foucault

ENGEL Marion
Ours

FASCHINGER Lilian
Magdalena pécheresse

FEUCHTWANGER Lion
Le Roman de Goya
La Juive de Tolède

FRAZIER Charles
Retour à Cold Mountain

GALSWORTHY John
(Prix Nobel)
La Dynastie des Forsyte

GORENSTEIN Friedrich
Scriabine

GREGOR-DELLIN Martin
Le Réverbère

GREIG Andrew
Un été si court

HAMSUN Knut (Prix Nobel)
Mystères
Le Dernier Chapitre
Victoria
Sous l'étoile d'automne
La Dernière Joie
Un vagabond joue en sourdine
Benoni
Rosa
Sur les sentiers où l'herbe repousse
Femmes à la fontaine
Enfants de leur temps
La ville de Segelfoss
Pan
Esclaves de l'amour
Rêveurs
Le cercle s'est refermé
Auguste le marin
L'Éveil de la glèbe
Mais la vie continue

HESSE Hermann
  (Prix Nobel)
  Le Loup des steppes
  Le Voyage en Orient
  Narcisse et Goldmund
  Peter Camenzind
  Le Jeu des perles de verre
  Gertrude
  L'Ornière
  Rosshalde
  Knulp
  Le Dernier Été de Klingsor
  Enfance d'un magicien
  Les Frères du soleil
  Berthold
  La Leçon interrompue
  Une petite ville d'autrefois
  La Conversion de Casanova
  Le Poète chinois
  Fiançailles
  Souvenirs d'un Européen
  Contes merveilleux
  Histoires d'amour

HOFFMANN Gert
  Le Bonheur

ISHIGURO Kasuo
  L'Inconsolé
  Les Vestiges du jour
  Quand nous étions orphelins

JAMES Henry
  Les Dépouilles de Poynton

JOLLEY Elisabeth
  Le Mensonge

KASACK Hermann
  La Ville au-delà du fleuve

KAZAN Elia
  America America

KOESTLER Arthur
  Croisade sans croix
  Le Zéro et l'Infini
  Les hommes ont soif
  La Corde raide
  Les Hiéroglyphes
  Les Call-Girls
  Spartacus

KOESTLER Arthur
  et Cynthia
  L'Étranger du square

KOVIC Ron
  Né un 4 juillet

KRLEZA Miroslav
  Le Retour de Philippe
  Latinovicz
  Mars Dieu croate

LAWRENCE D. H.
  Le Paon blanc
  Mr. Noon

LERNET-HOLENIA Alexandre
  Le Régiment des Deux-Siciles

LEROI Jones
  La Mort d'Horacio Alger
  Le Système de l'enfer de Dante

LISH Gordon
  Dear Mr. Capote
  Le Deuil aux trousses

LODEMANN Jürgen
  Lynch

LOGUE Antonia
  Double Cœur

McGRATH Patrick
  L'Asile
  Martha Peake
  Spider

MAWER Simon
  Le Nain de Mendel

MENEGHELLO Luigi
  Les Petits Maîtres

MERAY Tibor
  Le Dernier Rapport

MISHRA Pankaj
  Une terrasse sur le Gange

MITCHELL Joseph
  Le Secret de Joe Gould

MOSSINSOHN Igal
  Judas

MULISCH Harry
  L'Attentat
  Les Noces de pierre

NOOTEBOOM Cees
  Rituels
  Dans les montagnes
  des Pays-Bas
  Philippe et les autres

OTERO SILVA Miguel
  Et retenez vos larmes
  Lope de Aguirre, prince
  de la liberté

OZ Amos
- *Ailleurs peut-être*
- *Mon Michaël*
- *Jusqu'à la mort*
- *Toucher l'eau, toucher le vent*
- *La Colline de mauvais conseil*
- *Un juste repos*
- *La Boîte noire*
- (Prix Femina étranger)
- *Connaître une femme*
- *La Troisième Sphère*
- *Ne dis pas la nuit*
- *Une panthère dans la cave*

PERCY Walker
- *L'Amour parmi les ruines*
- *Les Signes de l'Apocalypse*

PINARDI Davide
- *L'Armée de Sainte-Hélène*

PIRANDELLO Luigi
- (Prix Nobel)
- *Feu Mathias Pascal*

RAO Raja
- *La Chatte et Shakespeare*
- suivi de
- *Camarade Kirillov*

RICHLER Mordecai
- *Gursky*

RICHTER Conrad
- *La Grande Dame*

ROBERTS Michèle
- *Chair de ma chair*
- *Celle qui revient*

ROTH Joseph
- *Le Poids de la grâce*

RUESCH Hans
- *Le Soleil dans la poche*
- *La Soif noire*

SCHNEIDER Robert
- *Frère sommeil*
- (Prix Médicis étranger)

SCHNITZLER Arthur
- *Le Lieutenant Gustel*

SEGEDIN Petar
- *Les Enfants de Dieu*

SHALEV Meir
- *Pour l'amour de Judith*

SHIELDS Carol
- *Swann*
- *La République de l'amour*
- *La Mémoire des pierres*
- (Prix Pulitzer)

- *Une soirée chez Larry*
- *Bonté*

SIMPSON Mona
- *L'Ombre du père*

SORIANO Osvaldo
- *Quartiers d'hiver*

STEEN Thorvald
- *Constantinople*

STRINGER Lee
- *Un hiver à New York*

TCHOUKOVSKAIA Lydia
- *La Plongée*

THACKERAY William
- *Mémoires d'un valet de pied*

THEROUX Paul
- *Mosquito Coast*
- *Escort Girl*

VANDERHAEGHE Guy
- *Le Dernier Cow-Boy*

WALSHE Robert
- *L'Œuvre du Gallois*

WESCOTT Glenway
- *Le Faucon pèlerin*

WIECHERT Ernst
- *Missa sine nomine*
- *L'Enfant élu*
- *La Commandante*
- *Le Capitaine de Capharnaüm*

WODIN Natascha
- *La Ville de verre*

WOOLF Virginia
- *Les Vagues*

YEHOSHUA Avraham B.
- *L'Amant*
- *Au début de l'été 1970*
- *Un divorce tardif*
- *L'Année des cinq saisons*
- *Monsieur Mani*
- *Shiva*
- *Voyage vers l'an Mil*
- *La Mariée libérée*

ZWAGERMAN Joost
- *La Chambre sous-marine*

Photocomposition CMB Graphic
(Saint-Herblain)
Achevé d'imprimé en février 2004
par Firmin-Didot

pour le compte des Éditions Calmann-Lévy
31, rue de Fleurus, Paris 6ᵉ

Imprimé en France
Dépôt légal : janvier 2004
N° d'édition : 13679:02 - N° d'impression : 67107